中國語言文字研究輯刊

八　編
許　錟　輝　主編

第 11 冊
漢語共同語語法概論（下）

朱　英　貴　著

花木蘭文化出版社

國家圖書館出版品預行編目資料

漢語共同語語法概論（下）／朱英貴 著 -- 初版 -- 新北市：
花木蘭文化出版社，2015〔民 104〕
目 4+242 面；21×29.7 公分
（中國語言文字研究輯刊 八編；第 11 冊）
ISBN 978-986-322-982-7（精裝）
1. 漢語語法
802.08   103026716

ISBN-978-986-322-982-7

9 789863 229827

中國語言文字研究輯刊
八 編　　第十一冊　　　　　ISBN：978-986-322-982-7

漢語共同語語法概論（下）

作　　　者　朱英貴
主　　　編　許錟輝
總　編　輯　杜潔祥
副總編輯　楊嘉樂
編　　　輯　許郁翎
出　　　版　花木蘭文化出版社
社　　　長　高小娟
聯絡地址　235　新北市中和區中安街七二號十三樓
　　　　　　電話：02-2923-1455／傳眞：02-2923-1452
網　　　址　http://www.huamulan.tw　信箱　hml810518@gmail.com
印　　　刷　普羅文化出版廣告事業
初　　　版　2015 年 3 月
定　　　價　八編 17 冊（精裝）　台幣 42,000 元

漢語共同語語法概論（下）

朱英貴　著

目

次

本論五：漢語文言特殊語法（上）：詞法

〔**本章導語**〕

　　本章和下一章轉而論及漢語的文言特殊語法，所謂「特殊語法」指的是文言語法中與現代漢語語法明顯不同的一些語法規律。這一章所關注的是詞法，共由十一節內容構成：先用五節的篇幅來闡述文言語法中三類核心成分詞的詞類活用現象，包括動詞的使動用法與為動用法，名詞用作一般動詞，名詞的使動用法、意動用法與為動用法，名詞直接用作狀語，形容詞用作一般動詞，形容詞的使動用法、意動用法與為動用法，形容詞用作名詞等等。接下來再用六節的篇幅來關注文言的三個重要結構助詞「之」、「者」、「所」，詳細論析它們的各種語法功能。在闡釋以上各種文言語法的時候，為了便利中等文化程度的讀者，皆盡量詳細舉例，每個例句都附以通俗譯文和必要的解說。

41. 核心成分詞的特殊用法之一：動詞的活用

　　漢語的動詞從古至今的主要功能都是作語言表達的謂述性成分，在絕大多數時候是以動語的身份來帶賓語，構成最常見的由動語來支配賓語的動賓關係。然而，在古漢語中，不僅有一般常見的支配意義的動賓關係，還有一些在

現代漢語中不常見的特殊動賓關係，這些特殊的動賓關係主要有表使動意義的動賓關係和表為動意義的動賓關係兩種情形，通常將動詞構成這兩種特殊動賓關係的用法稱為動詞的活用。另外，在現當代，傳統的古漢語語法教學中，還專門強調有些動詞可以活用作名詞，這也被納入動詞活用的範疇。但是我認為所謂「動詞活用為名詞」只是一種出於「詞本位」的語法觀念而人為的故弄玄虛，沒有將其看作動詞活用的必要。於是，本節所要論及的動詞的活用主要是指動詞的使動用法與動詞的為動用法，至於所謂的「動詞活用為名詞」，本節也將專設標題予以辨析。

一、動詞的使動用法

　　動詞的使動用法，是古漢語中特有的主語、動語、賓語三者之間存在著一種特殊關聯關係的簡潔表達方式，它的特點是動語所表示的動作行為不由前邊的主語發出，而是由動語後邊的賓語發出，含有「使（讓）賓語怎麼樣」的意思，使賓語含有兼語的屬性。

　　簡言之，動詞的使動用法指的就是動詞與賓語之間具有「使動關係」的用法。在具有「使動關係」這種特殊的動賓關係的主謂句中，主語所代表的人或事物並不施行謂語中心動詞所表示的動作行為，而是使令賓語所代表的人或事物來施行這個動作行為，這樣一來，動詞和它的賓語之間就不是一般的支配與被支配的關係了，而是具有了「使賓語怎麼樣」的使動關係了。例如：

　　① 秦時與臣遊，項伯殺人，臣活之；今事有急，故幸來告臣。（《史記‧項羽本紀》）

　　這句話的意思是：秦朝的時候，項伯和我一起出遊，項伯殺了人，我使他活了下來，所以現在有急事，他就過來告訴我。句中的「臣活之」為使動用法，其中的動詞「活」與賓語「之」之間具有「臣使之活」的使動關係。

　　② 乃使蒙恬北築長城而守藩籬，卻匈奴七百餘里。（賈誼《過秦論》）

　　這句話的意思是：秦始皇就命令蒙恬在北方修築長城，守衛邊境，使匈奴退卻七百多里。句中的「卻匈奴」為使動用法，其中的動詞「卻」與賓語「匈奴」之間具有「使匈奴退卻」的使動關係。

③ 秦軍解去，遂救邯鄲，存趙。（《史記・魏公子列傳》）

這句話的意思是：秦軍解圍而去，於是解救了邯鄲，保全了趙國。句中的「存趙」爲使動用法，其中的動詞「存」與賓語「趙」之間具有「使趙國存留」的使動關係。

④ 君將哀而生之乎？（柳宗元《捕蛇者說》）

這句話的意思是：您想可憐我而且讓我繼續生存下去嗎？句中的「生之」爲使動用法，其中的動詞「生」與賓語「之」之間具有「使之生存」的使動關係。

由於古漢語的句法成分經常可以省略，使動用法的賓語也不例外，這就需要在閱讀理解時認眞辨認並應爲其補上賓語。例如：

⑤ 強本而節用，則天不能貧；養備而動時，則天不能病；修道而不貳，則天不能禍。故水旱不能使之饑，寒暑不能使之疾，妖怪不能使之凶。本荒而用侈，則天不能使之富；養略而動罕，則天不能使之全；倍道而妄行，則天不能使之吉。（《荀子・天論》）

這段話的意思是：加強農業生產而又節約開支，那麼天不可能使人貧窮；生活資料充足而又能適應天時變化進行生產活動，那麼天也不可能使人生病；遵循規律而又不出差錯，那麼天也不可能使人遭禍。所以水旱災害不可能使人受饑挨餓，寒暑變化不可能使人生病，自然界反常的現象不可能使人遭難。農業生產荒廢而又開支浪費，那麼天就不可能使人富裕；生活資料不足而又不勤於生產活動，那麼天就不可能使人健康；違背事物規律而胡亂行動，那麼天就不可能使人得到好結果。

這段話的頭一個複句由三個並列的分句構成，其中每一個分句內都存在一處使動用法，即「天不能貧」、「天不能病」、「天不能禍」，「貧」、「病」、「禍」三個詞的後面都省略了賓語「之」，其中的「貧」屬於形容詞的使動用法，「禍」屬於名詞的使動用法，而「病」則是動詞的使動用法。

因爲「天」（大自然）無所謂病不病，故「天不能病」中的「病」不是陳述主語「天」的，所以這裏的「病」是動詞的使動用法，後面省略了賓語「之」，即「使之病困」的意思。這從下文兩個句子中的「使之饑」、「使之疾」、「使之凶」、「使之富」、「使之全」、「使之吉」等大量的使令意義表達就可以看出來。

⑥ 操軍方連船艦，首尾相接，可燒而走也。(《資治通鑑》卷第六十五‧赤壁之戰)

這一句中的「燒而走」的「走」為使動用法，並不是說燒操軍船艦的人燒完了自己就「走」(跑掉)了，而是迫使曹操的軍隊逃跑的意思，因為「走」的後面省略了代指曹軍的賓語「之」，即「使之走」，也就是可以用火攻的辦法迫使曹操的軍隊退兵。

能夠用作使動用法的動詞大多為不及物動詞，例如上面各例中的「活」、「卻」、「存」、「生」、「病」、「走」就都是不及物動詞，因為不及物動詞本來是不帶賓語的，它們一旦帶有賓語，就很可能屬於使動用法，這是識別一個動詞是否為使動用法的一個捷徑。然而及物動詞也有活用為使動用法的，雖然不多見，但卻需要用心識別。

及物動詞本來就可以帶賓語，因此我們不能依據有沒有賓語來判別其活用為使動用法與否。然而使動用法的特點是「主語使賓語怎麼樣」，因此結合上下文文意便可以提示我們辨別其活用與否。例如：

⑦ 沛公旦日從百餘騎來見項王。(《史記‧項羽本紀》)

這句話中的「從」是跟從、跟隨的意思，如果把「從百餘騎」看作是一般動賓關係，那麼就是說，沛公第二天早上跟從百餘個騎兵來見項王。然而結合文意來看，這是不合情理的，只應是百餘個騎兵跟從沛公，怎麼可以是沛公跟從百餘個騎兵呢？可見「從百餘騎」不是一般的動賓關係，而是使動用法，應該理解為「使百餘騎跟從著他」的意思。

⑧ 武益愈，單于使使曉武，會論虞常，欲因此時降武。(《漢書‧蘇武傳》)

這句話的意思是：蘇武的傷勢逐漸好了，單于派使者通知蘇武，一起來審處虞常，想借這個機會使蘇武投降。句中的「降武」為使動用法，儘管「降」是一個及物動詞，但是從上文來看，後三個分句的主語都是單于，結合上下文來看，「降武」不可能是單于投降蘇武，而是單于逼迫蘇武投降，即「使武降」的意思，所以「降」是使動用法。

⑨ 欲少留此靈瑣兮，日忽忽其將暮。飲余馬於咸池兮，總余轡乎扶桑。(屈原《離騷》)

這兩句詩的大意是說：我想在這個叫做靈瑣的地方稍事休息，只見那夕陽西下已經暮色蒼茫。讓我的馬在咸池裏飲水，把我的馬韁繩拴在扶桑樹上。後

一句中的「飲余馬」爲使動用法，儘管「飲」本是及物動詞，可以帶賓語，但是這裏「飲余馬」的語意不可能按照一般的動賓關係理解成「喝我的馬」，只能是「使余馬飲」，即「飲」爲及物動詞的使動用法。像「飲馬」這一類的使動用法還一直保留到現代漢語當中。

⑩ 卒廷見相如，畢禮而歸之。（《史記・廉頗藺相如列傳》）

這句話的意思是：（秦王）最終就在朝庭上接見了藺相如，舉行完畢相關的禮儀之後就讓他（藺相如）回國了。其中的「畢禮而歸之」含有兩個連續性的動作行爲，先是「畢禮」，這是承前省了的主語「秦王」施加的，然後又用連詞「而」把前一個行爲跟後一個行爲「歸之」連接在一起，這就很容易讓讀著把「歸之」也看成是秦王的行爲，那就會被誤解爲，秦王「畢禮」之後秦王就回去了。殊不知「歸之」不是一般的動賓關係，而是使動用法，意思是「使藺相如歸」，這是閱讀時需要結合上下文文意認真定奪的。

有時候，同一個及物動詞，在此語境中爲一般動賓關係，在彼語境中則爲使動用法的特殊動賓關係，這也需要結合上下文的文意來判斷識別。例如：

⑪ 孟子將朝王，王使人來曰……（《孟子・公孫丑下》）

⑫ 武丁朝諸侯有天下，猶運之掌也。（《孟子・公孫丑上》）

在上面兩例中，例⑪的前一個分句的主語是「孟子」，賓語是「王」，意思是孟子將要朝見齊王，可見句中的「朝王」爲一般動賓關係；而例⑫的前一個分句的主語是「武丁」，賓語是「諸侯」，武丁是商朝最高統治者，他跟諸侯是君臣關係，可見句中的「朝諸侯」爲使動用法的特殊動賓關係。因此「武丁朝諸侯」不應該是武丁去朝見諸侯，而應該是商王武丁使諸侯來朝見。整個這句話的意思是：武丁使諸侯們來朝而擁有天下，統治天下就像在自己的手掌心裏運轉一樣容易。

⑬ 申徒狄諫而不聽，負石自投於河，爲魚鼈所食。（《莊子・盜跖》）

⑭ 秦以城求璧而趙不許，曲在趙。趙予璧而秦不予趙城，曲在秦。均之二策，寧許以負秦曲。（《史記・廉頗藺相如列傳》）

在上面兩例中，例⑬共有三個分句，主語都是「申徒狄」，其中第二個分句承前省略了主語「申徒狄」，賓語「石」爲受事者，受及物動詞「負」的支配，因此這一句中的「負石」爲一般動賓關係，全句的意思爲：申徒狄多次進諫不

被採納，背著石頭投河而死，屍體被魚鼈吃掉。例⑭共由三個句子組成，其意為：秦國請求用城換璧，趙國如不答應，趙國理虧。趙國給了璧而秦國不給趙國城邑，秦國理虧。衡量一下兩種對策，寧可答應它，使秦國來承擔理虧的責任。其中最後一句的「負秦曲」的賓語為「秦」，由秦來「負」（承擔）理虧的責任，因此應理解為「使秦負曲」的使動用法的語意關係。

⑮ 虎求百獸而食之，得狐。（《戰國策·楚策》）

⑯ 聖王在上而民不凍不饑者，非能耕而食之，織而衣之，為開其資財之道也。（晁錯《論貴粟疏》）

在上面兩例中，例⑮的意思是：老虎尋找各種野獸吃掉他們，抓到一隻狐狸。其主語為「虎」，作為及物動詞「食」的賓語「之」即為「百獸」，因此「食之」為一般動賓關係。例⑯是一個較為複雜的判斷句式，其被判斷的內容為「聖王在上而民不凍不饑者」，而判斷的部分由正反兩方面構成，先從反面說不是什麼原因，再從正面說是什麼原因，全句的意思為：有聖明的帝王當政，老百姓不受到寒冷和飢餓，不是因為聖明的帝王能替他們耕種使他們有飯吃，能替他們織布使他們有衣穿，而是能為他們打開致富的道路。其中說反面原因的兩個分句各有一處使動用法，即「食之」與「衣之」，後一個「衣之」屬於名詞的使動用法，這裏暫且不論，而「食之」就是「使之食」的意思，意謂「使他們有飯吃」，那麼這個「食之」就不是一般動賓關係，而是表使動的特殊動賓關係了。

動詞的使動用法，在某些語法論著中又稱之為「致動用法」，如果從現代漢語的視角來觀察，它實際上是古漢語表示特殊動賓關係的一種經濟形式，它能用簡單的動賓結構來表示現代漢語的兼語語法結構關係。古漢語中這種很常見的「使動用法」後來逐漸被下面兩種語法現象所替代：

其一，絕大多數的使動用法可以用含有使令意義的兼語結構來表示，例如：

① 若弗與，則請除之，無生民心。（《左傳·隱公元年》）

② 所以動心忍性，曾益其所不能。（《孟子·告子下》）

③ 廣故數言欲亡，忿恚尉。（司馬遷《陳涉世家》）

④ 然秦以區區之地，致萬乘之勢，序八州而朝同列，百有餘年。（賈誼《過秦論》）

⑤ 後秦擊趙者再，李牧連卻之。（蘇洵《六國論》）

在以上各例中的使動用法都可以用現代漢語的兼語結構來對譯：例①的使動用法是「無生民心」，相當於現代漢語的「不要使民心背離」；例②的使動用法是「動心忍性」，相當於現代漢語的「使心智清醒，使性情堅韌」；例③的使動用法是「忿恚尉」，相當於現代漢語的「使尉忿恚」；例④的使動用法是「序八州而朝同列」，相當於現代漢語的「使八州臣服有序、使原本同級別的六國諸侯前來朝拜」；例⑤的使動用法是「李牧連卻之」，相當於現代漢語的「李牧接連使秦兵退卻」。

其二，有些使動用法的動詞在現代漢語中可以作為語素跟別的語素複合成雙音節的合成詞，其實也可以用這個雙音節的合成詞直接對譯，不一定非要轉換為兼語結構。例如前面曾經舉到過的：

① 秦時與臣遊，項伯殺人，臣活之。（《史記·項羽本紀》）

② 秦軍解去，遂救邯鄲，存趙。（《史記·魏公子列傳》）

例①的使動用法是「臣活之」，可以將單音節動詞「活」作為一個語素跟另一個語素「救」複合成雙音節的合成詞「救活」，進而直接說成「我救活了他」；例②的使動用法是「存趙」，可以將單音節動詞「存」作為一個語素跟另一個語素「保」複合成雙音節的合成詞「保存」，進而直接說成「保存了趙國」，這就比生硬地直譯為「臣使之活」、「使趙國存留」更加順暢。

上述兩種情形就是古漢語中使動用法的語言表示法在現代漢語中的兩個歸宿，而這兩個歸宿又是跟如下的漢語發展演變歷程密不可分的：

其一，古漢語中並不是絕對沒有兼語結構的語法關係，例如：

① 帝感其誠，命誇娥氏二子負二山。（《列子·湯問》）

② 令女居其上，浮之河中。（褚少孫《史記·滑稽列傳補》）

③ 懷王使屈原造為憲令。（《史記·屈原賈生列傳》）

以上三例中的「命誇娥氏二子負二山」、「令女居其上」、「使屈原造為憲令」分別運用使令動詞「命」、「令」、「使」構成完整的兼語結構來表意，這跟現代漢語中的兼語結構沒什麼不同，可見兼語結構的語法關係是自古就存在的，只不過由於使動用法的表述更為簡潔，因此便以構成使動關係為主要形式。隨著後世兼語結構的擴大使用以及文言文的放棄、白話文的盛行，使動用法便為兼語結構所代替了。

其二，古漢語以單音節詞爲主，隨著語言自身的發展，爲了滿足日益增多的表達信息量，漢語的雙音節詞不斷增多，直到在現代漢語中佔據了主要地位，在這樣的形勢下，使動用法的動詞在現代漢語中可以作爲語素跟別的語素複合成雙音節的合成詞，也便成了水到渠成之勢。於是，在後來的白話表達中，一部分靠單音動詞的特殊動賓關係表示的語意，便可以由於雙音節動詞直接帶賓語而轉變成了一般的動賓關係，這便是古漢語中使動用法的第二條出路。

總之，有了日益盛行的兼語結構和日益普及的雙音節動詞這兩個泄洪口，在古漢語中效力了數千年的使動用法在現代漢語中開始全面隱身而退，這就是現代漢語中少見使動用法的原因所在，這也就是漢語使動用法的前世與今生。

二、動詞的爲動用法

爲動用法的動詞也不是直接支配賓語，而是表示爲（替）賓語或對賓語施行某一動作。簡言之，主語爲賓語而動。動詞的使動用法是「使賓語怎麼樣」，而動詞的爲動用法則是「爲賓語怎麼樣做」。

「爲動」的「爲」應讀作去聲，它在這裏包括「爲了」、「因爲」、「給（替）」、「對（向）」四種不同的意思。爲說明方便起見，我們把爲動用法大致分爲四種類型：

1、表目的的爲動用法

這種爲動用法的動詞表示爲了某一目的而施行某一行動，賓語是動語賴以產生的目的。例如：

① 今亡亦死，舉大計亦死，等死，死國可乎？（《史記·陳涉世家》）

這句話的意思是：今天逃跑也是死，舉行暴動也是死，反正同樣都是死，爲了國家的利益而死可以嗎？其中的「死國」就是爲動用法，應該譯爲「爲國而死」或者「爲了國家利益而死」。賓語「國」不是動語「死」的支配對象，因此不是一般的動賓關係，而是主語爲了「國」這個目的而施行「死」這一動作行爲的，故可稱作「爲動用法」。

② 假令僕伏法受誅，若九牛亡一毛，與螻蟻何以異？而世又不與能死節者比……（司馬遷《報任安書》）

這句話的意思是：假使我接受法律制裁受到誅殺，就好像許多條牛身上損

失了一根毫毛，跟螻蟻又有什麼不同？而社會上的人又不把我跟那些能為保持氣節而死的人相比。其中的「死節」就是為動用法，應該譯為「為（堅持）氣節而死」，賓語「節」是動語「死」的目的。

2、表原因的為動用法

這種為動用法的動詞表示出於某一原因而施行某一行動，賓語是動語賴以產生的原因。例如：

③ 古之人曰：一夫不耕，或受之饑；一女不織，或受之寒。（賈誼《論積貯疏》）

這句話的大意是：古人說：一個男子不耕地，有人就要因此挨餓；一個女子不織布，有人就要因此受凍。其中的兩處「受之」都是為動用法，應該譯為「為之而遭受」，賓語「之」是動語「受」（實際上是「受饑」、「受寒」）的原因。這句話在《管子・輕重甲》中寫作「一農不耕，民或為之饑，一女不織，民或為之寒」這裏的「為」是因為的意思，是明顯的表示原因的句式。而「或受之饑」與「民或為之饑」意思完全相同，只是句式不同，可見「或受之饑」確實是表原因的為動用法。

④ 昨使醫曹吏劉租針胃管訖，便苦咳嗽，欲臥不安。（《三國志・魏書・方技傳》）

在這句話中，「便苦咳嗽」譯為「就因為咳嗽而感到痛苦」。「苦」的意思是痛苦，而「咳嗽」是「苦」的原因。因此這也是表原因的為動用法。

3、表事物對象的為動用法

這種為動用法的動詞表示給（替）賓語施行某一行動，賓語是動語所面向或面對的事物。例如：

⑤ 將藏之於家，使來者讀之，悲予志焉。（文天祥《指南錄後序》）

這句話的大意是：我將把這詩稿收藏在家中，使後來的人讀了它，為我的志向而悲歎。其中的「悲予志」是為動用法，應該譯為「為我的志向而悲歎」，賓語「予志」是動語「悲」的事物對象。

⑥ 伯夷死名於首陽之下，盜跖死利於東陵之上。（《莊子・外篇・駢拇》）

這句話的大意是：伯夷為了名而死在首陽之下，盜跖為了利而死在東陵之

上。其中的「死名」是「爲了名而死」的意思，「死利」是「爲了利而死」的意思，屬於表事物對象的爲動用法。

4、表人物對象的爲動用法

這種爲動用法的動詞表示對（向）賓語施行某一行動，賓語是動語所面向或面對的人。例如：

⑦ 君三泣臣矣，敢問誰之罪也？（《左傳・襄公二十一年》）

這句話的大意是：君王向我哭泣了三次了，我大膽地問一下，這究竟是誰的罪過呢？其中的「泣臣」是爲動用法，應該譯爲「向我哭泣」，賓語「臣」是動語「泣」的人物對象。

⑧ 武安侯新用事，欲爲相，卑下賓客。（《史記・魏其武安侯列傳》）

這句話的大意是：武安侯剛剛受封，又想當權作丞相，謙恭地對待賓客。其中的「卑下賓客」是爲動用法，應該譯爲「對待賓客謙卑」，賓語「賓客」是動語「卑下」的人物對象。

綜上各例可以看出，爲動用法是用最簡潔的動賓語法結構表達了多種較爲複雜的狀中結構所要表達的內容。這些內容主要有「爲了什麼目的而怎麼樣做」、「爲了什麼原因而怎麼樣做」、「爲了哪個事物對象而怎麼樣做」、「爲了哪個人物對象而怎麼樣做」四種情形，這些各式各樣的「爲了……而……」的語義內容，就正是所要表達的多種較爲複雜的狀中結構所要表達的內容。下面再略舉幾例：

⑨ 已行，非弗思也，祭祀必祝之。（《戰國策・趙策》）

這句話的意思是：她出嫁以後，您並不是不想念她，每逢祭祀的時候必定爲她祈禱。其中的「祝之」譯爲「爲她而祈禱」，屬於表人物對象的爲動用法。

⑩ 秦人不暇自哀，而後人哀之，後人哀之而不鑒之，亦使後人而復哀後人也。（杜牧《阿房宮賦》）

這句話的意思是：秦國人沒有空暇來自我哀歎，後世的人爲他們哀歎，後世的人如果只是爲他們哀歎而不引爲鑒戒，那麼又要再讓後世的人爲他們哀歎了。其中的兩處「哀之」均應譯爲「爲他們哀歎」，屬於表人物對象的爲動用法。

⑪ 文嬴請三帥。（《左傳・僖公三十三年》）

這句話中的「請三帥」是「替三帥請求」的意思，也屬於表人物對象的爲動用法。

⑫ 邴夏御齊侯，逢丑父爲右。（《左傳・成公二年》）

這句話中的「御齊侯」是「給齊侯御」的意思，也屬於表人物對象的爲動用法。

⑬ 廣陵太守陳登得病……佗脈之。（《三國志・華佗傳》）

這句話中的「脈之」是「爲他診脈」的意思，也屬於表人物對象的爲動用法。

古漢語中的爲動用法這種語法現象，在現代漢語中還可以找到傳承的痕迹，諸如「造福人民」（爲人民造福）、「服務大眾」（爲大眾服務）等說法就是表人物對象的爲動用法的沿用。

三、關於所謂「動詞活用爲名詞」

古漢語教學中所謂的「動詞活用爲名詞」是固守於傳統的以詞爲本位的語法觀念的錯誤認識，因爲根據傳統的詞本位語法觀念，動詞的主要作用是充當謂語，不應該充當主語或賓語，有時候，動詞一旦出現在主語或賓語的位置上，表示與這個動詞的動作行爲有關的人或事的時候，這時它就活用爲名詞了。眞的是這樣嗎？下面我們先來分析一個例子：

① 夫大國，難測也，懼有伏焉。（《左傳・莊公十年》）

這一句中的「伏」，無論在中學語文課本中還是在大學古漢語教材中，都認爲是動詞活用爲名詞，理由就是它充當賓語，主張譯作「埋伏的軍隊」或者「伏兵」，全句的意思是：像齊國這樣的大國，他們的情況是難以推測的，恐怕他們在那裏設有伏兵。

問題在於，爲什麼非要說成「埋伏的軍隊」或者「伏兵」呢？直接說成「埋伏」不行嗎？我們今天不是還在說「設有埋伏」、「謹防埋伏」嗎？如果較一下眞的話，所「懼」的究竟是作爲「伏兵」的人還是作爲行爲的「埋伏」？恐怕是「埋伏」才值得「懼」，爲什麼非要拐個彎，將好端端的動詞作賓語說成是「動詞活用爲名詞」再作賓語呢？其本質就是不承認動詞作賓語。其實在漢語中動

詞作賓語應該是正常現象，固守「詞本位」觀念的人死活不肯承認這一正常現象，於是搞出一些連古人都不認可的莫名其妙的「動詞活用爲名詞」的說法來，有這個必要嗎？讓我們再來看一個例子：

② 殫其地之出，竭其廬之入（柳宗元《捕蛇者說》）

這一句中的「出」與「入」，也都認爲是動詞活用爲名詞，理由還是它充當賓語，主張譯作「出產的東西」與「收入的財物」，全句的意思是：把那些土地上生產出來的糧食都拿出去了，把他們家裏的所收入的財物都拿出去了，結果是交租稅仍然不夠。

問題同樣在於，爲什麼非要說成「出產的東西」與「收入的財物」呢？直接說成「產出」與「收入」不行嗎？我們今天不是還在說「擴大產出」、「增加收入」嗎？爲什麼非要拐個彎，將好端端的動詞作賓語說成是「動詞活用爲名詞」再作賓語呢？其本質就在於不承認動詞作賓語。

以上兩例是動詞做賓語的情形，那麼如果作主語呢？請看下面兩例：

③ 須賈辭於范雎，范雎大供具，盡請諸侯使，與坐堂上，食飲甚設。（《史記‧范雎蔡澤列傳》）

這句話的意思是：須賈去向范雎辭行，范雎便大擺宴席，請來所有諸侯國的使臣，與他同坐堂上，酒菜飯食擺設得很豐盛。其中最後一個分句的「食飲」本來就有名詞的含義，指的是肴饌與酒飲，作主語名正言順，今天我們不是還在說「飲食豐盛」、「飲食欠佳」嗎？然而咱們的中學語文課本或者大學古漢語教材非要說「食」與「飲」本是動詞，在這裏用作主語便「動詞活用爲名詞」了。其實在古漢語中名詞、動詞、形容詞這些核心成分詞之間的界限並非十分清晰，也可以說詞無定類，沒有必要非要把某詞限制在某一類中來理解。

④ 男女同姓，其生不蕃。（《左傳‧僖公二十三年》）

這句話的意思是：男女如果同姓（同族）通婚，那麼他們的子孫後代不會繁盛（對於健康或者繁衍不利）。其中後一個分句的「其生」指的是他們的生命或者生殖能力，「生」字本來就既有「生育、生長」等動詞意思，也有「生命、生活」等名詞意思，而且這裏的「生」字之前還有代詞「其」作爲定語，單看一個「生」實際是定語中心語，由定語和定語中心語構成的定

中短語作主語也是名正言順的事，又何必非要把「生」字限制在動詞中來理解呢。

綜上所述，也就是說，一些所謂「活用爲名詞」的「動詞」，在古漢語中本來就具有動詞與名詞的雙重屬性，沒有必要非要將其局限在動詞的範圍內思考問題，然後再繞個彎子，說它什麼時候「活用作名詞」了。在現代漢語中，動詞作主語與賓語的現象也俯拾皆是，比如「活著眞好」、「他不想活了」之類，眞不知這些主張「動詞活用爲名詞」的人，該怎樣來翻譯這一類現代漢語表達中的「活」，動詞就是動詞，它既可以作謂語，也可以作賓語和主語，沒有必要在它作主語與賓語的時候說它是「活用」。

42. 核心成分詞的特殊用法之二：名詞用作一般動詞

上一節談到動詞的活用，以下三節將要討論名詞的活用問題。名詞的基本用法古今漢語是相同的，都能用作主語、賓語、定語、定語中心語，而且，古漢語也有名詞謂語句。但在古漢語裏，名詞可以根據一定習慣靈活運用，諸如名詞用作一般動詞、名詞用作使動動詞或意動動詞、名詞直接作狀語等，這些便是文言中名詞的特殊用法。本節著重來談名詞用作一般動詞的語法現象。

一、名詞用作一般動詞概說

名詞用作一般動詞，是指名詞在語法特徵上具有了一般動詞的語法功能，在詞彙意義上也具有了與原來名詞含義相關的動作行爲意義。例如：

① 左右欲刃相如，相如張目叱之，左右皆靡。（《史記·廉頗藺相如列傳》）

這一句的意思是：秦王身邊的侍從要用刀刃殺害相如，相如瞪著眼睛呵斥他們，左右的人就都退卻了。其中的名詞「刃」活用作一般動詞，意思是「用刀刃殺害」。

② 范增數目項王，舉所佩玉玦以示之者三，項王默然不應。（《史記·項羽本紀》）

這一句的意思是：范增多次用眼睛暗示項羽，舉起所佩帶的玉玦向項羽示意多次，項羽沉默不作反應。其中的名詞「目」活用作一般動詞，意思是「用眼睛暗示」。

③ 一步一呼，不呼則杖其背，盡創。（高啓《書博雞者事》）

這一句的意思是：走一步就喊一聲，不喊就用杖擊打他的後背，脊背全都打傷了。其中的名詞「杖」活用作一般動詞，意思是「用棍杖擊打」。

在以上三例中，「刃」（刀刃）、「目」（眼睛）、「杖」（棍杖）都是典型的名詞，然而它們在表達的特定語境中都各自帶有賓語「相如」、「項王」、「其背」，在語法特徵上具有了一般動詞的語法功能，可見其已經活用為一般動詞了。像這種活用為一般動詞的名詞，在詞彙意義上也具有了與原來名詞含義相關的動作行為意義，因此在理解與翻譯的時候，不宜簡單翻譯為「殺害」、「使眼色」、「擊打」的意思，而最好是翻譯作「用刀刃殺害」、「用眼睛暗示」、「用棍杖擊打」這一類與原來名詞含義相關的動作行為意義。

那麼，怎麼可以知道語句中的某一個名詞活用為動詞了呢？這一方面要從上下文的意思來看，如果按本來的名詞意思解釋不通，就應當考慮其是否活用作動詞了；另一方面就要從詞與詞的語法關係來看，看它是否臨時具備了動詞的語法功能，而且，這才是識別名詞活用為動詞的主要依據。下文將談到這些能夠作為識別依據的「動詞的語法功能」。

二、如果語境中缺少動詞，而名詞又用在代詞或名詞之前，則很可能活用作一般動詞

如果某一個名詞之後緊連著一個代詞，那麼這個名詞就很可能活用作動詞了。例如：

① 宦官懼其毀己，皆共目之，衡乃詭對而出。（范曄《張衡傳》）

這一句的意思是：宦官害怕張衡說出他們自己，都一同用目光示意他，張衡於是編了一些理由回答就出來了。其中的「目之」是在名詞「目」之後緊連著一個代詞「之」，那麼這個名詞「目」就活用作動詞了，因此將其翻譯作「用目光示意」的意思。

② 路宛轉石間，塞者鑿之，陡者級之，斷者架木通之，懸者植梯接之。（《徐霞客遊記·遊黃山記》）

這一句的意思是：路就宛轉延伸在山崖石峰之間，遇到岩石堵塞的地方就鑿穿它，遇到陡峭的地方開鑿石階緩衝它，遇到中斷的地方就架上樹木連通它，

遇到高懸的地方就設置梯子連接它。其中的「鑿之」、「通之」、「接之」的代詞「之」的前面都是動詞，唯有「級之」是在名詞「級」之後緊連著一個代詞「之」，那麼這個名詞「級」就活用作動詞了，因此將其翻譯作「開鑿石階」的意思。

從上面兩個例句來看，當遇到某一個名詞之後緊連著一個代詞的時候：因為代詞一般不受名詞的修飾或限制，故二者之間不具備定中關係；代詞也不能跟名詞構成聯合短語或者主謂短語，故二者之間也不具備並列關係或主謂關係；代詞也不能用在名詞後面來補充說明名詞，故二者之間也不具備中補關係，將這些基本的語法關係排除之後，那麼如果某一個名詞之後緊連著一個代詞的話，二者之間往往就是動賓關係了，其中前邊的名詞也就活用作動詞了。

另外，如果某個語句沒有謂語動詞，而在某一個名詞的後邊又連用同一個名詞或者別的名詞或者名詞性短語，那麼這個名詞就很可能活用作動詞了。例如：

③ 如曰今日當一切不事事，守前所為而已，則非某之所敢知。（王安石的《答司馬諫議書》）

這一句的意思是：如果說現在應當不去做任何事情，墨守前人制定的陳規舊法就是了，那就不是我敢領教的了。其中的「事事」就是在名詞「事」之後又連用同一個名詞「事」，那麼這前一個名詞「事」就活用作動詞了，因此可將其翻譯作動詞「做」的意思。

④ 管仲上車曰：嗟茲乎，我窮必矣！吾不能以春風風人，吾不能以夏雨雨人，吾窮必矣。（劉向《說苑・貴德》）

這段話的意思是：管仲感歎道：唉呀呀！我肯定會處於困難境地了，我既不能像春風一樣去吹暖別人，我也不能像夏雨一樣去滋潤別人，我肯定會處於困難境地了啊！其中的「風人」和「雨人」就是在名詞「風」和「雨」之後又連用一個別的名詞「人」，那麼這個名詞「風」和「雨」就活用作動詞了，因此可將其翻譯作動詞「像春風一樣去吹暖」、「像夏雨一樣去滋潤」的意思。值得注意的是，語句中雖然出現了「風風」、「雨雨」這樣同一個名詞連綴使用的情形，但它們不屬於在某一個名詞的後邊又連用同一個名詞的格式，因為前一個「風」是上文作狀語的介賓短語「以春風」短語內部的「風」，而前一個「雨」是上文作狀語的介賓短語「以夏雨」短語內部的「雨」，不要跟例③的「事事」的情形混為一談。

⑤ 同舍生皆被綺繡，戴珠纓寶飾之帽，腰白玉之環，左佩刀，右備容臭，燁然若神人。（宋濂《送東陽馬生序》）

這一句的意思是：同學舍的求學者都穿著錦繡的衣服，戴著有紅色帽帶且飾有珍寶的帽子，腰間掛著白玉的佩環，左邊還佩戴著刀，右邊備有香囊，光彩鮮明如同神人一般。其中的「腰白玉之環」就是在名詞「腰」之後又連著一個名詞性短語「白玉之環」，那麼這個名詞「腰」就活用作動詞了，因此可將其翻譯作「腰間掛著」的意思。

從上面三個例句可以看出，當兩個相連的名詞性成分之間不存在主謂關係、定中關係、並列關係、中補關係的時候，那麼其中前一個很可能就是活用作動詞了。

三、如果名詞前邊有能願副詞或否定副詞，則該名詞很可能活用作一般動詞

如果名詞前邊出現了能願副詞的話，那麼這個名詞就很可能活用作動詞了，因為漢語的能願副詞相當於助動詞，它是必須用在動詞之前的。例如：

① 假舟楫者，非能水也，而絕江河。（《荀子‧勸學》）

這一句的意思是：借助船和槳來渡水的人，並非一定會游水，然而卻可以橫渡江河。其中的「能水」就是在名詞「水」之前出現了能願副詞「能」，那麼這個名詞「水」就活用作動詞了，因此可將其翻譯作「游水」的意思。

② 憑誰問，廉頗老矣，尚能飯否？（辛棄疾《永遇樂‧京口北固亭懷古》）

這一句的意思是：還有誰會問，廉頗老了，還能否像當年那樣吃飯嗎？其中的「能飯」就是在名詞「飯」之前出現了能願副詞「能」，那麼這個名詞「飯」就活用作動詞了，因此可將其翻譯作「吃飯」的意思。

③ 妻號，婢入燭之，生已死，腔血狼藉，陳駭涕不敢聲。（蒲松齡《聊齋誌異‧畫皮》）

這一句的意思是：妻子大聲號叫，婢女進來了點亮蠟燭一看，王生已經死了，胸腔噴出來的血一片狼藉。陳氏害怕得哭泣著不敢發出聲音來。其中的「敢聲」就是在名詞「聲」之前出現了能願副詞「敢」，那麼這個名詞「聲」就活用作動詞了，因此可將其翻譯作「發出聲音」的意思。值得注意的是，前文「婢

入燭之」的「燭」也是名詞活用作動詞，不過判別它活用的條件不是前邊出現了能願副詞，而是後邊出現了代詞「之」充當它的賓語。

如果名詞前邊出現了否定副詞的話，那麼這個名詞就很可能活用作動詞了，因爲漢語的否定副詞也是必須用在動詞之前的。例如：

④　小信未孚，神弗福也。（《左傳‧莊公十年》）

這一句的意思是：微小的信用不足以令人信任，神靈不會福祐的。其中的「弗福」就是在名詞「福」之前出現了否定副詞「弗」，那麼這個名詞「福」就活用作動詞了，因此可將其翻譯作「福祐」的意思。

⑤　上胡不法先王之法？非不賢也，爲其不可得而法。（《呂氏春秋‧察今》）

這一句的意思是：國君爲什麼不效法古代帝王的法令制度呢？不是它不好，而是因爲它（古代帝王的法令制度）不可能被後人效法（後人無從取法它）。其中的「不法」就是在名詞「法」之前出現了否定副詞「不」，那麼這個名詞「法」就活用作動詞了，因此可將其翻譯作「效法」的意思。當然認定它是名詞活用爲動詞的另一個根據則是它後邊還帶有賓語「先王之法」。另外值得注意的是，後文「不可得而法」的「法」也是名詞活用作動詞，判別它活用有幾個綜合的條件，一是前邊出現了能願副詞「可」，二是前邊出現了否定副詞「不」，但這兩個條件都是間接的，畢竟「可」與「不」都不是緊挨著「法」字，緊挨著「法」字的是另一個能願副詞「得」，此外還有一個直接的因素，那就是下文要提到的一個條件。

四、如果連詞「而」的一端是動詞另一端是名詞，則該名詞很可能活用作一般動詞

連詞「而」常連接前後兩端的動詞，如果「而」的一端是動詞，另一端是名詞，那麼另一端的名詞通常就活用爲動詞了。例如：

①　魏將龐涓聞之，去韓而歸，齊軍既已過而西矣。（《史記‧孫子吳起列傳》）

這一句的意思是：魏將龐涓聽到消息後，率軍撤離韓國趕回魏國，但齊軍已經越過邊界向西挺進了。其中的「過而西」就是在連詞「而」的一端是動詞「過」，另一端是名詞「西」，那麼這個名詞「西」就活用作動詞了，因此可將其翻譯作「向西挺進」的意思。

② 晡時，門壞，元濟於城上請罪，進誠梯而下之，愬以檻車送元濟詣京師。（《資治通鑑·唐紀》）

這一句的意思是：到了太陽偏西的時候，城門砸壞了，元濟在城上請求治罪，李進誠架起梯子引他下來，李愬用囚車把元濟送到京都長安。其中的「梯而下之」就是在連詞「而」的一端是動詞「下」，另一端是名詞「梯」，那麼這個名詞「梯」就活用作動詞了，因此可將其翻譯作「架起梯子」的意思。

③ 夫五人之死，去今之墓而葬焉，其爲時止十有一月耳。（張溥《五人墓碑記》）

這一句的意思是：這五人的死，距離現在建墓安葬，時間只不過十一個月罷了。其中的「墓而葬」就是在連詞「而」的一端是動詞「葬」，另一端是名詞「墓」，那麼這個名詞「墓」就活用作動詞了，因此可將其翻譯作「建墓」或者「修墓」的意思。

通過上面幾個例子，再回頭來看前面的「不可得而法」也是同樣的道理：在連詞「而」的一端是具有謂詞屬性的能願副詞「得」（能夠），另一端是名詞「法」，那麼這個名詞「法」就活用作動詞了，因此可將其翻譯作「效法」的意思。

五、如果名詞前面或後面連著介賓短語，則該名詞很可能活用作一般動詞

如果名詞後面或者前面連著介賓短語，那麼這個名詞通常也就活用爲動詞了。例如：

① 二月，甲午，晉師軍於盧柳。秦伯使公子縶如晉師。（《左傳·僖公二十三年》）

這一句的意思是：二月，甲午日，晉懷公的部隊駐紮在盧柳，秦穆公派遣公子縶到晉國部隊（勸說他們退兵）。其中的「軍於盧柳」就是在名詞「軍」的後面連著介賓短語「於盧柳」，那麼這個名詞「軍」也就活用爲動詞了，因此可將其翻譯作「部隊駐紮」的意思。

② 今王鼓樂於此，百姓聞王鐘鼓之聲、管籥之音，舉欣欣然有喜色而相告曰……（《孟子·梁惠王下》）

這一句的意思是：如今大王在這裏擊鼓奏樂，百姓們聽到大王鳴鐘擊鼓、

吹簫奏笛的音聲，都欣欣然有高興的表情並且互相轉告說……其中的「鼓樂於此」就是在名詞「鼓樂」的後面連著介賓短語「於此」，那麼這個名詞「鼓樂」也就活用為動詞了，因此可將其翻譯作「擊鼓奏樂」的意思。

通過這兩個例子，再回頭來看前面舉過的「以春風風人」和「以夏雨雨人」也是同樣的道理：在名詞「風」或「雨」的前邊連著介賓短語「以春風」或「以夏雨」，那麼這後一個名詞「風」或「雨」也就活用為動詞了。

六、如果名詞被用在「所」字後邊，則該名詞很可能活用作一般動詞

如果某個名詞被用在「所」字後邊的話，那麼這個名詞通常也就活用為動詞了，因為「所」字只能用在動詞之前。例如：

① 乃丹書帛曰「陳勝王」，置人所罾魚腹中，（《史記‧陳涉世家》）

這一句的意思是：於是用朱砂在綢條上寫了「陳勝王」，放進別人用網捕獲的一條魚的肚子裏。其中的「所罾」就是把名詞「罾」用在「所」字後邊了，那麼這個名詞「罾」也就活用為動詞了，「罾」的本義為漁網，因此可將其翻譯作「用網捕獲」的意思。

② 妾請母子俱遷江南，無為秦所魚肉也。（《史記‧張儀列傳》）

這一句的意思是：我請求將孩子與母親都遷往江南，不要被秦國當作魚和肉一樣任人宰割。其中的「所魚肉」就是把名詞「魚肉」用在「所」字後邊了，那麼這個名詞「魚肉」也就活用為動詞了，因此可將其翻譯作「當作魚肉一樣任人宰割」的意思。

上面談到的幾種情形，可以作為識別名詞活用為動詞的參考條件，這些條件提醒我們注意的是：我們識別一個名詞是不是在表達中被活用作一般動詞，必須從上下文意和整個句子的語言環境來考慮，要充分重視這個名詞在具體語言表達中的地位，以及它前後有哪些詞性的詞跟它發生何種語法結構關係等等，也就是說，是由於某個名詞所處的語法結構關係超出了名詞的語法功能範疇，進而擁有了動詞的語法功能，才使它獲得了用作一般動詞的資格。

七、名詞活用為動詞之後，詞義受上下文的制約，具有不確定性

即便如此，當名詞活用為動詞之後，其詞義的準確內涵也還是會隨著上下文的制約而有所不同。先來看一個名詞「師」活用作動詞的例子：

① 君子曰，不備不虞，不可以師。(《左傳・隱公五年》)

這句話的大意是：君子說，不防備不能預料的情況，就不可以出師作戰。其中的「不可以師」屬於上文提到的名詞前面有能願副詞（可以）和否定副詞（不）的語法環境，於是這個名詞「師」就活用作動詞了，大致相當於「作戰」的意思。

② 楚子北師，次於郔。(《左傳・宣公十二年》)

這句話的大意是：楚王向北面進軍，軍隊駐紮在郔這個地方。其中的「楚子北師」的「師」屬於名詞直接作謂語，那麼這個名詞「師」也就活用作動詞了，大致相當於「進軍」的意思。

③ 冬十月，晉趙鞅圍朝歌，師於其南。(《左傳・哀公三年》)

這句話的大意是：冬十月，晉國的趙鞅包圍了朝歌，駐紮軍隊在城的南面。其中的「師於其南」的「師」屬於上文提到的名詞後面連著介賓短語的語法環境，於是這個名詞「師」就活用作動詞了，大致相當於「駐軍」的意思。

④ 師獲甲首八十，齊人不能師。(《左傳・哀公十一年》)

這句話的大意是：魯國的軍隊砍下敵人甲士的頭顱八十個，齊國人不能成其師（成為合格的部隊）。其中的「不能師」的「師」屬於上文提到的名詞前面有能願副詞（能）和否定副詞（不）的語法環境，於是這個名詞「師」就活用作動詞了，大致相當於「成為軍隊」的意思。

從以上四個例子可以看出，同是一個名詞「師」，在活用為動詞之後，其詞義的準確內涵也會隨著上下文的制約而有所不同：有時可以理解為「作戰」的意思，有時可以理解為「進軍」的意思，有時也可以理解為「駐軍」的意思，有時還可以理解為「成軍」的意思。這正是名詞活用為動詞之後詞義的不確定性之所在。

再來看一個名詞「門」活用作動詞的例子：

⑤ 是行也，鄭伯將會晉師，門於許東門，大獲焉。(《左傳・成公八年》)

這句話的大意是：這次行動，鄭伯準備會合晉國的軍隊，途經許國的時候攻打了它的東門，俘獲很多。其中的「門於許東門」屬於上文提到的名詞後面連著介賓短語的語法環境，於是前面這個名詞「門」就活用作動詞了，大致相當於「攻門」的意思。

⑥ 季子將入，遇子羔將出，曰，門已閉矣，季子曰，吾姑至焉，子羔曰，弗及，不踐其難，季子曰，食焉，不闢其難，子羔遂出，子路入，及門，公孫敢門焉，曰，無入爲也。（《左傳・哀公十五年》）

這段話的大意是：子路（季子）聽說發生了政變，馬上趕回都城，子路在將要進城的路上遇見了子羔（高柴，衛國大夫）出來，子羔說：「城門已經關上了」子路說：「我姑且去看看。」子羔說：「來不及了，不要去遭受禍難了。」子路說：「我拿他的俸祿就要爲他盡忠，不能躲開禍難。」子羔於是就離開國家，子路就去進城，到了孔氏的大門口，公孫敢在那裏守門，說：「不要進去做什麼了。」其中的「公孫敢門焉」的「門」屬於名詞直接作謂語，那麼這個名詞「門」也就活用作動詞了，大致相當於「守門」的意思。

⑦ 十二月，吳子諸樊伐楚，以報舟師之役。門於巢。巢牛臣曰：『吳王勇而輕，若啓之，將親門。我獲射之，必殪。是君也死，疆其少安！』從之。吳子門焉，牛臣隱於短牆以射之，卒。」（《左傳・襄公二十五年》）

這段話的大意是：十二月，吳王諸樊攻打楚國，以報復「舟師之役」。進攻巢地的城門，巢地的牛臣說：「吳王勇敢而輕率，如果我們打開城門，他將會親自帶頭進入。我乘機射他，一定送他的命。這個國君死了，邊境上可以稍微安定一些。」於是便採納了這個意見。吳王果然進入城門，牛臣藏在短牆裏用箭射他，吳王死了。這段話中共有三處活用爲名詞的「門」，其中的「門於巢」的「門」是「攻門」的意思，而「將親門」的「門」和「吳子門焉」的「門」都是「入門」的意思。

從以上幾個例子可以看出，同是一個名詞「門」，在活用爲動詞之後，其詞義的準確內涵也會隨著上下文的制約而有所不同：有時可以理解爲「守門」，有時也可以理解爲「攻門」，有時還可以理解爲「入門」。這就是名詞活用爲動詞之後詞義的不確定性之所在。

總之，名詞活用作動詞，是名詞在其本義轉化的條件下的活用，也就是說是在保持該名詞本身的基本意思的基礎上臨時具有動詞的語法功能的。在古漢語裏究竟哪些名詞可以活用作動詞，哪些名詞不可以活用作動詞，名詞已經活用作動詞的，它的詞義如何精準地把握，這都取決於古代的語言習慣與具體的語法環境。

43. 核心成分詞的特殊用法之三：名詞的使動、意動與為動

上一節論及文言中的名詞用作一般動詞，當名詞用作一般動詞之後，多數時候不帶賓語，有些時候即便帶有賓語也是通常意義的動賓關係，比如「左右欲刃相如」的「刃」和「范增數目項王」的「目」，即用作動詞的名詞表示施加動作，它後邊的賓語來承受動作。

這一節來討論名詞用作動詞之後跟它所帶的賓語之間構成的特殊動賓關係，所謂名詞活用作動詞之後的特殊動賓關係是指名詞用作動詞之後，跟它的賓語之間不是一般的支配關係，而是能跟它的賓語構成特殊的關涉用法，這主要有使動用法、意動用法、為動用法三種情形，通常也將其稱作名詞用作使動動詞、名詞用作意動動詞、名詞用作為動動詞。下面分別來談這三種情形。

一、名詞用作「使動動詞」

名詞用作使動動詞是名詞活用作動詞的一種特殊形式，同樣都是名詞活用作動詞，只不過此時的名詞不是活用為一般動詞，而是在活用為動詞之後獲得了動詞的使動用法。古漢語中不僅動詞可以有使動用法，名詞活用為動詞之後也可以有使動用法，當然名詞的使動用法要比動詞的使動用法少得多。

當某一個名詞活用作動詞之後按照動詞的使動用法來用時，這個名詞就被用作使動動詞了。名詞用作使動動詞的特點是：它暫時取得了動詞的資格，臨時具備動詞的語法語義特點，並且能使它後面的賓語具有它自己所代表的事物的性質，表達「使……成為……」的意思。例如：

① 武叔既定，使郈馬正侯犯殺公若，不能。其圉人曰：「吾以劍過朝，公若必曰：『誰之劍也？』吾稱子以告，必觀之。吾偽固，而授之末，則可殺也。」使如之，公若曰：「爾欲吳王我乎？」遂殺公若。（《左傳・定公十年》）

這段話的意思是：武叔在大局已定之後，派郈地的馬正侯犯這個人去殺死公若，沒有能辦到。侯犯的管馬人說：「我拿著劍經過大堂，公若一定會說：『誰的劍啊？』我告訴他是您的，他一定會細看這劍。我假裝不懂禮節，而把劍尖遞給他，就可以殺死他了。」侯犯就派他前往照辦。公若說：「你想要使我成為吳王嗎？」管馬人就殺死了公若。

在這一段話的「爾欲吳王我乎」一句中，「吳王」、「我」分別爲名詞和代詞，但用在能願副詞「欲」之後，因此可以判斷「吳王」或者「我」其中必有一個活用作動詞了。很顯然，「我」的身份發生了變化，變成了「吳王」所代表的身份，因此「我」是使動用法的動詞「吳王」的賓語，而原本是名詞的「吳王」就獲得了使動用法，可翻譯爲「使我成爲吳王」。

② 曹伯臣或說晉侯曰：「齊桓公合諸侯而國異姓，今君爲會而滅同姓。曹，叔振鐸之後；晉，唐叔之後。合諸侯而滅兄弟，非禮。」晉侯說，復曹伯。（《史記·晉世家》）

這段話的意思是：曹伯之臣有勸晉侯的說：「齊桓公會合諸侯而使異姓成爲諸侯國，現在君王會集諸侯卻除去同姓，曹國是叔振鐸的後代，晉國是唐叔的後代，會合諸侯而滅亡兄弟，是不合禮的事。」晉侯聽了頗以爲然，就恢復了曹伯的舊封。

在這一段話的「齊桓公合諸侯而國異姓」一句中，「國」、「異姓」分別爲兩個名詞，但用在連詞「而」之後，我們知道連詞「而」通常是用來連接謂詞性成分的，再加上「而」之前的「合諸侯」是個動賓結構，因此可以判斷「國異姓」也應該是動賓結構，那麼「國」就應該是活用作動詞，充當動語成分了。而原本是名詞的「國」也就獲得了使動用法，因此「異姓」是使動用法的動詞「國」的賓語，可翻譯爲「使異姓成爲諸侯國」。

③ 且遂聞湯以七十里之地王天下，文王以百里之壤而臣諸侯，豈其士卒眾多哉，誠能據其勢而奮其威。（《史記·平原君虞卿列傳》）

這段話的意思是：況且我聽說商湯曾憑著七十里方圓的地方統治了天下，周文王憑著百里大小的土地使天下諸侯臣服，難道是因爲他們的士兵多嗎，實際上是由於他們善於掌握形勢而奮力發揚自己的威力。

在這一段話中「王天下」的「王」是名詞用作一般動詞，而「臣諸侯」的「臣」則是名詞用作使動動詞了。在「文王以百里之壤而臣諸侯」一句中，「臣」、「諸侯」分別爲兩個名詞，但用在連詞「而」之後，前邊又有「以百里之壤」這一介賓短語作狀語，這些都要求「臣諸侯」應該是一個謂詞性成分，因此可以判斷「臣諸侯」應該是一個動賓結構，那麼「臣」就應該是活用作動詞，充當動語成分了。而原本是名詞的「臣」也就獲得了使動用法，因此「諸侯」是使動用法的動詞「臣」的賓語，可翻譯爲「使天下諸侯臣服」。

④ 異時倘得脫穎而出，先生之恩，生死而肉骨也。(馬中錫《中山狼傳》)

這句話的意思是：他日我如果能出人頭地，先生的恩德，是使死人復活讓骨頭長肉啊。其中的「生死而肉骨」是一個由連詞「而」連接的動詞性的聯合短語，其中的「生死」也應該是動賓結構，是使死者復生的意思，原本就是動詞的使動用法。那麼，「而」之後的「肉骨」也應該是具有使動意義的動賓結構，因此，「肉」這個名詞便臨時活用為動詞並獲得了使動意義，「肉骨」是具有使動意義的動賓結構，可翻譯為「使骨頭長肉」。

二、名詞用作「意動動詞」

名詞用作意動動詞也是名詞活用作動詞的一種特殊形式，同樣都是名詞活用作動詞，只不過此時的名詞既不是活用為一般動詞，也不是活用為使動動詞，而是在活用為動詞之後獲得了動詞的意動用法。古漢語中真資格的動詞並沒有意動用法，只有形容詞或者名詞活用為動詞之後才可能有意動用法。

當某一個名詞活用作動詞之後按照意動用法來用時，這個名詞就被用作意動動詞了。名詞用作意動動詞的特點是：它暫時取得了動詞的資格，臨時具備動詞的語法語義特點，並且能使主語主觀上認為賓語具有動語所表示的屬性。換言之，名詞用作意動動詞，就是把它後面的賓語所代表的人或事物看做這個名詞所代表的人或事物，譯成現代漢語時，其常表達為「認為賓語怎麼樣」或「把賓語當作什麼」。例如：

① 於是乘其車，揭其劍，過其友曰：「孟嘗君客我。」(《戰國策‧齊策》)

這句話的意思是：於是馮諼乘著他的車，舉著他的劍，去拜訪他的朋友，說道：「孟嘗君把我當作客人看待了。」其中「孟嘗君客我」的「客」就是名詞用作意動動詞，它表示主語「孟嘗君」認為賓語「我」怎麼樣或者把「我」當作什麼的意思，「客我」的含義就是「以我為客」，可以譯作「把我當作客人看待」。

② 越國以鄙遠，君知其難也，焉用亡鄭以陪鄰？(《左傳‧僖公三十年》)

這句話的意思是：越過鄰國把遠方的鄭國作為秦國的東部邊邑，您知道這是困難的，那為什麼還要滅掉鄭國而給鄰邦晉國增加土地呢？其中「越國以鄙遠」的「鄙」就是名詞用作意動動詞，「鄙」的本來意思是指疆界或邊界，在這

裏它表示主語把賓語「遠」（遠方的鄭國）當作什麼的意思，「鄙遠」的含義就是「把遠方作爲邊鄙」，可以譯作「把遠方的鄭國當作秦國的東部邊邑」。

③ 故人不獨親其親，不獨子其子。（《禮記・禮運》）

這句話的意思是：因此人們不只以自己的父母爲親，不只以自己的兒女爲子。其中的「親其親」屬於形容詞的意動用法，而「子其子」則屬於名詞的意動用法。「子其子」的後一個「子」依然是名詞，前一個「子」就是名詞用作意動動詞，在這裏它表示主語「人」把作爲賓語的「其子」當作子女的意思，「子其子」的含義就是「把他自己的子女當做子女」，因此「不獨子其子」可以譯作「不只是把自己的子女當做子女來看待」，言外之意就是，也要把別人的子女當做自己的子女。

④ 封建者，必私其土，子其人，適其俗，修其理，施化易也。（柳宗元《封建論》）

這句話的意思是：封建制的世襲君長，一定會把他管轄的地區當作自己的土地盡心治理，把他管轄的老百姓當作自己的兒女悉心愛護，使那裏的風俗變好，把那裏的社會治理好，這樣施行教化就比較容易。其中的「私其土」屬於形容詞的意動用法，而「子其人」則屬於名詞的意動用法。這裏的「子」就是名詞用作意動動詞，表示主語「封建者」把作爲賓語的「其人」當作子女的意思，「子其人」的含義就是「把人民當做子女」，因此可以譯作「把他管轄的老百姓當作自己的兒女悉心愛護」。

⑤ 後人哀之而不鑒之，亦使後人而復哀後人也。（杜牧《阿房宮賦》）

這句話的意思是：如果後人哀悼他卻不把他作爲鏡子來對照自己吸取教訓，也只會使更後的人又來哀歎這後人啊。其中的「鑒之」屬於名詞的意動用法。這裏的「鑒」本來是表示鏡子的事物名詞，當它帶上賓語「之」以後，就活用爲動詞並且是用作意動動詞了，它表示主語「後人」把作爲賓語的「之」當作「鑒」的意思，「鑒之」的含義就是「把他作爲鏡子來對照」，因此可以譯作「把他作爲鏡子來對照自己吸取教訓」。

⑥ 生乎吾前，其聞道也固先乎吾，吾從而師之；生乎吾後，其聞道也亦先乎吾，吾從而師之。（韓愈《師說》）

這句話的意思是：出生在我之前的人，他懂得道理本來就比我早，我跟從

他，拜他爲老師；出生在我之後的人，如果他懂得道理也比我早，我也跟從他，拜他爲老師。其中的兩處「師之」都是名詞用作意動動詞，表達的是「以……爲師」的意思，它表示主語「吾」把賓語「之」當作老師，可以譯作「拜他爲老師」。

⑦ 況吾與子漁樵於江渚之上，侶魚蝦而友麋鹿。（蘇軾《赤壁賦》）

這句話的意思是：何況我和你在江中捕魚，在小洲上打柴，以魚蝦爲伴侶，和麋鹿成爲朋友。其中「侶魚蝦而友麋鹿」的「侶魚蝦」、「友麋鹿」兩處都是名詞用作意動動詞，表達的是「以……爲侶、以……爲友」的意思，它表示主語「吾與子」把賓語「魚蝦」、「麋鹿」當作伴侶和朋友，可以譯作「以魚蝦爲伴侶，把麋鹿當朋友」。

通過以上各例可以看出，名詞的意動用法也是古漢語中一種簡潔的特殊表達方式，其主動賓三者之間存在著一種特殊的相互關聯的關係。其本質在於某些名詞用作動詞充當動語時，其表示的並不是一般性的動作行爲，而是側重表達主觀上的感覺、看待或評價。這種特殊的動賓關係就是：主語認爲賓語所代表的人或事物有動語自身所代表的性狀，或者把賓語當作動語所代表的人或事物去看待、評價，時至今日，諸如幕天席地（以天爲幕，以地爲席）、草菅人命（以人命爲草菅）、魚肉百姓（以百姓爲魚肉）等成語中都還保留有名詞的意動用法的痕迹。

三、名詞用作「爲動動詞」

名詞用作「爲動動詞」也是名詞活用作動詞的一種特殊形式，同樣都是名詞活用作動詞，只不過此時的名詞既不是活用爲一般動詞，也不是活用爲使動動詞或意動動詞，而是在活用爲動詞之後獲得了動詞的爲動用法。前文在「動詞的活用」一節中我們曾經介紹過動詞的爲動用法，這裏再來討論一下名詞的爲動用法。

當某一個名詞活用作動詞之後按照爲動用法來用時，這個名詞就被用作爲動動詞了。名詞用作爲動動詞的特點是：它暫時取得了動詞的資格，臨時具備動詞的語法語義特點，並且能表示爲賓語、替賓語或者對賓語施行某一動作行爲。簡言之，主語爲賓語而實施該名詞臨時獲得的「爲賓語而怎麼樣做」的某種動詞意義。例如：

① 師行，百里子與蹇叔子送其子，而戒曰：「女死必於崤之巖唫之下，吾將尸女於是。」（《穀梁傳‧僖公三十三年》）

這句話的意思是：軍隊出征，百里奚和蹇叔子為其子送行，並告誡說：「你如果要犧牲的話就一定會是在崤山的巖唫之下，我將會在那裏為你收屍。」其中的「尸女」即為名詞的為動用法。這裏的「尸」本是名詞，含有「屍體」的意思，現在它後面的人稱代詞「女」（汝）作它的賓語，前面有時間副詞「將」作狀語，賓語後邊還有介賓短語「於是」作補語，因此這個名詞「尸」已經活用為動詞是確定無疑了。然而這裏的「尸女」既不是一般動賓關係，也不是使動關係或者意動關係，把它翻譯作「使你成為屍體」或者「把你當作屍體」都是不符合文意的。那麼，「尸女」就是另一種特殊的動賓關係「為動關係」了，它的真實含義就是「為你收屍」。

② 子叔姬妃齊昭公，生舍。叔姬無寵，舍無威。公子商人驟施於國，而多聚士，盡其家，貸於公，有司以繼之。夏五月，昭公卒，舍即位。（《左傳‧文公四年》）

這段話的意思是：子叔姬嫁給齊昭公，生了個兒子名叫舍。叔姬不受昭公的寵愛，舍也沒有威信。公子商人多次在國內施捨財物，蓄養許多門客，把家產都用完了，又向掌管公室財物的官員借貸，繼續施捨。夏五月，昭公死，舍即位。其中的「妃齊昭公」即為名詞的為動用法。這裏的「妃」是名詞，「子叔姬妃齊昭公」絕不是說子叔姬的妃就是齊昭公，那麼位於名詞「妃」後面的「齊昭公」就應該是它的賓語，因此「妃」已經活用為動詞了。然而這裏的「妃齊昭公」既不是一般動賓關係，也不是使動關係或者意動關係，把它翻譯作「使齊昭公為妃」或者「把齊昭公當作妃」都是荒唐至極的。那麼，「妃齊昭公」就應該是另一種特殊的動賓關係「為動關係」了，它的真實含義就是「為齊昭公當妃」，將其翻譯作「嫁給齊昭公」是符合文意的，但「妃」的用法本質上是屬於名詞用作為動動詞。

③ 初，宋芮司徒生女子，赤而毛，棄諸堤下，共姬之妾取以入，名之曰棄，長而美。（《左傳‧襄公之二十六年》）

這句話的意思是：起初，宋國的芮司徒生了個女兒，皮膚發紅而且長著毛，就把她丟在堤下，共姬的伺妾揀了進來，為她取名叫作棄，長大了卻很漂亮。

其中的「名之曰棄」即爲名詞的爲動用法。這裏的「名」本是名詞，活用爲動詞之後意爲「取名」，後面的「之」是它的賓語，「名之」的含義應該是「爲她取名」，可見「名」的用法本質上也是屬於名詞用作了爲動動詞。類似的例子還有《楚辭·離騷》中的：「名余曰正則兮，字余曰靈均。」其中的「名余」和「字余」都是爲動關係，意謂「爲我取名」和「爲我取字」。

④ 良嘗閒從容步遊下邳圯上，有一老父，衣褐，至良所，直墮其履圯下，顧謂良曰：「孺子，下取履！」良鄂然，欲毆之。爲其老，彊忍，下取履。父曰：「履我！」良業爲取履，因長跪履之。父以足受，笑而去。(《史記·留侯世家》)

這段話的意思是：張良閒暇時徜徉於下邳橋上，有一個老人，穿著粗布衣裳，走到張良所在的地方，故意把他的鞋甩到橋下，回過頭來對張良說：「孩子，下去把鞋撿上來！」張良現出驚訝的表情，真想打他，因爲看他年老，勉強地忍了下來，下去爲他撿來了鞋。老人說：「給我穿上！」張良心想既然已經替他把鞋撿了上來，就跪著爲他穿上了。老人把腳伸出來讓他穿好了，就笑著離開了。其中的「履我」和「履之」都是名詞的爲動用法，分別是「爲我穿鞋」和「爲他穿鞋」的意思。這裏的「履」本是名詞，活用爲動詞之後意爲「穿鞋」，後面的「我」和「之」分別是它的賓語，可見「履」的用法本質上也是屬於名詞用作了爲動動詞，翻譯作「給我穿上」和「爲他穿上」是符合文意的。

⑤ 齊侯曰：「余姑翦滅此而朝食！」不介馬而馳之。(《左傳·成公二年》)

這句話的意思是：齊侯說：「我姑且消滅了晉軍再吃早飯！」不給馬披上甲冑就驅馬進擊。其中的「介馬」的「介」是名詞的爲動用法，即「給馬披上介」的意思。這裏的「介」本是名詞，指用皮革做的鎧甲，「介」活用爲動詞之後意爲「穿上鎧甲」，後面的「馬」是它的賓語，可見「介」的用法本質上也是屬於名詞用作了爲動動詞。

⑥ 齊桓公微服以巡民家，人有年老而自養者，桓公問其故。對曰：「臣有子三人，家貧無以妻之，傭未反。」(《韓非子·外儲說右下》)

這段話的意思是：齊桓公微服出訪百姓家，有一個年老而自己料理生活的人，桓公問他什麼緣故。老人回答說：「我有三個兒子，家裏窮，無法爲他們娶妻，出去當雇工還沒有回來。」其中的「妻之」的「妻」是名詞的爲動用法，

即「爲他們娶妻」的意思。這裏的「妻」活用爲動詞之後意爲「娶妻」，後面的「之」是它的賓語，可見「妻」是名詞用作了爲動動詞。

⑦ 盧陵文天祥自序其詩，名曰《指南錄》。（文天祥《指南錄後序》）

這句話的意思是：盧陵文天祥爲自己的詩集作序，詩集名《指南錄》。其中的「序其詩」是名詞的爲動用法，即「爲他的詩作序」。這裏的名詞「序」活用爲動詞之後意爲「作序」，後面的「其詩」是它的賓語，可見「序」是名詞用作了爲動動詞。

對於名詞活用爲動詞之後的爲動用法，有時候需要仔細辨別，特別是對於一些兩可的情形，更要權衡取捨。例如：

⑧ 十七年春，晉侯使郤克徵會於齊。齊頃公帷婦人，使觀之。郤子登，婦人笑於房。（《左傳・宣公十七年》）

這段話的意思是：宣公十七年春季，晉景公派遣郤克到齊國召請齊頃公參加盟會。齊頃公用帷幕遮住婦人（母親蕭同叔子）讓她觀看郤克的跛腳樣子。郤克登上臺階，那婦人在房裏笑出聲來。其中的「帷婦人」很像是名詞的爲動用法。首先這裏的「帷」是名詞，「帷」後面的「婦人」是它的賓語，因此「帷」已經活用爲動詞了。然後就需要斷定這裏的「帷婦人」究竟是一般動賓關係，還是意動關係了。那麼，如果是把它翻譯作「用帷幕遮住婦人」，那就是名詞活用作一般動詞；如果把它翻譯作「爲婦人遮上帷幕」，那就是名詞活用作爲動動詞。這兩種翻譯都是講得通的，對於這種情形，我們主張能從簡即從簡，能按一般動賓關係理解，就沒有必要拐個彎非要說它是爲動用法。因此這一段話中的「帷婦人」可按照名詞活用作一般動詞處理，翻譯作「用帷幕遮住婦人」就已經言通字順了。

44. 核心成分詞的特殊用法之四：名詞直接用作狀語

名詞直接用作狀語也屬於文言詞類活用的範疇，只不過它改變的不是詞性，而是名詞自身的語法功能。也就是說，名詞用作狀語的時候它依舊還是名詞，只是從今人的角度來看，它擔當了它不該擔當的職責，可以出現在它不應出現的狀語的語法位置上，並與後面的謂詞性詞語構成了今天不多見的用名詞直接修飾動詞的狀中結構的語法關係。其實所有這些只是今人在現代漢語的視角上認爲是不正常，而在古人的書面表達中卻是極其常見的語法現象。

名詞直接用作狀語，就是在表達時將名詞直接放在謂詞性詞語的前面，對這個謂詞性詞語起著直接修飾或限製作用。在現代漢語中，除了表時間或空間的特殊名詞以及個別的普通名詞之外，名詞一般是不能直接作狀語的，但在古漢語中，名詞直接作狀語的現象卻是很普遍的。

名詞直接作狀語是詞類活用中既常見又複雜的一種語法現象。說它常見，是說它出現的頻率高，在某些特殊的語言環境中，將名詞放在謂詞性詞語之前，直接起修飾限製作用，從而擔負起類似於形容詞、副詞、乃至介賓短語的語法功能；說它複雜，是說它既有豐富的表意功能與修辭色彩，又有各種不同的語義環境，瞭解名詞作狀語這種古漢語特有的語法現象，有助於更好地理解文言文的文意。本節將分門別類地介紹名詞直接用作狀語的多方面適應語境及其相應的修飾功能。

一、表示對主語進行比喻的名詞狀語

這類用法的名詞狀語所表示的是對主語的行為狀態所進行的比喻，可譯為「像……那樣」。例如：

① 斬木為兵，揭竿為旗，天下雲集響應，贏糧而景從。（賈誼《過秦論》）

這句話的意思是：砍下樹木作武器，舉起竹竿當旗幟，天下豪傑像雲一樣聚集，各路人馬像回聲似地應和他（陳涉），許多人都背著糧食，像影子隨形似地跟著他（陳涉）。其中的名詞「雲」、「響」、「景」都是直接用作狀語，它們分別直接用在動詞「集」、「應」、「從」的前邊，以狀語的功能來表示對行為狀態進行比喻，可翻譯作「像雲一樣」、「像回聲一樣」、「像影子一樣」。

② 項莊拔劍起舞，項伯亦拔劍起舞，常以身翼蔽沛公，莊不得擊。（《史記·項羽本紀》）

這句話的意思是：項莊就拔劍起舞，項伯也拔劍起舞，常常用身體像翅膀一樣遮蔽沛公，使得項莊不能夠刺擊沛公。其中的名詞「翼」直接用作狀語，它直接用在動詞「蔽」的前邊，以狀語的功能來表示對行為狀態進行比喻，可翻譯作「像翅膀一樣」。

③ 秦孝公據崤函之固，擁雍州之地，君臣固守以窺周室，有席卷天下，包舉宇內，囊括四海之意，併吞八荒之心。（賈誼《過秦論》）

這句話的意思是：秦孝公佔據著崤山和函谷關的險固地勢，擁有雍州的土地，君臣牢固地守衛著，圖謀奪取周王室的權力，有像卷席子那樣卷走天下，像舉包袱那樣抓住寰宇，像裝口袋那樣裝下四海的欲意以及吞併邊遠地區各國領土的野心。其中的名詞「席」、「包」、「囊」都是直接用作狀語，它們分別直接用在動詞「卷」、「舉」、「括」的前邊，以狀語的功能來表示對行為狀態進行比喻，可翻譯作「像卷席子那樣」、「像打包袱那樣」、「像裝口袋那樣」。

④ 少時，一狼徑去，其一犬坐於前。（蒲松齡《聊齋誌異》）

這句話的意思是：過了一會兒，一隻狼徑直走開了，另一隻狼像狗一樣在前面坐下了。其中的名詞「犬」直接用作狀語，它直接用在動詞「坐」的前邊，以狀語的功能來表示對行為狀態進行比喻，可翻譯作「像犬一樣」。

⑤ 潭西南而望，斗折蛇行，明滅可見。（柳宗元《小石潭記》）

這句話的意思是：（小溪）像北斗七星那樣曲折，（水流）像長蛇爬行那樣彎曲，忽明忽暗可以看見。其中的名詞「斗」和「蛇」都直接用作狀語，它們分別直接用在動詞「折」與「行」的前邊，以狀語的功能來表示對行為狀態進行比喻，可翻譯作「像北斗星那樣」、「像蛇那樣」。

⑥ 乃跼蹐四足，引繩而束縛之，下首至尾，曲脊掩胡，蝟縮蠖屈，蛇盤龜息，以聽命先生。（馬中錫《中山狼傳》）

這句話的意思是：便蜷縮起四肢，讓東郭先生拿繩子綁它，低下頭彎到尾巴上，弓起背埋起下巴，像刺蝟一樣蜷縮像蛾蛹一樣曲身，像蛇一樣盤曲像龜一樣屏息，聽憑先生處置。其中的名詞「蝟」、「蠖」、「蛇」、「龜」都直接用作狀語，它們分別直接用在動詞「縮」、「屈」、「盤」、「息」的前邊，以狀語的功能來表示對行為狀態進行比喻，可翻譯作「像刺蝟一樣」、「像蛾蛹一樣」、「像蛇一樣」、「像龜一樣」。

二、表示主語的待人態度的名詞狀語

這類用法的名詞狀語所表示的是主語對賓語所持的態度，可譯為「像對待……那樣」或「當作……一樣」，其實這樣的翻譯只是對上文談到的表示比喻意義的一種引申。例如：

① 君爲我呼入，吾得兄事之。（《史記・項羽本紀》）

這句話的意思是：您爲我將他叫進來，我要像對待兄長一樣對待他。其中的名詞「兄」用作狀語，它直接用在動詞「事」（對待）的前邊，以狀語的功能來表示主語「吾」對賓語「之」所持的態度，可翻譯作「像對待兄長一樣」。

② 齊使以爲奇，竊載與之齊，齊將田忌善而客待之。（《史記・孫子吳起列傳》）

這句話的意思是：齊國使者覺得此人是個奇人，就偷偷地把他載回齊國。齊國將軍田忌非常賞識他，並且待他如上賓。其中的名詞「客」用作狀語，它直接用在動詞「待」的前邊，以狀語的功能來表示主語「齊將田忌」對賓語「之」所持的態度，可翻譯作「像對待賓客一樣」。

③ 田單乃起，引還，東向坐，師事之。（《史記・田單列傳》）

這句話的意思是：田單于是就起身，把那個士兵拉回來，請他面朝東坐著，以對待老師的態度來侍奉他。其中的名詞「師」用作狀語，它直接用在動詞「事」（對待）的前邊，以狀語的功能來表示主語「田單」對賓語「之」所持的態度，可翻譯作「像對待老師一樣」。

④ 臨終時，呼魯王與語：「吾亡之後，汝兄弟父事丞相，令卿與丞相共事而已。」（《三國志・蜀書・先主傳》注引《諸葛亮集》）

這句話的意思是：劉備臨終之時，傳喚魯王（劉備之子劉永）並且跟他說：「我死了之後，你們兄弟幾個（劉備共有四個兒子：劉封、劉禪、劉永、劉理）要像侍奉父親那樣對待丞相諸葛亮，你們與丞相只是共事而已。」其中的名詞「父」用作狀語，它直接用在動詞「事」（對待）的前邊，以狀語的功能來表示主語「汝兄弟」對賓語「丞相」所持的態度，可翻譯作「像對待父親一樣」。

⑤ 不然，令五人者保其首領，以老於戶牖之下，則盡其天年，人皆得以隸使之，安能屈豪傑之流，扼腕墓道，發其志士之悲哉！（張溥《五人墓碑記》）

這句話的意思是：不這樣的話，假使讓這五個人保全性命，在家中一直生活到老，盡享天年，人人都能夠像奴僕一樣使喚他們，又怎麼能讓豪傑們屈身下拜，在墓道上扼腕惋惜，抒發他們有志之士的悲歎呢？其中的名詞「隸」用

作狀語，它直接用在動詞「使」的前邊，以狀語的功能來表示主語「人」對賓語「之」所持的態度，可翻譯作「像對待奴僕一樣」。

⑥ 邑人奇之，稍稍賓客其父，或以錢幣乞之。（王安石《傷仲永》）

這句話的意思是：同一個城市的人們對此都感到非常驚奇，漸漸地都以迎賓之禮像對待賓客一樣對待他的父親，有的人還花錢求取仲永的詩。其中的名詞「賓」用作狀語，它直接用在本是名詞活用爲動詞的「客」（意爲客待）的前邊，以狀語的功能來表示主語「邑人」對賓語「其父」所持的態度，可翻譯作「像對待賓客一樣」。

三、表示主語的身份的名詞狀語

這類用法的名詞狀語所表示的是主語所憑藉的身份，可譯爲「以……的身份」。例如：

① 兵挫地削，亡其六郡，身客死於秦，爲天下笑。（《史記‧屈原賈生列傳》）

這句話的意思是：戰爭受到挫敗，土地遭受割讓，丟失了國中六個郡，而自己也以客居的身份死在秦國，被全天下的人所恥笑。其中的名詞「客」用作狀語，它直接用在動詞「死」的前邊，以狀語的功能來表示主語所憑藉的身份，不宜翻譯作「像客人那樣」，而應翻譯作「以客居的身份」。

② 劉豫臣事金國，南面稱王，自以爲子孫帝王萬世不拔之業，一旦金人改慮，捽而縛之，父子爲虜。（胡銓《戊午上高宗封事》）

這句話的意思是：劉豫以臣子的身份侍奉金國，南面稱王統治齊國，自認爲替子孫後代建立了萬世不動的基業，可是一旦金人改變了主意，將他們抓捕捆綁起來，父子就都做了俘虜。其中頭一個分句的名詞「臣」用作狀語，它直接用在動詞「事」（侍奉）的前邊，以狀語的功能來表示主語所憑藉的身份，不宜翻譯作「像臣子那樣」，而應翻譯作「以臣子的身份」。

這類表示身份的名詞狀語跟之前談到的表示待人態度的名詞狀語的不同點在於：表示待人態度的名詞狀語表示的僅僅是一種比喻意義，「客待之」的意思是「像對待客人那樣對待他」而實際上「他」並不是客人，同理「師事之」的實際上也並不是真的老師；而表示身份的名詞狀語則不同，它所表示的是既成事實，不是比喻，是真真實實地「以什麼身份」來怎樣做。

四、表示動作行為所憑藉的工具的名詞狀語

這類用法的名詞狀語所表示的是動作行為所憑藉的工具，可譯為「用⋯⋯來幹什麼」。例如：

① 叩石墾壤，箕畚運於渤海之尾。（《列子‧湯問》）

這句話的意思是：鑿石頭，挖泥土，用箕畚搬運到渤海的邊上。其中的名詞「箕畚」用作狀語，它直接用在動詞「運」的前邊，以狀語的功能來表示動作行為所憑藉的工具，可譯作「用箕畚」。

② 妃嬪媵嬙，王子皇孫，辭樓下殿，輦來於秦，朝歌夜弦，為秦宮人。（杜牧《阿房宮賦》）

這句話的意思是：（六國的）宮女妃嬪、諸侯王族的女兒孫女，辭別了故國的樓閣宮殿，憑藉輦車來到秦國。（她們）日夜奏琴歌唱，成為秦皇的宮人。其中的名詞「輦」用作狀語，它直接用在動詞「來」的前邊，以狀語的功能來表示動作行為所憑藉的工具，可譯作「憑藉輦車」。

③ 市中游俠兒得佳者籠養之，昂其直，居為奇貨。（蒲松齡《聊齋誌異‧促織》）

這句話的意思是：街市上的那些游手好閒的年輕人，捉到好的蟋蟀就用竹籠裝著餵養它，擡高它的價格；儲存起來，當作珍奇的貨物一樣等待高價出售。其中的名詞「籠」用作狀語，它直接用在動詞「養」的前邊，以狀語的功能來表示動作行為所憑藉的工具，可譯作「用竹籠」。

④ 黔無驢，有好事者船載以入。（柳宗元《黔之驢》）

這句話的意思是：黔這個地方本來沒有驢，有一個喜歡多事的人用船運來一頭驢進入這個地方。其中的名詞「船」用作狀語，它直接用在動詞「載」的前邊，以狀語的功能來表示動作行為所憑藉的工具，可譯作「用船」。

五、表示動作行為所憑藉的材料的名詞狀語

這類用法的名詞狀語所表示的是動作行為所憑藉的材料，可譯為「用⋯⋯來幹什麼」。例如：

① 閉之，則右刻「山高月小，水落石出」，左刻「清風徐來，水波不興」，石青糁之。（魏學洢《核舟記》）

這句話的意思是：關上窗戶，就看到右邊刻著「山高月小，水落石出」，左邊刻著「清風徐來，水波不興」，用石青這種顏料塗在刻著字的凹處。其中的名詞「石青」用作狀語，它直接用在動詞「糝」的前邊，以狀語的功能來表示動作行為所憑藉的材料，可譯作「用石青這種材料」。

② 板印書籍，唐人尚未盛為之。（沈括《夢溪筆談‧活板》）

這句話的意思是：用雕版印刷書籍，唐朝人還沒有大規模的這樣做。其中的名詞「板」（版）用作狀語，它直接用在動詞「印」的前邊，以狀語的功能來表示動作行為所憑藉的材料，可譯作「用雕版」。

六、表示動作行為所憑藉的方式的名詞狀語

這類用法的名詞狀語所表示的是動作行為所憑藉的方式，可譯為「以……方式來做什麼」。例如：

① 事不目見耳聞，而臆斷其有無，可乎？（蘇軾《石鍾山記》）

這句話的意思是：大凡一些事情如果不用眼睛看不用耳朵聽，就憑主觀臆斷去猜測它的有或沒有，可以嗎？其中的名詞「目」與「耳」用作狀語，它直接用在動詞「見」與「聞」的前邊，以狀語的功能來表示動作行為所憑藉的方式，可譯作「用眼睛看」、「用耳朵聽」。

② 予在患難中，間以詩記所遭，今存其本，不忍廢，道中手自抄錄。（文天祥《指南錄後序》）

這句話的意思是：我在患難中，有時用詩記述個人的遭遇，現在還保存著那些底稿，不忍心廢棄，在逃亡路上用手親自抄錄。其中的名詞「手」用作狀語，它直接用在謂詞性短語「自抄錄」的前邊，以狀語的功能來表示動作行為所憑藉的方式，可譯作「用手親自抄錄」。

③ 群臣吏民能面刺寡人之過者，受上賞。（《戰國策‧齊策》）

這句話的意思是：所有的臣僚、官吏以及廣大民眾，凡是能當面指責我的過失的人，可以得到上等獎賞。其中的名詞「面」用作狀語，它直接用在動詞「刺」的前邊，以狀語的功能來表示動作行為所憑藉的方式，可譯作「當面」或「當著我的面」。

七、表示動作行爲所憑藉的事理的名詞狀語

這類用法的名詞狀語所表示的是動作行爲所憑藉的事理，可譯爲「按照……怎麼樣」。例如：

① 夫差行成，日：「寡人之師徒，不足以辱君矣。請以金玉、子女賂君之辱。」句踐對日：「昔天以越予吳，而吳不受命；今天以吳予越，越可以無聽天之命，而聽君之令乎！吾請達王甬句東，吾與君爲二君乎。」夫差對日：「寡人禮先壹飯矣，君若不忘周室，而爲弊邑宸宇，亦寡人之願也。君若日：『吾將殘汝社稷，滅汝宗廟。』寡人請死，余何而目以視於天下乎？越君其次也！」遂滅吳。（《國語·越語上》）

這段話的意思是：夫差請求講和，說：「我的軍隊已經不值得屈辱您親自討伐了，請允許我把金玉美女進獻給您作爲賠罪。」句踐回答說：「過去上天把越國賜給吳國，而吳國沒有接受天命；現在上天又把吳國交給越國，越國難道可以不聽天命，卻聽你的命令嗎？請讓我把你送到甬句東去，我和你共同做越國的國君吧。」夫差回答說：「從情禮上說，以前我曾有恩於越國，您如果不忘周王室的情面，而給吳國一點屋檐下的地方立腳，也是我的願望。您如果說：『我將摧殘你的社稷，毀壞你的宗廟。』我就只有請求一死，我還有什麼臉給天下人看笑話啊！您就帶領軍隊進佔吳國吧。」於是越國就滅了吳國。

在這段話中有「寡人禮先壹飯矣」一句，其中的名詞「禮」用作狀語，它直接用在動詞「先」的前邊，以狀語的功能來表示動作行爲所憑藉的事理，如果直譯的話，就是「我按照禮節對你先有一飯之恩」也就是說在禮節上先有恩惠於人，故可以翻譯作「從情理上說，以前我曾有恩於越國」。

② 會天大雨，道不通，度已失期；失期，法皆斬。（《史記·陳涉世家》）

這句話的意思是：恰巧遇到天下大雨，道路不通，估計已經誤了期限；如果誤了期限，按照秦朝的法律都應當斬首。其中的名詞「法」用作狀語，它直接用在謂詞性短語「皆斬」的前邊，以狀語的功能來表示動作行爲所憑藉的事理，可譯作「按照法律」。

八、表示動作行為所憑藉的處所環境的名詞狀語

這類用法的名詞狀語所表示的是動作行為所憑藉的處所環境，可譯為「在……做什麼」或者「從……做什麼」。例如：

① 夫以秦王之威，而相如廷叱之，辱其群臣。相如雖駑，獨畏廉將軍哉？（《史記・廉頗藺相如列傳》）

這兩句話的意思是：憑秦王那樣的威風，而我藺相如敢在秦的朝廷上呵斥他，侮辱他的眾多臣子。相如儘管才能低下，豈止會害怕廉將軍呢？其中的名詞「廷」用作狀語，它直接用在動詞「叱」的前邊，以狀語的功能來表示動作行為所憑藉的處所，可譯作「在朝廷上」。

② 沛公已去，間至軍中。（《史記・項羽本紀》）

這句話的意思是：劉邦已經離開鴻門，從小路回到軍營之中。其中的名詞「間」（小路）用作狀語，它直接用在動詞「至」的前邊，以狀語的功能來表示動作行為所憑藉的處所，可譯作「從小路」。

③ 不得已，變姓名，詭蹤迹，草行露宿，日與北騎相出沒於長淮間。（文天祥《指南錄後序》）

這句話的意思是：不得已，只能改變姓名，隱蔽蹤迹，在草野間奔走，在露水中宿營，日日為躲避北方元軍的騎兵出沒在淮河一帶。其中的名詞「草」和「露」用作狀語，它們直接用在動詞「行」和「宿」的前邊，以狀語的功能來表示動作行為所憑藉的環境，可譯作「在草野間」和「在露水中」。

④ 劉備、周瑜水陸並進，追操至南郡。（《資治通鑑・赤壁之戰》）

這句話的意思是：劉備、周瑜從水上和陸地上同時進擊，一直把曹操追趕到南郡。其中的名詞「水」和「陸」用作狀語，它們直接用在謂詞性短語「並進」的前邊，以狀語的功能來表示動作行為所憑藉的環境，可譯作「從水上和陸地上」。

九、表示動作行為方位的名詞狀語

這類用法的名詞狀語所表示的是動作行為所憑藉的方位，可譯為「在……做什麼」、「到……做什麼」或者「往……做什麼」。例如：

① 當是時也，商君佐之，內立法度，務耕織，修守戰之具；外連衡而鬥諸侯。（賈誼《過秦論》）

這句話的意思是：在那時候，商鞅輔佐他，在國家內部建立法規制度，致力於耕作紡織，修造防守和進攻的器械；在國家外部實行連橫策略，使崤山以東諸侯自相爭鬥。其中表示方位的名詞「內」和「外」用作狀語，它們直接用在動詞「立」和「連」的前邊，以狀語的功能來表示動作行爲所涉及的方位，可譯作「在國家內部」和「在國家外部」，也可簡單理解爲「對內」和「對外」。

② 扶蘇以數諫故，上使外將兵。（《史記‧陳涉世家》）

這句話的意思是：扶蘇因爲屢次勸諫的緣故，皇上派他在外面帶兵。其中表示方位的名詞「外」用作狀語，它直接用在動詞「將」的前邊，以狀語的功能來表示動作行爲所涉及的方位，可譯作「在外面」。

③ 孔子東遊，見兩小兒辯鬥，問其故。（《列子‧湯問》）

這句話的意思是：孔子到東方遊歷，途中遇見兩個小孩在爭辯，便問他們爭辯的原因。其中表示方位的名詞「東」用作狀語，它直接用在動詞「遊」的前邊，以狀語的功能來表示動作行爲所處的方位，可譯作「到東方」。

④ 既東封鄭，又欲肆其西封，若不闕秦，將焉取之？（《左傳‧僖公三十年》）

這句話的意思是：已經在東邊使鄭國成爲它的邊境，又想擴大西邊的邊界，如果不使秦國土地虧損，將從哪裏得到（他所奢求的土地）呢？其中表示方位的名詞「東」用作狀語，它直接用在動詞「封」的前邊，以狀語的功能來表示動作行爲所處的方位，可譯作「在東邊」，而後文的「西封」的「西」則仍然是定語，沒有被用作狀語。

⑤ 南取漢中，西舉巴蜀，東割膏腴之地，北收要害之郡。（賈誼《過秦論》）

這句話的意思是：向南奪取漢中，向西攻取巴蜀，向東割取肥沃的地區，向北佔領非常重要的地區。其中表示方位的名詞「南」、「西」「東」、「北」用作狀語，它們直接用在動詞「取」、「舉」「割」、「收」的前邊，以狀語的功能來表示動作行爲所處的方位，可譯作「向南」、「向西」「向東」、「向北」。

十、表示動作行爲的趨向的名詞狀語

這類用法的名詞狀語所表示的是動作行爲的趨向，可譯爲「向……做什麼」、「往……做什麼」或者「朝……做什麼」。例如：

①　漁人甚異之，復前行，欲窮其林。（陶淵明《桃花源記》）

這句話的意思是：漁人對此感到非常驚異，將船又向前劃行，想走到那片林子的盡頭。其中表示行為趨向的名詞「前」用作狀語，它直接用在動詞「行」的前邊，以狀語的功能來表示動作行為的趨向，可譯作「向前」、「往前」或「朝前」。

②　余稍為修葺，使不上漏。前闢四窗，垣牆周庭，以當南日，日影反照，室始洞然。（歸有光《項脊軒志》）

這兩句話的意思是：我稍稍修整了一下，使它不從上面漏土漏雨。又朝前面開了四扇窗子，在院子四周砌上圍牆，用來擋住南面射來的日光，日光反射照耀，室內才明亮起來。其中表示行為趨向的名詞「上」與「前」用作狀語，它們直接用在動詞「漏」和「闢」的前邊，以狀語的功能來表示動作行為的趨向，可譯作「從上面」、「朝前面」。

③　日光下澈，影布石上，怡然不動。（柳宗元《至小丘西小石潭記》）

這句話的意思是：陽光往下澈透水底，魚的影子映在石上，呆呆地停在那裏一動不動。其中表示動作趨向的名詞「下」用作狀語，它直接用在動詞「澈」（澈透）的前邊，以狀語的功能來表示動作的趨向，可譯作「往下」或「向下」。

④　蚓無爪牙之利，筋骨之強，上食埃土，下飲黃泉，用心一也。（荀子《勸學》）

這句話的意思是：蚯蚓沒有銳利的爪子和牙齒，強健的筋骨，卻能往上吃到泥土，向下可以喝到泉水，這是由於它用心專一啊。其中表示動作趨向的名詞「上」、「下」用作狀語，它直接用在動詞「食」、「飲」的前邊，以狀語的功能來表示動作的趨向，可譯作「往上」、「向下」。

十一、表示動作行為所發生的時間的名詞狀語

這類用法的名詞狀語所表示的是動作行為的時間，可譯為「在……做什麼」或者「到了……做什麼」。在古漢語裏，這種表示時間的名詞作狀語，可以直接用在動詞之前，也可以用連詞「而」或「以」把它跟所修飾的動詞中心語相連接，後一種情形是與現代漢語的不同之處。例如：

① 子曰：朝聞道，夕死可矣。（《論語‧里仁》）

這句話的意思是：孔子說：如果在早上明白了道理，哪怕在晚上就死去也心滿意足了。其中的含義是：一旦知曉了道理，以前那個不懂道理的自己就不復存在了。其中表示動作行為發生時間的名詞「朝」和「夕」用作狀語，它們直接用在動詞「聞」和「死」的前邊，以狀語的功能來表示動作行為的時間，可譯作「在早晨」、「到晚上」。

② 旦辭爺娘去，暮宿黃河邊。（《木蘭詩》）

這句話的意思是：清晨辭別父母離開家鄉，傍晚宿營在黃河岸邊。其中表示動作行為發生時間的名詞「旦」和「暮」用作狀語，它們直接用在動詞「辭」與「宿」的前邊，以狀語的功能來表示行為發生的時間，可分別譯作「在早晨」和「到了傍晚」。

③ 長驅到齊，晨而求見。（《戰國策‧齊策》）

這句話的意思是：馮諼一直不停地趕車回到齊國，在大清早就求見孟嘗君。其中表示動作行為發生時間的名詞「晨」用作狀語，它借助連詞「而」用在動詞「求見」的前邊，以狀語的功能來表示動作的時間，可譯作「在早晨」。

④ 項伯乃夜馳之沛公軍，私見張良，具告以事。（《史記‧項羽本紀》）

這句話的意思是：項伯就連夜騎馬跑到劉邦的軍營，私下會見張良，把事情全告訴了他。其中表示動作行為發生時間的名詞「夜」用作狀語，它直接用在動詞「馳」與「之」的前邊，以狀語的功能來表示動作的時間，可譯作「在當天夜晚」或「連夜」。

⑤ 朝而往，暮而歸，四時之景不同，而樂亦無窮也。（歐陽修《醉翁亭記》）

這句話的意思是：早晨前往（進山），傍晚歸來（回城）。四季的景色不同，而樂趣也是無窮無盡的。其中表示動作行為發生時間的名詞「朝」和「暮」用作狀語，它們借助連詞「而」用在動詞「往」和「歸」的前邊，以狀語的功能來表示行為發生的時間，可分別譯作「在早晨」和「到了傍晚」。

十二、表示動作行為所發生的頻率的名詞狀語

這類用法的名詞狀語所表示的是動作行為的發生頻率，通常由「歲」、「月」、「日」、「時」等時間名詞充任，它們在用作狀語時所表示的意義與它們平時的

意義有所不同，已經不是單純地表示具體的時間了，而是表示特定的時段、時點或時期，顯示的是時頻意義。這大體又有如下四種情形：

其一，「歲」、「月」、「日」位於具有行動性的動詞前，表示行動的經常性。含有「歲歲」（每年）、「月月」（每月）、「日日」（每天）的意思。例如：

① 良庖歲更刀，割也；族庖月更刀，折也。（《莊子・養生主》）

這句話的意思是：優良的宰牛者每年都要換一把刀，那是因為他的刀砍豁了；一般的宰牛者每個月就要換一把刀，同樣也是因為他的刀砍缺了。其中表示動作行為發生頻率的時間名詞「歲」和「月」用作狀語，它們都直接用在動詞「更」的前邊，以狀語的功能來表示行為發生的時間頻率，可分別譯作「每一年」和「每一個月」。

② 故木受繩則直，金就礪則利，君子博學而日參省乎己，則知明而行無過矣。（《荀子・勸學》）

這句話的意思是：因此木材用墨線畫過，再經斧鑿加工就能取直，金屬兵器在磨刀石上磨過就能變得鋒利，君子廣泛地學習並且能每天檢查反省自己，那麼他就會智慧明達而行為就不會有過失了。其中表示動作行為發生頻率的時間名詞「日」用作狀語，它直接用在動詞「參省」的前邊，以狀語的功能來表示行為發生的時間頻率，可譯作「每天」。

③ 日夜望將軍至，豈敢反乎！（《史記・項羽本紀》）

這句話的意思是：我日夜盼望將軍到來，怎麼敢反叛呢？其中表示動作行為發生頻率的時間名詞「日」與「夜」並列說成「日夜」，直接用在動詞「望」的前面，以狀語的功能來表示行為發生的時間頻率，可譯作「每日每夜」。

④ 園日涉以成趣，門雖設而常關；策扶老以流憩，時矯首而遐觀。（陶淵明《歸去來兮辭》）

這兩句詩的意思是：每天（獨自）在園中散步已成為樂趣，小園儘管有門卻是經常地關閉著；我拄著拐杖走走歇歇，時時擡頭向遠方的天空觀望。其中表示動作行為發生頻率的時間名詞「日」和「時」用作狀語，它們都直接用在動詞「涉」或「矯首」的前邊，以狀語的功能來表示行為發生的時間頻率，可分別譯作「每天」和「時時」。

⑤ 其始，太醫以王命聚之，歲賦其二，募有能捕之者，當其租入。（柳宗元《捕蛇者說》）

這句話的意思是：起初，太醫用皇帝的命令征集這種蛇，每年徵收兩次，招募能夠捕蛇的人，用蛇來抵充他的賦稅。其中表示動作行為發生頻率的時間名詞「歲」用作狀語，它直接用在動詞「賦」的前邊，以狀語的功能來表示行為發生的時間頻率，可譯作「每年」。

其二，「日」、「月」位於表示性質變化的動詞或形容詞之前，表示情況在逐漸發生變化。含有「一天天地」的意思。例如：

① 田單兵日益多，乘勝，燕日敗亡，卒至河上，而齊七十餘城皆復為齊。（《史記·田單列傳》）

這句話的意思是：田單的兵力一天比一天更加多了，乘著勝利的威勢，燕軍一天天地敗逃，終於退到了黃河北岸燕國的境內，原來齊國的七十多座城池又都被收復。其中表示動作行為發生頻率的兩處時間名詞「日」都用作狀語，它直接用在形容詞性短語「益多」和動詞「敗亡」的前邊，以狀語的功能來表示性質變化發生的時間頻率，可譯作「一天天地」。

② 自吾氏三世居是鄉，積於今六十歲矣，而鄉鄰之生日蹙。（柳宗元《捕蛇者說》）

這句話的意思是：自從我家三代住在這個鄉里，累計到現在已經六十年了，可是鄉鄰們的生活一天天地窘迫。其中表示動作行為發生頻率的時間名詞「日」用作狀語，它直接用在形容詞「蹙」的前邊，以狀語的功能來表示性質變化發生的時間頻率，可譯作「一天天地」。

③ 先主曰：「善！」於是與亮情好日密。（《三國志·蜀志·諸葛亮傳》）

這兩句話的意思是：劉備說：「好！」從此與諸葛亮的關係一天天親密起來。其中表示動作行為發生頻率的時間名詞「日」用作狀語，它直接用在形容詞「密」的前邊，以狀語的功能來表示性質變化發生的時間頻率，可譯作「一天天地」。

④ 悲夫！有如此之勢，而為秦人積威之所劫，日削月割，以趨於亡。（蘇洵《六國論》）

這兩句話的意思是：可悲啊！有像這樣的形勢，卻被秦國積久的威勢所脅

制，土地一天天地削減，一月月地割讓，以至於走向滅亡。其中表示動作行為發生頻率的時間名詞「日」和「月」用作狀語，它們直接用在動詞「削」和「割」的前邊，以狀語的功能來表示性質變化發生的時間頻率，可譯作「一天天地」、「一月月地」。

其三，「日」位於句子開頭，用來追述以往。含有「往日」或「從前」的意思。例如：

① 韓子買諸賈人，既成賈矣，商人曰：「必告君大夫。」韓子請諸子產曰：「日起請夫環，執政弗義，弗敢復也。今買諸商人，商人曰，必以聞，敢以為請。」（《左傳・昭公十六年》）

這兩句話的意思是：韓起向商人購買玉環，已經成交了，商人說：「一定要告訴君大夫。」韓起向子產請求說：「往日我請求得到這只玉環，執政認為不合於道義，所以不敢再次請求。現在在商人那裏購買，商人說，一定要把這件事情報告，特冒昧地以此作為請求。」其中表示動作行為發生頻率的時間名詞「日」用在分句的句首，以句首狀語的功能來追述以往，可譯作「往日」或「前些日子」。

② 晏子曰，日宋之盟，屈建問范會之德於趙武。趙武曰，夫子之家事治，言於晉國，竭情無私。（《左傳・昭公二十年》）

這兩句話的意思是：晏子說，從前在宋國的盟會，屈建向趙武詢問范會的德行。趙武說，他老夫子家族中的事物井然有序，在晉國說話，竭盡自己的真情而沒有私心。其中表示動作行為發生頻率的時間名詞「日」用在分句的句首，以句首狀語的功能來追述以往，可譯作「往日」或「從前」。

③ 晉郤缺言於趙宣子曰：日衛不睦，故取其地，今已睦矣，可以歸之。叛而不討，何以示威？服而不柔，何以示懷？非威非懷，何以示德？無德，何以主盟？（《左傳・文公七年》）

這段話的意思是：晉國的郤缺對趙宣子說：從前衛國不順服，所以占取它的領土；現在已經順服，可以還給它了。背叛了不加討伐，用什麼能顯示聲威？順服了不加籠絡，用什麼顯示關懷？不顯示聲威和不顯示關懷，用什麼顯示德行？沒有德行，用什麼主持盟會？其中表示動作行為發生頻率的時間名詞「日」用在分句的句首，以句首狀語的功能來追述以往，可譯作「往日」或「從前」。

其四，「時」位於動詞之前或者句子開頭，用來陳述現實、追述以往、預期未來。含有「當時」、「按時」或「及時」、「到那時」的意思。例如：

① 秋水時至，百川灌河，涇流之大，兩涘渚崖之間不辯牛馬。(《莊子・秋水》)

這句話的意思是：秋天裏洪水按時到來，千百條江河注入黃河，水流巨大，兩岸和水中沙洲之間連牛馬都不能分辨。其中表示動作行為發生頻率的時間名詞「時」用在動詞「至」之前，以狀語的功能來陳述現實，可譯作「按時」或「及時」。

② 時操軍眾已有疾疫，初一交戰，操軍不利，引次江北。(《資治通鑒》卷第六十五・赤壁之戰)

這句話的意思是：當時曹操軍隊的許多人已經染上了疾疫，剛一開始交戰，曹操的軍隊就處在不利境地，後退停駐在長江北岸。其中表示動作行為發生頻率的時間名詞「時」用在句子開頭，以句首狀語的功能來追述以往，可譯作「當時」。

③ 吾恂恂而起，視其缶，而吾蛇尚存，則弛然而臥。謹食之，時而獻焉。(柳宗元《捕蛇者說》)

這兩句話的意思是：我小心翼翼地起來，看看自己的瓦罐，我的蛇還在，才放心地睡覺。我小心地餵養它，以便到了規定的時間把它獻上去。其中表示動作行為發生頻率的時間名詞「時」借助連詞「而」的連接用在動詞「獻」的前面，以狀語的功能來預期未來，可譯作「到那時」。

綜上所述，文言中的名詞直接作狀語可以分為普通名詞作狀語和時間名詞作狀語兩種情形來把握。時間名詞作狀語只要注意上面十一、十二兩類的若干種細微差別就可以了，而普通名詞作狀語的情況還要複雜些。

普通名詞作狀語具有各種各樣的修飾作用，上文「一」至「十」各類所舉的各種情形並不能全部將其囊括，然而基本上可以大別為兩類：一類屬於有比喻意義的，一般可以譯作「像……那樣」；一類屬於沒有比喻意義的，翻譯時需要加上適當的介詞才行。

值得注意的是：普通名詞作狀語和名詞作主語的句型基本相同，如果不瞭解古漢語名詞作狀語這種特殊用法，就很容易把修飾動詞的名詞當作句子的主

語。例如：「人立而啼」很可能被誤解為「人站立著啼哭」，「其一犬坐於前」很可能被誤解為「其中的一隻狗蹲坐在前面」。要分清名詞在句中是作狀語還是作主語，主要看名詞和它後面的動詞謂語的關係：如果前面的名詞是修飾後面的動詞的，那麼這個名詞就是狀語；如果前面的名詞是後面動詞的陳述對象，那麼這個名詞就是主語。關鍵是要從具體的語言環境中分析句子的主語到底是什麼，比如剛剛提到的「人立而啼」中的名詞「人」，既像是主語又像是狀語，但是根據上下文的語言環境，前面還有「有狼當道」一個分句，據此可知全句的主語是「狼」，那麼「人」當然就是狀語了。再如：「猱進鷙擊」，孤立地看，就會理解為「猿猴躍進，鷙鳥撲擊」的意思，「猱」和「鷙」就都成了名詞作主語了；如果把這個短語放進「莫如以吾所長，攻敵所短，操刀挾盾，猱進鷙擊，或能免乎？」這個完整的句子中，則可知全局還有主語存在，那麼「猱」和「鷙」就只能是名詞作狀語了。

關於普通名詞作狀語的問題，從漢語語法結構的發展來看，在上古時代，普通名詞應該可以比較自由地修飾動詞。後來由於詞彙不斷豐富，語法結構不斷完善，許多動詞開始虛化為介詞，介賓結構大量運用於句子之中，再加上現代漢語可以在普通名詞之後加上比況詞構成比況短語來做狀語，於是，名詞修飾動詞的現象就越來越少了。只是在一些合成詞或者成語裏還保留著一些名詞作狀語的痕迹，例如：風行、波動、口試、筆誤、路過、炮擊、蜂擁、鯨吞等合成詞，狼吞虎咽、風起雲湧、煙消雲散、星羅棋佈、龍騰虎躍、鯨吞蠶食、車載斗量、口誅筆伐、言傳身教、道聽途說、風餐露宿、東倒西歪、裏應外合、上竄下跳、朝聞夕死、朝思暮想、日新月異、日積月累等成語。至於現代漢語裏像「我下午到」、「凳子是木頭做的」「要歷史地看問題」中的「下午」、「木頭」、「歷史」等名詞作狀語的現象，也可以視為歷史語言現象的遺留痕迹。

據此可知，古漢語裏名詞常常可以不借助介詞的幫助直接作狀語，有人認為這是古漢語的介詞省略用法，這是用現代漢語的規律來分析古代漢語的語言現象，因為介詞的發展與繁盛是後來語言發展演變的結果，不能認為古代就有那麼多介詞而古人故意省略不用，這種以今解古的思路是不可取的。又因為文言中的名詞作了狀語之後則常常帶有副詞的性質，所以又有人把名詞作狀語這種現象叫做「名詞活用作副詞」，這種「依位辯品」的思維方法同樣是不合適的，

原來的名詞還是名詞，它在古代可以用作狀語就要承認它作了狀語，何必要說它變成副詞了呢？

45. 核心成分詞的特殊用法之五：形容詞的活用

此前用了四節的篇幅論析了漢語動詞和名詞的活用，這一節再來討論形容詞的活用問題。漢語形容詞在文言中經常被活用作一般動詞和特殊動詞，構成各式各樣的功能較爲齊全的特殊動賓關係，根據傳統認識，這些都屬於形容詞的活用。形容詞的活用主要包括用作一般動詞、用作使動動詞、用作意動動詞、用作爲動動詞、用作名詞等等。本節將逐一論及這些形容詞的活用現象。

一、形容詞用作一般動詞

漢語的形容詞是可以作謂語的，所以不能依據形容詞作謂語來判定它活用爲一般動詞，那麼，判斷形容詞是否活用爲一般動詞，則主要依據如下兩個標準：

其一，如果某個形容詞後邊帶有賓語，那麼這個形容詞就活用爲動詞了。例如：

① 又北二百里，曰發鳩之山，其上多柘木。（《山海經‧北山經》）

這句話的意思是：再向北走二百里，有座山叫發鳩山，那上面長了很多柘樹。其中的形容詞「多」後邊帶有賓語「柘木」，便用作一般動詞了，可譯作「多生長著」或者「長了很多」。

② 令尹子蘭聞之，大怒，卒使上官大夫短屈原於頃襄王，頃襄王怒而遷之。（《史記‧屈原賈生列傳》）

這句話的意思是：令尹子蘭得知屈原怨恨他，非常憤怒，終於讓上官大夫在頃襄王面前說屈原的壞話。頃襄王一生氣就放逐了屈原。其中的形容詞「短」後邊帶有賓語「屈原」，便用作一般動詞了，可譯作「說……的短處」或者「貶低……」。

③ 楚左尹項伯者，項羽季父也，素善留侯張良。（《史記‧項羽本紀》）

這句話的意思是：楚國的左尹項伯，是項羽的叔父，一向同留侯張良交好。其中的形容詞「善」後邊帶有賓語「留侯張良」，便用作一般動詞了，可譯作「同……友好」或者「善待……」。

④ 谿谷少人民，雪落何霏霏。（曹操《苦寒行》）

這句詩的意思是：山谷中少有人居住，而且正下著大雪。其中的形容詞「少」後邊帶有賓語「人民」，便用作一般動詞了，可譯作「少有……」。

⑤ 春風又綠江南岸，明月何時照我還？（王安石《泊船瓜洲》）

這句詩的意思是：春風又吹綠了大江南岸，可是天上的明月呀，你什麼時候才能夠照著我回家呢？其中的形容詞「綠」後邊帶有賓語「江南岸」，便用作一般動詞了，可譯作「吹綠了……」。

其二，某個形容詞後邊儘管沒有帶賓語，然而在具體語言環境中卻具備了動詞的語法特點，那麼這個形容詞也可看作活用爲動詞了。例如：

① 毛嬙、麗姬，人之所美也；魚見之深入，鳥見之高飛，麋鹿見之決驟。
四者孰知天下之正色？（《莊子・齊物論》）

這段話的意思是：毛嬙、麗姬，眾人都認爲很美，但是，魚見了她們就潛入水底，鳥見了她們就飛到高空，麋和鹿見了她們就趕緊逃跑，人們認爲美的，魚、鳥、麋、鹿卻避之唯恐不及。這四者，哪個知道天下眞正的美色是什麼？其中的形容詞「美」後邊儘管沒有帶賓語，然而在具體語言環境中它卻用在了強調助詞「所」的後邊，因爲只有動詞才能用在「所」字後邊，可見這樣用的「美」具備了動詞的語法特點，那麼這個形容詞也可看作活用爲動詞了，可譯作「認爲美……」。

② 故俗之所貴，主之所賤也；吏之所卑，法之所尊也。上下相反，好惡乖迕，而欲國富法立，不可得也。（晁錯《論貴粟疏》）

這段話的意思是：因此一般俗人所看重的，正是君主所輕視的；一般官吏所鄙夷的，正是法律所尊重的。上下相反，好惡顛倒，在這種情況下，要想使國家富裕，法令實施，那是不可能的。其中的形容詞「貴」、「賤」、「卑」、「尊」後邊儘管沒有帶賓語，然而在具體語言環境中它們也都用在了強調助詞「所」的後邊，因爲只有動詞才能用在「所」字後邊，可見這樣用的形容詞也就具備了動詞的語法特點，那麼，「貴」、「賤」、「卑」、「尊」這幾個形容詞也可看作活用爲動詞了，可分別譯作「看重」、「輕視」、「鄙夷」、「尊重」等動詞意思。

③ 苟富貴，無相忘。(《史記·陳涉世家》)

這句話的意思是：如果有一天我變得富貴了，一定不會忘記你們的。其中的形容詞「富貴」後邊儘管沒有帶賓語，然而在具體語言環境中它卻獨立成為一個分句，前邊還有表假設意義的關聯成分，意思是如果我「變得富貴了」或者「富貴起來了」，可見這樣用的「富貴」具備了動詞的語法特點，那麼這個形容詞也可看作活用為動詞了，可譯作「變得富貴了」。

④ 亞父受玉斗，置之地，拔劍撞而破之。(《史記·項羽本紀》)

這句話的意思是：亞父接過玉斗，扔在地上，拔出劍來撞擊並打碎了它。其中的形容詞在具體語言環境中借助連詞「而」與前邊的動詞「拔」、「撞」構成了連續性的三個動作，這樣用的「破」即便不考慮後邊的「之」是否可以作為它的賓語，它也具備了動詞的語法特點，那麼這個形容詞也可看作活用為動詞了，可譯作「打碎了」。

二、形容詞用作「使動動詞」

形容詞用作使動動詞是形容詞活用作動詞的一種特殊形式，同樣都是形容詞活用作動詞，只不過此時的形容詞不是活用為一般動詞，而是在活用為動詞之後獲得了動詞的使動用法。古漢語中不僅動詞可以有使動用法，形容詞活用為動詞之後也可以有使動用法，只不過形容詞的使動用法要比動詞的使動用法少見一些。

當某一個形容詞活用作動詞之後按照動詞的使動用法來用時，這個形容詞就被用作使動動詞了。形容詞用作使動動詞的特點是：它暫時取得了動詞的資格，臨時具備動詞的語法語義特點，並且能使它後面的賓語具有它自己所表示的性質或狀態，表達「使……怎麼樣……」的意思。例如：

① 高余冠之岌岌兮，長余佩之陸離。(屈原《離騷》)

這句詩的意思是：要使我頭上的帽子加得高又高啊，要使我身上的佩物增得長又長。詩中的「余冠」、「余佩」分別作了「高」、「長」的賓語，但又不是一般的動賓關係，而原本是形容詞的「高」、「長」獲得了使動用法，可翻譯為「使我頭上的帽子加高」、「使我身上的佩物增長」。

② 古之善爲道者，非以明民，將以愚之。（《老子》第六十五章）

這句話的意思是：古代善於爲道的人，不是讓人民知曉智巧僞詐，而是使人民淳厚樸實，沒有巧詐之心。這裏的「明」是「知曉巧詐」的意思，這裏的「愚」不是指愚弄、蒙昧，而是指「敦厚樸實、善良忠厚」的意思。句中的「明」與「愚」原本都是形容詞，它們分別帶了賓語「民」與「之」，在句中活用爲動詞，但又都不是一般的動賓關係，可見形容詞「明」與「愚」已經用作使動動詞了，可翻譯爲「讓人民知曉智巧僞詐」、「使人民淳厚樸實」。

③ 君子正其衣冠，尊其瞻視，儼然人望而畏之，斯不亦威而不猛乎？。（《論語·堯曰》）

這句話的意思是：君子使其衣冠端正整齊，使其目光尊嚴不遊移，那樣子讓人見了就生敬畏之心，這不也是威嚴而不兇猛嗎？句中的「正」與「尊」原本都是形容詞，它們分別帶了賓語「其衣冠」與「其瞻視」，在句中活用爲動詞，但也都不是一般的動賓關係，可見形容詞「正」與「尊」已經用作使動動詞了，可翻譯爲「使其衣冠端正整齊」、「使其目光尊嚴不遊移」。

④ 故明主峭其法而嚴其刑也。（《韓非子·五蠹》）

這句話的意思是：因此聖明的君主使他國家的法律嚴峻，使他國家的刑罰嚴厲。句中的「峭」與「嚴」原本都是形容詞，它們分別帶了賓語「其法」與「其刑」，在句中活用爲動詞，但也都不是一般的動賓關係，可見形容詞「峭」與「嚴」已經用作使動動詞了，可翻譯爲「使法律嚴峻」、「使刑罰嚴厲」。

⑤ 今媼尊長安君之位，而封之以膏腴之地，多予之重器，而不及今令有功於國，一旦山陵崩，長安君何以自託於趙？（《戰國策·趙策四》）

這句話的意思是：現在您使長安君的地位尊貴，又封給他肥沃的土地，給他很多貴重物資，而不趁現在這個時機讓他爲國立功，一旦您辭世之後，長安君憑什麼在趙國站住腳呢？句中的「尊」原本是形容詞，它帶有賓語「長安君之位」，在句中活用爲動詞，並且用作使動動詞，可翻譯爲「使長安君的地位尊貴」。

⑥ 能富貴將軍者，上也；能親將軍者，太后也。（《史記·魏其武安侯列傳》）

這句話的意思是：能使將軍您富貴的是皇上，能使將軍您成爲朝廷親信的是太后。句中的「富貴」與「親」原本都是形容詞，它們分別都帶了賓語「將

軍」，在句中活用為動詞，並且用作使動動詞，可翻譯為「使將軍您富貴」、「使將軍您成為朝廷親信」。

⑦ 是以泰山不讓土壤，故能成其大；河海不擇細流，故能就其深；王者不卻眾庶，故能明其德。（李斯《諫逐客書》）

這句話的意思是：所以，泰山不拒絕泥土，因此能成就它的高大；江河湖海不捨棄細流，因此能成就它的深邃；有志建立王業的人不辭卻嫌棄民眾，因此能使他的德行顯赫。句中的「明」原本是形容詞，它帶有賓語「其德」，在句中活用為動詞，並且用作使動動詞，可翻譯為「使他的德行顯赫」。

⑧ 夫定國之術，在於強兵足食。（曹操《置屯田令》）

這句話的意思是：能使國家安定發展的辦法，在於使軍隊強大、使糧食充足。句中的「強」與「足」原本都是形容詞，它們分別都帶了賓語「兵」與「食」，在句中活用為動詞，並且用作使動動詞，可翻譯為「使軍隊強大」、「使糧食充足」。

⑨ 刻削之道，鼻莫如大，目莫如小，鼻大可小，小不可大也。目小可大，大不可小也。（《韓非子·說林下》）

這兩句話的意思是：雕刻的技巧往往是，鼻子不如讓它大一點，眼睛不如讓它小一點。鼻子刻大了，可以使它縮小；雕小了，就無法使它變大了。眼睛刻小了，可以使它擴大；刻大了，就無法使它變小。

有時候，形容詞用作動詞後沒有帶賓語，但根據上下文的意思，也可判斷其用作使動動詞。從這段話來看，「鼻大可小」、「小不可大」、「目小可大」、「大不可小」這幾處的「可大」、「可小」，因為「大」和「小」的前邊都受能願副詞「可」的限制，可知「大」和「小」已經活用作動詞了，再聯繫上下文的文意，可以斷定其為使動用法，可翻譯為「使它擴大」、「使它縮小」。根據這樣的文意，再來看前邊兩處的「鼻莫如大」和「目莫如小」中的「大」和「小」，雖然沒有賓語，同樣也屬於形容詞的使動用法，應該翻譯作「使它大一點」、「使它小一點」。

⑩ 強本而節用，則天不能貧。（《荀子·天論》）

這句話的意思是：增強根本（努力農業生產）而節約用度，那麼天就不能讓人貧窮。根據上面例⑨的道理，形容詞「貧」用作動詞後沒有帶賓語，但根據上下文的意思，也可判斷其用作使動動詞，可譯作「讓人貧窮」。

形容詞的使動用法在現代漢語中還留有沿用的痕迹，例如：「端正態度」、「豐富市場」、「鞏固基礎」、「方便群眾」、「密切關係」等動賓短語，其中的「端正」、「豐富」、「鞏固」、「方便」、「密切」就都是由形容詞轉化爲動詞再帶上賓語構成的使動用法，可理解爲「使態度端正」、「使市場豐富」、「使基礎鞏固」、「使群眾方便」、「使關係密切」。以至於這樣用久了，「端正」、「豐富」、「鞏固」、「方便」、「密切」等詞都獲得了兼類詞的資格，它們都兼屬於形容詞和動詞。

三、形容詞用作「意動動詞」

形容詞用作意動動詞也是形容詞活用作動詞的一種特殊形式，同樣都是形容詞活用作動詞，只不過此時的形容詞既不是活用爲一般動詞，也不是活用爲使動動詞，而是在活用爲動詞之後獲得了意動用法。古漢語中眞資格的動詞並沒有意動用法，只有形容詞與名詞活用爲動詞之後才可能有意動用法。

當某一個形容詞活用作動詞之後按照意動用法來用時，這個形容詞就被用作意動動詞了。形容詞用作意動動詞的特點是：它暫時取得了動詞的資格，臨時具備動詞的語法語義特點，並且能使主語主觀上認爲（以爲）賓語具有充當動語的形容詞所具有的屬性。也就是說，它表示主語「認爲（以爲）賓語怎麼樣」或「把賓語當什麼」的意思。例如：

① 甘其食，美其服，安其居，樂其俗，鄰國相望，雞犬之聲相聞，民至老死不相往來。（老子《道德經》第八十章）

這句話的意思是：人民覺得吃得香甜，認爲穿得漂亮、感到住得安適，認爲生活習俗快樂。國與國之間互相望得見，雞犬的叫聲都可以聽得見，但人民從生到死，也不互相往來。其中「甘其食，美其服，安其居，樂其俗」的「甘、美、安、樂」就都是形容詞用作意動動詞，它表示主語「人民」認爲（以爲）賓語「其食、其服、其居、其俗」怎麼樣，可以分別譯作「覺得吃得香甜」、「認爲穿得漂亮」、「感到住得安適」、「認爲生活習俗快樂」。

② 敏而好學，不恥下問，是以謂之文也。（《論語・公冶長》）

這句話的意思是：天資聰明卻好學習，並且不把向別人請教世俗認爲低端簡單的問題爲恥，（正因爲具有這種難能可貴的學習精神）因此可以用「文」這個字來作爲他的諡號。其中「不恥下問」的「恥」是形容詞用作意動動詞，

「恥」的本來意思是指羞恥、不好意思，在這裏它表示主語把賓語「下問」（問低端的簡單的問題）不當作「羞恥、不好意思」，「不恥下問」的含義就是「不以下問為恥」，可以譯作「不把向別人請教世俗認為低端簡單的問題為恥」。

③ 禹稷當平世，三過其門而不入，孔子賢之。（《孟子‧離婁下》）

這句話的意思是：禹、稷處於政治清明的時代，三次經過自己家門都不進去，孔子認為他們很賢明。其中「孔子賢之」的「賢」是形容詞用作意動詞，表示主語「孔子」認為賓語「之」（他們）「很賢明」的意思，可以譯作「孔子認為他們很賢明」。

④ 吾妻之美我者，私我也；妾之美我者，畏我也；客之美我者，欲有求於我也。（《戰國策‧齊策一》）

這段話的意思是：我的妻子認為我美，是偏愛我；我的妾認為我美，是懼怕我；客人認為我美，是想有求於我。其中三處「美我」的「美」是形容詞用作意動詞，分別表示主語「妻、妾、客」認為賓語「我」很美的意思，可以譯作「認為我美」。

⑤ 不以此時引維綱，盡思慮，今已虧形為掃除之隸，在闒茸之中，乃欲昂首信眉，論列是非，不亦輕朝廷，羞當世之士邪！（司馬遷《報任安書》）

這段話的意思是：我沒有利用這個機會申張綱紀，竭盡思慮，到現在身體殘廢而成為打掃污穢的奴隸，處在卑賤者中間，還想昂首揚眉，評論是非，不也是認為朝廷無足輕重、羞辱了當世的君子們嗎？其中「輕朝廷」的「輕」是形容詞用作意動詞，表示主語認為賓語「朝廷」無足輕重的意思。

⑥ 且庸人尚羞之，況於將相乎！（《史記‧廉頗藺相如列傳》）

這句話的意思是：平庸的人對這種情況尚且感到羞恥，更何況是將相呢！其中「羞之」的「羞」是形容詞用作意動詞，表示「以之為羞」的意思，可譯作「感到羞恥」。

⑦ 時充國年七十，上老之。（《漢書‧趙充國傳》）

這句話的意思是：當時趙充國已經年屆七十，皇上認為他老了。其中「上老之」的「老」是形容詞用作意動詞，表示「以之為老」的意思，可譯作「認為他老」。

⑧ 是故明君貴五穀而賤金玉。（晁錯《論貴粟疏》）

這句話的意思是：因此，賢明的君主重視五穀而輕視金玉。其中「貴五穀」的「貴」、「賤金玉」的「賤」都是形容詞用作意動動詞，表示「以之為貴」或者「以之為賤」的意思，可譯作「重視五穀」、「輕視金玉」。

⑨ 漁人甚異之，復前行，欲窮其林。（陶淵明《桃花源記》）

這句話的意思是：漁人對此感到十分奇怪。便繼續往前走，想要走到林子的盡頭。其中「漁人甚異之」的「異」是形容詞用作意動動詞，表示「以之為異」的意思，可譯作「漁人對此感到十分奇怪」。

⑩ 朕觀《隋煬帝集》，文辭奧博，亦知是堯舜而非桀紂，然行事何其反也！」（《資治通鑑》）

這句話的意思是：我閱覽《隋煬帝集》，文辭深奧廣博，亦知道肯定堯舜的作為而批判桀紂的劣行，可是他的所作所為怎麼就那麼相反呢！其中「是堯舜而非桀紂」的「是」與「非」都是形容詞用作意動動詞，表示「以之為是」或「以之為非」的意思，可譯作「稱道堯舜的作為而批判桀紂的劣行」。

⑪ 孔子登東山而小魯，登泰山而小天下，故觀於海者難為水，遊於聖人之門者難為言。（《孟子‧盡心上》）

這句話的意思是：孔子登上了東山，就覺得魯國變小了，登上了泰山，就覺得天下變小了，所以看過大海的人，就難以被別的水吸引了，在聖人門下學習的人，就難以被別的言論吸引了。其中的「小魯」與「小天下」中的「小」是形容詞用作意動動詞，表示「以之為小」的意思，可譯作「覺得魯國變小了」、「覺得天下變小了」。

通過以上各例可以看出，形容詞的意動用法也是文言中一種簡潔的特殊表達方式，其主動賓三者之間存在著一種特殊的相互關聯的關係。其本質在於某些形容詞用作動詞充當動語時，側重表達主觀上的感覺、看待或評價，構成特殊的動賓關係，這種特殊的動賓語關係就是：主語認為賓語所代表的人或事物有動語自身所代表的性狀。

四、形容詞用作「爲動動詞」

形容詞用作爲動動詞也是形容詞活用作動詞的一種特殊形式，同樣都是形容詞活用作動詞，只不過此時的形容詞既不是活用爲一般動詞，也不是活用爲使動動詞或意動動詞，而是在活用爲動詞之後獲得了動詞的爲動用法。前文第41 節和第 43 節我們曾經介紹過動詞的爲動用法和名詞的爲動用法，這裏再來討論一下形容詞的爲動用法。

當某一個形容詞活用作動詞之後按照爲動用法來用時，這個形容詞就被用作爲動動詞了。形容詞用作爲動動詞的特點是：它暫時取得了動詞的資格，臨時具備動詞的語法語義特點，並且能表示爲賓語、替賓語或者對賓語施行某一動作行爲。簡言之，主語爲賓語而實施該形容詞臨時獲得的「爲賓語而怎麼樣」的某種動詞意義。形容詞用作爲動動詞的機率並不多，下面略舉幾例：

① 吾夜者夢夫人趨而來，曰：「吾苦饑。」（《穀梁傳・僖公十年》）

這句話的意思是：我夜裏夢見夫人快步走來，她說：「我由於飢餓而感到痛苦。」其中「吾苦饑」的「苦」即爲形容詞的爲動用法。這裏的「苦」本是形容詞，活用爲動詞之後意爲「感到痛苦」，後面的「饑」是它的賓語，「苦饑」的含義應該是「爲飢餓而感到痛苦」。

② 稷勤百穀而山死（《國語・魯語》）

這句話的意思是：后稷爲播種百穀而勤於勞作，最後累死在山路上。其中「勤百穀」的「勤」即爲形容詞的爲動用法。這裏的「勤」本是形容詞，活用爲動詞之後意爲「勤於勞作」，後面的「百穀」是它的賓語，「勤百穀」的含義應該是「爲播種百穀而勤於勞作」。

③ 景公外傲諸侯，內輕百姓。（《晏子春秋・內篇》）

這句話的意思是：景公在國外對諸侯很傲慢，在國內對百姓很鄙視。其中「傲諸侯」與「輕百姓」兩處的「傲」與「輕」都是形容詞的爲動用法。它們本是形容詞，活用爲動詞之後意爲「傲慢對待」、「輕鄙對待」，後面的「諸侯」與「百姓」分別是它們的賓語，「傲諸侯」的含義應該是「面對諸侯很傲慢」，「輕百姓」的含義應該是「面對百姓很鄙視」。

五、形容詞用作名詞

形容詞用作名詞，就是形容詞在表達中明顯具有表示人或事物的特徵和意義，也就是表達者臨時將它當作名詞來使用了。形容詞用作名詞需要具體的語法環境，大致在如下幾種語法環境中，形容詞可能會被用作名詞。

其一，當形容詞充當主語的時候，往往用作名詞。例如：

① 為肥甘不足於口與？輕暖不足於體與？抑為彩色不足視於目與？聲音不足聽於耳與？便嬖不足使令於前與？王之諸臣皆足以供之，而王豈為是哉？（《孟子‧梁惠王上》）

這段話的意思是：是因為肥美甘甜的食物不夠口腹享受嗎？輕軟溫暖的衣服不夠身體穿著嗎？豔麗的色彩不夠眼睛觀賞嗎？美妙的音樂不夠耳朵聆聽嗎？左右的侍從不夠使喚嗎？這些，大王的臣下都足以供給，大王難道是為了這些嗎？其中前兩個問句的主語「肥甘」、「輕暖」都是由形容詞充當的，也就是說「肥甘」、「輕暖」原本都是形容詞，但在這兩個問句的具體語言環境中，它們明顯具有表示事物的含義，具體所指的是「肥美甘甜的食物」、「輕軟溫暖的衣服」，那麼，「肥甘」、「輕暖」這兩個形容詞就用作名詞了。

② 句讀之不知，惑之不解，或師焉，或不焉，小學而大遺，吾未見其明也。（韓愈《師說》）

這段話的意思是：不知道斷句要問老師，有疑惑不能解決卻不願問老師，小的方面（句讀）要學習，大的方面（解惑）卻丟棄，我沒見到他聰明在哪裏。其中「小學而大遺」由兩個主謂短語並列而成，「小學」、「大遺」這兩個主謂短語的主語「小」、「大」都是由形容詞充當的，也就是說「小」、「大」原本都是形容詞，但在這兩個主謂短語的具體語言環境中，它們明顯具有表示事物的含義，具體所指的是「小的方面（句讀）」、「大的方面（解惑）」，那麼，「小」、「大」這兩個形容詞就用作名詞了。

③ 故人不獨親其親，不獨子其子，使老有所終，壯有所用，幼有所長，矜、寡、孤、獨、廢疾者，皆有所養。（《禮記‧禮運篇》）

這段話的意思是：所以人們不單是把自己的雙親作為雙親，也不單是把自己的子女當作子女，還要使社會上的老年的人得以安享天年，壯年的人得以貢獻才力，幼年的人得以順利成長。使死了妻子的丈夫，死了丈夫的寡婦，失去

父母的孤兒，失去兒子的獨老，有殘疾的人都能有所供養。其中「老有所終」、「壯有所用」、「幼有所長」這幾個主謂短語中的主語「老」、「壯」、「幼」都是由形容詞充當的，在上面的具體語言環境中，它們明顯具有表示人的意義，具體所指的是「老年的人」、「壯年的人」、「幼年的人」，那麼，「老」、「壯」、「幼」這三個形容詞就都用作名詞了。

④ 親舊知其如此，或置酒而招之；造飲輒盡，期在必醉。(陶淵明《五柳先生傳》)

這句話的意思是：親戚朋友知道他這種境況，有時擺了酒席來招待他；他去喝酒就喝個盡興，希望一定喝醉。其中頭一個分句的主語「親舊」是由形容詞充當的，在具體語言環境中，它們明顯具有表示人的意義，具體所指的是「親朋老友」，那麼，「親」與「舊」這兩個形容詞就都用作名詞了。

⑤ 當是時，婦手拍兒聲，口中嗚聲，兒含乳啼聲，大兒初醒聲，床聲，夫叱大兒聲，溺瓶中聲，溺桶中聲，一齊湊發，眾妙畢備。(林嗣環《虞初新志‧秋聲詩自序》)

這段話的意思是：在這時候，婦女用手拍孩子的聲音，口裏哼著闖孩子的聲音，孩子含著奶頭的哭聲，大孩子剛醒過來的聲音，床發出的聲音，丈夫責罵大孩子的聲音，小便解入瓶中的聲音，解入桶中的聲音，同時響起，各種絕妙的效果都齊備了。其中最後一個分句的主語「眾妙」是由形容詞性的定中短語充當的，這個定中短語的中心語「妙」是一個形容詞，在具體語言環境中，它又明顯具有表示事物的含義，具體所指的是「絕妙的效果」，可見「妙」這個形容詞就用作名詞了。

其二，當形容詞充當賓語的時候，往往用作名詞。例如：

① 彼節者有間，而刀刃者無厚……(《莊子‧養生主》)

這句話的意思是：那牛的骨節有間隙，而刀刃沒有厚度。其中後一個分句的賓語「厚」是由形容詞充當的，在具體語言環境中，它明顯具有表示事物的含義，具體所指的是「厚度」，那麼，「厚」這個形容詞就用作名詞了。

② 今公子有急，此乃臣效命之秋也。(《史記‧魏公子列傳》)

這句話的意思是：如今公子有了急難，這就是我為公子殺身效命的時候了。其中前一個分句的賓語「急」是由形容詞充當的，在具體語言環境中，它明顯

具有表示事物的含義，具體所指的是「急難」，那麼，「急」這個形容詞就用作名詞了。

③ 將軍身被堅執銳，伐無道，誅暴秦，復立楚國之社稷，功宜爲王。（《史記・陳涉世家》）

這句話的意思是：將軍您親身披著堅韌的戰甲，拿著銳利的兵器，討伐不義的暴君，消滅殘暴的秦政，重建楚國的江山，按照功勞應當稱王。其中前一個分句中「被堅執銳」的兩個賓語「堅」和「銳」是由形容詞充當的，在具體語言環境中，它明顯具有表示事物的含義，具體所指的是「堅韌的戰甲」和「銳利的兵器」，那麼，「堅」和「銳」這兩個形容詞就都用作名詞了。

④ 吾與汝畢力平險，指通豫南，達於漢陰，可乎？（《列子・湯問》）

這句話的意思是：我和你們用盡全力鏟平險峻的大山，使道路一直通到豫州南部，到達漢水南岸，好嗎？其中前一個分句的賓語「險」是由形容詞充當的，在具體語言環境中，它明顯具有表示事物的含義，具體所指的是「險峻的大山」，那麼，「險」這個形容詞就用作名詞了。

⑤ 此文人畫士，心知其意，未可明詔大號以繩天下之梅也；又不可以使天下之民斫直，刪密，鋤正，以夭梅病梅爲業以求錢也。（龔自珍《病梅館記》）

這段話的意思是：（對於）這，文人畫家在心裏明白它的意思，卻不便公開宣告，大聲疾呼，用（這種標準）來約束天下的梅。又不能夠來讓天下種梅人砍掉筆直的枝幹、除去繁密的枝條、鋤掉端正的枝條，把枝幹摧折、使梅花呈病態作爲職業來謀求錢財。其中「斫直」、「刪密」、「鋤正」幾處的賓語「直」、「密」、「正」都是由形容詞充當的，在具體語言環境中，它們明顯具有表示事物的含義，具體所指的是「筆直的枝幹」、「繁密的枝條」、「端正的枝條」，那麼，「直」、「密」、「正」這三個形容詞就用作名詞了。

其三，當形容詞位於「其」字或者「之」字後面充當它們的中心詞時，往往用作名詞。例如：

① 甯武子，邦有道則知，邦無道則愚，其知可及也，其愚不可及也。（《論語・公冶長》）

這句話的意思是：甯武子這個人，當國家有道時，他就顯得有智慧，當國家無道時，他就裝傻。他的那種智慧行爲，別人可以達到，他的那種愚癡行爲，

別人就做不到了。其中的「其知」、「其愚」是由代詞「其」加形容詞「知」（智）、「愚」構成的，在具體語言環境中，它們明顯具有表示事物的含義，具體所指的是「智慧行爲」、「愚癡行爲」，那麼「知」（智）、「愚」這兩個形容詞也就用作名詞了。

② 是以太山不讓土壤，故能成其大；河海不擇細流，故能就其深；王者不卻眾庶，故能明其德。（李斯《諫逐客書》）

這段話的意思是：因此，泰山不拒絕泥土，所以能成就它的高大形象；江河湖海不捨棄細流，所以能成就它的深邃姿態；有志建立王業的人不嫌棄民眾，所以能彰明他的德行。其中的「其大」、「其深」是由代詞「其」加形容詞「大」、「深」構成的，在具體語言環境中，它們明顯具有表示事物的含義，具體所指的是「它的高大形象」、「它的深邃姿態」，那麼「大」「深」這兩個形容詞也就用作名詞了。

③ 異於白馬之白也，無以異於白人之白也；不識長馬之長也，無以異於長人之長與？且謂長者義乎？長之者義乎？（《孟子·告子上》）

這段話的意思是：白馬的白，沒有什麼區別於白人的白；不知道對老馬的尊敬，也沒有什麼區別於對長者的尊敬的嗎？再說，是認爲長者那裏存在義呢，還是尊敬他的人那裏存在義呢？在這段話中的「白馬之白」、「白人之白」、「長馬之長」、「長人之長」四個定中短語中，「之」字前面的起修飾作用的「白」和「長」都是形容詞，而「之」字後面的「白」和「長」則都是形容詞用作名詞了。因爲在具體語言環境中，「之」字後面的「白」和「長」明顯具有表示事物或人的含義，具體所指的應該是「白色的特徵」、「年長的特徵」。

④ 北有甘泉、谷口之固，南有涇、渭之沃……（《史記·刺客列傳》）

這句話的意思是：秦國北面有甘泉、谷口堅固險要的地勢，南面有涇河、渭水流域肥沃的土地。其中的「之固」、「之沃」是由代詞「之」加形容詞「固」、「沃」構成的，在具體語言環境中，它們明顯具有表示事物的含義，具體所指的是「堅固險要的地勢」、「肥沃的土地」，那麼「固」、「沃」這兩個形容詞也就用作名詞了。

其四，當形容詞位於數詞的後面兼代中心詞時，往往用作名詞。例如：

① 昔三仁去而殷虛，二老歸而周熾，子胥死而吳亡，種蠡存而越霸，五

殺入而秦喜，樂毅出而燕懼，范雎以折摺而危穰侯，蔡澤以噤吟而笑唐舉。（《漢書·楊雄傳》）

這段話的意思是：從前三個仁人離開後殷就虛弱了，兩位老人歸依後周便強盛了，子胥死吳亡國，種蠡在越稱霸，五殺來秦高興，樂毅走燕恐懼，范雎用折拉使穰侯危險，蔡澤以曲頤受唐舉嘲笑。其中的「三仁」、「二老」是由數詞「三」、「二」加形容詞「仁」、「老」構成的，在具體語言環境中，當形容詞位於數詞的後面兼代中心詞時，它們明顯具有表示人或事物的屬性，具體所指的是「三個仁人」、「兩位老人」，那麼「仁」、「老」這兩個形容詞也就用作名詞了。

② 四美具，二難並。窮睇眄於中天，極娛遊於暇日。天高地迥，覺宇宙之無窮；興盡悲來，識盈虛之有數。（王勃《滕王閣序》）

這段話的意思是：（音樂與飲食，文章和言語）這四種美好的事物都已經齊備，（良辰美景，賞心樂事）這兩個難得的條件也同時滿足了，向天空中極目遠眺，在閒暇的日子裏盡情歡娛；蒼天高遠，大地寥廓，令人感到宇宙的無窮無盡。歡樂逝去，悲哀襲來，我知道了事物的興衰成敗是有定數的。其中的「四美」、「二難」是由數詞「四」、「二」加形容詞「美」、「難」構成的，在具體語言環境中，它們也明顯具有表示人或事物的屬性，具體所指的是「四種美好的事物」、「兩個難得的條件」，那麼「美」、「難」這兩個形容詞也就用作名詞了。

通過以上兩例可以看出，形容詞通常是表示性質狀態的，不可指數，這裏可以用數詞來指稱，足見它們已經兼代中心詞表示人或事物，已經活用作名詞了。

其五，當形容詞兼代中心詞用作介詞「以」的賓語時，往往用作名詞。例如：

① 君亦必無盛鶴列於麗譙之間，無徒驥於錙壇之宮，無藏逆於得，無以巧勝人，無以謀勝人，無以戰勝人。（《莊子·徐无鬼》）

這段話的意思是：你一定不要浩浩蕩蕩地像鶴群飛行那樣布陣於麗譙樓前，不要陳列步卒騎士於錙壇的宮殿，不要包藏貪求之心於多種苟有所得的環境，不要用智巧的手段去戰勝別人，不要用謀劃去打敗別人，不要用戰爭去征服別人。其中「無以巧勝人」一個分句中的「以巧」就是由形容詞「巧」兼代

中心詞並用作介詞「以」的賓語，可以譯作「用智巧的手段」，可見形容詞「巧」已經用作名詞了。

　　② 立嫡以長不以賢，豈可動乎？（《晉書》卷三十一・列傳第一）

　　這句話的意思是：立太子是以長子而不以才德，怎麼能改變？在封建時代，王位或官位，爵位，財產等都會指定繼承人，而指定繼承人所要遵守的原則就是「以禮爲先」。其中只有兩條原則，即「立子以貴不以長，立嫡以長不以賢。」第一條「立子以貴不以長」是說在眾多兒子中，正妻的兒子叫「嫡子」，身份出生爲貴。除了正妻以外的其它的妻妾或姨太太的兒子叫「庶子」，身份次之。只有嫡子才有資格繼承財產和世襲爵位，即使庶子比嫡子早出生也沒有僭越或者窺伺的權利。除非嫡子死了，才輪得到庶子繼承。所以叫「以貴不以長」。而「立嫡以長不以賢」是第二條原則，是說如果嫡子有好幾個，那麼在嫡子中，又該是誰最有資格繼承呢？誰最大，誰就有權利繼承家族的財產和爵位，即使老大是個愚笨的，甚至是個癡呆，只要活著就享有優先繼承權，這就叫「立嫡以長不以賢」。

　　在例句中「立嫡以長不以賢」一個分句中的「以長」和「以賢」分別是由形容詞「長」和「賢」兼代中心詞並用作介詞「以」的賓語，可以理解爲「以年齡長幼的標準」和「以才乾德行賢愚的標準」，「長」和「賢」可以分別譯作「長子」和「才德」，可見形容詞「長」和「賢」已經用作名詞了。

　　總之，在上述五種語言環境中，形容詞都臨時活用爲名詞了。也許有人會說，既然本書在第 41 節「動詞的活用」中不承認動詞活用爲名詞，那爲什麼要在本節中承認形容詞活用爲名詞呢？這其中的道理主要是因爲，當動詞用作主語或賓語的時候並沒有改變它的動詞意思，按照動詞的原來意思來理解完全可以講得通；而當形容詞用作主語或賓語的時候已經改變了它的形容詞意思，比如前文「其一」和「其二」所舉的各例，按照形容詞的原來意思已經講不通了。更何況還有「其三」、「其四」、「其五」等動詞所不具備的各種情形，按照形容詞的原來意思來理解就更講不通了，也就是說，用在上述五種語言環境中的形容詞，只有按跟該形容詞相關的名詞意思來理解，句意才可通，那麼就應該承認它活用作名詞了。形容詞活用作名詞，是形容詞在其本義轉化的條件下的活用，也就是說是在保持該形容詞本身的基本意思的基礎上臨時具有名詞的語法功能的，它的詞義如何精準地把握，這取決於古代的語言習慣與具體的語言環境。

46. 「之」字的語法功能之一：「之」的動詞本義及早期用法

此前五節（41 節至 45 節）論及文言的動詞、名詞、形容詞這三種核心成分詞的語法活用現象，以下六節（46 節至 51 節）來關注文言的三個重要結構助詞「之」、「者」、「所」的各種特殊語法功能。本節先從「之」字談起。

「之」在古漢語中使用頻率極高，用法也頗爲複雜，既可作成分詞，也可作關係詞，不同的語境裏「之」有不同的用法。常言道「之乎者也」，便是對古漢語文言特徵的代稱，在民間還流傳一句諺語：「之乎者也已焉哉，用得成章好秀才」，由此可見「之」字是坐在文言第一把交椅的。這居於漢語文言之首的「之」主要有動詞、代詞、助詞三種詞性：用作動詞的「之」與用作代詞的「之」都可以單獨充當句法成分，屬於成分詞，是「之」字的本源用法；而用作助詞的「之」雖然屬於引申用法，却是它施展才華的廣闊天地。用作助詞的「之」，屬於關係詞，它不能單獨充當句法成分，多數情形經常用於某些相呼應的成分之間，幫助結成一定的關係或起一定的標誌作用；少數情形位於動詞、形容詞或某些表時間的副詞之後，起舒緩語言結構的作用。

關於「之」的上述諸多語法功能特徵，我們準備分四節來具體分析，本節擬討論「之」的早期用法以及它用作動詞的情形。

一、「之」的動詞用法例解

迄今爲止，我們還沒有發現「之」在甲骨文和金文中的動詞用法，但這並不意味著「之」的初始義不是動詞，因爲甲骨文字形告訴我們，它是爲了一個常用的動詞義「往」（到某處去）而造的字，也可能是由於甲骨卜辭與青銅銘文的內容限制了動詞「之」的出現。

用作動詞的「之」是它的造字本義。《說文解字》「之，出也。象屮過中，枝莖益大，有所之。一者，地也。」《段注》：「出也。引申之義爲往。」因爲許慎和段玉裁都不是根據甲骨文字形而是根據小篆字形來尋求本義，故都將「之」的本義解爲動詞義「出也」，不過他們所說的「出」不是出行、出發的「出」，而是生出、長出的「出」，許慎所謂「象屮過中，枝莖益大」就是說他認爲「之」的字形象植物從地面生長而出的樣子，於是又補充了一句「一者，地也。」把「之」字下邊的一畫解釋爲地面的「地」其實並不錯，只是這一畫上面的部分

卻不是「屮」或「中」，根據甲骨文字形，這表示地面的一畫上面的部分是一隻腳（止）的象形。

可見，「之」的造字本義不是草從地面上長出，而是腳在地面上行走。下邊的一畫表示行走的起點，上邊的「止」表示前行的方向，因此「之」的造字本義應該是段注所云「引申之義爲往」的「往」，不過段玉裁也只說對了一半，因爲「往」的意思是「之」的造字本義，而不是引申義。「之」是如何由甲骨文字形演變爲現代字形的，說來也很順其自然，原來下面的表示地面或行走起點的一直橫演變成現代漢字筆畫的橫撇了，這毋庸置疑，上面的表示腳掌（止）的象形符號被逆時針旋轉了 90 度，原來示意大腳趾的部分演變爲「之」字上邊的一點，原來示意腳掌輪廓的部分演變爲「之」字中間的橫折撇，這樣一看，「之」字原來的古文字形貌還隱約可見，其本義爲「往」是確定無疑的。

如上所述，用作動詞的「之」是它的造字本義，它的基本意思是「往」、「到」、「至」，意爲「到……某地或某處」。例如：

① 泛彼柏舟，在彼中河。髧彼兩髦，實維我儀。之死矢靡它。母也天只！不諒人只！泛彼柏舟，在彼河側。髧彼兩髦，實維我特。之死矢靡慝。母也天只！不諒人只！（《詩經·鄘風·柏舟》）

這首詩的意思是：蕩著那只柏木船，飄呀飄在河中間。情郎劉海兩邊垂，實是我的好侶伴。至死不把心來變。我的娘呀我的天，何不體諒我心願！蕩著那只柏木船，飄呀飄在河側邊。情郎劉海兩邊垂，實是討得我心歡。至死不把手來放。我的娘呀我的天，何不體諒我心願！

可以看出，主人公是一個待嫁的姑娘，她選中了一個少年郎作爲對象，姑娘的選擇未能得到母親的同意，所以她滿腔怨恨，發誓要跟戀人手牽手永不變心。兩章詩中各有最爲關鍵的一句話「之死矢靡它」和「之死矢靡慝」，這兩句詩的第一個詞就是用作動詞的「之」，「之死」就是到死、至死的意思。

② 敵人之悼懼憚恐、單蕩精神，盡矣，咸若狂魄，形性相離，行不知所之，走不知所往，雖有險阻要塞、銛兵利械，心無敢據，意無敢處，此夏桀之所以死於南巢也。（《呂氏春秋·仲秋紀·論威》）

這段話的意思是：敵人恐懼害怕，精神衰竭、動搖，已經達到極點。他們嚇得像是神經錯亂一樣，魂不守舍，行走不知道朝哪裏走，奔跑不知道往哪裏跑，即使有險阻要塞、堅利兵甲，心裏也不敢依託，精神也無法安寧，這就是

夏桀死在南巢的原因啊。其中的「行不知所之，走不知所往」兩句「之」與「往」對文見意，可見「之」就是動詞「往」的意思。

③ 莊辛去之趙，留五月，秦果舉鄢、郢、巫、上蔡、陳之地，襄王流掩於城陽。於是使人征莊辛於趙。莊辛曰：「諾。」（《戰國策·楚策》）

這段話的意思是：莊辛離開楚國到了趙國，他只在那裏住了五個月，秦國就發兵攻佔了鄢、郢、巫、上蔡、陳這些地方，楚襄王也流亡躲藏在城陽。在這時候，楚襄王派人到趙國召請莊辛。莊辛說：「可以。」其中「莊辛去之趙」的「之」是動詞「往」或「到」的意思。

④ 陳涉少時，嘗與人傭耕，輟耕之壟上，悵恨久之，曰：「苟富貴，無相忘。」（《史記·陳涉世家》）

這段話的意思是：陳涉年輕時，曾同別人一起被雇傭給人耕地，他停止耕作走到田埂高地上休息，因失望而歎息了許久，說：「如果有誰富貴了，不要忘記大家呀。」其中的「輟耕之壟上」是由兩個動作構成的連動結構，先「輟耕」再「之壟上」，這裏的「之」就是動詞「往」的意思。

⑤ 又間令吳廣之次所旁叢祠中，夜篝火，狐鳴呼曰：「大楚興，陳勝王。」（《史記·陳涉世家》）

這段話的意思是：陳勝又暗地裏派吳廣到駐地旁邊叢林裏的神廟中，在夜間點著野火，模仿狐狸嗥叫的淒厲的聲音大喊：「大楚將興，陳勝為王。」其中「之次所旁叢祠中」的「之」也是動詞「往」的意思。

⑥ 張良是時從沛公，項伯乃夜馳之沛公軍，私見張良，具告以事。（《史記·項羽本紀》）

這段話的意思是：張良這時正跟隨沛公，項伯連夜驅馬跑到沛公軍中，私下會見了張良，把事情全都告訴了他，想叫張良跟他一起離開。其中「之沛公軍」的「之」是動詞「往」或「到」的意思。

⑦ 送杜少府之任蜀州（唐·王勃詩題）

這一句唐詩標題中的「之」是動詞「前往」的意思。

⑧ 由是觀之，則今之高爵顯位，一旦抵罪，或脫身以逃，不能容於遠近，而又有剪髮杜門，佯狂不知所之者，其辱人賤行，視五人之死，輕重固何如哉？（張溥《五人墓碑記》）

這段話的意思是：由此看來，那麼如今這些高官顯貴們，一旦因犯罪受相應的懲罰，有的人脫身逃走，不能被遠近的百姓所容納；也有的剪下頭髮離群索居、閉門謝客，或假裝瘋狂不知逃到何處的，他們那可恥的人格，下賤的品行，比起這五個人的死來，輕重的差別到底怎麼樣呢？其中「佯狂不知所之者」的「之」是動詞「往」或「到」的意思。

⑨ 貧者語於富者曰：「吾欲之南海，何如？」（彭端淑《爲學一首示子姪》）

這句話的意思是：窮和尚對富和尚說：「我想要到南海去，你看怎麼樣？」其中「吾欲之南海」的「之」是動詞「往」或「到」的意思。

分析以上各例，可以看出在具體語言運用中，「之」用作動詞也是有規律可循的。

一是動詞「之」帶有名詞性的賓語，它的後面一般會跟一個表示地點的名詞，前面通常有人名或人稱代詞，整個句子合起來應爲「某人去某地」的表達格式，如所舉的例③、例④（承前省略了陳涉）、例⑤、例⑥、例⑦、例⑨。

二是動詞「之」帶有動詞性的賓語，它的後面跟著一個動詞性成分，如所舉例①中的「之死矢靡它」和「之死矢靡慝」兩句，「之」的後邊出現的是動詞「死」，實際上所表示的意思是「到死的時候」。

三是動詞「之」前邊附有強調助詞「所」，如所舉例②和例⑧中的「行不知所之」和「佯狂不知所之者」兩句，因爲只有動詞性的成分才能出現在「所」字後邊，故這樣用的「之」必然是用作動詞了。

二、先秦時期「之」字用法考察

「之」在甲骨卜辭中通常只用作指代詞，有時是用在名詞前邊作定語，例如：「乙丑卜，之一月其雨？」（《卜辭通纂》）；有時是用在動詞後邊作賓語，例如：「在之」、「從之」（《殷契粹編》）。「之」在甲骨卜辭中偶而也有稱代詞的萌芽，例如：「王往，從之。」（轉引自黃盛璋《先秦代詞研究》）總之，在殷商甲骨文中，「之」一般是用作指代詞與稱代詞，這僅僅是「之」字用法的初露端倪。

「之」在西周金文和春秋戰國金文中除繼續用作指代詞與稱代詞之外，又有了一些新的用法，可以概括爲三種情形：一是指代詞的用法日漸成熟，二是稱代詞的用法日臻完備，三是出現了用於定語和中心語之間的情形。例如：

① 余其敢對揚天子之休，其萬年世子孫永寶用之。（青銅器《馬尊》銘文）

這句話的意思是：我斗膽報答宣揚天子的美德，希望子孫後代永遠把它保存利用。其中「用之」的「之」是指代詞的繼續沿用。

② 子之子，孫之孫，其永寶用無疆。（青銅器《方壺》銘文）

這句話的意思是：兒子的兒子，孫子的孫子，希望子子孫孫永遠把它保存利用沒有期限。其中「子之子，孫之孫」中的「之」是用於定語和中心語之間的情形。

到了春秋戰國時期，「之」的動詞用法已經較爲普遍，其他各種用法也都日臻完備，這在大量的先秦典籍中有著豐富的例證，即便是同一部著作中都能看到「之」字各種用法的紛繁用例，下面僅以《孟子》爲證。在《孟子》一書中，「之」字隨處可見，是使用最多的字，據楊伯峻先生在《孟子譯注》中考證統計，「之」字在全書中共出現了 1902 次，出現的頻率非常高，各種用法都有語言實例可尋。

其一，用作動詞的「之」。例如：

① 臣聞之胡齕曰：王坐於堂上，有牽牛而過堂下者。王見之，曰：「牛何之？」對曰：「將以釁鐘。」（《孟子·梁惠王上》）

這段話的意思是：我聽胡齕說：您坐在大殿上，有個人牽牛從殿下走過。您看見這個人，問道：「牛牽到哪裏去？」那人回答說：「準備用它來祭鐘。」其中「牛何之」的「之」是動詞「到、往」的意思。

② 他日，由鄒之任，見季子；由平陸之齊，不見儲子。（《孟子·告子下》）

這句話的意思是：過了些天，孟子從鄒國到任國，拜訪了季子；又從平陸到齊都，卻不拜訪儲子。其中「由鄒之任」和「由平陸之齊」的「之」都是動詞「到、往」的意思。

其二，用作代詞的「之」。例如：

① 心之官則思，思則得之，不思則不得也。（《孟子·告子上》）

這句話的意思是：心這個器官則有思考的能力，一思考就會有所得，不思考就得不到。其中「心之官則思」的「之」用作指代詞，可譯作「這個」或「那個」。

② 老者衣帛食肉，黎民不饑不寒，然而不王者，未之有也。（《孟子・梁惠王上》）

這句話的意思是：讓七十歲的人穿上好衣服，吃得上肉，使老百姓不受餓挨凍，能做到這樣卻不能統一天下稱王的，自古以來沒有這樣的啊。其中「未之有也」的「之」用作指代詞，作動詞「有」的前置賓語，可譯作「這樣的」。

③ 子好游乎？吾語子游。人知之，亦囂囂；人不知，亦囂囂。《孟子・盡心上》

這句話的意思是：你喜歡游說嗎？我告訴你游說的態度。人家理解我，我悠然自得無所求；人家不理解，我也悠然自得無所求。其中「人知之」的「之」用作稱代詞，可譯作「我」。

④ 從流下而忘反謂之流，從流上而忘反謂之連，從獸無厭謂之荒，樂酒無厭謂之亡。先王無流連之樂，荒亡之行。惟君所行也。（《孟子・梁惠王下》）

這段話的意思是：（什麼叫流連荒亡呢？）從上游向下游的遊玩，樂而忘返就稱它為流；從下游向上游的遊玩，樂而忘返就稱它為連；打獵不知厭倦，就稱它為荒；嗜酒不加節制，就稱它為亡。古代聖賢君王既無流連的享樂，也無荒亡的行為。至於大王您的行為，只有您自己選擇了。其中的四處「謂之」的「之」，均用作稱代詞，可譯作「它」。

其三，用作助詞的「之」。例如：

① 白羽之白也，猶白雪之白；白雪之白，猶白玉之白歟？（《孟子・告子上》）

這段話的意思是：白羽毛的白猶如白雪的白，白雪的白猶如白玉的白嗎？其中的四處「之白」的「之」用作結構助詞，作定語的標誌，可譯作「的」。

② 問其僕曰：「追我者誰也？」其僕曰：「庾公之斯也。」曰：「吾生矣！」其僕曰：「庾公之斯，衛之善射者也。夫子曰：吾生。何謂也？」（《孟子・離婁下》）

這段話的意思是：問他的駕車人：「追我的人是誰？」駕車的說：「是庾公之斯。」子濯孺子說：「我能活了！」駕車的說：「庾公之斯是衛國善於射箭的人；您反而說我能活了，為什麼這樣說呢？」其中的「衛之善射者」的「之」用作結構助詞，作定語的標誌，可譯作「的」。

③ 《詩》云：『他人有心，予忖度之。』夫子之謂也。（《孟子‧梁惠王上》）

這兩句話的意思是：詩經上說：「別人有什麼心思，我能夠通過揣摩知道它。」這句話說得就是夫子（指孟子）您吧。其中的「夫子之謂」為賓語前置句，「之」用作結構助詞，作賓語前置的標誌，可不譯。

④ 寡人之於國也，盡心焉耳矣。（《孟子‧梁惠王上》）

這句話的意思是：我對待國家，也算是盡心啦！其中的「寡人之於國」本可以說成「寡人於國」，這個主謂短語借助「之」的標識作用說成「寡人之於國」，它沒有獨立成句，而是整體充當句子的主語。

⑤ 天油然作雲，沛然下雨，則苗勃然興之矣。（《孟子‧梁惠王上》）

這段話的意思是：天不知不覺地就聚集了烏雲，淅淅瀝瀝地就落下了雨水，那麼禾苗自然就會旺盛地生長起來啦。其中的「興之矣」本可說成「興矣」，將助詞「之」用在動詞「興」的後邊，起到舒緩語言結構的作用。

綜上所述，「之」的用法由少到多，由簡到繁，擇其要，在大的層次上有動詞、代詞、助詞三種詞性。那麼，「之」的這三種詞性之間有無內在聯繫，其歷史演變的源流如何，這是我們要關心的問題。下幾節我們將分別敘述「之」的發展演變線索。

47. 「之」字的語法功能之二：用作指代詞與稱代詞的「之」

漢語的代詞有三類：稱代詞、指代詞、疑代詞。用作代詞的「之」既可用作稱代詞，又可用作指代詞，但不能用作疑代詞；用作稱代詞的「之」通常是用作他稱（第三人稱），偶而也可以用作對稱（第二人稱）或自稱（第一人稱）；用作指代詞的「之」，既可用作近指（這），也可用作遠指（那）。下面先來討論用作指代詞的「之」，再來討論用作稱代詞的「之」。

一、用作指代詞的「之」

如果從詞義演變的源頭來看，用作遠指（那）的指代詞跟「之」的動詞義聯繫更為緊密，因為「之」的原始意義是「往」或「到」的動詞義，由「往那裏」或「到那兒」的動詞義很自然地容易引申出「那裏」、「那兒」或者「那個」

的表遠指「那」的指代義；隨之而來的便可引申爲「這裏」、「這兒」或者「這個」的表近指的指代義。事實上「之」在用作指代詞的時候，究竟是表近指還是表遠指，要根據上下文的具體內容來定奪，有時候又不必過於較眞，理解爲近指或者遠指都講得通，下面分三種情況各舉幾例：

其一，「之」用作遠指意義的指代詞

在具體表達語境中，「之」所指代的對象不在表達者近前，即含有遠指意義，通常可理解爲「那、那裏、那兒、那個、那麼、那樣、那麼樣」等遠指意思。例如：

① 恒公聞之，撫其僕之手曰：「異哉，之歌者非常人也。」（《呂氏春秋·舉難》）。

這段話的意思是：桓公聽到歌聲後，撫摸著自己的車夫的手說：「眞奇怪！那個唱歌的人不是個平常人哪。」其中「之歌者」的「之」用作定語，是表遠指的代詞，相當於「那」、「那個」，可翻譯作「那個唱歌的人」。

② 於是，六國之士，有寧越、徐尚、蘇秦、杜赫之屬爲之謀，齊明、周最、陳軫、召滑、樓緩、翟景、蘇厲、樂毅之徒通其意，吳起、孫臏、帶佗、倪良、王廖、田忌、廉頗、趙奢之倫制其兵。（賈誼《過秦論》）

這段話的意思是：在那時，六國的士人，有寧越、徐尚、蘇秦、杜赫那一類人爲他們出謀劃策，齊明、周最、陳軫、召滑、樓緩、翟景、蘇厲、樂毅那一類人溝通他們的意見，吳起、孫臏、帶佗、倪良、王廖、田忌、廉頗、趙奢那一類人統率他們的軍隊。其中「之屬」、「之徒」、「之倫」的「之」都用作定語，是表遠指的代詞，相當於「那」、「那些」，可翻譯作「那一類人」。

③ 聖人無常師。孔子師郯子、萇弘、師襄、老聃。郯子之徒，其賢不及孔子。孔子曰：三人行，則必有我師。（韓愈《師說》）

這段話的意思是：聖人沒有固定的老師，孔子曾經以郯子、萇弘、師襄、老聃爲師。郯子那一類人，他們的道德才能不如孔子。孔子說：「多人同行，其中就一定有我的老師。」這段話中「郯子之徒」的「之」用作定語，是表遠指的代詞，相當於「那」、「那些」，可翻譯作「那一類人」。

其二，「之」用作近指意義的指代詞

在具體表達語境中，「之」所指代的對象就在表達者近前，即含有近指意義，

通常可理解爲「這、這裏、這兒、這個、這麼、這樣、這麼樣」等近指意思。例如：

> ① 之主者，守至約而詳，事至佚而功，垂衣裳，不下簟席之上，而海內之人莫不願得以爲帝王。夫是之謂至約，樂莫大焉。（《荀子・王霸》）

這段話的意思是：這樣的君主，掌管的事情雖然少而又少（至約），但卻又處理得十分周詳，工作起來儘管極其安逸（至佚），但功效卻是十分卓著；他似乎只是穿著大褂，根本不必從坐席上走下來，而全天下的人卻沒有誰不希望由他來稱帝爲王；這就叫管事越少，快樂就越大。其中「之主也」的「之」用作定語，是表近指的代詞，相當於「此」可譯作「這樣的君主」。

> ② 秦以城求璧而趙不許，曲在趙。趙予璧而秦不予趙城，曲在秦。均之二策，寧許以負秦曲。（《史記・廉頗藺相如列傳》）

這段話的意思是：秦國請求用城換璧，如果趙國不答應，理虧在趙國；如果趙國給了璧而秦國不給趙國城邑，那麼理虧在秦國。衡量一下這樣兩種對策，寧可答應它，使秦國來承擔理虧的責任。」這段話中「均之二策」的「之」用作定語，是表近指的代詞，相當於「這」、「這樣」，可翻譯作「均衡這樣兩種對策」。

> ③ 故爲之說，以俟夫觀人風者得焉。（柳宗元《捕蛇者說》）

這句話的意思是：所以（我）寫了這篇「說」，以期待那些朝廷派出的用來考察民情的人得到它。其中「之說」的「之」用作定語，是表近指的代詞，相當於「這」、「這樣」，可翻譯作「這樣一篇說」。

其三，「之」用作指代詞時遠指近指意義皆可通

在具體表達語境中，「之」所指代的對象並無明顯位置特徵，通常可以理解爲「這、這裏、這兒、這個、這麼、這樣、這麼樣」等近指意思，也可以理解爲「那、那裏、那兒、那個、那麼、那樣、那麼樣」等遠指意思。例如：

> ① 蜩與學鳩笑之曰：「我決起而飛，搶榆枋而止，時則不至，而控於地而已矣，奚以之九萬里而南爲？」適莽蒼者，三餐而反，腹猶果然；適百里者，宿春糧；適千里者，三月聚糧。之二蟲又何知！（《莊子・逍遙遊》）

這段話的意思是：蟬與學鳩（雀）笑它說：「我迅速的飛起，碰到榆樹、檀樹就停下來，有時如果飛不上去，就落在地上罷了，哪裏用得著飛到九萬里的

高處再向南去呢？」到郊野去的人，一天之內返回，肚子還是飽飽的；到百里之外去，出發的前一天晚上就舂米備糧；到千里之外去，出發前的幾個月就要開始備糧。這兩個小動物又懂得什麼！其中「之二蟲」的「之」用作定語，是表近指或者遠指的代詞，可翻譯作「這兩個小蟲」或者「那兩個小蟲」。

② 其妻獻疑曰：「以君之力，曾不能損魁父之丘，如太行、王屋何？且焉置土石？」（《列子‧湯問》）

這段話的意思是：愚公的妻子提出疑問說：「憑你的力量，連魁父那樣的小丘都鏟平不了，又能把太行、王屋這兩座山怎麼樣呢？況且把土石放到哪裏去呢？」其中「魁父之丘」的「之」用作定語，是表近指或者遠指的代詞，可翻譯作「魁父這樣的小丘」或者「魁父那樣的小丘」。

需要說明的是，「之」用作指代詞的時候，通常是作修飾成分，用作主語或賓語的時候則應視為用作稱代詞。至於指代詞「之」用作修飾成分的時候，一般是用在名詞前作復指性定語（如上面所舉各例），極個別情形也可能作狀語，例如：

③ 夜聞漢軍四面皆楚歌，項王乃大驚曰：「漢皆已得楚乎？是何楚人之多也！」（《史記‧項羽本紀》）

這段話的意思是：深夜，聽到漢軍在四面唱著楚地的歌，項王則大為吃驚地說：「難道漢已經完全取得了楚地？怎麼楚國人這麼多呢？」其中「楚人之多」的「之」用在形容詞「多」的前面作狀語，是表近指或遠指的代詞，相當於「這麼」、「如此」或者「那麼」的意思，可譯作「楚國人這麼多」、「楚國人如此多」或者「楚國人那麼多」。

二、用作稱代詞的「之」

「之」用作稱代詞的時候，通常不能夠像文言的「吾、我、余、汝、爾、彼」等稱代詞那樣直接作主語，一般是用在動詞之後作賓語或兼語，可以代人、代物、代事。下面分別選擇代人、代物、代事的三類情形舉例說明：

其一，「之」用作稱代人的稱代詞

稱代人的稱代詞多為第三人稱，可譯作「他」或「他們」，個別情形也可表示第一人稱，可譯作「我」，這要根據上下文仔細體會、靈活翻譯。例如：

① 夫戰，勇氣也，一鼓作氣，再而衰，三而竭，彼竭我盈，故克之。（《左傳・莊公十年》）

這段話的意思是：打仗是靠勇氣的，第一次擊鼓能夠振作士兵的勇氣，第二次擊鼓士兵的勇氣就減弱了，第三次擊鼓後士兵的勇氣就消耗完了。他們的勇氣已經完了，我們的勇氣正旺盛，所以戰勝了他們。其中「故克之」的「之」是稱代人的稱代詞，可譯作「他們」。

② 鄰人京城氏之孀妻有遺男，始齔，跳往助之。（《列子・湯問》）

這句話的意思是：鄰居姓京城的寡婦只有一個兒子，剛到換乳牙的年齡，也蹦蹦跳跳地前往幫助他們。其中「跳往助之」的「之」是稱代人的稱代詞，可譯作「他們」。

③ 得道者多助，失道者寡助；寡助之至，親戚畔之；多助之至，天下順之。（《孟子・公孫丑下》）

這段話的意思是：能實行「仁政」的君主，幫助支持他的人就多；不能實行「仁政」的君主，幫助支持他的人就少。幫助支持他的人少到了極點，內外親屬也會背叛他。幫助支持他的人多到了極點，天下的人都會歸順他。其中「親戚畔之」和「天下順之」的「之」都是稱代人的稱代詞，可譯作「他」。

④ 沛公曰：「君為我呼入，吾得兄事之。」（《史記・項羽本紀》）

這句話的意思是：沛公說：「您替我請他進來，我要像對待兄長一樣侍奉他。」其中「吾得兄事之」的「之」是稱代人的稱代詞，可譯作「他」。

⑤ 見漁人，乃大驚，問所從來。具答之。（陶淵明《桃花源記》）

這段話的意思是：（桃花源的人們）一見漁人，竟大為驚奇，問他是從哪裏來的。（漁人）詳細地回答了他們。其中「具答之」的「之」是稱代人的稱代詞，可譯作「他們」。

⑥ 李氏子蟠，年十七，好古文，六藝經傳皆通習之，不拘於時，學於余。余嘉其能行古道，作《師說》以貽之。（韓愈《師說》）

這段話的意思是：李蟠，十七歲，愛好古文，六經的經文和傳文都普遍學習了，不被世俗所限制，跟我學習。我贊許他能遵行古人從師學習的風尚，特別寫了這篇《師說》來贈給他。其中「作《師說》以貽之」的「之」是稱代人的稱代詞，可譯作「他」。

⑦ 然公子遇臣厚，公子往而臣不送，以是知公子恨之復返也。(《史記‧魏公子列傳》)

這段話的意思是：然而公子待我情深意厚，公子前往可是我不送行，因此知道公子惱恨我會返回來的。其中「公子恨之」的「之」是稱代人的稱代詞，可譯作「我」。

⑧ 君將哀而生之乎？則吾斯役之不幸，未若復吾賦不幸之甚也。向吾不為斯役，則久已病矣。(柳宗元《捕蛇者說》)

這段話的意思是：你要哀憐我使我活下去嗎？然而我幹這差事的不幸，還比不上恢復我繳納賦稅的不幸那麼厲害呀。(假使) 從前我不當這個差，那我就早已困苦不堪了。其中「哀而生之」的「之」是稱代人的稱代詞，可譯作「我」。

其二，「之」用作稱代「物」(具體事物) 的稱代詞

這裏所說的「物」，包括人以外的所有動物和有實體可感的具體事物。用作稱代「物」的稱代詞「之」也多為第三人稱，大多可以譯作「它」，個別所稱代的事物較為複雜的可以根據具體所指靈活翻譯。例如：

① 木直中繩，輮以為輪，其曲中規。雖有槁暴，不復挺者，輮使之然也。(《荀子‧勸學》)

這段話的意思是：木材直得可以符合拉直的墨線，用輮的工藝把它彎曲成車輪，那麼木材的彎度就會合乎圓的標準，即使又被風吹日曬而乾枯了，也不會再挺直，是因為經過加工，使它成為這樣的。其中「輮使之然也」的「之」是稱代物 (木材) 的稱代詞，可譯作「它」。

② 項王則受璧，置之坐上。(《史記‧項羽本紀》)

這句話的意思是：項王就接受了玉璧，把它放在座位上。其中「置之坐上」的「之」是稱代物 (璧) 的稱代詞，可譯作「它」。

③ 黔無驢，有好事者船載以入。至則無可用，放之山下。虎見之，龐然大物也，以為神。(柳宗元《黔之驢》)

這段話的意思是：黔這個地方沒有驢，有個喜好多事的人用船運載了一頭驢進入黔地。運到後卻沒有用處，便把它放置山下。老虎見到它，一看原來是個巨大的動物，就把它當作了神奇的東西。其中「放之山下」的「之」和「虎見之」的「之」均為稱代物 (驢) 的稱代詞，可譯作「它」。

④ 以其境過清，不可久居，乃記之而去。（柳宗元《小石潭記》）

這句話的意思是：因為環境過於淒清，不能長時間地待下去，就記下這番景致離開了。其中「乃記之而去」的「之」是稱代物（小石潭）的稱代詞，可譯作「它」。

⑤ 作亭者誰？山之僧智仙也。名之者誰？太守自謂也。（歐陽修《醉翁亭記》）

這段話的意思是：修建亭子的人是誰？是山裏的老僧智仙。給它起名字的人是誰？是太守用自己的別號（醉翁）來命名的。其中「名之者誰」的「之」是稱代物（亭）的稱代詞，可譯作「它」。

⑥ 旁開小窗，左右各四，共八扇。啟窗而觀，雕欄相望焉。閉之，則右刻「山高月小，水落石出」，左刻「清風徐來，水波不興」，石青糝之。（魏學伊《核舟記》）

這段話的意思是：船艙兩旁開有小窗，左邊和右邊各四扇，總共八扇。打開窗子看，可見雕花的船欄杆，左右相對。關上它，可欣賞到右邊窗上刻著「山高月小，水落石出」，左邊窗上刻著「清風徐來，水波不興」，都用石青顏色填塗了它們。其中「閉之」的「之」是稱代物（小窗）的稱代詞，可譯作「它」；而「糝之」的「之」也是稱代物（刻字）的稱代詞，可譯作「它們」。

⑦ 屠暴起，以刀劈狼首，又數刀斃之。（蒲松齡《聊齋誌異》）

這句話的意思是：屠戶突然起身，用刀劈砍狼的頭，又劈砍幾刀殺死了它。其中「又數刀斃之」的「之」是稱代物（狼）的稱代詞，可譯作「它」。

⑧ 下視其轍，登軾而望之，曰：「可矣。」（《左傳·莊公十年》）

這句話的意思是：曹劌下車看了看地上齊軍戰車輾過的痕迹，又登上車前的橫木遠望齊軍的軍容，說：「可以追擊了。」其中「登軾而望之」的「之」是稱代物（齊軍撤退的場景）的稱代詞，可根據具體所指靈活譯作「齊軍的軍容」。

⑨ 撤屏視之，一人、一桌、一椅、一扇、一撫尺而已。（林嗣環《口技》）

這句話的意思是：撤去圍幕看看臺子上，一個人、一張桌子、一把扇子、一塊醒木罷了。其中「撤屏視之」的「之」是稱代物（表演口技發聲之處）的稱代詞，可根據具體所指靈活譯作「臺子上」。

其三，「之」用作稱代「事」（抽象事物）的稱代詞

這裏所說的「事」，是指沒有實體可感的抽象事物，而且在上下文中不一定有具體交代。這要根據語言環境進行判斷，仔細體會，靈活翻譯。有些可以譯作「它」，有些所稱代的事物較爲複雜的可以根據具體所指靈活翻譯爲「這個……」或「這些……」。例如：

① 何謂寵辱若驚？寵爲下，得之若驚，失之若驚，是謂寵辱若驚。(《老子・十三章》)

這段話的意思是：什麼叫做得寵和受辱都感到驚慌失措？得寵是因爲你自身卑下，能得到它（寵愛）當然感到格外驚喜，一旦失去它（寵愛）則令人驚慌不安。這就叫做得寵和受辱都感到驚恐。其中「得之」與「失之」的「之」是指代「寵」的，是用作代事的稱代詞，可以譯作「得到它」與「失去它」。

② 子曰：「學而時習之，不亦說乎？」(《論語・學而》)

這句話的意思是：孔子說：「學了又時常溫習練習它，不也是很愉快嗎？其中「時習之」的「之」是稱代「學」的對象「知識或技能」這種抽象事物的稱代詞，可譯作「它」。

③ 廉頗聞之，肉袒負荆，因賓客至藺相如門謝罪。(《史記・廉頗藺相如列傳》)

這段話的意思是：廉頗聽說了這些話，就脫去上衣，露出上身，背著荆鞭，由賓客引領，來到藺相如的門前請罪。其中「廉頗聞之」的「之」是稱代事的稱代詞，可根據具體所指靈活譯作「這些話」。

④ 府吏長跪告：「伏惟啓阿母，今若遣此婦，終老不復取！」阿母得聞之，槌床便大怒。(《孔雀東南飛》)

這幾句詩的意思是：焦仲卿直身而跪稟告：「孩兒恭敬稟告母親，現在假如休掉這個女子，我一輩子就不再娶妻子了！」焦母聽了這個話，用拳頭敲著坐具大發脾氣。其中「得聞之」的「之」是稱代「長跪告」的內容「今若遣此婦，終老不復取」這種抽象事物的稱代詞，可根據具體所指靈活譯作「這個話」。

⑤ 人非生而知之者，孰能無惑？（韓愈《師說》）

這句話的意思是：人不是生下來就懂得這些道理的，誰能沒有疑惑？其中「生而知之」的「之」是稱代「知」的對象，即「知識、道理」等抽象事物的稱代詞，可根據具體所指靈活譯作「這些道理」。

48. 「之」字的語法功能之三：用作各種結構助詞的「之」

用作助詞的「之」跟用作動詞或代詞的「之」有著本質的不同：用作動詞或代詞的「之」屬於成分詞，它自身可以表達某種意思並且要單獨充當某種句法成分；而用作助詞的「之」屬於關係詞，它自身不表達某種意思並且不會充當某種句法成分。因此用作動詞或代詞的「之」需要對譯來理解，用作助詞的「之」，只有用在定語和中心語之間的時候可以對譯為「的」，其餘的助詞用法，不需要也不可能對照著來翻譯。

作助詞用的「之」，主要用法有五種類型：一是用在定語和中心語之間，作常態定語的標誌；二是用在中心語和定語之間，作後置定語的標誌；三是用在賓語和動語之間，作前置賓語的標誌；四是用在不獨立成句的主語和謂語之間，取消主謂短語獨立構成句子的資格（取消主謂獨立性）；五是用在動詞、形容詞或時間副詞之後，起舒緩語言結構的作用。因此可以說，「之」的上述五種用法都跟語言結構有關，儘管最後一種類型，傳統的認識都稱之為「起協調音節與舒緩語氣作用」，但關鍵在於「協調音節」，實際上協調的是表達的音節結構，跟語氣並沒有什麼關係，所以本書認為這五種用法的「之」都是用作結構助詞了。下面就對這五種用作結構助詞的「之」分類加以舉例分析。

一、用作常態定語標誌的「之」

有些用作結構助詞的「之」用在常式句的定語和中心語之間，作常態定語的標誌。可以將「之」對譯為「的」，其表達格式為：定語＋之＋中心語。例如：

① 關關雎鳩，在河之洲。（《詩經‧周南‧關雎》）

這句詩的意思是：雎鳩關關在歌唱，在那河中的沙洲上。其中的「河之洲」為定中短語，「之」可對譯為「的」。

② 小大之獄，雖不能察，必以情（《左傳‧莊公十年》）

這句話的意思是：對於大大小小的訴訟案件，我雖不能一一明察，但一定誠心誠意來處理。其中的「小大之獄」為定中短語，「之」可對譯為「的」。

③ 孟子曰：「人之患，在好為人師。」（《孟子‧離婁上》）

這句話的意思是：孟子說：「人們的毛病在於喜歡充當他人的老師。」其中的「人之患」為定中短語，「之」可對譯為「的」。

④ 惠子曰：「子非魚，安知魚之樂？」（《莊子‧秋水》）

這句話的意思是：惠子說：「你不是魚，怎麼知道魚的快樂？」其中的「魚之樂」為定中短語，「之」可對譯為「的」。

⑤ 以殘年餘力，曾不能毀山之一毛，其如土石何？（《列子‧湯問》）

這句話的意思是：憑藉你殘餘的歲月剩餘的力氣，連山上的一根草木都動不了，又能把泥土和石頭怎麼樣呢？」其中的「山之一毛」為定中短語，「之」可對譯為「的」。

⑥ 吾不能早用子，今急而求子，是寡人之過也。（《左傳‧僖公三十年》）

這句話的意思是：我早先沒有重用您，現在危急之中求您，這是我的過錯。其中的「寡人之過」為定中短語，「之」可對譯為「的」。

⑦ 武王伐紂封其後於宋者，度能得紂之頭也。今陛下能得項籍之頭乎？（《史記‧留侯世家》）

這段話的意思是：周武王討伐商紂而封商朝的後代於宋國，那是估計到能得到紂王的腦袋。現在陛下能得到項籍的腦袋嗎？其中的「紂之頭」和「項籍之頭」均為定中短語，「之」可對譯為「的」。

⑧ 南取漢中，西舉巴蜀，東割膏腴之地，北收要害之郡。（賈誼《過秦論》）

這段話的意思是：向南奪取漢中，向西攻取巴蜀，向東割取肥沃的地區，向北佔領非常重要的地區。其中的「膏腴之地」和「要害之郡」均為定中短語，「之」可對譯為「的」。

⑨ 若能以吳越之眾與中國抗衡，不如早與之絕；若不能，何不按兵束甲，北面而事之！（《資治通鑒》）

這段話的意思是：如果能用江東的兵力同中原對抗，不如趁早同他絕裂；如果不能，為什麼不放下武器收起鎧甲，面北向他朝拜稱臣呢！其中的「吳越之眾」為定中短語，「之」可對譯為「的」。

⑩ 其必曰：「先天下之憂而憂，後天下之樂而樂」乎。（范仲淹《岳陽樓記》）

這句話的意思是：那一定要說「先於天下人的憂慮而憂慮，後於天下人的快樂而快樂」吧。其中的「天下之憂」和「天下之樂」均為定中短語，「之」可對譯為「的」。

二、用作後置定語標誌的「之」

有些用作結構助詞的「之」用在變式句的中心語和定語之間，作後置定語的標誌，其作用是爲了強調定語。在將定語和中心語恢復爲正常語序理解以後，也可以將「之」對譯爲「的」，其表達格式爲：中心語＋之＋定語。有時候還可以在後置定語之後再加「者」，整體構成者字短語。例如：

① 駕八龍之婉婉兮，載雲旗之委蛇。（屈原《離騷》）

這兩句詩的意思是：我駕著搖搖擺擺的八龍啊，載著飄飄浮浮的雲旗。其中的「八龍之婉婉」（搖搖擺擺的八龍）和「雲旗之委蛇」（飄飄浮浮的雲旗）均爲逆序的定中短語，「婉婉」（搖擺的樣子）和「委蛇」（飄浮的樣子）爲後置定語，恢復爲正常語序後，「之」可對譯爲「的」。

② 帶長鋏之陸離兮，冠切雲之崔嵬。（屈原《涉江》）

這兩句詩的意思是：腰間掛著長長的寶劍啊，頭上戴著高高的切雲帽。其中的「長鋏之陸離」（長長的長寶劍）和「切雲之崔嵬」（高高的切雲帽）均爲逆序的定中短語，「陸離」（長的樣子）和「崔嵬」（高的樣子）爲後置定語，恢復爲正常語序後，「之」可對譯爲「的」。

③ 蚓無爪牙之利，筋骨之強，上食埃土，下飲黃泉，用心一也。（《荀子·勸學》）

這句話的意思是：蚯蚓沒有銳利的爪子、牙齒和強健的筋骨，卻能向上吃到泥土，向下可以喝到泉水，這是由於它用心專一啊。其中的「爪牙之利」（銳利的爪牙）和「筋骨之強」（強健的筋骨）爲逆序的定中短語，「利」和「強」爲後置定語，恢復爲正常語序後，「之」可對譯爲「的」。

④ 馬之千里者，一食或盡粟一石。（韓愈《馬說》）

這句話的意思是：日行千里的馬，一頓有時吃完一石糧食。其中的「馬之千里」（日行千里的馬）爲逆序的定中短語，「千里」爲後置定語，恢復爲正常語序後，「之」可對譯爲「的」。

⑤ 苟以天下之大，而從六國破亡之故事，是又在六國下矣。（蘇洵《六國論》）

這句話的意思是：如果憑藉偌大的國家，卻追隨六國滅亡的前例，這就比不上六國了。其中的「天下之大」（偌大的國家）爲逆序的定中短語，「大」爲

後置定語，恢復爲正常語序後，「之」可對譯爲「的」。

⑥ 石之鏗然有聲者，所在皆是也，而此獨以鐘名，何哉？（蘇軾《石鐘山記》）

這句話的意思是：能發出鏗鏘聲音的山石，到處都是，可是唯獨這座山用鐘來命名，爲什麼呢？其中的「石之鏗然有聲」（能發出鏗鏘聲音的山石）爲逆序的定中短語，「鏗然有聲」爲後置定語，恢復爲正常語序後，「之」可對譯爲「的」。

⑦ 仰觀宇宙之大，俯察品類之盛，所以遊目騁懷，足以極視聽之娛，信可樂也。（王羲之《蘭亭集序》）

這句話的意思是：仰首觀覽浩大的宇宙，俯首觀察大地上繁多的萬物，用來舒展眼力，開闊胸懷，足夠來極盡視聽的歡娛，實在很快樂。其中的「宇宙之大」（浩大的宇宙）和「品類之盛」（繁多的萬物）均爲逆序的定中短語，「大」和「盛」爲後置定語，恢復爲正常語序後，「之」可對譯爲「的」。

⑧ 居廟堂之高則憂其民，處江湖之遠則憂其君。（范仲淹《岳陽樓記》）

這句話的意思是：身居高高的廟堂（朝廷）的官員應當憂慮他們的民眾；身處偏遠的江湖（民間）的士人也應當憂慮他們的君王。其中的「廟堂之高」（高高的廟堂）和「江湖之遠」（偏遠的江湖）均爲逆序的定中短語，「高」和「遠」爲後置定語，恢復爲正常語序後，「之」可對譯爲「的」。

三、用作前置賓語標誌的「之」

有些用作結構助詞的「之」用在變式句的賓語和動語之間，作前置賓語的標誌，其作用是爲了強調賓語。不必對譯，其表達格式爲：賓語＋之＋動語。例如：

① 弈秋，通國之善弈者也。使弈秋誨二人弈，其一人專心致志，惟弈秋之爲聽；一人雖聽之，一心以爲有鴻鵠將至，思援弓繳而射之。雖與之俱學，弗若之矣。爲是其智弗若與？曰：「非然也。」（《孟子·告子上》）

這段話的意思是：奕秋是全國的下棋聖手，讓他教兩個人下棋。一個人專心專意，只聽奕秋的講解。另一個呢，雖然聽著，但心裏卻想著有只天鵝快要飛來，要拿起弓箭去射它。這樣，即使跟人家一道學習，他的成績也一定不如

人家的。是因爲他的聰明不如人家嗎？答案自然不是這樣的。其中的「惟弈秋之爲聽」爲逆序的動賓短語，「弈秋」爲前置賓語，意思爲「只聽奕秋的」。「之」作爲前置賓語的標誌，其作用是爲了強調賓語，不必對譯。

② 句讀之不知，惑之不解，或師焉，或不焉，小學而大遺，吾未見其明也。（韓愈《師說》）

這段話的意思是：不能理解文句，不能解決疑惑，有的（指前者）向老師學習，有的（指後者）卻不向老師求教，小的方面（句讀）學習，大的方面（疑惑）卻放棄了，我看不出他們有什麼明智的呀。其中的「句讀之不知」、「惑之不解」均爲逆序的動賓短語，「句讀」、「惑」分別爲前置賓語，意思爲「不能理解文句」、「不能解決疑惑」。「之」作爲前置賓語的標誌，其作用是爲了強調賓語，不必對譯。

③ 噫！菊之愛，陶後鮮有聞；蓮之愛，同予者何人？牡丹之愛，宜乎眾矣。（周敦頤《愛蓮說》）

這段話的意思是：啊！喜愛菊花的，在陶淵明之後就很少聽說了；喜愛蓮花的，像我一樣的還有誰呢？喜愛牡丹花的，應該是非常多吧。其中的「菊之愛」、「蓮之愛」、「牡丹之愛」均爲逆序的動賓短語，「菊」、「蓮」、「牡丹」分別爲前置賓語，意思爲「喜愛菊花」、「喜愛蓮花」、「喜愛牡丹花」。「之」作爲前置賓語的標誌，其作用是爲了強調賓語，不必對譯。

④ 前世不同教，何古之法？帝王不相復，何禮之循？（《商君書・更法》）

這兩句話的意思是：以前的朝代政教各不相同，應該去效法哪個朝代的古法呢？古代帝王的法度不相互因襲，又該去遵循哪種禮制呢？其中的「何古之法」、「何禮之循」均爲逆序的動賓短語，「何古」、「何禮」分別爲前置賓語，意思爲「效法哪種古法」、「遵循哪種禮制」。「之」作爲前置賓語的標誌，其作用是爲了強調賓語，不必對譯。

⑤ 夫晉，何厭之有？既東封鄭、又欲肆其西封，若不闕秦，將焉取之？闕秦以利晉，唯君圖之。（《左傳・僖公三十年》）

這段話的意思是：晉國，有什麼滿足的時候呢？把鄭國當作東部的疆界後，又想往西擴大疆域。如果不侵損秦國，晉國怎麼取得它所企求的土地呢？秦國受損而晉國受益，希望您好好考慮考慮吧！其中的「何厭之有」爲逆序的動賓

短語，「何厭」爲前置賓語，意思爲「有什麼滿足」。「之」作爲前置賓語的標誌，其作用是爲了強調賓語，不必對譯。

⑥ 今有難，無他端而欲赴秦軍，譬若以肉投餒虎，何功之有哉？（《史記·魏公子列傳》）

這句話的意思是：現在有了危難，沒有別的辦法，卻想到同秦軍去拼死，這好比把肉投給飢餓的老虎，能有什麼功效呢？其中的「何功之有」爲逆序的動賓短語，「何功」爲前置賓語，意思爲「有什麼功效」。「之」作爲前置賓語的標誌，其作用是爲了強調賓語，不必對譯。

⑦ 孔子云：「何陋之有？」（劉禹錫《陋室銘》）

這句話的意思是：孔子說：「有什麼簡陋的呢？」其中的「何陋之有」爲逆序的動賓短語，「何陋」爲前置賓語，意思爲「有什麼簡陋的呢」。「之」作爲前置賓語的標誌，其作用是爲了強調賓語，不必對譯。

⑧ 吾從北方，聞子爲梯，將以攻宋，宋何罪之有？（《墨子·公輸》）

這句話的意思是：我從北方聽說您造了雲梯，要拿去攻打宋國。宋國有什麼罪呢？其中的「何罪之有」爲逆序的動賓短語，「何罪」爲前置賓語，意思爲「有何罪」。「之」作爲前置賓語的標誌，其作用是爲了強調賓語，不必對譯。

⑨ 野語有之曰，聞道百，以爲莫己若者，我之謂也。（《莊子·秋水》）

這句話的意思是：俗語有這樣的說法，聽到了上百條道理，便認爲天下再沒有誰能比得上自己的，說的就是我這樣的人了。其中的「我之謂」爲逆序的動賓短語，「我」爲前置賓語，意思爲「說的是我」。「之」作爲前置賓語的標誌，其作用是爲了強調賓語，不必對譯。在這類賓語前置的情況中，如果賓語本身是代詞，通常用「之」來輔助構成「此之謂」「我之謂」等格式，並且形成了一種固定句式，翻譯成「說的就是……」。

⑩ 詩云：「他人有心，予忖度之。」夫子之謂也。（《孟子·梁惠王上》）

這段話的意思是：《詩經》上說：「別人有什麼心思，我能揣測到。」說的就是先生您這樣的人啊。其中的「夫子之謂」爲逆序的動賓短語，「夫子」爲前置賓語，意思爲「說的就是先生您」。「之」作爲前置賓語的標誌，其作用是爲了強調賓語，不必對譯。

⑪ 然則一羽之不舉，爲不用力焉；輿薪之不見，爲不用明焉；百姓之不見保，爲不用恩焉。故王之不王，不爲也，非不能也。(《孟子・梁惠王上》)

這段話的意思是：這樣看來，舉不起一根羽毛，是不用力氣的緣故；看不見整車的柴草，是不用目力的緣故；老百姓沒有受到保護，是不肯布施恩德的緣故。所以，大王您不能以王道統一天下，是不肯做，而不是不能做到。其中的「一羽之不舉」、「輿薪之不見」均爲逆序的動賓短語，「一羽」、「輿薪」分別爲前置賓語，意思爲「舉不起一根羽毛」、「看不見整車的柴草」。「之」作爲前置賓語的標誌，其作用是爲了強調賓語，不必對譯。需要指出的是，下文還有一處「百姓之不見保」，也很像是賓語前置，但它與前兩處賓語前置的不同在於多了一個表被動的「見」字，因此它是被動句式。而賓語前置只存在於主動句中，被動句的主語表受事，這是它的常態表達方式，並非語序倒裝。像「百姓之不見保」一個分句，既然「百姓」已經做了被動句的主語，我們就不再說它是賓語前置了，這當中的「之」應該視爲取消主謂獨立性的助詞（詳見下文）。

四、用作取消主謂獨立性的「之」

有些用作結構助詞的「之」用在不獨立成句的主語和謂語之間，取消主謂短語獨立構成句子的資格，習慣上稱之爲「取消主謂獨立性」。

取消主謂獨立性，顧名思義，就是讓本可以獨立成句的主謂短語不能獨立成爲句子，而只能成爲另外一個句子中的某種成分。特徵是在主謂短語的主語和謂語之間插入一個「之」，讓這個本可以獨立成爲主謂句的主謂短語僅以短語的身份充當句子中的某種成分。這樣用的結構助詞「之」也不必對譯，其表達格式爲：主語＋之＋謂語。例如：

① 越國以鄙遠，君知其難也，焉用亡鄭以陪鄰？鄰之厚，君之薄也。(《左傳・僖公三十年》)

這段話的意思是：越過鄰國把遠方的鄭國作爲秦國的東部邊邑，您知道這是困難的，爲什麼要滅掉鄭國而給鄰邦晉國增加土地呢？鄰國的勢力雄厚了，就會使您秦國的勢力削弱。在後一個句子中的「鄰厚」本是一個主謂短語，它沒有獨立成句，而是借助「之」的標識作用說成「鄰之厚」，整體充當後一個句子的主語；「君薄」也是一個主謂短語，它也沒有獨立成句，而是借助「之」的標識作用說成「君之薄」，整體充當後一個句子的謂語。當然在這個特殊的主謂

結構中是有所省略的，翻譯時應該有所補充才行，故將其翻譯作「鄰國的勢力雄厚了，就會使您秦國的勢力削弱」。

② 雖我之死，有子存焉。(《列子‧湯問》)

這句話的意思是：即使我死了，還有兒子在呀。其中的「我死」本是一個主謂短語，它借助「之」的標識作用說成「我之死」，它沒有獨立成句，而是整體以分句的身份位於句首，並和下文構成一個假設複句。

③ 甚矣，汝之不惠。《列子‧湯問》

這句話的意思是：你不聰慧得太嚴重了。這是一個主謂倒置的句式，其中的「汝不惠」本是一個主謂短語，它借助「之」的標識作用說成「汝之不惠」，它沒有獨立成句，而是整體作句子的後置主語。

④ 吾妻之美我者，私我也；妾之美我者，畏我也；客之美我者，欲有求於我也。(《戰國策‧齊策》)

這段話的意思是：我的妻子認為我美，是因為偏愛我；妾認為我美，是因為懼怕我；客人認為我美，是因為有事情想要求於我。其中的「吾妻美我」、「妾美我」、「客美我」原本都是主謂短語，它們都沒有獨立成句，而是借助「之」的標識作用說成「吾妻之美我」、「妾之美我」、「客之美我」，分別充當三個深層次的分句。

⑤ 父母之愛子，則為之計深遠。(《戰國策‧趙策四》)

這句話的意思是：父母疼愛子女，就得為他們考慮長遠些。其中的「父母愛子」本是一個主謂短語，它借助「之」的標識作用說成「父母之愛子」，它沒有獨立成句，而是整體以分句的身份位於句首，並和下文構成一個假設複句。

⑥ 孤之有孔明，猶魚之有水也。(《三國志‧蜀志‧諸葛亮傳》)

這句話的意思是：我有了孔明，就像魚有了水一般。其中的「孤有孔明」本是一個主謂短語，它沒有獨立成句，而是借助「之」的標識作用說成「孤之有孔明」，整體充當句子的主語；「魚有水」也是一個主謂短語，它也沒有獨立成句，而是借助「之」的標識作用說成「魚之有水」，整體充當句子的賓語。

⑦ 師道之不傳也久矣！欲人之無惑也難矣！(韓愈《師說》)

這兩句話的意思是：從師求學的傳統已經失傳很久了，想要人們沒有疑惑

很難吶！其中的「師道不傳」本是一個主謂短語，它借助「之」的標識作用說成「師道之不傳」，它沒有獨立成句，而是整體以主語的身份再同謂語「久矣」構成一個新的主謂句「師道之不傳也久矣」；「人無惑」本是一個主謂短語，它借助「之」的標識作用說成「人之無惑」，它也沒有獨立成句，而是整體以賓語的身份再同動語「欲」構成了一個新的動賓短語「欲人之無惑」，而「欲人之無惑」這個動賓短語再以主語的身份同謂語「難矣」構成一個新的主謂句「欲人之無惑也難矣」。

⑧ 道之所存，師之所存也。（韓愈《師說》）

這句話的意思是：道理在哪裏存在，老師就在哪裏存在。其中的「道所存」本是一個主謂短語，它沒有獨立成句，而是借助「之」的標識作用說成「道之所存」；「師所存」也是一個主謂短語，它也沒有獨立成句，而是借助「之」的標識作用說成「師之所存」。「道之所存」與「師之所存」這兩個取消了主謂獨立性的短語則分別以兩個分句的身份，再加上一個表示句末語氣的「也」，構成了一個連鎖關係的條件複句，這就相當於今天所說的「知識在哪裏，老師就在哪裏」一樣。

⑨ 悍吏之來吾鄉，叫囂乎東西，隳突乎南北；譁然而駭者，雖雞狗不得寧焉。（柳宗元《捕蛇者說》）

這幾句話的意思是：兇暴的官吏來到我鄉，到處吵嚷叫囂，那種騷擾喧鬧驚擾鄉民的氣勢，即使雞狗也不能夠安寧啊！其中的「悍吏來吾鄉」本是一個主謂短語，它借助「之」的標識作用說成「悍吏之來吾鄉」，它沒有獨立成句，而是整體以分句的身份位於句首，並和下文構成一個多重複句。

⑩ 古人之觀於天地、山川、草木、蟲魚、鳥獸，往往有得，以其求思之深而無不在也。（王安石《遊褒禪山記》）

這句話的意思是：古人觀察天地、山川、草木、蟲魚、鳥獸，大都能有所收穫，是因爲他們探究、思考問題深遠而廣泛全面無所不在。其中的「古人觀於天地、山川、草木、蟲魚、鳥獸」原本是一個主謂短語，它借助「之」的標識作用說成「古人之觀於……」，它沒有獨立成句，而是整體以主語的身份再同謂語「往往有得」構成一個新的主謂短語，再由這個不獨立成句的主謂短語充當全句的頭一個分句，再同下一個分句「以其……」構成一個因果複句。

五、用作舒緩語言結構的「之」

有些用作結構助詞的「之」用在動詞、形容詞或時間副詞之後，起到舒緩語言結構的作用，也不必對譯。例如：

① 子曰：「小子何莫學夫詩。詩，可以興，可以觀，可以群，可以怨。邇之事父，遠之事君；多識於鳥獸草木之名。」(《論語‧陽貨》)

這幾句話的意思是：孔子說：「學生們為什麼不學習《詩》呢？學《詩》可以激發志氣，可以觀察天地萬物及人間的盛衰與得失，可以使人懂得合群的必要，可以使人懂得怎樣去諷諫上級。近可以用來事奉父母，遠可以事奉君主；還可以多知道一些鳥獸草木的名字。」其中的「邇之事父，遠之事君」本可以說成「邇事父，遠事君」，表達時將「之」用在形容詞「邇」、「遠」之後，起到舒緩語言結構的作用。

② 王好戰，請以戰喻。填然鼓之，兵刃既接，棄甲曳兵而走。或百步而後止，或五十步而後止。以五十步笑百步，則何如？(《孟子‧梁惠王上》)

這段話的意思是：大王喜歡戰爭，那就請讓我用戰爭打個比喻吧。戰鼓咚咚敲響，槍尖刀鋒剛一接觸，有些士兵就拋下盔甲，拖著兵器向後逃跑。有的人跑了一百步停住腳，有的人跑了五十步停住腳。那些跑了五十步的士兵，竟恥笑跑了一百步的士兵，可以嗎？其中「填然鼓之」的「之」用在動詞「鼓」之後，起到舒緩語言結構的作用。

③ 野語有之曰，聞道百，以為莫己若者，我之謂也。(《莊子‧秋水》)

這段話的意思是：俗語有這樣的說法，聽到了上百條道理，便認為天下再沒有誰能比得上自己的，說的就是我這樣的人了。其中的「有之曰」本可以說成「有曰」，表達時將「之」用在動詞「有」之後，一方面復指前文的「野語」，意謂「野語有那麼一個說法」，一方面起到舒緩語言結構的作用。

④ 公與之乘。戰於長勺。公將鼓之。劌曰：未可。(《左傳‧莊公十年》)

這幾句話的意思是：魯莊公和曹劌同坐一輛戰車。在長勺和齊軍作戰。莊公將要擊鼓進軍，曹劌說：不可以。其中「公將鼓之」的「之」用在動詞「鼓」之後，起到舒緩語言結構的作用。

⑤ 沛公左司馬曹無傷使人言於項羽曰：「沛公欲王關中，使子嬰為相，珍寶盡有之。」(《史記‧項羽本紀》)

這段話的意思是：沛公的左司馬曹無傷派人告訴項羽說：「沛公想在關中稱王，讓秦王子嬰爲相，珍奇寶物都占爲己有了。」其中的「珍寶盡有之」本可以說成「珍寶盡有」，表達時將「之」用在動詞「有」之後，一方面復指前文的「珍寶」，一方面起到舒緩語言結構的作用。

⑥ 陳涉少時，嘗與人傭耕，輟耕之壟上，悵恨久之……（《史記・陳涉世家》）

這段話的意思是：陳涉年輕時，曾同別人一起被雇傭給人耕地，一天他停止耕作走到田埂高地上休息，因失望而歎息了許久……其中「悵恨久之」的「之」用在形容詞「久」之後，起到舒緩語言結構的作用。

⑦ 頃之，煙炎張天，人馬燒溺死者甚衆。（《資治通鑒・漢紀》）

這句話的意思是：一會兒，濃煙和火焰布滿整個天空，人和馬被燒死和溺死的很多。其中「頃之」的「之」用在時間副詞「頃」（一會兒）之後，起到舒緩語言結構的作用。

⑧ 久之，聞左公被炮烙，旦夕且死。（方苞《左忠毅公逸事》）

這句話的意思是：過了很久，史可法聽說左公將受炮烙酷刑，早晚將要死去。其中「久之」的「之」用在形容詞「久」之後，起到舒緩語言結構的作用。

⑨ 久之，目似瞑，意暇甚。（蒲松齡《狼》）

這句話的意思是：過了很久，它的眼睛好像閉上了，神情十分悠閒。其中「久之」的「之」用在形容詞「久」之後，起到舒緩語言結構的作用。

49. 「之」字的語法功能之四：「之」字各種用法之間的關係

前幾節論及，「之」主要有動詞、代詞、助詞三種詞性：用作動詞的「之」與用作代詞的「之」都可以單獨充當句法成分，屬於成分詞；用作助詞的「之」，屬於關係詞，它不能單獨充當句法成分，多數情形經常用於某些相呼應的成分之間，幫助結成一定的關係或起一定的標誌作用；少數情形位於動詞、形容詞或某些表時間的副詞之後，起舒緩語言結構的作用，這就是漢語文言中「之」的主要語法功能。本節再將「之」字各種用法之間的關係略加梳理，以便統觀「之」字的發展脈絡。這種發展脈絡大致爲：先從動詞「之」發展爲指代詞「之」，再從指代詞「之」演變到稱代詞「之」和結構助詞「之」，下面分別闡述。

一、從動詞「之」到指代詞「之」

漢語語法學界關於動詞「之」與指代詞「之」之間的關係大體有三種意見：

其一，認為作為指代詞的「之」有一部分後來演變成了動詞。持這種觀點的依據在於：較早的甲骨文與金文記載中沒有發現「之」的動詞用例，而只有代詞用例，只是後來的先秦典籍中才出現了「之」的動詞用例，據此可以認為作為指代詞的「之」有一部分後來演變成了動詞「之」。

但是這種觀點有兩點不可取之處：一是「之」字的甲骨文構字理據證明它是為動詞「往」造的字，可見動詞義才是「之」的原始字義；二是先有代詞後引申為動詞的說法不符合漢語詞義演變的歷史規律，漢語的詞義總是由實到虛地演變，動詞義較實，代詞義較虛，演變的方向不應該是由代詞演化為動詞。

其二，認為動詞「之」與指代詞「之」之間並無意義聯繫。持這種觀點的依據在於：從造字原理來看，「之」的原始義為動詞「往」，後來被借用作指代詞了，二者之間並不存在詞義引申的關係，僅僅是由於同音的關係，指代詞「之」就借用動詞「之」的形體來書寫了。而這種由實體詞借用為代詞的情況，在漢語漢字的發展中又是十分正常和普遍的現象，例如「我」、「女」（汝）、「而」、「其」等代詞就都是由實體詞借用而來的。

但是這種觀點忽略了一個事實：「我」（兵器）、「女」（女人）、「而」（鬍鬚）、「其」（畚箕）等代詞的初始義都是名詞，跟「之」的動詞義不具有可比性。

其三，認為指代詞「之」是由動詞「之」演變來的。持這種觀點的依據在於：「之」的初始義是「往」的意思，「往那裏去」就必然指向「那裏」，於是動詞「之」便可以引申為「那」的指代義，因此先是引申出指代義，然後再由指代義引申出稱代義。

但是這種觀點缺少書證，人們還沒有找到由動詞「之」向代詞「之」過渡的中介語言現象，因此儘管這種可能性是存在的，但在找到相關的語言材料作為書證之前，也只能是一種猜想，還不能認為是科學的定論。

我傾向於第二種或者第三種認識，故本小節標題擬定為從動詞「之」到指代詞「之」，而不是從代詞「之」到動詞「之」，至於這從動詞「之」到指代詞「之」的演變過程，究竟是「字形假借」還是「詞義引申」，儘管本人傾向於是「詞義引申」，但由於證據不足，目前也還只能存疑待考。

二、從指代詞「之」到稱代詞「之」

可以說，作爲稱代詞的「之」是由作爲指代詞的「之」發展而來的，這一觀點基本能爲多數學者所接受，故本小節標題擬定爲從指代詞「之」到稱代詞「之」。

在閱讀先秦文獻的時候，我們會發現一個值得重視的問題，即上古漢語中沒有用作主語的第三人稱代詞，幾乎所有可以勉強被認定爲是第三人稱的代詞，如「其」、「厥」、「之」等，都只能作賓語或定語。凡是現代漢語該用「他／她」或「他們／她們」的地方，在先秦文獻中往往都省略了主語。例如：

① 初，鄭武公娶於申，曰武姜，生莊公及共叔段。莊公寤生，驚姜氏，故名曰寤生，遂惡之。愛共叔段，欲立之。亟請於武公，公弗許。（《左傳·隱公元年》）

這段話的意思是：從前，鄭武公娶了申國國君的女兒爲妻，（申國國君的女兒）名叫武姜，（她）生下了莊公和共叔段。莊公出生時難產，（因爲「寤生」而先露出腳的莊公）使武姜受到驚嚇，因此給（他）取名叫「寤生」，（武姜）從此就厭惡他。（武姜）偏愛共叔段，（武姜）想立共叔段爲世子，（武姜）多次向武公請求，武公都不答應。

從上面的翻譯來看，在這短短的一段文字記載中，多處主語被省略了，主語是什麼完全靠讀者自行體會，譯文中括號內的文字就是被省略了的多處主語。由於這種不用第三人稱代詞作主語的表達習慣，導致了直到戰國末期都沒有標準的第三人稱代詞產生。

而當代詞「之」用作賓語或者定語的時候，有時甚至無法斷定其爲指代詞或稱代詞，例如：

② 公曰：「多行不義必自斃，子姑待之。」（《左傳·隱公元年》）

這句話的意思是：莊公說：「多做不義的事情，必定會自趨滅亡，你姑且等待吧。」「等待」什麼？可能是等待「他」，也可能是等待「那個結果」。

這就導致了我們在閱讀古書的時候，既可以把有些「之」理解爲表第三人稱的稱代詞，也可以理解爲指代詞。作爲指代詞的「之」與作爲稱代詞的「之」互相通用不易分辨的現象，正好說明指代詞的「之」與稱代詞的「之」之間有詞義聯想引申的關係，由於「之」作爲指代詞的用法比較普遍，而上古漢語又

缺乏嚴格意義的第三人稱代詞，據此可以推測，具體的引申途徑應該是：作爲稱代詞的「之」是由作爲指代詞的「之」發展而來的。

三、從指代詞「之」到結構助詞「之」

這裏所說的結構助詞「之」幾乎包括了除了用作動詞的「之」和用作代詞的「之」以外的所有的「之」，具體包括作常態定語標誌的「之」、作後置定語標誌的「之」、作前置賓語標誌的「之」、取消主謂獨立性的「之」、舒緩語言結構的「之」等五種情形。可以說，這幾種用作結構助詞的「之」，都是或直接或間接地由指代詞的「之」發展演變來的。下面對這些脫胎於指代詞「之」的結構助詞「之」逐一加以分析。

其一，用作常態定語標誌的「之」是直接由指代詞的「之」演變而來的。例如：

① 以子之矛，陷子之盾，何如？（《韓非子・難一》）

這句話可以有兩種理解：一是理解爲「用你這個矛來攻陷你這個盾，結果會怎麼樣呢」，二是理解爲「用你的矛來攻你的盾，結果會怎麼樣呢」。

② 毛先生以三寸之舌，強於百萬之師。（《史記・平原君虞卿列傳》）

這句話也可以有兩種理解：一是理解爲「毛先生憑藉三寸那麼長的舌頭，就可以勝過百萬那麼多的軍隊」，二是理解爲「毛先生憑藉三寸的舌頭，就可以勝過百萬的軍隊」。

在上面兩個例子中，按照前一種理解，「之」就是指代詞，相當於「這、那」；按照後一種理解，「之」就是結構助詞，相當於「的」。正因爲上面兩種理解都有道理，可見作爲定語標誌的「之」是直接由指代詞的「之」演變而來的，先是當作指代詞「這麼」、「那麼」來用，久而久之就虛化爲起結構作用的助詞，相當於現在的「的」了。

其二，用作後置定語標誌的「之」也是直接由指代詞的「之」演變而來的。例如：

① 苟以天下之大，而從六國破亡之故事，是又在六國下矣。（蘇洵《六國論》）

這句話可以有兩種理解：一是理解爲「如果憑藉擁有天下那麼大的地方，

卻去追隨六國滅亡那個前例，那就比不上六國了」，二是理解爲「如果憑藉偌大的國家（天下），卻去追隨六國滅亡的前例，那就比不上六國了」。

　　② 居廟堂之高則憂其民，處江湖之遠則憂其君。（范仲淹《岳陽樓記》）

　　這句話也可以有兩種理解：一是理解爲「身居廟堂（朝廷）那麼高高在上的地方就應爲百姓憂慮；身處江湖（民間）那麼偏遠的地方也應爲君王憂慮」，二是理解爲「身居高高的廟堂（朝廷）的官員應爲百姓憂慮；身處偏遠的江湖（民間）的士人也爲君王憂慮」。

　　在上面兩個例子中，按照前一種理解，「之」就是指代詞，相當於「這、那」；按照後一種理解，「之」就是結構助詞，相當於「的」。正因爲上面兩種理解都有道理，可見作爲後置定語標誌的「之」也是直接由指代詞的「之」演變而來的，先是當作指代詞「這麼」、「那麼」來用，久而久之就虛化爲起結構作用的助詞，相當於現在的「的」了。

　　其三，用作前置賓語標誌的「之」，一方面也留有指代詞「之」的痕迹，一方面又是用作定語標誌的結構助詞「之」的變異。例如：

　　① 句讀之不知 ／ 惑之不解

　　這兩個語言片段，既可以理解爲「句讀那個不知」、「惑那個不解」，也可理解爲「不知句讀」、「不解惑」。

　　② 菊之愛 ／ 蓮之愛 ／ 牡丹之愛

　　這三個語言片段，既可以理解爲「菊那個愛」、「蓮那個愛」、「牡丹那個愛」，也可理解爲「愛菊」、「愛蓮」、「愛牡丹」。

　　③ 何厭之有？ ／ 何功之有？ ／ 何罪之有？ ／ 何陋之有？

　　這四個語言片段，既可以理解爲「何厭那個有」、「何功那個有」、「何罪那個有」、「何陋那個有」，也可理解爲「有何厭」、「有何功」、「有何罪」、「有何陋」。

　　在上面三組例子中，按照前一種理解，「之」就是指代詞，相當於「那個」；按照後一種理解，「之」就是結構助詞，無須對譯。

　　之所以說這些「之」也留有指代詞「之」的痕迹，是因爲在古人的意念中「之」總是擺脫不了指代義的糾纏，例如想說「句讀不知」，爲了突出動詞涉及的對象，就習慣於用指代詞來復指一下，說成「句讀之（那個）不知」，這就好比我們今天所說的「北風那個吹」、「雪花那個飄」一樣，在古人看來是習以爲

常的說法，沒有誰認爲這是什麼「賓語前置」，就連我們今天也沒有把「北風那個吹」、「雪花那個飄」非要說成是「吹北風」「飄雪花」的「賓語前置」呀。

之所以說這些「之」又是用作定語標誌的結構助詞「之」的變異，是因爲通常的用作定語標誌的結構助詞「之」所關聯的中心詞都是名詞或形容詞，它們不能夠帶賓語，而此種用法的「之」所關聯的中心詞卻是動詞，而在人們的意念當中總是認爲動詞是可以帶賓語的呀，於是人們再聯想到「之」字前邊的詞語不正是它該帶的賓語嘛，因而「賓語前置」的說法就在現代人的語法理念中應運而生了。

其四，用作取消主謂獨立性的「之」，一方面也留有指代詞「之」的痕迹，一方面又是用作「賓語前置」的「之」的變異。例如：

    ① 道之所存，師之所存也。（韓愈《師說》）

    ② 雖我之死，有子存焉。（《列子·湯問》）

    ③ 甚矣，汝之不惠。《列子·湯問》）

    ④ 吾妻之美我者，私我也。（《戰國策·齊策》）

    ⑤ 父母之愛子，則爲之計深遠。（《戰國策·趙策》）

    ⑥ 孤之有孔明，猶魚之有水也。（《三國志》）

    ⑦ 師道之不傳也久矣！欲人之無惑也難矣！（韓愈《師說》）

之所以說這些「之」也留有指代詞「之」的痕迹，還是因爲在古人的意念中「之」總是擺脫不了指代義的糾纏，上述各例中的「之」，除了「則爲之計深遠」的「之」是用作稱代詞（相當於「他」）以外，都是用作取消主謂獨立性的「之」，其實它們也還都隱隱約約地含有「那個」的意思，比如可以理解爲：道那個存在（道之所存）、我那個死（我之死）、汝那個不惠（汝之不惠）、吾妻那個美我（吾妻之美我）、父母那個愛子（父母之愛子）等等。

之所以說這些「之」又是用作「賓語前置」的「之」的變異，那是因爲，所謂「賓語前置」結構中的動詞必須是能夠再帶賓語的及物動詞，而上述各例中，要麼就不是動詞（如例③的「惠」、例④的「美」），要麼就是不及物動詞（如例②的「死」），要麼就是用「所」加以強調不能再帶賓語（如例①的「存」），要麼就是本來已經帶有賓語不能再帶賓語（如例⑤的「愛」、例⑥的「有」、例⑦的「無」）。假設沒有這些不能再帶賓語的條件限制，那就跟用作「賓語前置」

的「之」的情形沒有太大的不同，比如例⑦前一個分句中的「師道之不傳」，孤立地看，將其看作是「賓語前置」（不傳師道）也是可以的，但是由於它自身沒有獨立成句，而是同後邊的「久矣」構成高一層次的主謂關係，故也只能將「師道之不傳也」歸入「取消主謂獨立性」一類了。

其五，用作舒緩語言結構的「之」，實際上是古人習慣於用「之」的下意識行爲。例如：

① 公將鼓之。（《左傳·莊公十年》）

② 珍寶盡有之。（《史記·項羽本紀》）

③ 悵恨久之。（《史記·陳涉世家》）

④ 邇之事父，遠之事君。（《論語·陽貨》）

上面各例中的「之」，或者用在動詞之後（鼓之、有之），或者用在形容詞之後（久之、邇之、遠之），起到舒緩語言結構的作用。這實際上是古人習慣於用「之」的一種下意識行爲，可以起到舒緩語言結構的作用。正所謂之乎者也「之」爲首嘛，其實「之乎者也」都有舒緩語言結構的功效，只不過「之」的用法更爲複雜一些而已。

我這裏說古人習慣於用「之」是一種下意識行爲，這本身也是我的一種下意識感覺，無法過於較眞。就好像上古時代的人喜歡在人的名字裏加「之」一樣，是說不出什麼子午卯酉的道理來的，諸如：「介之推」、「麗之姬」、「尹公之佗」「太山之稽」等等，就都是在姓與名之間隨意增加了「之」字的，其用意大體相當於表示姓「介」的那個叫「推」的人……住在「太山」的那個叫「稽」的人的意思，然而這當中的「之」還是隱隱約約含有「那個」的意思。是這種下意識地用「之」的表達習慣造就了用作舒緩語言結構的「之」，有人說這種用法的「之」是語氣助詞，其實它在主觀上眞的沒想表示什麼語氣，只是在客觀上起到了舒緩語言結構的作用，故此，我們也將其歸入「結構助詞」一類。

四、「之」字的發展脈絡

綜上所述，我們對先秦各時期「之」字的用法進行了考察，分別敘述了從動詞「之」到指代詞「之」、從指代詞「之」到稱代詞「之」、從指代詞「之」到結構助詞「之」的發展演變線索。具體來說，指代詞「之」是由動詞「之」

發展演變而來的，表第三人稱的稱代詞「之」、用作常態定語標誌的「之」、用作後置定語標誌的「之」、用作前置賓語標誌的「之」、用作取消主謂獨立性的「之」、用作舒緩語言結構的「之」都是由指代詞「之」發展演變而來的。其中用作前置賓語標誌的「之」還同時含有用作定語標誌的「之」的基因；用作取消主謂獨立性的「之」還同時含有用作前置賓語標誌的「之」的基因。所有這些詞義上的虛化、詞性上的轉化和用法上的變化，都是「之」這個漢語構成要素內部各種因素和外部各種表達契機綜合運動促成的，是語言要素自身發展的必然結果。

行文至此，特將「之」字的發展脈絡簡要圖示如下（用方框表示「之」字的幾種詞性）：

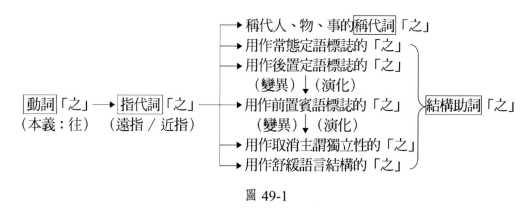

圖 49-1

50. 結構助詞「者」：「者」字語法功能的歷史沿革

文言「之」字的發展脈絡既如上述，讓我們再來關注一下文言中的另一個重要的結構助詞——「之乎者也」的「者」字。「者」字在殷商時代的甲骨文中未曾有眾所公認的發現，有一兩個字形，有人認為是「者」，但根據上下文看卻沒有確認的依據，在西周金文中有不少「者」字，但都是借為「諸」字、「都」字的用法或屬於人名用字，因此討論「者」字只有從現存的周代以來的典籍入手。

一、西周早期文獻中的「者」字

現存最早的古文獻是產生於西周初期的《尚書》，今本《尚書》中累計可查到六個「者」字，其出處如下：

① 爲人上者，奈何不敬（《尙書・夏書・五子之歌》）（意思是：做君主的人，怎麼能不敬不怕？）

② 先時者殺無赦（《尙書・夏書・胤征》）（意思是：曆法出現先於天時的事，殺掉無赦。）

③ 不及時者殺無赦（《尙書・夏書・胤征》）（意思是：曆法出現後於天時的事，殺掉無赦。）

④ 能自得師者王（《尙書・商書・仲虺之誥》）（意思是：能夠自己求得老師的人就會爲王。）

⑤ 謂人莫己若者亡（《尙書・商書・仲虺之誥》）（意思是：以爲別人不及自己的人就會滅亡。）

⑥ 庶徵：曰雨，曰暘，曰燠，曰寒，曰風。曰時五者來備，各以其敘，庶草蕃廡。（《尙書・周書・洪範》）（意思是：一些徵兆：一叫雨，一叫晴，一叫暖，一叫寒，一叫風。一年中這五種天氣齊備，各根據時序發生，百草就茂盛。）

上述六個「者」字分別出自《尙書》的《五子之歌》、《胤征》、《仲虺之誥》、《洪範》四個篇目，其中前三個篇目均爲僞孔安國傳的古文《尙書》中的篇目，如果不包括僞孔安國傳的古文《尙書》中的五個「者」字的話，那麼《尙書》中就只有出自《周書・洪範》的一個「者」字，這說明當時「者」字還極少應用。

到了西周晚期與春秋時期的《詩經》，共出現 57 個「者」字，而《詩經》的31 篇《周頌》當中卻無一個「者」字。據考證《周頌》大約是周初的作品，這就進一步說明：在西周初期的包括政府文獻《尙書》和祭祀樂歌《周頌》等書面語言中，「者」字還沒有廣泛使用，而在西周晚期和春秋時代「者」字才開始在民間的口語中逐漸地被習用，例如《詩經》的《國風》和《小雅》中的「者」字。

二、「者」字在《詩經》中的最初應用情形

上文提到的 57 處「者」字，在《詩經》中的最初應用情況有兩種類型：

1、用作結構助詞，作爲「形・名」結構的中介。

例如：

① 彼蒼者天。（《秦風・黃鳥》）

② 皇皇者華。(《小雅・皇皇者華》)

這種用法的「者」在《詩經》全部 57 個「者」字中占 29 個，而且僅見於《國風》和《小雅》中。這種用法在後世文獻中因其被「之」字所取代，已經很難見到了。

2、用作構詞附綴，黏附於單詞或短語之後，形成一個附加式的「者字結構」。

例如：

① 知我者，謂我心憂，不知我者，謂我何求。(《王風・黍離》)
② 始者不如今，云不我可。(《小雅・何人斯》)

這種用法的「者」在《詩經》全部 57 個「者」字中占 28 個。這種用法的「者」連同它所依附的詞語被現代語法研究者稱為「者字結構」，在後世文獻中隨處可見。

三、用作附綴的「者」的語法功能日趨複雜

作為「者字結構」附綴的「者」在語言運用中獲得了很強的生命力，並出現了日趨複雜的情況，可大別為「成分詞＋者」和「短語＋者」兩類，下面分別舉例說明：

1、「者」字附綴於各類成分詞之後，構成「成分詞＋者」的格式

例如（下加橫線者為「者字結構」）：

① 名詞＋者：陳勝者，陽城人也。(《史記・陳涉世家》)
② 動詞＋者：不有居者，誰守社稷？不有行者，誰捍牧圉？(《左傳・僖公廿八年》)
③ 形容詞＋者：仁者安人，知者利人。(《論語・里仁》)
④ 數詞＋者：此五者，邦之蠹也。(《韓非子・五蠹》)
⑤ 代詞＋者：何者？嚴大國之威以修敬也。(《史記・廉頗藺相如列傳》)
⑥ 副詞＋者：不者，若屬皆且為所虜。(《史記・項羽本紀》)
⑦ 擬聲詞＋者：窾坎鏜鞳者，魏獻子之歌鍾也。(蘇軾《石鍾山記》)

可見，「者」字能黏附於各類成分詞之後，構成「者字結構」。

2、「者」字附綴於各類短語之後，構成「短語＋者」的格式

例如（下加橫線者爲「者字結構」）：

① 主謂短語＋者：<u>力不足者</u>，中道而廢。（《論語・雍也》）

② 動賓短語＋者：<u>竊鉤者</u>誅，<u>竊國者</u>侯。（《史記・游俠列傳》）

③ 中補短語＋者：<u>治於神者</u>，眾人不知其功；<u>爭於明者</u>，眾人知之。（《墨子・公輸》）

④ 狀中短語＋者：<u>從天墜者</u>，<u>從地出者</u>，<u>從四方來者</u>，皆離吾網。（《呂氏春秋・異用》）

⑤ 定中短語＋者：<u>北山愚公者</u>，年且九十，面山而居。（《列子・湯問》）

⑥ 聯合短語＋者：憂有<u>弱而昧者</u>，何必楚？（《左傳・宣公十二年》）

⑦ 兼語短語＋者：夫<u>使孔子名布揚於天下者</u>，子貢先後之也。（《史記・貨殖列傳》）

⑧ 連動短語＋者：<u>先破秦入咸陽者</u>王之。（《史記・項羽本紀》）

⑨ 數體短語＋者：<u>三子者</u>出，曾晳後。（《論語・先進》）〔按：「數體短語」指數詞加體詞構成的短語，有「數量短語」的性質。〕

⑩ 所字短語＋者：臣以<u>所貴者</u>觀之。（《戰國策・燕策》）

⑪ 緊縮短語＋者：<u>雖有槁暴不復挺者</u>，揉使之然也。（《荀子・勸學》）

可見，「者」字能黏附於許多短語之後，構成「者字結構」。

四、秦漢以後「者字結構」運用更爲複雜的情形

隨著華夏民族活動歷史的發展，漢語的表現力也不斷增強，語法的精密度便隨之而提高，這就爲「者字結構」提供了進一步發展的背景，上述「短語＋者」的格式可看作「成分詞＋者」格式的複雜化，秦漢以後，「短語＋者」的格式開始出現了更爲複雜的情形，下面引《史記》中的幾個例句，以見一斑（下加橫線者爲「者字結構」）：

① 因下令軍中曰：「<u>猛如虎、很如羊、貪如狼、彊不可使者</u>，皆斬之。」（《史記・項羽本紀》）

〔按：四個短語並列，最後加「者」，意指具備這四種特點的一類人。〕

② 若至力農畜工虞商賈爲權利以成富，<u>大者傾都，中者傾縣，下者傾鄉里者</u>，不可勝數。（《史記・貨殖列傳》）

〔按：「大者」、「中者」、「下者」三個「者」字短語分別作三個主謂短語的主語，三個主謂短語聯合起來構成聯合短語「大者傾都，中者傾縣，下者傾鄉里」之後再附以一個總括全局的「者」字，組成一個長長的「者字結構」。〕

③ 而<u>李園女弟初幸春申君有身而入之王所生子者</u>遂立，是爲楚幽王。（《史記‧春申君列傳》）

〔按：「者」字附綴在「李園女弟初幸春申君有身而入之王所生子」之後，構成一個長而複雜的「者字結構」，藉以充當「遂立」的主語。全句的大意是：而李園的妹妹，當初爲春申君寵愛，懷孕後進獻給楚考烈王，所生的那個兒子就立爲王，那就是楚幽王。〕

④ <u>伍子胥初所與俱亡故楚太子建之子勝者</u>，在於吳。（《史記‧伍子胥列傳》）

〔按：這句中「者」字所黏附的成分「伍子胥初所與俱亡故楚太子建之子勝」同樣長而複雜，其大意是：伍子胥當初跟他一塊逃亡的已故楚太子建的兒子勝這個人，在吳國。〕

以上各例足見「者」字的黏附能力極強。「者」字的這種語法功能歷代相習，沿用不衰，直至把它推進到全盛時期。在唐宋八大家之一的韓愈的散文中竟出現了長達八十個字的「者字結構」，現摘引如下（下加橫線者爲「者字結構」）：

⑤ 今夫<u>平居里巷相慕悅，酒食遊戲相征逐，詡詡強笑語以相取下，握手出肺肝相示，指天日涕泣，誓生死不相背負，眞若可信，一旦臨小利害，僅如毛髮比，反眼若不相識，落陷井，不一引手救，反擠之，又下石焉者</u>，皆是也。（韓愈《柳子厚墓誌銘》）

在這個超長的單句裏，除了句首「今」字和句尾「皆是也」之外，可看作一個超長的「者字結構」，它是由「者」字黏附於一個類似於多重複句的結構之後組成的，它用指稱以酒肉之道交友的極端虛僞自私的人的整體意義來充當全句的主語。全句是個單句，其大意是：現在以酒肉之道交友而極端虛僞自私的那種人到處都有。而作者把對這種虛僞自私者的醜惡嘴臉的刻畫全聚攏在一個「者字結構」之中了，這不能不令人歎服漢語語法高度的表現力和極大的靈活性。此例雖繁卻萬變不離其宗，它是「短語＋者」格式進一步複雜化的結果。

五、唐宋以後「者」字的兩種假借用法

唐宋以後，「者」字在漢語文言中繼續維持它充當「者字結構」後綴的一統局面，而在漢語古白話中則演出過兩支假借用法的小插曲：

1、假借爲指代詞「這」

例如：

① 者邊走，那邊走，只是尋花柳。那邊走，者邊走，莫厭金杯酒。（王衍《醉妝》詞）

② 細想從來，斷腸多處，不與者番同。（晏幾道《少年遊》詞）

2、假借爲動態詞「著」

例如：

③ 彈者舞者唱者，只吃到楊柳岸曉風殘月。（《太平樂府》二：李愛山小令《壽陽曲》）

④ 珠冠兒怎戴者？霞帔兒怎掛者？這三簷傘怎向頂門遮？喚侍妾簇擁者。（《望江亭》）

到了近代，「這」和「著」又分別取代了用作指代詞與動態詞的「者」，於是「者」字的這一段借用的插曲便告結束。

六、現代漢語中「者」字在詞法領域演變爲附加式合成詞的後綴

在現代漢語中，「者」字語法功能的演變表現爲兩種情形：一是在句法領域由「的字短語」取代了「者字結構」，二是在詞法領域「者」字演變爲現代漢語附加式合成詞的後綴之一（例如「長者」、「學者」、「強者」等）。這說明「者」字的活動領域和語法功能比起古代來是縮小了：

第一，它不再屬於句法範疇，因此由它構成的「者字結構」不再是短語而是詞了，「者」字本身也不再是結構助詞，而成爲語素了。

第二，作爲後綴虛語素的「者」只能黏附於謂詞性語素的後邊，而一般不再黏附於體詞性語素的後邊了。

第三，由「者」這個後綴構成的附加式合成詞一般來說僅限於表人而不再表事物了，個別表事物的（如「前者」、「後者」）是古代用法的殘存形式。可見，「者」字的語法功能在現代漢語中顯現出隱退趨勢。

七、對「者」字語法功能演變的歷史認識

綜上所述，我們對漢語中的「者」字在語法功能方面的歷史演變情況進行了初步的評述，這進一步加深了我們對「者」字歷史演變情形的整體認識。

「者」字從上古發展到今天走過了漫長的歷程。殷商時代是它的童年，現無材料可證，只好存疑待考。周代是它的少年時期，在《詩經》中表現出充當「形・名」結構的連接中項和構成「者字結構」這樣兩種基本的語法功能。

「者」字的青年時期是在春秋戰國時代度過的，它將作為「形・名」結構連接中項的用法轉讓給「之」字之後，便一心一意地從事構成「者字結構」的專職工作，從而豐富並完善了漢語附加式的句法結構類型。

從秦漢到唐宋長達一千餘年的歷史過程中，隨著文言文的全盛和占統治地位，「者」字也正值壯年時期，它的用法日趨複雜，功能日趨精密，在漢語句法舞臺上作了有聲有色的表演，給人留下了極深的印象。

到了元明清時代，「者」字已進入了中年時期，它一如既往地忠實於自己的職守，長期樂此不疲，即或遇有請它借用為近指代詞和動態詞的兼職之機，也不過偶為終棄。

然而，歷史發展到現代，畢竟時過境遷了，在現代白話文中，「者」字終於走完了它大有作為的大半生，顯得日益衰老了。於是它告別了自己的黃金時代，退出了句法領域而在詞法領域釋放著它的餘熱。

但是它長期鑄煉而成的句法功能，以及由它開創並奠定的黏附形式的句法結構卻與世長存，因為現代漢語新興的句法形式「的字短語」全面取代了文言的「者字結構」，而且比「者字結構」的語法功能更加精密嚴謹，可以說，在漢語句法領域裏，「者」字實在是雖死猶生。

另外還應指出的是：「者」字當年被「之」字所取代了的作「形・名」結構連接中項的用法，經過兩千餘年的流變，到了現代也回歸為「的」字，《詩經》中「皇皇者華」不正是今天「煌煌的花」嗎？同「者」字的演變結果又走到了一起，「者字結構」的「者」也演變成了「的字短語」的「的」，真可謂殊途而同歸。

新陳代謝是萬事萬物做歷史運動的必然法則，語法亦然。「者」字的語法功能就是這樣從簡到繁，從不完善到完善，又從盛而趨向於衰地演變著，這些都還需要我們繼續深入地研究，以求逐步接近對它本來面貌的真實認識。

51. 結構助詞「所」：「所字結構」不是名詞性結構

上一節綜述了漢語文言中的一個重要的結構助詞「者」字語法功能的歷史沿革，這一節來關注漢語中一個有爭議的結構助詞「所」字的語法功能本質。數十年來，漢語語法學界一般都認爲「所字結構」的語法性質是名詞性的。本節特對「所字結構是名詞性結構」這一成說提出質疑，以期對「所字結構」的語法性質作進一步的探討。請看下面的語言事實：

一、「所字結構」可以作謂語

「所字結構」可以作謂語，但一般不作獨立單句的謂語，而往往作取消了主謂獨立性的充當了句子成分的主謂短語的謂語或者作複句分句的謂語。例如（下加橫線者爲「所字結構」）：

① 百爾<u>所思</u>，不如我<u>所之</u>。（《詩經・庸風・載馳》）

② 世有方士，吾王悉<u>所招致</u>。（《三國志・華佗傳注》）

③ 上者皆<u>所由陟</u>，更無別路。（《水經注・河水四》）

④ 東谷者，古謂之天門溪水，余<u>所不至</u>也（姚鼐《登泰山記》）

例①中的「所思」作充當了句子成分的主謂短語「爾所思」的謂語，同理，「所之」作充當了句子成分的主謂短語「我所之」的謂語。例②中的「所招致」、例③中的「所由陟」、例④中的「所不至」都作了複句分句的謂語。以往，人們爲了證明「所字結構」的名詞性而把這種謂語解釋爲名詞性謂語，據我看來，這種謂語仍然是動詞性的，因爲「所」字對謂語動詞或動詞短語起的是強調作用，所以上面各例中的「所字結構」都體現出了明顯的動詞性。例①可譯作「你們想百樣，不如我前往。」其中「爾所思」,「我所之」都是主謂關係，「所思」即「思」，「所之」即「之」，而「之」就是「往」的意思，具有明顯的動作性。例②、例③在「所字結構」前邊分別有「悉」、「皆」等副詞作狀語，用以限制「所字結構」所表動作的範圍和頻數。「悉所招致」可譯作「全都招來收羅」，「皆所由陟」可譯作「都由這裏攀登」。可見，其中「所字結構」不應該是名詞性成分，而確實是表示具體的動作行爲。至於例④的「余所不至」則應理解爲「我不曾到過」，也是主謂關係，「所不至」作後一分句的謂語，具有動作性。

正因爲「所字結構」可以作不獨立成句的主謂短語的謂語，所以在「所字結構」前邊常可以加表示取消主謂獨立性的「之」字。例如：

⑤ 且君嘗爲晉君賜矣，許君焦、瑕，朝濟而夕設版焉，君之<u>所知</u>也。(《左傳‧僖公三十年》)

⑥ 強自取柱，柔自取束；邪穢在身，怨之<u>所構</u>。(《荀子‧勸學》)

⑦ 仲子所居之室，伯夷之<u>所築</u>與？抑亦盜跖之<u>所築</u>與？所食之粟，伯夷之<u>所樹</u>與？抑亦盜跖之<u>所樹</u>與？(《孟子‧滕文公下》)

人們爲了說明「所字結構」的名詞性，往往不承認這類情況的「之」是起取消主謂獨立性作用的。其實，「之」字前後爲主謂關係：例⑤的「君之所知也」即「君知也」，可譯作「您知道的呀」。例⑥的「怨之所構」即「怨構」，可譯作：「怨恨就會集結」。例⑦的「伯夷之所築」即「伯夷築」，意思是說：「仲子居住的房屋，是伯夷修建的呢？還是盜跖修建的呢？」而不必譯作「仲子居住的房屋，是伯夷修建的房屋呢？還是盜跖修建的房屋呢？」也就是說「所築」不等於「所築之室」，它不具備名詞性，試想，例句開頭的「仲子所居之室」作者卻不說成「仲子之所居」，足以證明「所字結構」的動詞性還是十分明顯的。用同樣道理可以說明「所樹」也具有明顯的動詞性而充當該分句的謂語，它前面的「之」是起取消主謂獨立性作用的。

二、「所字結構」可以帶賓語

下面是一些「所字結構」帶賓語的例子（下加橫線者爲「所字結構」）：

① 獨籍<u>所殺</u>漢軍數百人，項王亦身被十餘創。(《史記‧項羽本紀》)

② <u>所愛</u>其母者，非愛其形也。(《莊子‧德充符》)

③ 吾見申叔夫子，<u>所謂</u>生死而肉不也。(《左傳‧襄公二十二年》)

④ 茲<u>所謂</u>一勞而久逸，暫費而永寧者也。(《後漢書‧竇憲傳》)

⑤ 問女何<u>所思</u>，問女何<u>所憶</u>。(《木蘭詩》)

這種情形，一般都認爲「所字結構」作定語，即「所殺漢軍」等於「殺掉的漢軍」，而「所愛其母」不好解釋爲「所愛的他的母親」，則解作「所以愛其母」，指「愛母」的原因（見郭錫良等《古代漢語》），至於「所謂」這種格式，則一般解作「所說的……」，也把「所謂」二字看作定語。那麼，像這一類語法

現象的客觀事實真的如此嗎？應當承認，「所字結構」作定語的現象在古代漢語中是大量存在的，然而卻不可一概而論認為凡名詞性成分前面的「所字結構」都是起修飾作用的定語。上面的例①中的「所殺漢軍數百人」就可譯作「殺掉了漢軍數百人」，例②中「所愛」與「其母」的關係只能是動賓關係，例③、例④中的「所謂……」則可譯做「算得上……」或「叫做……」。特別是例④，在《昭明文選》中「所」字作「可」，五臣注作「所」，可見「所謂」等於「可謂」，而「可謂」無論如何是不能作定語的。另外，例⑤中的「何所思」、「何所憶」這類格式，也從另一個側面告訴我們「所字結構」可以帶賓語。「何所思」即「思何」，「何所憶」即「憶何」，是疑問代詞作賓語而前置。那麼，既然「所字結構」可以帶賓語，而認為它是名詞性結構則不妥。

三、介詞可以直接用在「所字結構」的後邊

下面是一些介詞直接用在「所字結構」後邊的例子（下加橫線者為「所字結構」）：

① 君子所貴乎道者三：動容貌，斯遠暴慢矣；正顏色，斯近信矣；出辭氣，斯遠鄙倍矣。（《論語・泰伯》）

② 人無師法，則隆性矣；有師法，則隆積矣；而師法者，所得乎情，非所受乎性，不足以獨立而治。（《荀子・儒效》）

③ 所賤於桀跖小人者，從其性，順其情，安恣孳，以出乎貪利爭奪。（《荀子・性惡》）

④ 若所市於人者，將以實籩豆、奉祭祀、供賓客乎？將炫外以惑愚瞽也？甚矣哉，為欺也！（劉基《賣柑者言》）

例①的意思是：君子重視「道」有三個方面：使自己的容貌莊重嚴肅，這樣可以避免粗暴放肆；使自己的臉色一本正經，這樣就接近於誠信；使自己說話的言辭和語氣謹慎小心，這樣就可以避免粗野和背理。

例②的意思是：人要是沒有老師、不懂法度，就會推崇發展本性了；有了老師、懂了法度，就會注重增加學習的積累了；而老師、法度，是從合乎禮義的高尚情操中得來的，並不是稟受於先天的本性，所以也不能夠獨立地得到完善。

例③的意思是：人們鄙視桀、跖、小人，是因為他們放縱自己的本性，順從自己的情慾，習慣於恣肆放蕩，以致做出貪圖財利爭搶掠奪的暴行來。

例④的意思是：你將柑橘賣給別人，是將要用來裝滿在盛祭品的容器中，供奉神靈、招待賓客的呢？還是要炫耀它的外表用來迷惑傻瓜和瞎子的呢？你做這種欺騙人的事情實在是太過分了。

從以上各例可以看出，「所貴乎道」的意思就是重視道，「所得乎情」的意思就是得自合乎禮儀的高尚情操，「所受乎性」的意思就是稟受於本性，「所賤於桀跖小人」的意思就是鄙視桀跖小人，「所市於人」的意思就是賣給別人。「乎」、「於」一類介詞可以直接用在「所字結構」的後邊，而且「所字結構」可以帶由介詞「乎」、「於」引進的語言成分。而在通常情況下介詞是不能緊挨在名詞性成分之後的，顯然「所字結構」就不是名詞性結構了，可見，上例中的「所貴」、「所得」、「所受」、「所賤」、「所市」都是謂述性的成分。

四、「所字結構」可作被動句式的動作中心語

下面再來看一些「所字結構」用於被動句中的例子：

① 微趙君，幾爲丞相所賣。（《史記·李斯列傳》）

② 不者，若屬皆且爲所虜。（《史記·項羽本紀》）

③ 岱不從，遂與戰，果爲所殺。（《三國志·武帝紀》）

④ 因被匈奴所破，西踰蔥嶺，遂有其國。（《隋書·西域列傳》）

⑤ 父子並有琴書之藝，尤妙丹青，常被元帝所使，每懷羞恨。（《顏氏家訓·雜藝》）

⑥ 若業爲吾所有，必高束焉，庋藏焉……（袁枚《黃生借書說》）

⑦ 申徒狄諫而不聽，負石自投於河，爲魚鱉所食。（《莊子·盜跖》）

在上面幾例中，「所字結構」都充當了被動句式的動作中心語，應當指出，能成爲被動句式的動作中心語的成分決不會是名詞性的，這裏自不贅言。因此，「爲丞相所賣」的意思就是被丞相出賣，「爲所虜」的意思就是被俘虜，「爲所殺」的意思就是被殺，「被匈奴所破」的意思就是被匈奴攻破，「被元帝所使」的意思就是被元帝驅使，「爲吾所有」的意思就是被我據有，「爲魚鱉所食」的意思就是被魚鱉吃掉。

綜上所述，所舉語言事實告訴我們：「所字結構」可以作主謂短語的謂語和分句的謂語，可以帶賓語和補語，還可以成爲被動句式的動作中心語。所有這些都說明「所字結構」具有謂述性。那麼，其中只要有一條成立，就不能籠統說它是名詞性結構。然而傳統語法卻一直把它當作名詞性結構來對待，這一觀念又是如何來的呢？原來，「所字結構」一般可以作主語、賓語和定語，也就是說「所字結構」在句子中可以充當名詞所能充當的句子成分，那麼，如何認識這一語法現象呢？

五、如何看待「所字結構」能作主語、賓語和定語

讓我們先看下面一些語言實例（下加橫線者爲「所字結構」）：

① 始臣之解牛之時，所見無非牛者。（《莊子・養生主》）

② 所欲有甚於生者。（《孟子・告子下》）

③ 所與遊皆爲當世名人。（韓愈《柳子厚墓誌銘》）

④ 殺所不足而爭所有餘，不可謂智。（《墨子・公輸》）

⑤ 今當遠離，臨表涕零，不知所言。（諸葛亮《前出師表》）

⑥ 見漁人乃大驚，問所從來。（陶淵明《桃花源記》）

⑦ 乃丹書帛曰「陳勝王」，置人所罾魚腹中。（《史記・陳涉世家》）

⑧ 所操之術，多異故也。（王安石《答司馬諫議書》）

⑨ 此所以報先帝而忠陛下之職分也。（諸葛亮《前出師表》）

在上面幾例中，例①、②、③的「所字結構」作主語，例④、⑤、⑥的「所字結構」作賓語，例⑦、⑧、⑨的「所字結構」作定語。人們往往據此認定「所字結構」具有名詞性，試問，是不是凡能作主語、賓語和定語的句法成分就一定是名詞性成分呢？答案顯然是否定的。因爲，在漢語中，動詞或動詞性短語本來就可以充當主語，比如「學不可以已」中的「學」）；本來就可以充當賓語，比如「廣故數言欲亡」中的「欲亡」；本來就可以充當定語，比如「楚兵呼聲動天」中的「呼」。所以不能據此認定作主語、賓語和定語的「所字結構」就是名詞性結構。更何況，漢語的表述習慣中本來就以適當的省略爲常規，因爲語言運用的本質在於快速有效地交流思想，有時候在不影響交際有效性的前提下省略某些語言成分可以達到快速交際的目的，這時人們就樂於使用簡省的表達方

式。據此，可以認爲，例①中的主語「所見」就相當於動詞「見」的功能，「所」用在動詞之前起強調作用，儘管「所見」含有「所見之物」的意思，但它是偏正短語省略了中心詞的用法。例⑤中的賓語「所言」就相當於動詞「言」（說）的功能，「所」用在動詞之前起強調作用，儘管「所言」含有「所言之詞」的意思，但它也是偏正短語省略了中心詞的用法。這些被省略的中心詞都是不言自明的，不必因此而認爲「所見」、「所言」具有名詞屬性。其他幾例中「所字結構」作主語、賓語的例子都可以依照省略中心詞的用法來理解。至於「所字結構」作定語的幾個例子，因爲定語後邊存在有中心詞，自然不會改變「所字結構」本來的動詞屬性。可見，「所字結構」在本質上具有動詞的語法功能。

六、「所字結構」能使形容詞活用爲動詞

另外我還注意到，如果將形容詞用在「所」字的後邊，說成「所＋形」的結構，那麼該形容詞也就活用作動詞了。比如此前曾在第 45 節《形容詞的活用》中舉過的兩個用例（下加橫線者爲「所字結構」）：

① 毛嬙、麗姬，人之<u>所美</u>也；魚見之深入，鳥見之高飛，麋鹿見之決驟，四者孰知天下之正色？（《莊子·齊物論》）

這段話的意思是：毛嬙、麗姬，眾人都認爲很美，但是，魚見了她們就潛入水底，鳥見了她們就飛到高空，麋鹿見了她們就趕緊逃跑，這四者，哪個知道天下眞正的美色是什麼？其中的形容詞「美」用在強調助詞「所」的後邊，因爲只有動詞才能用在「所」字後邊，那麼這樣用的「美」就了動詞的語法特點，那麼這個形容詞也可看作活用爲動詞了。

② 故俗之<u>所貴</u>，主之<u>所賤</u>也；吏之<u>所卑</u>，法之<u>所尊</u>也。上下相反，好惡乖迕，而欲國富法立，不可得也。（晁錯《論貴粟疏》）

這段話的意思是：因此一般世人看重的，正是君主所輕視的；一般官吏所鄙夷的，正是法律所尊重的。上下相反，好惡顚倒，在這種情況下，要想使國家富裕，法令實施，那是不可能的。其中的形容詞「貴」、「賤」、「卑」、「尊」都用在了強調助詞「所」的後邊，因爲只有動詞才能用在「所」字後邊，那麼這樣用的形容詞也就具備了動詞的語法特點，因此「貴」、「賤」、「卑」、「尊」這個幾個形容詞也可看作活用爲動詞了，「所貴」、「所賤」、「所卑」、「所尊」便可分別譯作「看重」、「輕視」、「鄙夷」、「尊重」等動詞意思。

既然「所」字能使形容詞活用為動詞，那麼怎麼能說「所字結構」是名詞性的呢？

七、「所字結構」本質上具有動詞的語法功能

綜上所述，我們從六個方面對「所字結構」的名詞性特點提出了質疑，認為「所字結構」是名詞性結構這一傳統看法應予以否定。「所字結構」在本質上具有動詞的語法功能，「所」在「所字結構」中是一個表強調的助詞，它的功能在於強調它後面的動詞性成分，藉以達到突出動作行為的目的。人們之所以總是將「所字結構」誤認為是一個名詞性結構，其原因在於往往用「者字結構」去類比它，「者」字附著在其他詞語之後，如果該詞語不是名詞性的，也會使整個結構變成名詞性的，而「所」字卻不然，它不會改變與它結合的詞語的詞性，僅僅對跟它結合的詞語起到強調作用。這一點還可從下面幾例的綜合分析得到證實（下加橫線者為「所字結構」）：

① 太后曰：「諾，恣君之<u>所使</u>之。」（《戰國策・趙策四》）

這個例句很典型，它無可辯駁地證實了「所字結構」具有動詞屬性，而不具有名詞屬性。因為後一個「之」是「所使」的賓語，前一個「之」是取消主謂獨立性的助詞，全句可譯作：「好吧，任憑您支使他」，「所使」即「支使、安排」的意思，無疑具有動詞屬性。

② 吾嘗終日而思矣，不如須臾之<u>所學</u>也；吾嘗跂而望矣，不如登高之博見也。（《荀子・勸學》）

這是一個多重複句，從分號處隔開的第一層次來看，「所學」與「博見」對文，從第二層次看，「所學」與「思」對文，而「博見」和「思」都是動詞性成分，以「對文必同性」的原則來看，可證「所學」為動詞性成分。另外從「所學」所在的分句來看，因為「須臾」與前一分句的「終日」對文，「終日」是作狀語的，則「須臾」也必應充當「所學」的狀語，那麼，受時間副詞「須臾」修飾的「所字結構」「所學」也一定應該是動詞性的。

③ 庖丁釋刀對曰：「臣之<u>所好</u>者，道也；進乎技矣。」（《莊子・養生主》）

這一句中的「臣之所好者」的語法結構關係應當按如下 A 式分析，而不應按 B 或 C 式分析：

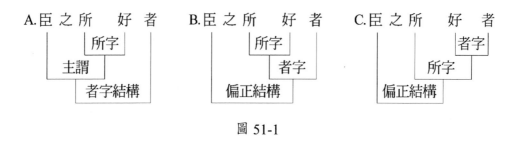

圖 51-1

就是說「臣之所好」是個主謂關係的短語,「者」字加在這個主謂短語上構成「者字結構」,「之」字起取消主謂獨立性的作用,「臣之所好者」應譯作「我喜好的」而不應譯作「我的所喜好的」,「所好」的語法功能相當於「喜好」,可見「所好」即便放在「所……者」格式中仍然具有明顯的動詞性。

④ 時為將,身所奉飯飲而進食者以十數。(《史記‧廉頗藺相如列傳》)

這句話的意思是:「當時趙奢作將領,親自捧著食物送給士卒吃的行動用十來計算」,意謂趙奢親自多次給士卒送飯送水。其中「身所奉飯飲而進食者」的語法結構關係當作如下分析:

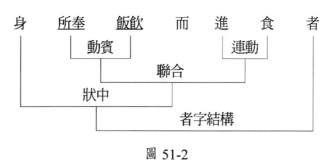

圖 51-2

很明顯:「所奉」與「飯飲」之間為動賓關係,「進食」是「進獻而使之食」的意思,「所奉飯飲」與「進食」之間的「而」字將前後兩個動詞性成分聯結一個動詞性的聯合短語,表示親自意思的「身」字修飾限制整個聯合短語作狀語,最後再黏附「者」字構成「者字結構」。「所奉飯飲」這一語言片斷處在語法結構的深層,只能譯作「捧著食物」,而不能譯作「捧著的食物」,那麼「所奉」即相當於「奉」(捧)的意思,無疑是動詞性的成分。

據此,特將「所字結構」不是名詞性結構而是動詞性結構的觀點提出來,期待著同行學人的進一步探討,以求對「所字結構」的語法性質早日達成符合它本來面目的共識。

本論六：漢語文言特殊語法（下）：句法

〔本章導語〕

　　本章繼續論及漢語的文言特殊語法，這一章所關注的是句法，重點關注文言中獨具特色的判斷句、被動句、變式句（倒裝句）和省略句，共由九節內容構成：文言判斷句的特點是借助論析漢語判斷動詞「是」的形成過程來歸納的；文言被動句的特點是借助論析漢語被動句形式標誌的演進來概括的；文言變式句的特點則詳加討論了謂語前置句、賓語前置句、定語後置句和狀語後置句等四種倒裝句型；文言省略句則在明確省略的含義與省略的條件的基礎上，詳加討論了主語的省略、謂語中心動詞的省略、賓語的省略、介詞的省略等諸多情形，並且針對具體省略條件，選擇承前省略、蒙後省略、對話省略以及知喻省略等不同角度加以例證。在論析的過程中，為了便利中等文化程度的讀者，皆盡量詳細舉例，每個例句都附以通俗譯文和必要的解說。

52. 判斷句式沿革：漢語判斷動詞的形成過程

　　漢語的文言句法跟現代漢語的不同之處要首選判斷句，因為現代漢語的判斷句除了個別的省略情形以外，都離不開一個最重要的判斷動詞「是」，然而，

就是這個「是」，儘管古已有之，但從它一開始的形容詞身份與指代詞身份以及長期不肯捨棄這兩種身份的歷程來看，它最終演變爲現代漢語的一個專職的判斷動詞，是走過了十分艱難複雜的路程的，本節就來追述一下這個漢語判斷動詞的形成過程。

一、早期的漢語判斷句一般不用判斷動詞

判斷句的構成形式古今有較大差別，現代漢語的判斷句除了少數表示日子（明天端午節）、天氣（今天晴天）、籍貫（巴金四川成都人）之類的可以省略不用判斷動詞，是以體詞性謂語句的形式出現之外，一般都要用「是」作判斷動詞，而古代漢語中早期的判斷句大都不用判斷動詞。例如：

（1）夫吳之與越也，仇讎敵戰之國也。（《國語・越語上》）

（2）都城過百雉，國之害也。（《左傳・隱公元年》）

（3）城北徐公，齊國之美麗者也。（《戰國策・齊策》）

（4）善人者，不善人之師。（《老子・二十七章》）

（5）管仲非仁者與？（《論語・憲問》）

（6）江河之水，非一源之水也。（《墨子・親士》）

（7）南冥者，天池也。（《莊子・逍遙遊》）

（8）弈秋，通國之善弈者也。（《孟子・告子上》）

（9）君者，民之原也。（《荀子・君道》）

（10）胡，兄弟之國也。（《韓非子・說難》）

以上各例譯成現代漢語時，都要添加上判斷動詞「是」。「是」字大約是在漢代前後才逐漸發展爲判斷動詞的，然而，即便是在「是」字具有判斷功用之後，文言文仍然大多不用「是」作判斷動詞。例如：

（11）梁父，即楚將項燕。（《史記・項羽本紀》）

（12）奪項王天下者，必沛公也。（《史記・項羽本紀》）

（13）臏亦孫武之後世子孫也。（《史記・孫子吳起列傳》）

（14）此乃臣效命之秋也。（《史記・魏公子列傳》）

（15）此誠危急存亡之秋也。（諸葛亮《前出師表》）

（16）滅六國者，六國也，非秦也。（杜牧《阿房宮賦》）

（17）此則岳陽樓之大觀也。（范仲淹《岳陽樓記》）

（18）夫六國與秦皆諸侯。（蘇洵《六國論》）

像這一類判斷句的謂語前常有副詞充當的狀語，不可將其誤認為判斷動詞。以上各例中的「即」、「必」、「亦」、「乃」、「誠」、「非」、「則」、「皆」都是副詞，語譯時，都要在由這些副詞充當的狀語之後添加上一個判斷動詞「是」字，但語譯時的「是」是為適應現代漢語判斷句的形式而添加的，並不是「即」、「必」一類副詞狀語中固有的。

按照通常的習慣看法，在體詞或體詞性短語之前不應有狀語，因為傳統認為狀語是修飾或限制謂詞（動詞、形容詞）或謂詞性短語的，其實這種看法並不符合漢語的語法事實，應當說，狀語所修飾或限制的中心語是具有謂語資格的成分，不管它是體詞性的還是謂詞性的，只要它在句子中具有謂語的資格，就可以用狀語來修飾或限制，那麼，古漢語的判斷句這種體詞性謂語句中的狀語也就好解釋了。

二、「是」字表判斷的詞義來源

「是」在造字之初是一個會意字，甲骨文中沒有「是」字，「是」字最早見於毛公鼎，但字形與小篆形體不同。東漢許慎的《說文解字》依小篆字形解釋為「是，直也。從日、正。」清代段玉裁注為「以日為正則曰是。從日、正，會意。天下之物莫正於日也。」可見，「是」本是一個形容詞，其本義為「正」、「直」，由此而引申為「正確」之意，表示對事物性質優劣的確認，今天說的「自以為是」、「大是大非」，「實事求是」中的「是」就是用的這種意義。

作為形容詞的「是」進一步發展演變，可引申出動詞和代詞的兩種功用，例如：

（19）不法先王，不是禮義。（《荀子・非十二子》）

（20）朕觀《隋煬帝集》，文辭奧博，亦知是堯舜而非桀紂，然行事何其反也？（《資治通鑑》）

（21）孰是君也，而可無死乎！（《國語・越語上》）

（22）子於是日哭，則不歌。（《論語・述而》）

（23）否，吾不為是也。（《孟子・梁惠王上》）

　　例（19）、（20）中的「是」爲意動動詞，表示對賓語的肯定和確認，意爲「認爲……正確」，例（19）可譯爲「不效法先王，不認爲先王的禮義是正確的」，例（20）可譯爲「我看了《隋煬帝集》，儘管文辭不夠通俗，也還是知道他認爲堯舜是對的，而認爲桀紂是不對的，然而他的行爲卻爲什麼那麼背道而馳呢？」在古漢語中，形容詞因活用爲動詞而具有意動用法是極其正常的，因此「是」由形容詞演變爲意動動詞也就是順理成章的事了。

　　例（21）、（22）、（23）中的「是」爲指代詞，表示近指或確指，意爲「此」、「這」或「這樣」。特別是例（21），還隱含有形容詞的意思在內，可譯爲「誰能有如此好恩惠的君主，卻可以不爲他而死呢？」足見其由形容詞演變爲指代詞的痕迹。

　　作爲意動動詞的「是」和作爲指代詞的「是」再進一步發展演變，就孳生出表斷定或確認的功能，因爲意動動詞必須用於意動賓語之前，對賓語有斷定或確認意義，而指代詞又可用於主語之後，對主語有復指功能，這兩重因素造成的合力，就使得「是」字很自然地可以處在主語和賓語之間，而演變爲表判斷的動詞了。當然這一演變既需要經過漫長的歷史過程，也需要適宜的條件和契機。

三、「是」字發展爲判斷動詞的過程

　　在上古漢語中，「是」字有時也出現在判斷句中，但大都仍然是用作指代詞，而不是表判斷的動詞，並不帶判斷賓語，而是在判斷句中充當主語，偶而也可充當謂語。例如：

　　（24）王笑曰：「是誠何心哉？」（《孟子·梁惠王上》）

　　（25）是社稷之臣也，何以伐之？（《論語·季氏》）

　　（26）吾不能早用子，今急而求子，是寡人之過也。（《左傳·僖公三十年》）

　　（27）以智說愚必不聽，文王說紂是也。（《韓非子·難言》）

　　上面例（24）、（25）、（26）中的「是」在句中作主語，可分別譯爲「這實在是什麼居心呢」、「這些都是國家的重臣啊」、「這是我的過錯呀」，例（27））中的「是」在句中作謂語，可譯爲「周文王去說服商紂王就是這樣不聽的呀」。應當指出，語譯中的「是」是添加上去的，原文的「是」都譯作「這」、「這樣」了。

「是」字在上古文獻中也有個別用為判斷動詞的。例如：

（28）此是欲皆在為王，而憂在負海。（《戰國策・中山策》）

（29）鄭縣人有得車軛者，而不知其名，問人曰：「此何種也？」對曰：「此車軛也。」俄又復得一，問人曰：「此是何種也？」對曰：「此車軛也。」問者大怒曰：「曩者曰車軛，今又曰車軛，是何眾也？此女欺我也！」遂與之鬥。（《韓非子・外儲說左上・說三》）

例（28）的意思是「那些國家是都想當王，而擔心的還是齊國」，例（29）中「此是何種也」的意思是「這是哪類東西呀」。這兩例中的「是」的前邊都有指代詞「此」作主語，因而「是」已不再是指代詞了，並且也不是作為判斷對象的主語了，而「是」字後邊又都帶有賓語，因此這種用法的「是」應該是取得判斷動詞的資格了。

從以上兩例出自《戰國策》和《韓非子》來看，「是」的判斷動詞用法是到了先秦末期才產生的。特別是《韓非子》中的一段話，第一次發問「此何種也」並不用判斷動詞，只是在第二次發問時才用了表判斷的「是」，說成「此是何種也」，兩次回答「此車軛也」也沒用判斷動詞，可見將「是」用作判斷動詞並不習慣常見，而結尾處「是何眾也」的「是」仍然是以指代詞的身份作主語。而「此女（「汝」的通假字）欺我也」一句又給我們傳遞出一個信息，即一個指代詞「此」與一個稱代詞「女」這兩個代詞是可以在句首連用的，可譯作「這樣看來你是在欺騙我呀」，以此譯法類推「此是何種也」，將其譯作「這個呢，這個又是哪類東西呢」也未嘗不可。可見，這一句中的「是」還若隱若現地殘存著指代詞的痕跡，從中也就更能看出它演變為判斷動詞的軌跡。

到了西漢，「是」仍然並不多用作判斷動詞，《史記》全書中的「是」字，用作判斷動詞的總共還不超過 10 例。例如：

（30）此必是豫讓也。（《史記・刺客列傳》）

（31）天子識其手書，問其人，果是偽書。（《史記・封禪書》）

（32）客人不知其是商君也。（《史記・商君列傳》）

（33）此是家人言耳。（《史記・儒林列傳》）

以上 4 例是最靠得住的，因為例（30）、（31）中的「是」字之前有副詞「必」、「果」，這就說明「是」在這裏不是指代詞，因為指代詞是不能受副詞修飾的。

而例（32）、（33）中的「是」字之前有指代詞「其」、「此」作主語，這也能證明「是」在這裏不是指代詞，因爲沒有必要連用兩個指代詞作主語。而《史記》中還有幾例「是」貌似判斷動詞，但大多靠不住。例如：

（34）西門豹曰：「巫嫗、弟子是女子也，不能白事。煩三老爲入白之。」
（《史記・滑稽列傳》）

這是西漢末年褚少孫所補寫的文字，其中的「是」字看似判斷動詞，其實仍保留著指代詞的含義，其實也可以將「巫嫗、弟子是女子也，不能白事。」一句斷爲「巫嫗、弟子，是女子也，不能白事。」因爲它前邊既不是副詞也不是代詞，而是名詞，句末又有語氣詞表判斷，不一定依賴它來表判斷，它完全可以起到復指前邊名詞的作用，譯作「巫嫗、弟子，這些女子啊，不能回稟事情」，可見它還是可以譯爲表指代的「這些」，而不一定要譯爲表判斷的「是」，而且像譯作「這些女子啊」這樣理解似乎更爲合理。

但是，在西漢時代，「是」字的判斷動詞用法畢竟萌芽了，1972 年長沙馬王堆三號漢墓出土的古帛書中，有一幅慧星圖，其中就有將「是」用作判斷動詞的文字。例如：

（35）是是帚彗。（意爲「這是帚彗」）
（36）是是苦彗。（意爲「這是苦彗」）

將兩個「是」字連用，第一個用作指代詞，作主語，第二個用作判斷動詞，作動語。像第二個「是」這種用法，就必是判斷動詞無疑了。這件古帛書是西漢時的文物，這就進一步證明，「是」字在西漢時代已經可以用作真正意義的判斷動詞了，只是還不夠普遍而已。

大約到了東漢，在王充的《論衡》一書中「是」字用作判斷動詞就較爲普遍了，其後，魏晉南北朝時代，「是」用作判斷動詞的句子就逐漸多了起來。例如：

（37）余是所嫁婦人之父也。（王充《論衡・死僞》）

（38）若枯即是榮，榮即是枯，則應榮時調零，枯時結實。（范縝《神滅論》）

（39）問今是何世，乃不知有漢，無論魏晉。（陶淵明《桃花源記》）

（40）汝是大家子，仕宦於臺閣。（《孔雀東南飛》）

（41）同行十二年，不知木蘭是女郎。（《木蘭詩》）

以上各例中的「是」字的用法，與現代漢語判斷句中的判斷動詞「是」已經差別不大了。不過，在魏晉以後唐宋八大家一類古文學派的倣古散文中，在沿續兩千餘年居正統地位的文言文中，判斷句還是一向以不用判斷動詞「是」為常規，因為還有一個類似於判斷動詞的「為」字可用。

四、古代漢語中「為」字詞性的討論

在先秦時代的漢語裏究竟有沒有判斷動詞的存在，這是目前還有爭論的問題。一種看法認為，「為」字就是先秦時代的判斷動詞，而另一種看法則認為，「為」字在先秦時代也只是一個一般動詞，還不能算是判斷動詞。請看下面的例子：

（42）晉為盟主，諸侯或相侵也，則討之（《左傳・襄公二十六年》）

（43）四體不勤，五穀不分，孰為夫子？（《論語・子張》）

（44）知之為知之，不知為不知，是知也。（《論語・為政》）

（45）此為何若人？（《墨子・公輸》）

「為」的造字字形本義乃以手牽象會意，後來常用作「做、作、成為、作為、算作」等動詞義。但有時「為」字用在表確認斷定的句子的主謂之間，意義比較虛泛，容易被看作是判斷動詞，其實它還保留著「作為」、「算作」等抽象動作意義。上面各例均屬這種情況，對譯時不宜翻譯作「是」，例（42）中的「為」可譯為「作為」（晉國作為盟主），例（43）、（44）、（45）中的「為」可譯為「算作」：例（43）可譯作「你這個人，四肢不勞動，五穀不認識，誰知道你的老師算作什麼人」，例（44）可譯作「知道就算作知道，不知道就算作不知道，這才是對待知與不知的正確態度啊」，例（45）可譯作「這算作什麼人呢？」

例（45）的原文前後文意為：子墨子見王，曰：「今有人於此，捨其文軒，鄰有敝輿而欲竊之；捨其錦繡，鄰有短褐而欲竊之；捨其粱肉，鄰有糠糟而欲竊之。此為何若人？」王曰：「必為有竊疾矣。」這段話的意思是：墨子先生拜見了楚王，說：「現在這裏有一個人，捨棄他自己裝飾華美的車，鄰居有破車，卻想要去偷；捨棄自己華美的衣服，鄰居有件粗布衣服，卻想要去偷；捨棄自己的好飯好菜，鄰居只有粗劣飯食，卻想要去偷。這可算作怎麼樣的一個人呢？」楚王回答說：「這一定是患了偷竊病的人。」

　　值得注意的是，上述引文中的最後一句「必爲有竊疾矣。」這當中的「爲」字前邊有能願副詞「必」來修飾它，使得它就更像判斷動詞了。這可以說明，這種用於表確認、斷定的句子的主語與謂語之間的「爲」正在朝判斷動詞的方向演變，有人把它稱爲「準判斷詞」，它是大有可能發展成爲一個眞正的判斷動詞的，而且先秦作品中確有極個別的例子證明「爲」字已經初具判斷動詞的屬性了。例如：

　　（46）余爲伯鯈，余，而祖也。（《左傳・宣公三年》）

　　這句話可譯爲「我是伯鯈（伯鯈，人名），我是你的祖先。」可見，這個「爲」的一般動詞的意義已經虛化了，已經十分接近判斷動詞了，因此可以直譯作「是」了。並且可以顯而易見地看出，這種用法的「爲」是從「晉爲盟主」的「爲」發展而來的，當然也還沒有發展完全，若譯爲「我叫作伯鯈」也未嘗不可，再參照下文的「余，而祖也」卻不用「余爲而祖」的格式，則可知前邊的「爲」作爲判斷動詞的資格還是不夠地道。

　　綜上可知，先秦時代的「爲」字本是最有資格、最有可能，也最有條件發展演變爲眞正的判斷動詞的，然而卻始終未能如願，其原因就在於它任職不夠專一。「爲」字一方面不肯拋捨作爲一般動詞的功能，另一方面又去涉足並留戀於表被動的功能而不能自拔，或直接加在動詞之前表「遭受」的被動意義，構成「受動者＋爲＋動詞」的被動句格式，或加在名詞代詞之前爲被動句引出施動者，構成「受動者＋爲＋施動者＋動詞」的被動句格式。（詳見本書下一節對被動句的闡述）甚至這個「爲」字還兼任介詞、語氣詞等功用，以致後來表被動的功能又被「被」字搶了頭功，這實在是它做事不專心致志而導致的悲劇。因此，即使到了秦漢以後，用在主謂之間的「爲」字也未能發展成爲眞正的判斷動詞，例如：

　　（47）如今人方爲刀俎，我爲魚肉。（《史記・項羽本紀》）

　　（48）已後典籍皆爲板本。（沈括《夢溪筆談・活板》）

　　（49）一日，使史更敝衣，草屨，背筐，手長鑱，爲除不潔者。（方苞《左忠毅公逸事》）

　　以上三例分別爲漢代、宋代和清代的作品，其中例（47）中的「爲」可譯作「當作」，例（48）中的「爲」可譯作「用作」，例（49）中的「爲」可譯作

「裝作」。至於今天的「選他爲代表」（相當於「擔當」）、「三尺爲一米」（相當於「算作」），「你們幾個爲一組」（相當於「成爲」）也都還是承襲了一般動詞的用法，而不是一個眞正的判斷動詞。

五、「是」字發展爲判斷動詞的內在原因和條件

綜上所述，動詞「爲」本有發展爲判斷動詞的條件和機遇，然而它含義甚廣，用法多端，時而表一般動作行爲，時而表被動，時而又虛化爲介詞甚至語氣詞，功能極不專一，因此，它的斷定確認意義和它的其他動詞意義有時很難區分，這就決定了它不可能成爲一個完善的專職的判斷動詞。這樣，客觀上就要求產生一個更爲完善的判斷動詞，而判斷動詞「是」正是爲滿足這一需要而產生的，並且，有所「捨」才有所「得」，「是」字在歷史演進的過程中，逐漸地拋棄了它作爲指代詞的功能，而專心致志於表判斷，終於奪得此功。

「是」作爲一個具有肯定、確認作用的指代詞，當它居於判斷句主語之後、謂語之前時，不妨把它看作是與謂語構成主謂短語共同陳述全句的主語，這樣一來，它既復指全句的大主語，又兼代小句（主謂短語）的小主語。例如：

（50）虎兕出於柙，龜玉毀於櫝中，是誰之過與？（《論語・季氏》）

這句中的「是」，一方面復指全句的大主語「虎兕出於柙，龜玉毀於櫝中」，另一方面又兼代小句（主謂短語）「是誰之過」的小主語。全句可譯爲「虎兕一類的猛獸從籠中跑出爲患，占卜用的龜甲和祭祀用的玉器一類寶物被毀於匣中，這是誰的過錯呢？」可見，「是」相當於「這」，具有復指前文、肯定下文的作用，而一旦這種復指作用逐步削弱，肯定意味逐漸突出，那麼眞正的判斷動詞也就應運而生了。

關於「是」字的復指作用的削弱、肯定意味的增強這一轉變過程，大體上是分兩步完成的。

第一步：由「……者，……也」或「……，……也」的格式演變爲「……者，是……也」的格式。例如：

（51）故美之者，是美天下之本也；安之者，是安天下之本也；貴之者，是貴天下之本也。（《荀子・富國》）

此例中，本可不用「者」，而直接用「是」復指前面的主語「美之」、「安之」、

「貴之」，現在加進了「者」表提頓，並與「也」呼應表判斷，那麼也就可以不用「是」來復指前文了，因為「者字結構」本身就具有指代性，然而表達者卻將兩種格式並用。

可以說，既用「……者，……也」的格式表判斷，又用「是」復指前文來表確認，這種兩類格式並用的句法在戰國之前還沒有先例。然而正是由於這種並用的結果，因為前文有「者字結構」承擔了指代功能，便使「是」的指代性質有所虛化，而「是」字存在於主謂之間的聯繫性質卻更加突顯了出來，這樣，「是」作為判斷動詞功能的系詞性質也就孕育而出了。

第二步：由「……，是……也」的格式演變為「……是……」的現代漢語判斷句格式。

如果說，由於「是」的前邊出現了具有指代性的「者字結構」而使「是」的指代性性虛化，那麼，當「是」字前邊出現代詞時，因為代詞的指代性比「者字結構」更強，使得「是」的指代性就更加虛化了。例如「此是何種也」（韓非子）、「是是帚彗」（馬王堆古帛書）中的「是」就更進一步地具有了判斷確認的功能。如果說「此是何種也」句中尚有句末語氣詞幫助判斷，因而「是」字的判斷功能還不夠完全的話，那麼「是是帚彗」句中已經沒有任何其他輔助表判斷的手段了，因而第二個「是」字便全部承擔起了表判斷的職責。

有了這第二步的轉變，丟掉了表確認語氣的「也」字，丟掉了一切輔助表判斷的手段，「是」字作為判斷動詞才徹底質變，現代漢語判斷句的基本語法結構才初步完成。在這之後的演化中，再將作主語的詞由代詞擴大到其他詞語，才最終形成了現代漢語「主語＋是＋賓語」的判斷格式，「是」字也就最終演變成為漢語中唯一真正意義的專職的判斷動詞了。

六、「是」字發展為判斷動詞的外在契機

以上敘述的是「是」字發展為判斷動詞的內在原因和條件，與此同時，不可忽略的是「是」字發展演變成判斷動詞還有它的外在契機，那就是：「是」字的指代詞用法有了比它更完善的純粹的指示代詞「此」來替代。

前文說過，有所「捨」才有所「得」，「是」字在歷史演進的過程中，逐漸地拋棄了它作為指代詞的功能，而專心致志於表判斷，終於成為一個專職的判斷動詞。其實，要想「捨」又談何容易？表近指的指代詞是語言中必不可少的

詞，若無恰當的同義指代詞來代替「是」的指代職務，那麼想讓「是」捨去指代詞的功能幾乎是不可能的。如果「是」一身兼二職，既作指代詞，又作判斷動詞，要想成爲眞正意義上的判斷動詞恐怕也很困難，也難免重蹈「爲」字的覆轍。

然而，正是在秦漢時代以後，「此」字逐漸成了占統治地位的指代詞，它把其他與之功能相似的表近指的指代詞，如「茲」、「斯」、「是」、「之」、「時」等統統取而代之。將表近指的功能一人獨攬，並且在千餘年的一段時期內，保持了它的統治地位，一直傳到近代白話裏，直到現代漢語才在絕大部分領域裏用「這」取代了「此」。

這樣一來，秦漢以後，隨著指代詞「此」的不斷擴大使用範圍，便爲「是」字向表判斷功能方面發展提供了難得的契機。識時務者爲俊傑，於是，「是」字順勢而爲，將指代功能逐漸卸去，不斷擴大自身的判斷功能，最終在多方面合力的作用下，完全擺脫了它前身的指代功用，而脫胎換骨成爲一個眞正的判斷動詞了。有了語法功能專一的判斷動詞「是」，漢語的「主語＋是＋賓語」的典型的判斷句格式便成了漢語唯一標準的判斷句句型。

53. 被動句式沿革：漢語被動句形式標誌的歷史演變

不同的語言表示被動意義可以有不同的方式，俄語採用動詞加後綴構成新詞的方式，英語則採用動詞 be＋實義動詞的過去分詞的方式，而漢語表示被動意義往往是借助於使用表被動的關係詞的語法手段或一定的句法形式，動詞本身並不發生形態變化。本節所要討論的是意思上表示被動（主語是受事）、結構上有表示被動的形式標誌的被動句，至於僅在意思上表被動而沒有形式標誌的被動句，只須以「受事主語」的標準識別即可，無須贅論，則不在本節討論之列。

自上古漢語以來，漢語被動句所用過的形式標誌主要有「見」、「於」、「爲」、「被」等，從它們相互爭替，優勝劣汰的歷史演化過程，可以大體上窺見到漢語被動句發展演變的來龍去脈。

一、表被動的語法功能尚不完善的「見」字

在文言中，「見」字可以直接放在動詞前邊，構成「見＋動」的格式來表示被動。例如：

① 舉世皆濁而我獨清，眾人皆醉而我獨醒，是以見放。(《楚辭・漁父》)

② 子曰：「年四十而見惡焉，其終也已。」(《論語・陽貨》)

③ 百姓之不見保，爲不用恩焉。(《孟子・梁惠王上》)

④ 樂羊以有功見疑，秦西巴以有罪益信。(《韓非子・說林上》)

⑤ 欲予秦，秦城恐不可得，徒見欺。(《史記・廉頗藺相如列傳》)

⑥ 屈原既死之後，楚有宋玉、唐勒、景差之徒者，皆好辭而以賦見稱。(《史記・屈賈列傳》)

⑦ 事如此，此必及我，見犯乃死，重負國。(《漢書・李廣蘇建傳》)

例①中的「見放」意爲「被流放」，例②中的「見惡」意爲「被厭惡」，例③中的「見保」意爲「被撫養」，引申爲「使生活安定」，例④中的「見疑」意爲「被懷疑」，例⑤中的「見欺」意爲「被欺侮」，例⑥中的「見稱」意爲「被稱道」，例⑦中的「見犯」意爲「被侮辱」。

「見」字在《尚書》中共出現 14 次，無一表被動的，在《詩經》中共出現 65 次也無一表被動的。以後的文獻雖不難見到，但它表被動的功能並不完善，它的局限在於不能引進施動者，即不能說成「見××放」、「見××惡」等格式。

二、被動句中「於」字對「見」字的輔助作用

「於」是一個有著悠久歷史的介詞，它的語法功用是引進與動作行爲有關的處所、時間、對象等。當它引進對象時可以與「見」字配合使用，構成「見……於……」的格式來表示被動，一方面在動詞前用「見」字表被動意義，一方面在動詞後加介詞「於」引進動作行爲的主動者，這樣就彌補了「見」字不能引進施動者的局限。例如：

① 吾長見笑於大方之家。(《莊子・秋水》)

② 臣誠恐見欺於王而負趙。(《史記・廉頗藺相如列傳》)

③ 予習非而遂迷也，幸見指南於吾子。(《文選・東京賦》)

④ 然而公不見信於人，私不見助於友。(韓愈《進學解》)

例①中的「見笑於大方之家」意爲「被大方之家笑」，例②中的「見欺於王」意爲「被王欺」，例③中的「見指南於吾子」意爲「被您指教」，例④中的「見信於人」意爲「被人信」，「見助於友」意爲「被友助」。這樣一來，就使被動句中動詞的施動者明確起來，而主語的被動意思也就更清楚了。

當然，這種「見……於……」的表被動格式中的「於」也不完全是引出施動者，有時也可能引出時間處所等，例如：

⑤ 家叔以余貧苦，遂見用於小邑。（陶淵明《歸去來兮辭並序》）

這句話的意思是：叔父也因為我家境貧苦盡力替我設法，我就被委任到小地方做官。其中的「見用於小邑」意為「被委任到小地方」，引出的是處所概念。

三、「於」字單獨表被動而與「見」字各領風騷

在被動句的謂語動詞之後，一經用介詞「於」引進了動作行為的主動者等，前面的主語也就明顯地具有了被動性質，因此「於」字也可以不借助「見」字而單獨表被動。例如：

① 憂心悄悄，慍於群小。（《詩經・柏舟》）

② 御人以口給，屢憎於人。（《論語・公冶長》）

③ 民之憔悴於虐政，未有甚於此時者也。（《孟子・公孫丑上》）

④ 郤克傷於矢，流血及屨。（《左傳・成公二年》）

⑤ 故內惑於鄭袖，外欺於張儀。（《史記・屈原賈生列傳》）

⑥ 夫聖人者，不凝滯於物，而能與世推移（《史記・屈原賈生列傳》）

⑦ 夫趙強而燕弱，而君幸於趙王，故燕王欲結於君。（《史記・廉頗藺相如列傳》）

⑧ 五人者，蓋當蓼洲周公之被逮，激於義而死焉者也。（張溥《五人墓碑記》）

例①中的「慍於群小」即「被群小慍」，例②中的「憎於人」即「被人憎」，例③中的「憔悴於虐政」即「被虐政憔悴」，例④中的「傷於矢」即「被矢射傷」，例⑤中的「惑於鄭袖」、「欺於張儀」即「被鄭袖蠱惑」、「被張儀欺騙」，例⑥中的「凝滯於物」即「被外界事物所拘束」，例⑦中的「幸於趙王」即「被趙王寵幸」，例⑧中的「激於義」即「被正義所激勵」……可見「於」字可以不依賴「見」字單獨表被動。

應當指出，「於」字在被動句中雖然可以對譯成現代漢語的「被」，但它本身並無被動意義，只是由於它引進了動作行為的主動者等，才使得全句具備了被動的意義。假如將上面各例中的「於」字去掉，說成「慍群小」、「憎人」等，意義就完全相反，全句也就不是被動句了。

因而，古代文獻中不乏這樣的例子：用同一個及物動詞，一處帶賓語，構成動賓關係，表主動意義，另一處則在動詞和賓語之間加上「於」，表被動意義，藉以構成主動與被動相對比的句子。例如：

⑨ 物物而不物於物，則故可得而累邪！（《莊子・山木》）

⑩ 勞心者治人，勞力者治於人。（《孟子・滕文公上》）

⑪ 故有備則制人，無備則制於人。（《鹽鐵論・險固》）

例⑨的意思是：利用物而不受制於物，那麼怎麼可能會受牽累呢？例⑩的意思是：從事腦力勞動的人可以管理別人，而從事體力勞動的人只能被別人管理。例⑪的意思是：有了準備就可以控制別人掌握主動，沒有準備就會被別人所制陷於被動。

四、「爲」字乘虛而入，異軍突起

「見」字雖有被動意義，但不能引進施動者；「於」字雖能引進施動者，但本身不具有被動意義，即使是二者搭配使用，互相取長補短，也還是只能在動詞後面引出主動者，而無法將主動者提到動詞前邊來，因此二者都不是被動句完美的形式標誌。

於是，「爲」字便乘虛而入，參與競爭，並且果然異軍突起，發揮了顯赫的作用。「爲」字的獨到之處正在於，它一經放在謂語動詞前，就可能使句子的主語明顯地具有被動性質，構成「爲＋動詞」格式表被動。例如：

① 父母宗族，皆爲戮沒。（《戰國策・燕策》）

② 吳廣素愛人，士卒多爲用者。（《史記・陳涉世家》）

同時，「爲」字還可以不靠別的詞語幫助，把施動者直接引進到謂語動詞之前，構成「爲＋主動者＋動詞」的格式表被動。例如：

③ 喪事不敢不勉，不爲酒困。（《論語・子罕》）

④ 一夫作難而七廟隳，身死人手，爲天下笑者，何也？（賈誼《過秦論》）

⑤ 止，將爲三軍獲。（《左傳・襄公十八年》）

「爲」本來是動詞，常可解作「做、作、成爲、作爲」等意義，在不同的上下文中可以表示不同的意義。那麼，當它加在另一個動詞之前，引申出「受到」之類的被動意義是完全可能的，「爲」字就這樣在競爭中取勝，名正言順地

擔當了被動句中形式標誌的職責。

而且，在用「爲」引進施動者後，還可以再用「所」字對動詞進行強調，構成「爲＋主動者＋所＋動詞」或者「爲＋所＋動詞」的被動句格式，這樣既突出了施動者，又突出了施動行爲，使句子的被動意義更加明顯。例如：

⑥ 申徒狄諫而不聽，負石自投於河，爲魚鱉所食。（《莊子・盜跖》）

⑦ 夫直議者，不爲人所容。（《韓非子・外儲說左下》）

⑧ 不者，若屬皆且爲所虜。（《史記・項羽本紀》）

⑨ 官軍加討，屢爲所敗。（《舊唐書・黃巢傳》）

⑩ 有如此之勢而爲秦人積威之所劫。（《六國論》）

⑪ 今不速往，恐爲操所先。（《陳涉世家》）

⑫ 茅屋爲秋風所破歌。（杜甫《茅屋爲秋風所破歌》）

五、後起之秀「被」字長期樂此不疲

但是，「爲」字用在動詞之前表被動，僅僅是「爲」的眾多用法中的一種，它的含義甚廣，用法多端，時而表一般動作行爲，時而輔助表判斷功能，時而又虛化爲介詞甚至語氣詞，功能極不專一，使它無法專職從事表被動意義的工作，因此也很難形成單純表被動的功能。而另有一個「被」字卻一直專心致志、樂此不疲地承擔著表被動的責任。

「被」字的造字本義爲名詞，服飾類。《說文解字》：「被，寢衣。長一身有半，從衣皮聲。」因爲被子是加蓋在身上的，所以用作動詞就有了「覆蓋」的意義，例如《楚辭・招魂》：「皋蘭被徑兮斯路漸」；用作動詞的「被」又引申出「披穿在身上」的意義，例如屈原《國殤》：「操吳戈兮被犀甲」。由此便可以進一步朝抽象方向引申出「蒙受」意義，例如賈誼《論積貯疏》：「世之有饑穰，天之行也，禹湯被之矣。」「蒙受」意義又可引申出「遭受」意義，例如《史記・項羽本紀》：「項王身亦被十餘創。」再由「遭受」意義很容易演變爲表被動的意義，例如：

① 萬乘之國，被圍於趙。（《戰國策・齊策》）

② 信而見疑，忠而被謗，能無怨乎？（《史記・屈原賈生列傳》）

「被」字用來表被動意義大約是趁「爲」字不能專職之機而興起，大約在

戰國時代開始萌芽，秦漢時代日趨成熟，但它的動詞性仍較明顯，如上例①、例②中的「被」都還隱含著「遭受」的意義。可是，例①因為有動詞後面的「於」字的配合，例②因為有前文的「見」字對應，很明顯，「被」字的被動意義已經壓倒了「遭受」意義，佔據了主導地位。

但我們同時也應注意到，早期的「被」還不能引出施動者，而只能同後面的動詞緊密結合在一起。用「被」字引進施動者的格式是後起的，在魏晉以後便容易見到「被＋施動者＋動詞」的格式了。例如：

　　③ 吾被皇太后徵，不知所為。（《三國志‧高貴鄉公傳》）

　　④ 曲罷曾教善才服，妝成每被秋娘妒。（白居易《琵琶行》）

　　⑤ 風流總被雨打風吹去。（《永遇樂‧京口北固亭懷古》）

因此，不能認為「被＋動詞」的格式是由「被＋施動者＋動詞」的格式省略而成，因為後者較前者晚出，是「被」字功能日益完善的產物。

六、「被」字在近現代漢語中進一步完善和發展

綜上所述，漢語被動句的多種形式標誌，在古代漢語中都在應用，其中「見」、「於」、「為」具有強烈的書面語色彩，而「被」則具有口語色彩，這也是包括宋元以來的古白話作品的近現代漢語被動句選用「被」字作形式標誌的一個原因。

用「被」字構成的被動句一經成為近現代漢語被動句的主要形式之後，「被」字不但全面繼承了「見」「於」「為」等字的表被動的語法功能，還使被動句的句法特點得到了進一步的完善和發展，這主要表現在如下三個方面：

其一，從語法結構上看，古漢語的被動句中，謂語動詞後面一般是不帶補語和賓語的，而在近現代漢語中，這一特點被突破了。例如：

　　① 方欲拜見時，早被外祖母一把摟入懷中。（《紅樓夢》第三回）

　　② 黛玉忙要起身來奪，已被寶玉揣在懷內。（《紅樓夢》第廿四回）

　　③ 四天之後，阿 Q 在半夜裏忽被抓進縣城裏去了。（魯迅《阿 Q 正傳》）

　　④ 地中海沿岸被稱為西方文明的搖籃。（竺可楨《向沙漠進軍》）

其二，從語法意義上看，古代漢語的被動句都是表示對主語來說是不如意的事情的，而在現代漢語中，這一特點也被突破了。例如：

⑤ 她被評爲優秀教師。

⑥ 眾人都被他逗樂了。

其三，從語法作用上看，古代漢語的被動句只能用來強調施動者和所施加的動作，而不能同時也強調受動者，在現代漢語中，這一點也被突破了。例如：

⑦ 那老者昏暈在地，不能言語。被他把兩個青氈包袱提在手中，不知去向。（《西遊記》第五十七回）

⑧ 寶玉……被襲人將手推開。（《紅樓夢》第廿一回）

⑨ 而老陶卻被文件累起的一堵牆把他和群眾隔開了。（柳青《創業史》）

⑩ 娟子還沒來得及回轉身，就被人從後面將她連胳膊帶腰緊緊地抱住。（馮德英《苦菜花》）

⑪ 今早帥眾與天王交戰，把七十二洞妖王與獨角鬼王盡被眾神捉了。（《西遊記》第五回）

⑫ 想到不定哪時他會一跤跌到山澗裏，把骨肉被野鷹們啄盡……（老舍《駱駝祥子》）

像例⑦至例⑩那樣「被」在前「把」（將）在後的句式在漢語文言中是很難見到的，而像例⑪、例⑫那樣「把」在前「被」在後的句式，在近現代漢語中也並不多見。

綜上可見，在現代漢語中「被」字表被動的語法功能既完善又專一，儘管也有它的競爭者存在，如「叫」、「讓」等，「被他弄壞了」也可以說成「叫他弄壞了」或「讓他弄壞了」，但由於它們的職能不專一，主要功能在於表使令意義構成兼語句，因此「叫」和「讓」都不是「被」的對手，「被」字責無旁貸地成了現代漢語被動句的最有效的形式標誌，以至於可以專門以它命名稱爲「被動句」或「被字句」。

而「被」字在被動句中定於一尊的局面一經形成，「見」和「於」便已成爲歷史陳迹，僅見於文言之中了，至於「爲」字，由於它一直用途廣泛，是個「雜家」，因此在現代漢語書面語中，有些莊重的被動句還保留它的一席之地。

54. 文言習慣句式之一：謂語前置句

此前兩節集中論析了漢語判斷句和被動句句型的歷史沿革與演進，以下第

54 節至 58 節將用五節的篇幅來討論被稱爲「倒裝句」的漢語文言變式句問題。這主要有謂語前置句、賓語前置句、定語後置句和狀語後置句，本節先來關注謂語前置句。

古漢語中，謂語的位置也和現代漢語一樣，一般應放在主語之後，但有時爲了強調和突出一些比較簡單的不帶賓語的謂語所表達的意義，就可以把謂語提前到主語前面，以強調突出謂語，加重謂語的語氣或情感。例如中學古文《愚公移山》中的一句話：河曲智叟笑而止之曰：「甚矣，汝之不惠！」翻譯下來的意思就是：河曲地方的一位智慧老人譏笑地阻止他說：「你也太不聰明了。」但這不是直譯，如果不改變語序地直接翻譯「甚矣，汝之不惠」，那就該是：「太過分了，你這麼不聰明」。因爲表達者就是爲了強調突出「甚矣」兩字的表達語氣與情感，才將它置於主語「汝之不惠」之前的。

其實直譯成「太過分了，你這麼不聰明」既沒有原則錯誤，又符合表達者原來的語序，可是我們當代人非要覺得按現代表達習慣譯爲「你也太不聰明了」才順暢，於是便以今解古地說古人把語序說顛倒了，並名之曰「謂語前置句」。

其實，翻譯成「你也太不聰明了」，順暢倒是順暢了，卻犧牲了表達者原有的強調意味，先人如果有知，恐怕是不大樂於接受的。那麼，現在只好將錯就錯，而且將今人的錯栽給古人，說人家是「謂語前置」。好吧，我們下面就來觀察一下這些所謂「謂語前置」的表達方式，主要有如下幾種情況：

一、謂語因具有詢問意義而前置

有時後，一個表示詢問意義的主謂句，會因爲要突出詢問意義而將謂語提至主語之前。例如：

① 伯魚之母死，期而猶哭，夫子聞之，曰：「誰與，哭者？」門人曰：「鯉也。」夫子曰：「嘻，其甚也！」伯魚聞之，遂除之。（《禮記·檀弓下》）

孔子的兒子孔鯉字伯魚，母親死了一年之後還在爲母親哀哭。按照禮法，父親健在，爲死去的母親服喪一年。孔子聽見哭聲應該說，孔鯉你錯了。而事實是孔鯉的母親亓官氏是與孔子離婚的，按照禮法，作爲父親嫡子的孔鯉是不應該爲已經與父親離婚，被逐出家庭的母親服一年喪的。孔鯉不僅服喪滿一年，而且過了一年還在痛哭，所以孔子才忍不住發出不滿：嘻，實在太過分了。這幾句話中的「誰與哭者」原文內部是沒有標點的，但根據下文門人的回答來看，

似應斷爲「誰與，哭者？」其中的「與」是語氣詞「歟」的意思，整體可視爲謂語前置句，謂語因具有詢問意義而前置，翻譯成現代語意就是「哭的人是誰呢？」

② 少頃，東郭牙至……管子曰：「子邪，言伐莒者？」（《呂氏春秋‧重言》）

這幾句話的意思是：過了不久，東郭牙到了……管子說：「是你主張攻打莒國嗎？」句中的「子邪，言伐莒者？」整體可視爲謂語前置句，謂語因具有詢問意義而前置，翻譯成現代語意應該爲「主張攻打莒國的，是你嗎？」

③ 王笑曰：「是誠何心哉？我非愛其財。而易之以羊也，宜乎百姓之謂我愛也？」（《孟子‧梁惠王上》）

這幾句話的意思是：宣王笑著說：「這麼做果眞是一種什麼心理呢？我並不是吝嗇錢財才用羊去代替牛的，這合適嗎，百姓都說我吝嗇呀？」句中的「愛」是「吝嗇」的意思，「宜乎百姓之謂我愛也？」整體可視爲謂語前置句，謂語因具有詢問意義而前置，翻譯成現代語意應該爲「百姓都說我吝嗇，這合適嗎？」

二、謂語因具有感歎意義而前置

有時後，一個表示感歎意義的主謂句，會因爲要突出感歎意義而將謂語提至主語之前。例如：

① 公歎曰：「美哉室！其誰有此乎？」（《左傳‧昭公二十六年》）

這句話的意思是：齊景公感歎說：「漂亮啊，這屋子！不知道以後將被誰據有？」句中的「美哉室」整體可視爲謂語前置句，謂語因具有感歎意義而前置，翻譯成現代語意應該爲「這屋子漂亮啊！」

② 穆公曰：「仁夫，公子重耳！夫稽顙而不拜，則未爲後也，故不成拜；哭而起，則愛父也。起而不私，則遠利也。」（《禮記‧檀公下》）

這段話的意思是：穆公說：「仁厚啊公子重耳！這只是屈膝下跪而不拜的禮節，表示自己還不是繼承人，所以不成拜禮；哭著站起來，表示愛父親；起來而不再私下交談，表示他遠避私利。」句中的「仁夫，公子重耳！」整體可視爲謂語前置句，謂語因具有感歎意義而前置，翻譯成現代語意應該爲「公子重耳仁厚啊！」

③ 嘗從行，有所沖陷折關及格猛獸，而文帝曰：「惜乎，子不遇時！如令子當高帝時，萬戶侯豈足道哉！」（《史記·李將軍列傳》）

這段話的意思是：李廣曾隨從皇帝出行，常有衝鋒陷陣、抵禦敵人，以及格殺猛獸的事，於是文帝說：「可惜啊！你沒遇到時機，如果讓你正趕上高祖的時代，封個萬戶侯那還在話下嗎！」句中的「惜乎，子不遇時！」整體可視為謂語前置句，謂語因具有感歎意義而前置，翻譯成現代語意應該為「你沒遇到時機很可惜！」

三、謂語因具有斥責意義而前置

有時後，一個表示斥責意義的主謂句，會因為要突出斥責意義而將謂語提至主語之前。例如：

① 甚矣，汝之不惠。《列子·湯問》

這句話的意思是：太過分了，你這麼不聰明！其整體可視為謂語前置句，謂語因具有斥責意義而前置，翻譯成現代語意應該為「你也太不聰明了。」

② 久矣，夷狄之為患也！（《漢書·匈奴傳》）

這句話的意思是：時間很久啦，夷狄如此製造禍患哪！其整體可視為謂語前置句，謂語因具有斥責意義而前置，翻譯成現代語意應該為「夷狄為害也太久了吧。」

③ 魯仲連曰：「然吾將使秦王烹醢梁王。」辛垣衍怏然不悅曰：「嘻！亦太甚矣，先生之言也。先生又惡能使秦王烹醢梁王？」（《戰國策·趙策》）

這段話的意思是：魯仲連問：「既然如此，那麼我就可以讓秦王把魏王煮了剁成肉醬！」辛垣衍很不服氣地說：「咳！這也太過分啦，先生您這話說的，您又怎麼能讓秦王把魏王煮了剁成肉醬呢？」句中的「亦太甚矣，先生之言也。」整體可視為謂語前置句，謂語因具有斥責意義而前置，翻譯成現代語意應該為「唉，先生的話也太過分了啊！」

四、謂語因具有祈求意義而前置

有時後，一個表示祈求意義的主謂句，會因為要突出祈求意義而將謂語提至主語之前。例如：

① 勉哉夫子，不可再，不可三！。（《史記·周本紀》）

這句話的意思是：努力吧，各位將士！不能再有第二次，不能再有第三次！句中的「勉哉夫子」整體可視爲謂語前置句，謂語因具有祈求意義而前置，翻譯成現代語意應該爲「各位將士努力吧！」

② 今日之事，不過六步七步，乃止齊焉，夫子勉哉！不過於四伐五伐六伐七伐，乃止齊焉，勉哉夫子！尚桓桓，如虎如羆，如豺如螭，於商郊，不禦克奔，以役西土，勉哉夫子！爾所不勉，其於爾身有戮。（《史記·周本紀》）

這段話的意思是：今天我們作戰，每前進六步七步，就停下來齊整隊伍，大家一定要努力呀！刺擊過四五次、六七次，就停下來齊整隊伍，努力吧，各位將士！希望大家威風勇武，像猛虎，像熊羆，像豺狼，像蛟龍。在商都郊外，不要阻止前來投降的殷紂士兵，要讓他們幫助我們西方諸侯，一定要努力呀，各位將士！你們誰要是不努力，你們自身就將遭殺戮！

其中的兩處「勉哉夫子」均整體可視爲謂語前置句，謂語因具有祈求意義而前置，翻譯成現代語意應該爲「各位將士努力吧！」值得注意的是原文還有一處的表達爲「夫子勉哉！」的句子，卻因爲表達者主觀上無意於強調鼓勵勸勉的祈求意義，而沒有使用謂語前置句。

③ 來，屍蟲！汝曷不自形其形？（柳宗元《罵屍蟲文》）

這兩句話的意思是：你過來，屍蟲！你爲什麼不自己現出你的形體？頭一句的「來，屍蟲！」整體可視爲謂語前置句，謂語因具有祈求意義而前置，翻譯成現代語意應該爲「屍蟲，你過來！」

五、謂語因適合用韻要求而前置

當然，事物總是在相比較中被感知的，你可能感到謂語被前置了，他可能感到主語被後移了，因而也有出於押韻的主觀目的而將主語後移的情形。不過我們還是不叫「主語後置句」，仍然稱之爲「謂語前置句」例如：

① 關關雎鳩，在河之洲。窈窕淑女，君子好逑。（《詩·周南·關雎》）

這兩句詩的頭一句「關關雎鳩，在河之洲」的意思是：小鳥雎鳩關關唱，在那河中小洲上。也就是說「關關雎鳩」本應爲「雎鳩關關」才能翻譯爲「小鳥雎鳩關關唱」，因爲「關關」是指鳥的叫聲。然而原文爲了讓前一句自身也押

韻，跟後一句收尾的「述」字也押韻，就不能說成「雎鳩關關」，而要說成「關關雎鳩」才行，讓「洲」、「述」與「鳩」押韻，這樣一來，「關關雎鳩」就整體可視爲謂語前置句，謂語因押韻要求而前置。

② 桃之夭夭，灼灼其華。之子于歸，宜其室家。（《詩·周南·桃夭》）

這兩句詩的頭一句「桃之夭夭，灼灼其華」的意思是：桃樹茂盛花滿枝，花朵豔麗繽紛開。也就是說「灼灼其華」本應爲「其華灼灼」才能翻譯爲「花朵豔麗繽紛開」，因爲「灼灼」是指豔麗的樣子。然而原文爲了讓前一句收尾一字跟後一句收尾的「家」字押韻，就不能說成「其華灼灼」，而要說成「灼灼其華」才行，讓「家」與「華」押韻。這樣一來，「灼灼其華」就整體可視爲謂語前置句，謂語因押韻要求而前置。

③ 鬱紆陟高岫，山沒望平原。古木鳴寒鳥，空山啼夜猿。（魏徵《述懷》）

這兩句詩的意思是：曲曲折折地登上高山，山峰時隱時現還可遙望山下的平原。古樹枝上寒鳥鳴，空山林立夜猿嘯。兩句詩的韻腳字爲「原」和「猿」。根據後一句的意思本該說成「古木寒鳥鳴，空山夜猿啼」，但是這樣一來「啼」字就不能跟「原」字押韻了，於是調整爲「古木鳴寒鳥，空山啼夜猿」。這樣一來，「鳴寒鳥」與「啼夜猿」也可整體視爲謂語前置句，謂語因押韻要求而前置。

④ 空山新雨後，天氣晚來秋。明月松間照，清泉石上流。竹喧歸浣女，蓮動下漁舟。隨意春芳歇，王孫自可留。（王維《山居秋暝》）

這首詩的韻腳是「秋」、「流」、「舟」、「留」。其中頸聯「竹喧歸浣女，蓮動下漁舟」的意思本應說成「竹喧浣女歸，蓮動漁舟下」，但是這樣一來「下」字就不押韻了，於是調整爲「竹喧歸浣女，蓮動下漁舟」。這樣一來，「歸浣女」與「下漁舟」也可整體視爲謂語前置句，謂語因押韻要求而前置。

55. 文言習慣句式之二：賓語前置句（上）

在古漢語中，動語後面的賓語，由於種種原因，往往可以提到動語的前面，這種現象是先秦文獻中的常規形態，今天的人將其叫做賓語前置。所謂「賓語前置」的語言表達現象，在漢代以後的口語中逐漸消失，但是後人在文言表達的語法結構上有意倣古，這些特殊的動賓語序也常常出現在後代倣古的文言文中，於是賓語前置就成了文言中較爲常見的語法現象。

　　漢語中只有兩種詞可以帶賓語，一是動詞，一是介詞，所謂賓語前置，當然要麼是動詞賓語的前置，要麼是介詞賓語的前置。介詞的賓語前置較為單純，動詞的賓語前置又可大別為疑問句的賓語前置、否定句的賓語前置、一般句式的賓語前置三種情形。這樣一來，將這三種動詞賓語前置和另外一種介詞賓語前置歸納在一起，古漢語的賓語前置句主要有四種情形。本節先來討論疑問句中疑問詞作賓語時的賓語前置和否定句中代詞作賓語時的賓語前置這兩種情形。

一、在疑問句中，疑問詞作賓語時賓語前置

　　在文言疑問句中，如果「誰、孰、奚、曷、胡、何、安、焉、惡」等疑問詞作賓語，那麼賓語就一定要前置。例如：

　　① 王送知罃曰：「子其怨我乎？」對曰：「二國治戎，臣不才，不勝其任，以為俘馘。執事不以釁鼓，使歸即戮，君之惠也。臣實不才，又誰敢怨？」（《左傳‧閔公三年》）

　　這段話的意思是：楚王送別知罃，說：「您是不是怨恨我呢？」知罃回答說：「兩國興兵，下臣沒有才能，不能勝任自己的任務，所以做了俘虜。君王的左右沒有用我的血來祭鼓，而讓我回國去接受誅戮，這是君王的恩惠啊。下臣實在沒有才能，又敢怨恨誰？」其中的最後一句「又誰敢怨？」就是疑問詞「誰」在疑問句中用作賓語而被前置的情形，「誰」在這裏是「怨」的賓語，卻放在了動語「敢怨」的前面。「誰敢怨」就是「敢怨誰」，將其與開頭的「子其怨我乎」這個疑問句相比較，就會發現：因為「我」是稱代詞，而不是疑問詞，故仍放在動詞「怨」的後面，沒有被前置。

　　② 寡人有子，未知其誰立焉。（《左傳‧閔公二年》）

　　這句話的意思是：我有好幾個兒子，還不知道立誰為嗣君呢。其中的「誰立」就是「立誰」的意思，疑問詞「誰」用作賓語而被前置。

　　③ 元年者何？君之始年也。春者何？歲之始也。王者孰謂？謂文王也。曷為先言王而後言正月？王正月也。何言乎王正月？大一統也。（《公羊傳‧隱公元年》）

　　這段話的意思是：《經》中記載：「元年春，王正月。」元年是什麼意思？是諸侯國國君執政的第一年。春是什麼意思？是一年的開始。王指的是誰？說的是假設出來的符合道德禮義的「文王」。為什麼先說王然後才說正月？因為是

文王所頒佈的曆法的正月。為什麼說是「王正月」？是為了強調王道統一於道、天下統一於王。其中的「孰謂」就是「謂孰」（說的是誰）的意思，疑問詞「孰」用作賓語而被前置。

④ 辨莫大於分，分莫大於禮，禮莫大於聖王。聖王有百，吾孰法焉？（《荀子・非相》）

這段話的意思是：對各種事物的界限加以區別沒有比確定名分更重要的了，確定名分沒有比遵循禮法更重要的了，遵循禮法沒有比效法聖明的帝王更重要的了。聖明的帝王有上百個，我們效法哪一個呢？其中的「孰法」就是「法孰」（效法誰）的意思，疑問詞「孰」用作賓語而被前置。

⑤ 子墨子曰：「籍設而親在百里之外，則遇難焉，期以一日也，及之則生，不及則死。今有固車良馬於此，又有奴馬四隅之輪於此，使子擇焉，子將何乘？」對曰：「乘良馬固車，可以速至。」（《墨子・魯問》）

這段話的意思是：墨子說：「假設你的父母親在百里之外的地方，即將遇到災難，以一日的期限，到達那裏他們就活下來了，不到就死了。現在有堅固的車子和駿馬在這裏，同時這裏又有駑馬和四方形輪子的車，使你選擇，你將乘坐哪一種呢？」彭輕生子回答說：「乘坐駿馬拉的堅固的車子，可以很快到達。」其中的「何乘」就是「乘何」（乘坐哪一種）的意思，疑問詞「何」用作賓語而被前置。

⑥ 子疾病，子路使門人為臣。病間，曰：「久矣哉，由之行詐也。無臣而為有臣。吾誰欺？欺天乎？且予與其死於臣之手也，無寧死於二三子之手乎？且予縱不得大葬，予死於道路乎？」（《論語・子罕》）

這段話的意思是：孔子患了重病，子路派了孔子的門徒去作孔子的家臣（負責料理後事）。後來，孔子的病好了一些，他說：「仲由很久以來就幹這種弄虛作假的事情。我明明沒有家臣，卻偏偏要裝作有家臣，我騙誰呢？我騙上天吧？與其在家臣的侍候下死去，我寧可在你們這些學生的侍候下死去，這樣不是更好嗎？而且即使我不能以大夫之禮來安葬，難道就會死在野路上嗎？」其中的「吾誰欺」就是「吾欺誰」（我欺騙誰）的意思，疑問詞「誰」用作賓語而被前置。值得注意的是「吾誰欺？」的下一句「欺天乎？」卻沒有說成「天欺乎？」原因在於它的賓語「天」不是疑問詞，故不必前置。

⑦「許子冠乎？」曰：「冠。」曰：「奚冠？」曰：「冠素。」（《孟子・滕文公上》）

這段話的意思是：孟子問：「許子戴帽子嗎？」答道：「戴的。」孟子問：「戴什麼樣的帽子？」答道：「戴白色的綢帽。」其中的「奚冠」就是「冠奚」（戴什麼）的意思，疑問詞「奚」用作賓語而被前置。值得注意的是「奚冠」的下一句「冠素」卻沒有說成「素冠」，原因在於「冠」的賓語「素」不是疑問詞，故不可前置。

⑧ 斥鴳笑之曰：「彼且奚適也？我騰躍而上，不過數仞而下，翺翔蓬蒿之間，此亦飛之至也。而彼且奚適也？」（《莊子・逍遙遊》）

這段話的意思是：斥鴳譏笑它說：「它打算飛到哪兒去？我奮力跳起來往上飛，不過幾丈高就落了下來，盤旋於蓬蒿叢中，這也是我飛翔的極限了。而它打算飛到什麼地方去呢？」其中有兩處「彼且奚適」的疑問，都是「彼且適奚」（它打算飛到哪裏）的意思，疑問詞「奚」用作賓語而被前置。

⑨ 孟嘗君曰：「客何好？」曰：「客無好也。」（《戰國策・趙策》）

這段話的意思是：孟嘗君問：「客人擅長什麼？」回話說：「客人沒什麼擅長的？」其中的「客何好」就是「客好何」（客人擅長什麼）的意思，疑問詞「何」用作賓語而被前置。

⑩ 沛公曰：「今者出，未辭也，爲之奈何？」樊噲曰：「大行不顧細謹，大禮不辭小讓。如今人方爲刀俎，我爲魚肉，何辭爲？」於是遂去。乃令張良留謝。良問曰：「大王來何操？」曰：「我持白璧一雙，欲獻項王，玉斗一雙，欲與亞父。會其怒，不敢獻。公爲我獻之。」張良曰：「謹諾。」（《史記・項羽本紀》）

這段話的意思是：劉邦說：「現在出來，還沒有告辭，這該怎麼辦？」樊噲說：「做大事不必顧及小節，講大禮不必計較小的謙讓。現在人家好比是菜刀和砧板，我們則好比是魚和肉，還告辭什麼呢？」於是就決定離去。劉邦就讓張良留下來道歉。張良問：「大王來時帶了什麼東西？」劉邦說：「我帶了一對玉璧，想獻給項王；一雙玉斗，想送給亞父。正碰上他們發怒，不敢奉獻。你替我把它們獻上吧。」張良說：「好的。」

這段話中有兩處屬於疑問詞充當疑問句的賓語而被前置的情形：一處是「何辭為？」，另一處是「大王來何操？」，其中「何辭」就是「辭何」（告辭什麼），「何操」就是「操何」（帶了什麼），都屬於疑問詞「何」用作賓語而被前置。

⑪ 登東皋以舒嘯，臨清流而賦詩。聊乘化以歸盡，樂夫天命復奚疑！（陶淵明《歸去來兮辭》）

這段話的意思是：登上東邊山坡放聲長嘯，面對著清清的溪流把詩歌吟唱。姑且順應造化了結一生，滿足於那天命的安排，還有什麼值得疑惑呢？其中的「奚疑」就是「疑奚」（疑惑什麼）的意思，疑問詞「奚」用作賓語而被前置。

⑫ 雖曰愛之，其實害之；雖曰憂之，其實仇之，故不我若也。吾又何能為哉！（柳宗元《種樹郭橐駝傳》）

這段話的意思是：雖然說是喜愛它，這實際上是害了它，雖說是擔心它，這實際上是仇恨它。所以他們都不如我。我又能做什麼呢？其中的「何能為」就是「能為何」（能做什麼）的意思，疑問詞「何」用作「能為」的賓語而被前置。

由以上各例可以看出，古漢語中的疑問詞只有在疑問句中作賓語時才前置，非疑問詞在疑問句中作賓語或者疑問詞在非疑問句中作賓語，都不構成賓語前置句。另外，疑代詞作賓語時，如果動詞前面有能願副詞，那麼這個疑問詞不僅要放在動詞的前面，而且還要放在能願副詞的前面。如例①中的「又誰敢怨」和例⑫中的「又何能為」的「誰」與「何」位於能願副詞「敢」與「能」的前面；但如果動詞前面是一般副詞作狀語，那麼作賓語的疑問詞則要放在副詞後面、動詞前面。

綜上所述，在文言疑問句中，如果疑問詞作賓語，那麼賓語就一定要前置，這是一般規律。當然也有例外，因為疑問代詞作賓語而前置，本來是先秦口語中的規則，漢以後，口語中這條規則也就失去了它的作用。儘管在追求復古的文言文中繼續沿用，但在其他一些文體中其約束力也就減弱了，例如：

⑬ 初，四人俱拜於前，小史竊言。武帝問：「言何？」（《漢書·酷吏傳》）

這段話中的「言何」雖然也是疑問詞「何」用作疑問句的賓語，但卻沒有前置，而是採用的正常的動賓語序。

⑭ 客行雖云樂，不如早旋歸。出戶獨彷徨，愁思當告誰？（《古詩十九首‧明月何皎皎》）

後一句詩中的「告誰」是一個動賓結構，而且疑問詞「誰」用作賓語且處在疑問句中，然而它並沒有前置。

⑮ 涉江採芙蓉，蘭澤多芳草。採之欲遺誰？所思在遠道。（《古詩十九首‧涉江採芙蓉》）

後一句詩中的「遺誰」是一個動賓結構，而且疑問詞「誰」用作賓語且處在疑問句中，然而它並沒有前置。

另外，在疑問句中用作前置賓語的疑問詞還必須是單個的疑問詞，否則也不能直接前置，而要用特定的語法標誌才行。例如：

⑯ 吾從北方聞子為梯，將以攻宋。宋何罪之有？（《墨子‧公輸》）

這兩句話的意思是：我在北方聽說你造雲梯，將用它攻打宋國。宋國有什麼罪呢？其中的「何罪之有」就是「有何罪」的意思，由疑問詞「何」構成的偏正短語「何罪」在疑問句中用作動詞「有」的賓語而被前置。但是由於「何罪」這個賓語不是由單個的疑問詞構成，所以不能直接前置，而需要特定的語法標誌「之」的參與才行。

⑰ 前世不同教，何古之法？帝王不相復，何禮之循？（《商君書‧更法》）

這兩句話的意思是：以前的朝代政教各不相同，應該去效法哪個朝代的古法呢？古代帝王的法度不相互因襲，又去遵循那種禮制呢？

其中的「何古之法」就是「法何古」（效法哪個朝代的古法）的意思，「何禮之循」就是「循何禮」（遵循那種禮制）的意思。由疑問詞「何」構成的偏正短語「何古」與「何禮」在疑問句中分別用作動詞「法」與「循」的賓語而被前置。但是由於「何古」與「何禮」這兩個賓語都不是由單個的疑問詞構成的，所以不能直接前置，而需要借助特定的語法標誌「之」才行。

上面的⑯、⑰兩例，因為運用了賓語前置的語法標誌「之」，便可歸入下一節（第 56 節）要談到的一般句式中用「之」作標誌使賓語前置類型之中了

二、在否定句中，代詞作賓語時賓語前置

在文言的否定句中，代詞作賓語的時候，不像現代漢語那樣通常放在動詞後面，而是需要將賓語前置。例如：「居則曰：不吾知也！如或知爾，則何以哉？」

（《論語・先進》）其中的「不吾知」就是「不知吾」（沒有人瞭解我）的意思，稱代詞「吾」因爲在否定句中作賓語而被前置。

代詞在否定句中作賓語構成的賓語前置句必須有否定詞，這些否定詞可以是「不、未、毋、無、弗、勿、莫」等，下面分別羅列舉例：

其一，用「不」否定的賓語前置句

① 子不我思，豈無他人？（《詩經・鄭風・褰裳》）

這句詩的意思是：倘若你不思念我，難道就沒有別人麼？其中的「不我思」就是「不思我」的意思，稱代詞「我」因爲在否定句中作賓語而被前置。值得注意的是後一句「豈無他人」的賓語是短語「他人」，因爲不是單獨的代詞所以就沒有前置。

② 我死，女必速行，無適小國，將不女容焉（《左傳・僖公七年》）

這句話的意思是：我死了，你一定要快點出走，不要到小國去，小國將不會容納你。其中的「不女容」就是「不容女」的意思，稱代詞「女」（汝）因爲在否定句中作賓語而被前置。

③ 日月逝矣，歲不我與。（《論語・陽貨》）

這句話的意思是：時間一天天過去了，年歲是不等人的。其中的「不我與」就是「不與我」（不等我）的意思，稱代詞「我」因爲在否定句中作賓語而被前置。

④ 教亦多術矣，予不屑之教誨也者，是亦教誨之而已矣。（《孟子・告子下》）

這段話的意思是：教育也有多種方式方法。我不屑於教誨他，本身就是對他的教誨。其中的「不屑之教誨」就是「不屑教誨之」的意思，稱代詞「之」因爲在否定句中作賓語而被前置。值得注意的是後一句「教誨之」的賓語「之」同樣也是指代詞，但因爲它不是處在否定句中，所以就沒有前置。

⑤ 君子明樂，乃其德也。亂世惡善，不此聽也。於乎哀哉！不得成也。（《荀子・樂論》）

這段話的意思是：君子彰明音樂，這才是仁德。混亂的社會厭惡善行，不聽這提倡音樂的話。唉呀可悲啊！音樂因此而不能見成效啊。其中的「不此聽」就是「不聽此」的意思，指代詞「此」因爲在否定句中作賓語而被前置。

⑥ 忌不自信，而復問其妾，曰：「吾孰與徐公美？」（《戰國策・齊策》）

這段話的意思是：鄒忌不相信自己會比徐公美，於是又問他的妾說：「我與徐公相比誰更美？」其中的「不自信」就是「不信自」的意思，稱代詞「自」因為在否定句中作賓語而被前置。

⑦ 至南鄭，諸將行道亡者數十人，信度何等已數言上，上不我用，即亡。何聞信亡，不及以聞，自追之。（《史記・淮陰侯列傳》）

這段話的意思是：漢王的部下多半是東方人，都想回到故鄉去，因此隊伍到達南鄭時，半路上跑掉的軍官就多到了幾十個。韓信料想蕭何他們已經在漢王面前多次保薦過他了，可是漢王一直不重用自己，就也逃跑了。蕭何聽說韓信逃跑了，來不及把此事報告漢王，就徑自去追趕。其中的「上不我用」就是「上不用我」（漢王不重用我）的意思，稱代詞「我」因為在否定句中作賓語而被前置。

⑧ 因笑謂邁曰：「汝識之乎？噌吰者，周景王之無射也；窾坎鏜鞳者，魏莊子之歌鐘也。古之人不余欺也！」（蘇軾《石鐘山記》）

這段話的意思是：因此我笑著對蘇邁說：「你知道那些典故嗎？那噌吰的響聲，是周景王無射鐘的聲音，窾坎鏜鞳的響聲，是魏莊子歌鐘的聲音。古人沒有欺騙我啊！」其中的「不余欺」就是「不欺余」的意思，稱代詞「余」因為在否定句中作賓語而被前置。

其二，用「未」否定的賓語前置句

① 荀偃令曰，雞鳴而駕，塞井夷竈，唯余馬首是瞻，欒黶曰，晉國之命，未是有也，余馬首欲東，乃歸，下軍從之，（《左傳・襄公十四年》）

這段話的意思是：荀偃命令說：「雞叫的時候套車，填井平竈，你只看著我的馬首而行動。」欒黶說：「晉國的命令，從來沒有這樣的。我的馬頭可要往東呢。」就回國了，下軍跟隨他回去。其中的「未是有」就是「未有是」（沒有這樣）的意思，指代詞「是」因為在否定句中作賓語而被前置。

② 桓公曰：「吾欲從事於諸侯，其可乎？」管子對曰：「未可。鄰國未吾親也。君欲從事於天下諸侯，則親鄰國。」桓公曰：「若何？」管子對曰：「審吾疆場，而反其侵地；正其封疆，無受其資；而重為之皮幣，以驟聘眺於諸侯，以安四鄰，則四鄰之國親我矣。」（《國語・齊語》）

這段話的意思是：齊桓公說：「我打算在諸侯國之間建立霸業，時機成熟了嗎？」管仲回答說：「不行。鄰國還沒有親近我們。你想建立諸侯國之間的霸業，就要首先和鄰國親近。」桓公說：「如何親近呢？」管仲回答說：「審定我國的疆界，歸還從鄰國奪來的土地，承認鄰國疆界的合法性，不占鄰國的便宜；還要多多贈給鄰國禮物，派出使者經常到周邊鄰國作親善訪問，以此使它們感到安定，這樣周邊鄰國就會親近我們了。其中的「鄰國未吾親」就是「鄰國未親吾」（鄰國還沒有親近我們）的意思，稱代詞「吾」因為在否定句中作賓語而被前置。

③ 有能一日用其力於仁矣乎？我未見力不足者。蓋有之矣，我未之見也。（《論語‧里仁》）

這段話的意思是：有能夠一整天都把自己的力量用在實行仁德上的人嗎？我還沒有看見過力量不夠的。這種人可能還是有的，但我沒見過。其中的「我未之見」就是「我未見之」的意思，稱代詞「之」因為在否定句中作賓語而被前置。值得注意的是前一句「我未見力不足者」用否定詞「未」構成的否定句，但是它的賓語「力不足者」因為是短語而不是單個的代詞，所以就沒有前置。

④ 與語，大說之，言於上。上拜以為治粟都尉，上未之奇也。（《史記‧淮陰侯列傳》）

這段話的意思是：同他談話，更加佩服他，便把他推薦給漢王。漢王派他做管理糧餉的治粟都尉，還是不認為他是個奇才。其中的「上未之奇」就是「上未奇之」（漢王不認為他是奇才）的意思，稱代詞「之」因為在否定句中作賓語而被前置。

⑤ 驗之以事，合契若神。自書典所記，未之有也。（《後漢書‧張衡傳》）

這段話的意思是：用實際發生的地震的事實來檢驗儀器，彼此完全相符，真是靈驗如神。在古籍的記載中，不曾有這樣的儀器。其中的「未之有」就是「未有之」（不曾有這樣的儀器）的意思，指代詞「之」因為在否定句中作賓語而被前置。

⑥ 丈人曰：「是皆不足以執信也。試再囊之，吾觀其狀，果困苦否？」狼欣然從之，伸足先生。先生復縛置囊中，肩舉驢上，而狼未之知也。（馬中錫《東田傳》）

這段話的意思是：老人說：「這都不足以令人信服。試著再把狼裝到袋子裏，我看那情狀，果然是困苦不？」狼欣然按照他說的辦，伸腳給先生。先生又綁了狼放進袋子裏，用肩膀舉放到驢背上，而狼沒察覺到這些。其中的「狼未之知」就是「狼未知之」（狼沒察覺到這些）的意思，指代詞「之」因為在否定句中作賓語而被前置。

其三，用「毋、無」等否定的賓語前置句

① 昔秦人負恃其眾，貪於土地，逐我諸戎。惠公蠲其大德，謂我諸戎，是四嶽之裔冑也，毋是翦棄。（《左傳・襄公十四年》）

這段話的意思是：從前秦國人倚仗他們人多，對土地貪得無厭，驅逐我們戎人。惠公表示了大恩大德，說我們各地戎人，是四嶽的後代，不要拋棄這些人。其中的「毋是翦棄」就是「毋翦棄是」（不要拋棄這些人）的意思，指代詞「是」因為在否定句中作賓語而被前置。

② 以吾一日長乎爾，毋吾以也。居則曰：「不吾知也！」如或知爾，則何以哉？（《論語・先進》）

這段話的意思是：因為我的年紀哪怕比你們大那麼一天，我還是老啦，不要拿我做榜樣呀。你們平日就說：「人家不賞識我呀！」如果真的有人賞識你們，那麼你們打算用什麼辦法做出成績呢？其中的「毋吾以」就是「毋以吾」（不要拿我做榜樣）的意思，稱代詞「吾」因為在否定句中作賓語而被前置。下文的「不吾知也」和「何以」也都屬於賓語前置，只是不屬於用「毋、無」等否定的情形罷了。

③ 盟曰：「我無爾詐，爾無我虞。」（《左傳・宣公十五年》）

這句話的意思是：盟誓說：「我不欺騙你，你也不要欺騙我！」其中的「我無爾詐」就是「我無詐爾」的意思，「爾無我虞」就是「爾無虞我」的意思，稱代詞「爾」、「我」因為在否定句中作賓語而被前置。

④ 寧信度，無自信也。（《韓非子・外儲說》）

這句話的意思是：寧可相信尺碼，不相信自己的腳。其中的「無自信」就是「無信自」（不相信自己）的意思，稱代詞「自」因為在否定句中作賓語而被前置。

其四，用「莫」否定的賓語前置句

古漢語中的「莫」不是一個副詞性質的否定詞，不能簡單理解為「不要」或「不」的意思，而是一個否定性的無定代詞，它的意思是「沒有誰」或「沒有什麼⋯⋯」。用「莫」表否定的句子如果賓語是代詞，那麼這個代詞賓語也要前置。例如：

① 碩鼠碩鼠，無食我黍。三歲貫女，莫我肯顧。（《詩經·魏風·碩鼠》）

這兩句詩的意思是：大老鼠呀大老鼠，別老偷吃我食物。三年都在侍候你，沒誰肯把我照顧。其中的「莫我肯顧」就是「莫肯顧我」（沒有誰肯照顧我）的意思，稱代詞「我」因為在否定句中作賓語而被前置。

② 及連谷而死，晉侯聞之，而後喜可知也，曰，莫余毒也已。（《左傳·僖公二十八年》）

這段話的意思是：在返回連谷時楚國的一個大將子玉自殺了，晉文公聽到子玉死的消息後喜形於色，說：再沒有誰能害我了。其中的「莫余毒也」就是「莫毒余也」（沒有誰能害我了）的意思，稱代詞「余」因為在否定句中作賓語而被前置。

③ 從許子之道，則市價不貳，國中無偽；雖使五尺之童適市，莫之或欺。布帛長短同，則價相若；麻縷絲絮輕重同，則價相若；五穀多寡同，則價相若；屨大小同，則價相若。（《孟子·滕文公上》）

這段話的意思是：如果遵從許行先生的學說，那麼就會做到市場上的物價不會有兩種標準，國中就沒有價格欺騙；即使是讓五尺身高的孩子到市場買東西，也沒有誰能夠欺騙得了他。因為布匹絲綢的長短一樣，那麼價錢就一樣；麻線絲綿的輕重一樣，那麼價錢就一樣；穀物米粟的多少一樣，那麼價錢就一樣；鞋的大小一樣，那麼價錢就一樣。其中的「莫之或欺」就是「莫或欺之」（沒有誰能夠欺騙得了他）的意思，稱代詞「之」因為在否定句中作賓語而被前置在動語「或欺」之前。

④ 保民而王，莫之能禦也。（《孟子·梁惠王上》）

這段話的意思是：一切為了讓老百姓安居樂業，就這樣去統一天下，那就沒有誰能夠抵禦他了。其中的「莫之能禦」就是「莫能禦之」（沒有誰能夠抵禦他）的意思，稱代詞「之」因為在否定句中作賓語而被前置在動語「能禦」之前。

⑤ 風之積也不厚，則其負大翼也無力，故九萬里則風斯在下矣。而後乃今培風，背負青天而莫之夭閼者，而後乃今將圖南。（《莊子‧逍遙遊》）

這段話的意思是：風聚積的力量不雄厚，它托負巨大翅膀的力量就不夠。所以鵬鳥高飛九萬里，狂風就在它的身下了。然後才有如今的憑藉風力飛行，背負青天而沒有什麼力量能夠阻遏它了，然後才像現在這樣飛往南方去。其中的「莫之夭閼」就是「莫夭閼之」（沒有什麼力量能夠阻遏它）的意思，稱代詞「之」因為在否定句中作賓語而被前置在動語「夭閼」之前。

⑥ 河伯始旋其面目，望洋向若而歎曰：野語有之曰：「聞道百，以為莫己若者。」我之謂也。（《莊子‧秋水》）

這段話的意思是：河伯這才收斂了欣喜的臉色，望天仰首朝著海神若慨歎道：有句俗話說，「聽到了許多道理，就以為沒有誰比得上自己」，這說的就是我這樣的人了。其中的「莫己若」就是「莫若己」（沒有誰比得上自己）的意思，稱代詞「己」因為在否定句中作賓語而被前置。

⑦ 亮躬耕隴畝，好為《梁父吟》。身長八尺，每自比於管仲、樂毅，時人莫之許也。惟博陵崔州平、穎川徐庶元直與亮友善，謂為信然。（《三國志‧蜀志‧諸葛亮傳》）

這段話的意思是：諸葛亮親自在田地中耕種，喜愛吟唱《梁父吟》。他身高八尺，常常把自己和管仲、樂毅相比，當時人們沒有誰認可這個說法。只有博陵的崔州平，穎川的徐庶（字元直）與諸葛亮關係甚好，據說確實是這樣。其中的「莫之許」就是「莫許之」（沒有誰認可這個說法）的意思，稱代詞「之」因為在否定句中作賓語而被前置。

56. 文言習慣句式之三：賓語前置句（下）

古漢語的賓語前置句主要有疑問句的賓語前置、否定句的賓語前置、一般句式的賓語前置和介詞的賓語前置四種情形。上一節討論了疑問句中疑問詞作賓語時的賓語前置和否定句中代詞作賓語時的賓語前置這兩種情形，本節接續上節來討論一般句式中用助詞「是、之」等作結構標誌使賓語前置和介賓短語中的賓語前置這兩種情形。

一、在通常句法環境中，用助詞「是、之」等作結構標誌使賓語前置

在上文討論疑問詞在疑問句中用作前置賓語的時候，我們曾指出過，該疑問詞必須是單獨作賓語才行，否則也不能直接前置，而要用特定的語法標誌才行。曾舉過的兩個例子是：

① 吾從北方聞子爲梯，將以攻宋。宋何罪之有？（《墨子‧公輸》）

② 前世不同教，何古之法？帝王不相復，何禮之循？（《商君書‧更法》）

這兩句話中的「何罪之有」、「何古之法」、「何禮之循」都是借助結構助詞「之」將賓語「何罪」、「何古」、「何禮」前置於動詞之前的。

因此，還有一種在通常句法環境中的賓語前置，它的特點是在賓語前置的同時，要在前置的賓語和動語之間插入一個標誌性的助詞「是」或者「之」等，以提醒並強調前置的賓語，下面分別加以解析。

其一，用「是」作前置賓語標誌的賓語前置句

① 日居月諸，下土是冒。（《詩經‧邶風‧日月》）

這兩句詩的意思是：太陽啊和月亮呀，籠罩著下方的土地呀。其中的「下土是冒」就是「冒下土」（籠罩著下方的土地）的意思，賓語「下土」以「是」爲標誌而前置。

② 秉國之均，四方是維。天子是毗，俾民不迷。（《詩‧小雅‧節南山》）

這幾句詩的意思是：國家政權由你掌，四方靠你來維持。輔佐天子也是你，民不迷途你指示。其中「四方是維」和「天子是毗」的「是」以指代詞的功能來復指前文的「四方」和「天子」，而「四方」和「天子」又分別是動語「維」（維持）和「毗」（輔佐）的賓語，「四方是維」就是「維四方」，「天子是毗」就是「毗天子」，因此，「是」是作爲賓語前置的標誌來運用的。

③ 皇天無親，唯德是輔。民心無常，惟惠之懷。（《尚書‧蔡仲之命》）

這兩句話的意思是：上天對人沒有親疏遠近，只要品德高尚的就輔佐他；民心並不永遠屬於一個君主，只有對自己有恩惠的，才歸附他。其中的「唯德是輔」就是「唯輔德」（只是輔佐德行）的意思，賓語「德」以「是」爲標誌而前置。而「惟惠之懷」也是賓語前置句，它是「惟懷惠」（只是歸向恩惠）的意思，只不過它的賓語「惠」以「之」爲標誌而前置的，這屬於下一種類型。

④ 荀偃令曰：「雞鳴而駕，塞井夷竈，唯余馬首是瞻。」（《左傳・襄公十四年》）

這兩句話的意思是：荀偃命令說：「雞一鳴叫就套車，填井平竈，你只看著我的馬首而行動。其中的「唯余馬首是瞻」就是「唯瞻余馬首」（只看著我的馬首）的意思，賓語「余馬首」以「是」為標誌而前置。

⑤ 齊侯曰：「豈不穀是為？先君之好是繼，與不穀同好，何如？」（《左傳・僖公四年》）

這幾句話的意思是：齊桓公說：「諸侯們難道是為我而來嗎？他們不過是為了繼承我們先君的友好關係罷了。你們也同我們建立友好關係，怎麼樣？」其中的「不穀是為」就是「為不穀」（為了我）的意思，「先君之好是繼」就是「繼先君之好」（繼承先君的友好關係）的意思，賓語「不穀」、「先君之好」以「是」為標誌而前置。

⑥ 余雖與晉出入，余唯利是視。《左傳・成公十三年》

這句話的意思是：我們雖然和晉國有來往，但我們只關注利益。其中的「唯利是視」就是「唯視利」（只關注利益）的意思，賓語「利」以「是」為標誌而前置。

⑦ 率師以來，唯敵是求。（《左傳・宣公十二年》）

這句話的意思是：自從我率領王師至今，我但求有敵人可以一戰。其中的「唯敵是求」就是「唯求敵」（但求有敵人）的意思，賓語「敵」以「是」為標誌而前置。

⑧ 孔子曰：「求！無乃爾是過與。夫顓臾，昔者先王以為東蒙主，且在邦域之中矣，是社稷之臣也。何以伐為？」（《論語・季氏》）

這段話的意思是：孔子說：「冉有！我恐怕該責備你了。那顓臾，從前先王把他當作主管東蒙山祭祀的人，而且它地處魯國境內。這是魯國的臣屬，為什麼要討伐它呢？」其中的「爾是過」就是「過爾」（責備你）的意思，賓語「爾」以「是」為標誌而前置。

⑨ 嗚呼！吾少孤，及長，不省所怙，惟兄嫂是依。（韓愈《祭十二郎文》）

這段話的意思是：唉，我自幼喪父，等到大了，不知道父親是什麼模樣，

只好靠哥嫂撫養。其中的「惟兄嫂是依」就是「惟依兄嫂」(依靠兄嫂)的意思,賓語「兄嫂」以「是」爲標誌而前置。

其二,用「之」作前置賓語標誌的賓語前置句

在本書前文第48節《用作各種結構助詞的「之」》中曾經專列標題談到用「之」作前置賓語標誌的賓語前置句,所舉例句有如下一些:

① 使弈秋誨二人弈,其一人專心致志,惟弈秋之爲聽。(《孟子‧告子上》)

② 句讀之不知,惑之不解,或師焉,或不焉,小學而大遺,吾未見其明也。(韓愈《師說》)

③ 噫!菊之愛,陶後鮮有聞;蓮之愛,同予者何人?牡丹之愛,宜乎眾矣。(周敦頤《愛蓮說》)

④ 前世不同教,何古之法?帝王不相復,何禮之循?(《商君書‧更法》)

⑤ 夫晉,何厭之有?既東封鄭、又欲肆其西封,若不闕秦,將焉取之?(《左傳‧僖公三十年》)

⑥ 今有難,無他端而欲赴秦軍,譬若以肉投餒虎,何功之有哉?(《史記‧魏公子列傳》)

⑦ 孔子云:「何陋之有?」(劉禹錫《陋室銘》)

⑧ 吾從北方,聞子爲梯,將以攻宋,宋何罪之有?(《墨子‧公輸》)

⑨ 野語有之日,聞道百,以爲莫己若者,我之謂也。(《莊子‧秋水》)

⑩ 詩云:「他人有心,予忖度之。」夫子之謂也。(《孟子‧梁惠王上》)

⑪ 然則一羽之不舉,爲不用力焉;輿薪之不見,爲不用明焉;百姓之不見保,爲不用恩焉。(《孟子‧梁惠王上》)

在上述各例中,「惟弈秋之爲聽」、「句讀之不知」、「惑之不解」、「菊之愛」、「蓮之愛」、「牡丹之愛」、「何古之法」、「何禮之循」、「何厭之有」、「何功之有」、「何陋之有」、「何罪之有」、「我之謂也」、「夫子之謂也」、「一羽之不舉」、「輿薪之不見」、「百姓之不見」等,均爲以「之」爲標誌的賓語前置。請參見本書第48節的相關解說,這裏不再贅述。下面再補充幾例:

⑫ 季子然問:「仲由、冉求,可謂大臣與?」子曰:「吾以子爲異之問,曾由與求之問。所謂大臣者,以道事君,不可則止。今由與求也,可謂具臣矣。」(《論語‧先進》)

這段話的意思是：季子然問：「仲由和冉求可以算是大臣嗎？」孔子說：「我以為你是問別人，原來是問由和求呀。所謂大臣是能夠用周公之道的要求來事奉君主，如果這樣不行，他寧肯辭職不幹。現在由和求這兩個人，只能算是充數的臣子罷了。」其中的「異之問」就是「問異」（問別人）的意思，賓語「異」以「之」為標誌而前置；其中的「由與求之問」就是「問由與求」（問仲由與冉求）的意思，賓語「由與求」以「之」為標誌而前置。

⑬ 寡君其罪之恐，敢與知魯國之難？臣請復於寡君。（《左傳‧昭公三十一年》）

這兩句話的意思是：我們的國君正擔心他的罪過，還敢過問魯國的急難嗎？下臣請求回復寡君。其中的「其罪之恐」就是「恐其罪」（擔心他的罪過）的意思，賓語「其罪」以「之」為標誌而前置。

⑭ 諺所謂「輔車相依，唇亡齒寒」者，其虞虢之謂也。（《左傳‧僖公五年》）

這兩句話的意思是：諺語說的「臉頰和牙床相依靠，嘴唇沒有了牙齒就寒冷」，這大概說的就是虞、虢兩個國家吧。其中的「虞虢之謂」就是「謂虞虢」（說的就是虞虢）的意思，賓語「虞虢」以「之」為標誌而前置。

⑮ 君亡之不恤，而群臣是憂，惠之至也。（《左傳‧僖公十五年》）

這句話的意思是：君王不憂慮自己流亡在外，卻擔心臣子們，真是仁惠到極點。其中的「君亡之不恤」就是「不恤君亡」（不憂慮自己流亡）的意思，賓語「君亡」以「之」為標誌而前置；其中的「群臣是憂」就是「憂群臣」（擔心臣子們）的意思，賓語「群臣」以「是」為標誌而前置。這是「之」和「是」兩個賓語前置的標誌同時出現在一句話中的情形。類似的「之」和「是」兩個賓語前置的標誌同時出現的情形還有前文曾經解說過的「皇天無親，唯德是輔。民心無常，惟惠之懷。」（《尚書‧蔡仲之命》）

有時候「斯」和「焉」也可以起到標誌前置賓語的作用，但是這種情形很少，就不單列一項來說明了，下面略舉兩例：

⑯ 朋酒斯饗，曰殺羔羊。（《詩經‧豳風‧七月》）

這句詩的意思是：暢飲兩杯酒，宰殺小羔羊。其中的「朋酒斯饗」就是「饗朋酒」（暢飲兩杯酒）的意思，賓語「朋酒」以「斯」為標誌而前置。

⑰ 我周朝之東遷，晉鄭焉依。（《左傳‧隱公六年》）

這句話的意思是：我周朝東遷，依靠的是晉國和鄭國。其中的「晉鄭焉依」就是「依晉鄭」（依靠晉國和鄭國）的意思，賓語「晉鄭」以「焉」為標誌而前置。

二、介賓短語中的賓語前置

古漢語中，不僅動賓結構的賓語可以前置，介賓結構的賓語也可以前置。下面來談談介賓短語中介詞賓語的前置問題。

介詞賓語的前置主要有兩種情形：一是在疑問句中，疑問詞作介詞的賓語可以前置；二是非疑問詞處在非疑問句中，充當介詞「以」的賓語也經常前置。下邊分別加以例證：

其一，在疑問句中，疑問詞作介詞的賓語可以前置

① 夫子曰：「何為不去也？」曰：「無苛政。」夫了曰：「小子識之，苛政猛於虎也！」（《禮記‧檀弓下》）

這段話的意思是：孔子說：「為什麼不離開這裏呢？」回答說：「這裏沒有苛政。」孔子說：「弟子們記著，苛政比老虎還厲害呀！」其中的「何為」就是「為何」的意思，疑問詞「何」作介詞「為」的前置賓語。

② 王曰：「子歸，何以報我？」對曰：「臣不任受怨，君亦不任受德。無怨無德，不知所報。」（《左傳‧成公三年》）

這段話的意思是：楚王說：「您回去，用什麼報答我？」知罃回答說：「下臣無所怨恨，君王也不受恩德，沒有怨恨，沒有恩德，就不知道該報答什麼。」其中的「何以」就是「以何」的意思，疑問詞「何」作介詞「以」的前置賓語。

③ 百骸、九竅、六藏，賅而存焉，吾誰與為親？（《莊子‧齊物論》）

這段話的意思是：眾多的骨節，眼耳口鼻等九個孔竅和心肺肝腎等六臟，全都齊備地存在於我的身體，我跟它們哪一部分最為親近呢？其中的「誰與」就是「與誰」的意思，疑問詞「誰」作介詞「與」的前置賓語。

④ 君子去仁，惡乎成名？君子無終食之間違仁，造次必於是，顛沛必於是。（《論語‧里仁》）

這段話的意思是：君子如果離開了仁德，又憑什麼叫君子呢？君子沒有一頓飯的時間背離仁德的，就是在最緊迫的時刻也必須按照仁德辦事，就是在顛

沛流離的時候，也一定會按仁德去辦事的。其中的「惡乎」就是「乎惡」的意思，疑問詞「惡」（什麼）作介詞「乎」（憑藉）的前置賓語。

⑤ 曰：「德何如，則可以王矣？」曰：「保民而王，莫之能禦也。」曰：「若寡人者，可以保民乎哉？」曰：「可。」曰：「何由知吾可也？」（《孟子‧梁惠王上》）

這段話的意思是：齊宣王說：「要有什麼樣的德行，才可以稱王於天下呢？」孟子說：「使人民安定才能稱王，沒有人可以抵禦他。」齊宣王說：「像我這樣的人，能夠安撫百姓嗎？」孟子說：「可以。」齊宣王說：「從哪知道我可以呢？」其中的「何由」就是「由何」的意思，疑問詞「何」作介詞「由」的前置賓語。

⑥ 「許子必織布而後衣乎？」曰：「否，許子衣褐。」「許子冠乎？」曰：「冠。」曰：「奚冠？」曰：「冠素。」曰：「自織之與？」曰：「否，以粟易之。」曰：「許子奚為不自織？」曰：「害於耕。」（《孟子‧滕文公上》）

這段話的意思是：孟子問：「許子一定是自己織了布才穿衣的嗎？」答道：「不是，許子穿粗麻編織的衣服。」孟子問：「許子戴帽子嗎？」答道：「戴的。」孟子問：「戴什麼樣的帽子？」答道：「戴生絲織的帽子。」孟子問：「自己織的嗎？」答道：「不，用糧食換來的。」孟子問：「許子為什麼不自己織呢？」答道：「會妨礙農活。」其中的「奚為」就是「為奚」的意思，疑問詞「奚」作介詞「為」的前置賓語。

⑦ 項王曰：「此沛公左司馬曹無傷言之；不然，籍何以至此？」（《史記‧項羽本紀》）

這段話的意思是：項王說：「這是沛公的左司馬曹無傷說的，不如此，我怎麼會這樣？」其中的「何以」就是「以何」的意思，疑問詞「何」作介詞「以」的前置賓語。

⑧ 賢主所貴莫如士。所以貴士，為其直言也。言直則枉者見矣。人主之患，欲聞枉而惡直言。是障其源而欲其水也，水奚自至？是賤其所欲而貴其所惡也，所欲奚自來？（《呂氏春秋‧貴直》）

這段話的意思是：賢主所崇尚的莫過於士人。之所以崇尚士人，是因為他們言談正直。言談正直，邪曲就會顯現出來了。君主的弊病，在於想聞知邪曲卻又厭惡正直之言，這就等於阻塞水源又想得到水，水又從何而至：這就等於

輕賤自己想要得到的而尊尚自己所厭惡的，所要得到的又從何而來？其中的兩處「奚自」就是「自奚」的意思，疑問詞「奚」作介詞「自」的前置賓語。

⑨ 今媼尊長安君之位，而封之以膏腴之地，多予之重器，而不及今令有功於國，一旦山陵崩，長安君何以自託於趙？（《戰國策·趙策》）

這段話的意思是：現在您把長安君的地位提得很高，又封給他肥沃的土地，給他很多珍寶，而不趁現在這個時機讓他爲國立功，一旦您百年之後，長安君憑什麼在趙國站住腳呢？其中的「何以」就是「以何」的意思，疑問詞「何」作介詞「以」的前置賓語。

⑩ 世之有饑穰，天之行也，禹、湯被之矣。即不幸有方二三千里之旱，國胡以相恤？卒然邊境有急，數千百萬之眾，國胡以饋之？（賈誼《論積貯疏》）

這段話的意思是：世上有災荒，這是自然界常有的現象，夏禹、商湯都曾遭受過。假如不幸有縱橫二三千里地方的大旱災，國家用什麼去救濟災區？如果突然邊境上有緊急情況，需要成千上萬的軍隊，國家拿什麼去發放糧餉？其中的兩處「胡以」都是「以胡」的意思，疑問詞「胡」作介詞「以」的前置賓語。

⑪ 微斯人，吾誰與歸？（范仲淹《岳陽樓記》）

這句話的意思是：如果沒有這種人，我同誰一道呢？其中的「誰與」就是「與誰」的意思，疑問詞「誰」作介詞「與」的前置賓語。

其二，非疑問詞處在非疑問句中，充當介詞「以」的賓語也經常前置

① 氓之蚩蚩，抱布貿絲。匪來貿絲，來即我謀。送子涉淇，至於頓丘。匪我愆期，子無良媒。將子無怒，秋以爲期。（《詩經·衛風·氓》）

這一章詩的意思是：那人走來笑嘻嘻，懷抱布匹來換絲。其實不是眞換絲，是來找我談婚事。談好送你過淇水，送到頓丘情依依。不是我願誤佳期，你無媒人失禮儀。請你不要再生氣，將以秋季爲佳期。其中的「秋以」就是「以秋」的意思，名詞「秋」作介詞「以」的前置賓語。

② 君若以德綏諸侯，誰敢不服？君若以力，楚國方城以爲城，漢水以爲池，雖眾，無所用之！」（《左傳·僖公四年》）

這段話的意思是：您如果用仁德來安撫諸侯，哪個敢不順服？您如果用武

力的話，那麼楚國就把方城山當作城牆，把漢水當作護城河，您的兵馬即使再多，恐怕也沒有用處！其中的「方城以」、「漢水以」就是「以方城」、「以漢水」的意思，名詞「方城」、「漢水」均用作介詞「以」的前置賓語。

③ 子曰：「賜也！女以予爲多學而識之者與？」對曰：「然，非與？」曰：「非也。予一以貫之。」（《論語‧衛靈公》）

這段話的意思是：孔子說：「賜啊！你以爲我是學習得多了才記住的嗎？」子貢答道：「是啊，難道不是這樣嗎？」孔子說：「不是的。我是用一個根本的東西把它們貫徹始終的。」其中的「一以」就是「以一」的意思，數詞「一」作介詞「以」的前置賓語。

④ 詩三百，一言以蔽之，曰：思無邪。（《論語‧爲政》）

這句話的意思是：《詩經》三百多篇，如果想用一句話來概括它的話，那麼你就說：思想無邪念。其中的「一言以」就是「以一言」的意思，名詞性的偏正短語「一言」作介詞「以」的前置賓語。

⑤ 周公思兼三王，以施四事。其有不合者，仰而思之，夜以繼日；幸而得之，坐以待旦。（《孟子‧離婁下》）

這段話的意思是：周公想要兼學夏、商、周三代君王的長處，來實施禹、湯、文、武四位賢王的德政。遇到有不合當時實際情況的問題，就仰面思考，用夜晚接續白天不斷思考。一旦有了正確答案，就坐到天明，然後立即去實施。其中的「夜以」就是「以夜」的意思，名詞「夜」作介詞「以」的前置賓語。

⑥ 楚戰士無不一以當十，楚兵呼聲動天，諸侯軍無不人人惴恐。（《史記‧項羽本紀》）

這段話的意思是：楚國的戰士沒有一個不是以一當十，楚國士兵的呼聲動天，諸侯的軍隊中每個人都很惴恐。其中的「一以」就是「以一」的意思，數詞「一」作介詞「以」的前置賓語。

⑦ 屈原曰：「舉世混濁而我獨清，眾人皆醉而我獨醒，是以見放。」（《史記‧屈原列傳》）

這段話的意思是：屈原說：「整個世界都是混濁的，只有我一人清白；眾人都沉醉，只有我一人清醒。因此被放逐。」其中的「是以」就是「以是」的意思，指代詞「是」作介詞「以」的前置賓語。

⑧ 全石以爲底，近岸，卷石底以出，爲坻，爲嶼，爲嵁，爲岩。（柳宗元《小石潭記》）

這段話的意思是：小潭以整塊石頭爲底，靠近岸邊，石底有些部分翻卷過來露出水面。成爲了水中高地、小島、不平的石塊和石岩等各種不同的形狀。其中的「全石以」就是「以全石」的意思，名詞性的偏正短語「全石」作介詞「以」的前置賓語。

需要注意的是要區分「以」字究竟是介詞還是連詞，如上面例⑤中的「坐以待旦」，還有我們常說的「坐以待斃」等，這樣用的「以」還是看作連詞爲好，因爲「以」的前面是謂詞性成分「坐」，不適合充當介詞的賓語，即便是要將這樣用的「以」看作介詞，那也是在它後邊省略了代詞賓語「之」，而不會將前邊的動詞看作是前置賓語。類似的例子還有：

⑨ 我聞忠善以損怨，不聞作威以防怨。（《左傳·襄公三十年》）

在這兩個分句中，因爲「以」的前面是謂詞性成分「忠善」（形容詞性短語）、「作威」（動詞性短語），均不適合充當介詞的賓語，故應將這樣用的「以」看作連詞爲宜。

還有的語法論著認爲介詞的賓語還可以用「之」作爲標誌來前置，例如：

⑩ 晉居深山，戎狄之與鄰，而遠於王室。（《左傳·昭公十五年》）

⑪ 我楚國之爲，豈爲一人行也？」（《左傳·襄公二十八年》）

有人認爲「戎狄之與鄰」就是「與戎狄鄰」，「楚國之爲」就是「爲楚國」，但是我們要說，從意思上這樣理解並不錯，若從語法上看，則應將「戎狄之與鄰」和「楚國之爲」的「之」看作是起「取消主謂獨立性」作用的「之」爲宜。「戎狄之與鄰」應翻譯作「戎狄與我爲鄰」，「鄰」活用作動詞，意思是「爲鄰」，介詞「與」後邊省略了稱代詞「之」；而「我楚國之爲」應翻譯作「我在楚國的那些作爲」，「爲」是一個實實在在的動詞，不必將其看作是介詞，更不必將「楚國之爲」看作是介賓前置。

57. 文言習慣句式之四：定語後置句

在古代漢語中，定語的位置一般也是處在中心語前邊的，但有時爲了突出中心語的地位，爲了強調定語所表現的內容或者爲了使語氣流暢，往往可以把定語

放在中心語之後，這種被後置的定語多為表修飾的定語，而表領屬意義的定語一般不被後置。若從語言結構上觀察，文言中的定語後置通常有如下四種情形：

一、「中心語＋定語＋者」結構的定語後置句

這種格式的特點是先說中心語接著才說出定語，是定語位於中心於之後，在定語之後再綴以「者」字，藉以提示這是一種定語後置的特定形式。例如：

① 遂率子孫荷擔者三夫，叩石墾壤，箕畚運於渤海之尾。（《列子·湯問》）

這段話的意思是：愚公於是帶領兒孫輩中能挑擔子的三個成年人，鑿石挖土，用箕畚裝土石運到渤海的邊上。其中的「子孫荷擔者」即「荷擔的子孫」。

② 太子及賓客知其事者，皆白衣冠以送之。（《史記·刺客列傳》）

這段話的意思是：太子和他的賓客中知道這件事的人，都穿著白衣戴著白帽給他送行。其中的「賓客知其事者」即「知其事的賓客」。

③ 計未定，求人可使報秦者，未得。宦者令繆賢曰：「臣舍人藺相如可使。」（《史記·廉頗藺相如列傳》）

這段話的意思是：尚未找到合適的解決辦法，尋找一個能到秦國去回覆的使者，也未能找到。宦官令繆賢說：「我的門客藺相如可以出使。」其中的「人可使報秦者」即「可使報秦的人」。

④ 當其時，巫行視小家女好者，云是當為河伯婦，即娉取。（《史記·滑稽列傳》）

這段話的意思是：到了為河伯娶媳婦的時候，女巫巡查看到漂亮的小戶人家女子，便說這女子合適作河伯的媳婦。馬上下聘禮娶去。其中的「小家女好者」即「好的小家女」。

⑤ 其達士，潔其居，美其服，飽其食，而摩屬之於義。四方之士來者，必廟禮之。（《國語·越語》）

這段話的意思是：那些明智達理之士，供給他們整潔的住處，給他們穿漂亮的衣服，讓他們吃飽飯，而切磋磨礪義理。前來投奔的四方之士，一定在廟堂上舉行宴享，以示尊重。其中的「四方之士來者」即「來的四方之士」。

⑥ 群臣吏民能面刺寡人之過者，受上賞。（《戰國策·齊策》）

這句話的意思是：能夠當面批評我的過錯的各位大臣官吏和百姓，給予上

等獎賞。其中的「群臣吏民能面刺寡人之過者」即「能面刺寡人之過的群臣吏民」。

⑦ 頃之，煙炎張天，人馬燒溺死者甚眾。（《資治通鑑・赤壁之戰》）

這句話的意思是：霎時間，煙火滿天，燒死的淹死的人馬很多。其中的「人馬燒溺死者」即「燒溺死的人馬」。

⑧ 峰回路轉，有亭翼然臨於泉上者，醉翁亭也。（歐陽修《醉翁亭記》）

這句話的意思是：泉水沿著山峰折繞，沿著山路拐彎，有一座像飛鳥展翅似架在泉上的亭子，那就是醉翁亭。其中的「亭翼然臨於泉上者」即「翼然臨於泉上的亭」。

⑨ 今成皋、陝西大澗中，立土動及百尺，迴然聳立，亦雁蕩具體而微者，但此土彼石耳。（沈括《夢溪筆談》卷二十四）

這段話的意思是：今天成皋、陝西一帶的大山澗中，直立的土丘往往高達百尺，突出地聳立著，也是雁蕩山具體而微的縮影，只不過這裏是土，那裏是岩石罷了。其中的「雁蕩具體而微者」即「具體而微的雁蕩」。

⑩ 村中少年好事者，馴養一蟲，自名「蟹殼青」，日與子弟角，無不勝。（《聊齋誌異・促織》）

這段話的意思是：村裏一個喜歡多事的年輕人，養著一隻蟋蟀，自己給它取名叫「蟹殼青」，他每日跟其他少年鬥，蟋蟀沒有一次不勝的。其中的「少年好事者」即「好事的少年」。

需要注意的是，「中心語＋定語＋者」的結構，如果在中心語和定語之間出現「有」字，就不宜再視為定語後置了，例如：

① 楚人有涉江者，其劍自舟中墜於水。（《呂氏春秋・察今》）

這句話的意思是：楚國有個渡江的人，他的劍從船中掉到水裏。其中的「楚人有涉江者」不宜將「有涉江」當作「楚人」的定語，因為「涉江」已經跟「者」結合成一個穩固的短語「涉江者」，其意思就是「涉江的人」。而「楚人有涉江者」應整體譯作「楚人中有涉江的人」，這已經是一個表存現意義的主謂短語了。

② 客有吹洞簫者，倚歌而和之。（蘇軾《赤壁賦》）

這句話的意思是：客人中有吹洞簫的人，按著歌聲吹簫應和。其中的「客

有吹洞簫者」也不宜將「有吹洞簫」當作「客」的定語，因爲「吹洞簫」已經跟「者」結合成一個穩固的短語「吹洞簫者」，其意思就是「吹洞簫的人」。而「客有吹洞簫者」應整體譯作「遊客中有吹洞簫的人」，這也是一個表存現意義的主謂短語。

二、「中心語＋之＋定語」結構的定語後置句

這種格式是在上一種格式的基礎上，將「者」字省去，而在中心語和定語之間借助「之」字來標示定語的後置，它很像是正常語序的定中結構，但它的特點是「之」後面的詞語多爲形容詞性質，故可看作是後置的定語。例如：

① 駕八龍之婉婉兮，載雲旗之委蛇。（屈原《離騷》）

這兩句詩的意思是：我駕著搖搖擺擺的八龍啊，載著飄飄浮浮的雲旗。其中的「八龍之婉婉」即「婉婉之八龍」，「雲旗之委蛇」即「委蛇之雲旗」。

② 帶長鋏之陸離兮，冠切雲之崔嵬。（屈原《涉江》）

這兩句詩的意思是：腰間掛著長長的寶劍啊，頭上戴著高高的切雲帽。其中的「長鋏之陸離」即「陸離之長鋏」，「切雲之崔嵬」即「崔嵬之切雲」。

③ 蚓無爪牙之利，筋骨之強，上食埃土，下飲黃泉，用心一也。（《荀子・勸學》）

這句話的意思是：蚯蚓沒有銳利的爪子和牙齒，強健的筋骨，卻能向上吃到泥土，向下可以喝到泉水，這是由於它用心專一啊。其中的「爪牙之利」即「利的爪牙」，「筋骨之強」即「強的筋骨」。

④ 苟以天下之大，而從六國破亡之故事，是又在六國下矣。（蘇洵《六國論》）

這句話的意思是：如果憑藉偌大的國家，卻追隨六國滅亡的前例，這就比不上六國了。其中的「天下之大」即「大的天下」。

⑤ 仰觀宇宙之大，俯察品類之盛，所以遊目騁懷，足以極視聽之娛，信可樂也。（王羲之《蘭亭集序》）

這句話的意思是：仰首觀覽浩大的宇宙，俯首觀察大地上繁多的萬物，用來舒展眼力，開闊胸懷，足夠來極盡視聽的歡娛，實在很快樂。其中的「宇宙之大」即「大的宇宙」，「品類之盛」即「盛的品類」。

⑥ 居廟堂之高則憂其民，處江湖之遠則憂其君。（范仲淹《岳陽樓記》）

這句話的意思是：身居高高的廟堂（朝廷）的官員應憂慮他們的百姓；身處偏遠的江湖（民間）的士人也憂慮他們的君王。其中的「廟堂之高」即「高的廟堂」，「江湖之遠」即「遠的江湖」。

三、「中心語＋之＋定語＋者」結構的定語後置句

這種格式是前兩種格式的綜合運用，一方面在中心語和定語之間借助「之」字來標示定語的後置，另一方面又在後置的定語之後附以「者」字加以強化。例如：

① 國之孺子之遊者，無不哺也，無不歠也：必問其名。（《國語·越語》）

這句話的意思是：出遊的越國年輕人，沒有不供給飲食的，沒有不給水喝的：一定要問他叫什麼名字。其中的「國之孺子之遊者」即「出遊的國之孺子」。

② 馬之千里者，一食或盡粟一石。（韓愈《馬說》）

這句話的意思是：日行千里的馬，一頓有時吃完一石糧食。其中的「馬之千里者」即「千里之馬」。

③ 石之鏗然有聲者，所在皆是也，而此獨以鐘名，何哉？（蘇軾《石鐘山記》）

這句話的意思是：能發出鏗鏘聲音的山石，到處都是，可是唯獨這座山用鐘來命名，為什麼呢？其中的「石之鏗然有聲者」即「鏗鏘聲音之石」。

需要注意的是，不要見到既有「之」又有「者」的格式，就認為屬於此種結構，例如：

① 群臣吏民能面刺寡人之過者，受上賞。（《戰國策·齊策》）

這句話的意思是：能夠當面批評我的過錯的各位大臣官吏和百姓，給予上等獎賞。句中「群臣吏民能面刺寡人之過者」的「之」並非用在中心語「群臣吏民」與後置定語「能面刺寡人之過」之間，而是屬於深層結構的一個小的正常語序的定中短語「寡人之過」的一個結構助詞而已。

② 今三世以前，至於趙之為趙，趙王之子孫侯者，其繼有在者乎？（《戰國策·趙策》）

這句話的意思是：從這一輩往上推到三代以前，甚至到趙國建立的時候，

被封侯的趙國君主的子孫，他們現在還有能繼承爵位的嗎？句中「趙王之子孫侯者」的「之」並非用在中心語「趙王之子孫」與後置定語「侯」之間，而是屬於深層結構的一個小的正常語序的定中短語「趙王之子孫」的一個結構助詞而已。

　　③ 荊州之民附操者，逼兵勢耳，非心服也。（《資治通鑒‧赤壁之戰》）

　　這句話的意思是：歸附曹操的荊州民眾，是被他武力的威勢所逼，不是發自內心的順服。句中「荊州之民附操者」的「之」並非用在中心語「荊州之民」與後置定語「附操」之間，而是屬於深層結構的一個小的正常語序的定中短語「荊州之民」的一個結構助詞而已。

　　以上三個例子的共性在於：儘管它們也屬於定語後置，但不屬於此種綜合運用的格式，而是屬於「中心語＋定語＋者」的結構，應該歸入第一種格式。

四、「人或事物名稱＋數詞」結構的定語後置句

　　由於古漢語中數詞或數量短語跟名詞的搭配使用，數詞或數量短語出現的位置可以在名詞之前，也可以在名詞之後，於是今人便將用於名詞之後的情形稱為「定語後置」，其實這是用今人的觀點來衡量古人的表達習慣。例如：

　　① 晏子至，楚王賜晏子酒，酒酣，吏二縛一人詣王。（《晏子春秋‧內篇‧雜下》）

　　這段話的意思是：晏子到了，楚王賞賜晏子喝酒。當酒喝得正高興的時候，兩個官吏綁著一個人從楚王面前走過。其中的「一人」為正常語序，而「吏二」則可視為定語後置，意為「兩個官吏」。

　　② 良問曰：「大王來何操？」曰：「我持白璧一雙，欲獻項王，玉斗一雙，欲與亞父。會其怒，不敢獻。公為我獻之。」（《史記‧項羽本紀》）

　　這段話的意思是：張良問：「大王來時帶了什麼東西？」劉邦說：「我帶了一雙玉璧，想獻給項王；一雙玉斗，想送給亞父。正碰上他們發怒，不敢奉獻。你替我把它們獻上吧。」其中的「白璧一雙」、「玉斗一雙」可視為定語後置，意為「一雙玉璧」、「一雙玉斗」。

③ 比至陳，車六七百乘，騎千餘，卒數萬人。(《史記‧陳涉世家》)

這段話的意思是：等到到達陳縣，已有六七百輛戰車，一千多騎兵，好幾萬士兵。其中的「車六七百乘」、「騎千餘」可視爲定語後置，意爲「六七百輛戰車」、「一千多騎兵」。

④ 收天下之兵，聚之咸陽，銷鋒鏑，鑄以爲金人十二，以弱天下之民。(賈誼《過秦論》)

這段話的意思是：收繳天下的兵器，集中在咸陽，銷毀兵刃和箭頭，冶煉它們鑄造十二個金屬人，以便削弱百姓的反抗力量。其中的「金人十二」可視爲定語後置，意爲「十二個金屬人」。

⑤ 馬之千里者，一食或盡粟一石。(韓愈《馬說》)

這句話的意思是：日行千里的馬，吃一頓有時能吃完一石糧食。其中的「一食」爲正常語序，而「粟一石」則可視爲定語後置，意爲「一石粟」。

⑥ 通計一舟，爲人五，爲窗八……(魏學洢《核舟記》)

這句話的意思是：總計一條船，刻了五個人，八扇窗戶。其中的「一舟」爲正常語序，而「人五」、「窗八」則可視爲定語後置，意爲「五個人」、「八扇窗」。

58. 文言習慣句式之五：狀語後置句

在古漢語中，狀語的位置一般也是處在中心語前邊的，但有時爲了突出中心語的地位，爲了強調狀語所表現的內容或爲了使語氣流暢，往往也可以把狀語放在中心語之後，這種被後置的狀語多以介賓短語(有個別形式省略了介詞)的形式存在。若從語言結構上觀察，文言中的狀語後置現象通常要借助介詞來實現，常見的有用介詞「於」、「以」、「乎」等來構成狀語後置，個別情形也可以省略介詞，下邊分別加以說明。

一、用介詞「於」構成的狀語後置

用介詞「於」組成的介賓短語在文言文中大都處在補語的位置，在今譯時，除少數可以按語序直譯外，一般要移到動詞前作狀語，可視爲狀語後置。「於」所關聯的內容比較複雜，通常有表對象(表比較、表被動的本質上也屬於表對象)、表處所、表範圍等區別，翻譯時需要用不同的表達形式來對譯。例如：

① 老吾老，以及人之老；幼吾幼，以及人之幼：天下可運於掌。（《孟子・梁惠王上》）

這段話的意思是：敬自己的老人，進而推廣到尊敬別人家的老人；愛護自己的孩子，進而推廣到愛護別人家的孩子。（照此理去做）要統一天下如同在手掌上轉動東西那麼容易了。其中的「運於掌」爲狀語後置，「於」表處所，可譯爲「在手掌上轉動東西」。

② 青，取之於藍而青於藍；冰，水爲之而寒於水。（《荀子・勸學》）

這段話的意思是：靛青是從藍草裏提取的，可是比藍草的顏色還深；冰是水凝結而成的，卻比水還寒冷。其中的「取之於藍」、「青於藍」、「寒於水」均爲狀語後置，前一個「於」表範圍，可譯爲「從藍草裏提取」，後兩個「於」表對象，可譯爲「比藍草的顏色還深」和「比水還要寒冷」。

③ 佚之狐言於鄭伯曰：「國危矣，若使燭之武見秦君，師必退。」公從之。（《左傳・僖公三十年》）

這段話的意思是：佚之狐對鄭伯說：「鄭國處於危險之中了！假如讓燭之武去見秦伯，秦國的軍隊一定會撤退。」鄭伯同意了。其中的「言於鄭伯」爲狀語後置，「於」表對象，可譯爲「對鄭伯說」。

④ 公與之乘，戰於長勺。（《左傳・莊公十年》）

這句話的意思是：魯莊公和曹劌同坐一輛戰車。在長勺和齊軍作戰。其中的「戰於長勺」爲狀語後置，「於」表處所，可譯爲「在長勺和齊軍作戰」。

⑤ 趙惠文王十六年，廉頗爲趙將，伐齊，大破之，取陽晉，拜爲上卿，以勇氣聞於諸侯。（《史記・廉頗藺相如列傳》）

這段話的意思是：趙惠文王十六年，廉頗擔任趙國的大將，攻打齊國，大敗齊軍，奪取了陽晉，被任命爲上卿。於是廉頗以他的勇猛善戰而在各諸侯國聞名。其中的「聞於諸侯」爲狀語後置，「於」表範圍，可譯爲「在各諸侯國聞名」。

⑥ 相如謂臣曰：「夫趙強而燕弱，而君幸於趙王，故燕王欲結於君。」（《史記・廉頗藺相如列傳》）

這段話的意思是：藺相如對我說：「如今趙國強而燕國弱，您又被趙王寵幸，所以燕王想跟您結交。」其中的「幸於趙王」、「結於君」均爲狀語後置，前一個「於」表被動，可譯爲「被趙王寵幸」，後一個「於」表對象，可譯爲「跟您結交」。

⑦ 臣觀大王無意償趙王城邑，故臣復取璧。大王必欲急臣，臣頭今與璧俱碎於柱矣。(《史記‧廉頗藺相如列傳》)

這段話的意思是：我看大王無意補償給趙國十五座城，所以又把這塊璧取回來。大王一定要逼迫我，我的頭現在就與和氏璧一起在這根柱子上撞碎了。其中的「碎於柱」為狀語後置，「於」表處所，可譯為「在柱子上撞碎」。

⑧ 魏惠王兵數破於齊秦，國內空，日以削，恐，乃使使割河西之地獻於秦以和。(《史記‧商君列傳》)

這段話的意思是：魏惠王的軍隊多次被齊、秦擊破，國內空虛，一天比一天削弱，害怕了，就派使者割讓河西地區奉獻給秦國做為媾和的條件。其中的「破於齊秦」為狀語後置，「於」表被動，可譯為「被齊、秦擊破」。

⑨ 燕、趙、韓、魏聞之，皆朝於齊，此所謂戰勝於朝廷。(《戰國策‧齊策》)

這段話的意思是：燕、趙、韓、魏等國聽說了這件事，都對齊威王行朝拜之禮。這就是所謂在朝廷上不必用兵就戰勝了敵國。其中的「朝於齊」、「戰勝於朝廷」均為狀語後置，前一個「於」表對象，可譯為「對齊威王行朝拜之禮」，後一個「於」表範圍，可譯為「在朝廷上戰勝了敵國」。

⑩ 李氏子蟠，年十七，好古文，六藝經傳皆通習之，不拘於時，學於余。(韓愈《師說》)

這段話的意思是：李氏的兒子李蟠，年紀十七歲，愛好古文，六藝的經文和傳文都普遍學習了，不受世俗觀念限制，向我學習。其中的「不拘於時」、「學於余」均為狀語後置，前一個「於」表被動，可譯為「不被世俗觀念限制」，後一個「於」表對象，可譯為「向我學習」。

⑪ 且立石於其墓之門，以旌其所為。(張溥《五人墓碑記》)

這句話的意思是：並且在他們的墓門之前豎立碑石，來表彰他們的事蹟。其中的「立石於其墓之門」為狀語後置，「於」表處所，可譯為「在他們的墓門之前豎立碑石」。

⑫ 至於負者歌於途，行者休於樹，前者呼，後者應，傴僂提攜，往來而不絕者，滁人遊也。(歐陽修《醉翁亭記》)

這段話的意思是：至於背著東西的人在路上吟唱，來去行路的人在樹下休

息，前面的招呼，後面的答應；老人彎著腰走，小孩子由大人領著走。來來往往不斷的行人，是滁州的遊客。其中的「歌於途」、「休於樹」均爲狀語後置，這兩個「於」均表處所，可譯爲「在路上吟唱」和「在樹下休息」。

⑬ 曹操自江陵將順江東下，諸葛亮謂劉備曰：「事急矣，請奉命求救於孫將軍。」遂與魯肅俱詣孫權。（《資治通鑑・赤壁之戰》）

這段話的意思是：曹操將要從江陵順江東下，諸葛亮對劉備說：「事情很危急，請讓我奉命去向孫將軍求救。」於是與魯肅一起去見孫權。其中的「求救於孫將軍」爲狀語後置，「於」表對象，可譯爲「向孫將軍求救」。

⑭ 貧者語於富者曰：「吾欲之南海，何如？」（彭端淑《爲學》）

這段話的意思是：窮和尚對有錢的和尚說：「我想要到南海去，你看怎麼樣？」其中的「語於富者」爲狀語後置，「於」表對象，可譯爲「對有錢的和尚說」。

需要注意的是，有些「於」跟前邊的動詞結合得更爲緊密一些，這種情形可以視爲介賓短語充當的狀語後置，也可以理解爲動介短語直接帶賓語。例如：

⑮ 今以秦之強而先割十五都予趙，趙豈敢留璧而得罪於大王乎（《史記・廉頗藺相如列傳》））

這段話的意思是：現在憑藉秦國的強大，先割十五座城給趙國，趙國怎麼敢留著璧而得罪大王呢？其中的「得罪於大王」如果視爲狀語後置，則「於」表對象，可譯爲「對大王有所得罪」；如果視爲一般動賓關係，則「於」附著在動詞「得罪」之後整體構成動介短語再帶賓語「大王」，可直接譯爲「得罪大王」。

這就說明，所謂「狀語後置」其實也是今人的理念，古人的表達語序實屬正常，並沒有什麼有意將狀語放在後邊的意圖，比如例⑧中的「獻於秦」就只能夠按正常語序直譯爲「獻給秦國」，無法說它是狀語後置。至於其他一些用例，除了幾個表被動的和表特定對象的之外，大多也可以按正常語序直譯，諸如：

例①中的「天下可運於掌」可按正常語序直譯爲「天下可運轉在手掌之中」

例③中的「佚之狐言於鄭伯曰」可按正常語序直譯爲「佚之狐告訴鄭伯說」

例④中的「戰於長勺」可按正常語序直譯爲「作戰在長勺」

例⑤中的「以勇氣聞於諸侯」可按正常語序直譯爲「憑藉勇氣聞名於諸侯」（我們今天還在說「聞名於世」）

例⑥中的「故燕王欲結於君」可按正常語序直譯爲「因此燕王想要結交您」

例⑦中的「臣頭今與璧俱碎於柱」可按正常語序直譯爲「我的頭今天就和這塊璧玉一起撞碎在柱子上」

例⑨中的「皆朝於齊」可按正常語序直譯爲「都朝貢齊國」

例⑫中的「負者歌於途，行者休於樹」可按正常語序直譯爲「背東西的人吟唱在路上，行路的人休息在樹下」

例⑭中的「貧者語於富者曰」可按正常語序直譯爲「貧窮的和尚告訴富有的和尚說」

……儘管如此，本書爲了照顧傳統的語法解釋，還是列了「狀語後置」一項，因爲畢竟還有一些是必須顛倒語序才能譯成現代漢語的，比如用介詞「於」表被動的句式，另外像下面的一些用介詞「以」或「乎」構成的情形，還是不便於直接按語序來翻譯的，因此才有了這一節的內容。

二、用介詞「以」構成的狀語後置

用介詞「以」組成的介賓短語在文言文中也大都處在補語的位置，在今譯時，一般要移到動詞前作狀語，可視爲狀語後置。「以」所關聯的內容比較單純，通常是表對象或工具，可翻譯作「用……來做什麼」或「把……怎麼處理」的意思。例如：

① 五畝之宅，樹之以桑，五十者可以衣帛矣。（《孟子·梁惠王上》）

這句話的意思是：給每家五畝地的田宅，把桑樹栽植在它的周圍，那麼五十歲的人就可以穿上絲織的衣服了。其中的「樹之以桑」爲狀語後置，可譯爲「把桑樹栽植在它的周圍」。

② 謹庠序之教，申之以孝悌之義，頒白者不負戴於道路矣。（《孟子·梁惠王上》）

這句話的意思是：注重鄉校的教育，把孝和悌的道理宣講強調，鬚髮花白的老人們就不再會肩挑頭頂，出現在道路上了。其中的「申之以孝悌之義」爲狀語後置，可譯爲「把孝和悌的道理宣講強調」。

③ 人曰：「何不試之以足？」（《韓非子・外儲說左上》）

這句話的意思是：有人問他說：「爲什麼你不用自己的腳去試它（指履）呢？」其中的「試之以足」爲狀語後置，可譯爲「用自己的腳去試它（指履）」。

④ 今媼尊長安君之位，而封之以膏腴之地。（《戰國策・趙策》）

這句話的意思是：現在您把長安君的地位提得很高，又把肥沃的土地封給他。其中的「封之以膏腴之地」爲狀語後置，可譯爲「把肥沃的土地封給他」。

⑤ 項伯乃夜馳之沛公軍，私見張良，具告以事，欲呼張良與俱去。（《史記・項羽本紀》）

這段話的意思是：項伯就連夜騎馬跑到劉邦的軍營，私下會見張良，把事情全告訴了他，想叫張良和他一起離開。其中的「具告以事」爲狀語後置，可譯爲「把事情全告訴了他」。

⑥ 爲壇而盟，祭以尉首。陳勝自立爲將軍，吳廣爲都尉。（《史記・陳涉世家》）

這段話的意思是：用土築成祭壇並且盟誓，用兩個將尉的頭祭天。陳勝自立爲將軍，吳廣任都尉。其中的「祭以尉首」爲狀語後置，可譯爲「用將尉的頭祭天」。

⑦ 先帝不以臣卑鄙，猥自枉屈，三顧臣於草廬之中，咨臣以當世之事，由是感激，遂許先帝以驅馳。（諸葛亮《前出師表》）

這段話的意思是：先帝不因爲我身份卑微，見識短淺，降低身份委屈自己，三次到我的茅廬拜訪我，對時局大事徵詢我的意見，我因此十分感動，就答應爲先帝奔走效勞。其中的「咨臣以當世之事」爲狀語後置，可譯爲「用時局大事來徵詢我的意見」。

⑧ 雖董之以嚴刑，震之以威怒，終苟免而不懷仁，貌恭而不心服。（魏徵《諫太宗十思疏》）

這段話的意思是：即便可以用嚴刑監督他們，用聲威震懾他們，但是結果大家只圖苟且免除罪罰，卻不感念皇上的仁德，表面上恭順而不是內心裏悅服。其中的「董之以嚴刑」、「震之以威怒」均爲狀語後置，可譯爲「用嚴刑監督他們」、「用聲威震懾他們」。

⑨ 捼以尖草，不出；以筒水灌之，始出，狀極俊健。（《聊齋誌異・促織》）

這段話的意思是：他用尖細的草撩撥，蟋蟀不出來；又用竹筒取水灌進石洞裏，蟋蟀才出來，形狀極其俊美健壯。其中的「撥以尖草」為狀語後置，可譯為「用尖細的草撩撥」。然而下一句卻沒有說成「灌之以筒水」，可見類似的介賓短語作狀語的情形並非一定要後置。

⑩ 覆之以掌，虛若無物；手裁舉，則又超忽而躍。（《聊齋誌異・促織》）

這段話的意思是：他用手掌去罩住它，手心空蕩蕩地好像沒有什麼東西；手剛舉起，卻又遠遠地跳開了。其中的「覆之以掌」為狀語後置，可譯為「用手掌去罩住它」。

⑪ 屠懼，示之以刃，少卻；及走，又從之。（《聊齋誌異・狼三則》）

這句話的意思是：屠夫恐懼，於是就用屠刀來警示狼，狼稍稍退縮，等到屠夫跑開的時候，狼又跟著他。其中的「示之以刃」為狀語後置，可譯為「用屠刀來警示狼」。

三、用介詞「乎」構成的狀語後置

用介詞「乎」組成的介賓短語在文言文中也大都處在補語的位置，在今譯時，一般要移到動詞前作狀語，也可視為狀語後置。「乎」相當「於」，在翻譯時，可視情況靈活處理。例如：

① 鼓瑟希，鏗爾，捨瑟而作，對曰：「異乎三子者之撰。」（《論語・先進》）

這段話的意思是：曾皙彈瑟的聲音漸漸稀疏下來，鏗的一聲，放下瑟直起身來，回答說：「跟他們三人所講的不同。」其中的「異乎三子者之撰」為狀語後置，可譯為「跟他們三人所講的不同」。

② 莫春者，春服既成，冠者五六人，童子六七人，浴乎沂，風乎舞雩，詠而歸。（《論語・先進》）

這段話的意思是：暮春時節，春天的衣服已經穿上了。我和五六個成年人，六七個童僕，到沂河裏沐浴，到舞雩臺上吹風，吟唱著回家。其中的「浴乎沂」、「風乎舞雩」均為狀語後置，可譯為「到沂河裏沐浴」、「到舞雩臺上吹風」。

③ 君子博學而日參省乎己，則知明而行無過矣。（《荀子・勸學》）

這段話的意思是：君子廣泛地學習，而且每天多次對自己檢查反省，那麼

他就會聰明機智，而行爲就不會有過錯了。其中的「參省乎己」爲狀語後置，可譯爲「對自己檢查反省」。

④ 生乎吾前，其聞道也固先乎吾，吾從而師之；生乎吾後，其聞道也亦先乎吾，吾從而師之。（韓愈《師說》）

這段話的意思是：如果某人在我之前出生，他懂得知識和道理本來就比我早，我跟從他並以他爲師；如果某人在我之後出生，他懂得知識和道理也比我早，我也跟從他學習並以他爲師。其中的「生乎吾前」、「生乎吾後」、「先乎吾」均爲狀語後置，可譯爲「在我之前出生」、「在我之後出生」、「比我早」。

⑤ 悍吏之來吾鄉，叫囂乎東西，隳突乎南北；譁然而駭者，雖雞狗不得寧焉。（柳宗元《捕蛇者說》）

這段話的意思是：兇暴的官吏來到我鄉，在東西南北到處吵嚷叫囂，在東西南北到處橫衝直撞，那種喧鬧叫嚷著驚擾鄉民的氣勢，即使雞狗也不能夠安寧啊。其中的「叫囂乎東西」、「隳突乎南北」均爲狀語後置，可譯爲「到處吵嚷叫囂」、「到處橫衝直撞」。

⑥ 相與枕藉乎舟中，不知東方之既白。（蘇軾《前赤壁賦》）

這段話的意思是：與同伴們在船裏互相枕著墊著睡去，不知不覺東方天邊已經顯出曙光。其中的「枕藉乎舟中」爲狀語後置，可譯爲「在船裏互相枕著墊著睡去」。

四、省略了介詞的狀語後置

文言中有的本應由介賓短語充當的狀語，當它們位於動詞中心語之後的時候卻省略了介詞，這也可視爲狀語後置。在閱讀翻譯時需補出省略的介詞，並將其移到動詞前作狀語，至於需要補什麼介詞，在翻譯時可視情況靈活處理。例如：

① 晉侯、秦伯圍鄭，以其無禮於晉，且貳於楚也。晉軍函陵，秦軍氾南。（《左傳・僖公三十年》）

這段話的意思是：晉文公、秦穆公聯合圍攻鄭國，因爲鄭國對晉國無禮，並且在依附於晉國的同時又依附於楚國。晉國在函陵駐軍，秦國在氾南駐軍。其中的「軍函陵」、「軍氾南」均爲省略了介詞的狀語後置，翻譯時應補出適當的介詞「於」，可譯爲「在函陵駐軍」、「在氾南駐軍」。

② 臣與將軍戮力而攻秦，將軍戰河北，臣戰河南，然不自意能先入關破秦，得復見將軍於此。（《史記・項羽本紀》）

這段話的意思是：我和將軍合力攻打秦國，將軍在黃河以北作戰，我在黃河以南作戰，但是我自己沒有料到能先進入關中，滅掉秦朝，能夠在這裏又見到將軍。其中的「戰河北」、「戰河南」均爲省略了介詞的狀語後置，翻譯時應補出適當的介詞「於」，可譯爲「在黃河以北作戰」、「在黃河以南作戰」。

③ 余自束髮，讀書軒中。（歸有光《項脊軒志》）

這句話的意思是：我從十五歲起就在軒內讀書。其中的「讀書軒中」爲省略了介詞的狀語後置，翻譯時應補出適當的介詞「於」，可譯爲「在軒內讀書」。

五、由介賓短語充當的狀語並非必須後置

值得注意的是，用介詞「乎」構成的介賓短語充當的狀語是必需後置的，而用介詞「於」或「以」構成的介賓短語充當的狀語，並不是必須要後置，在文言表達中有時也可以居於動詞之前。也就是說，狀語後置不過是文言中習慣的表達方式，並不是所有的介賓短語作狀語都要後置的。例如：

① 王好戰，請以戰喻。（《孟子・梁惠王上》）

這句話的意思是：大王喜歡打仗，請允許我用打仗來比喻。其中的「以戰喻」是一個用介賓短語「以戰」與動詞「喻」構成的狀中結構，其狀語「以戰」沒有後置。

② 斧斤以時入山林，材木不可勝用也。（《孟子・梁惠王上》）

這句話的意思是：伐木用的斧斤按照季節進入山林砍伐樹木，那木材便用不完。其中的「以時入山林」是一個用介賓短語「以時」與動賓短語「入山林」構成的狀中結構，其狀語「以時」沒有後置。

③ 因人之力而敝之，不仁；失其所與，不知；以亂易整，不武。吾其還也。（《左傳・僖公三十年》）

這段話的意思是：依靠別人的力量而又反過來損害他，這是不仁義的；失掉自己的同盟者，這是不明智的；用散亂的局面代替整齊的局面，這是不符合武德的。我們還是回去吧。其中的「以亂易整」是一個用介賓短語「以亂」與動賓短語「易整」構成的狀中結構，其狀語「以亂」沒有後置。

④ 陽嘉元年，復造候風地動儀。以精銅鑄成，員徑八尺，合蓋隆起，形似酒尊，飾以篆文山龜鳥獸之形。（《後漢書・張衡傳》）

這段話的意思是：順帝陽嘉元年，張衡又製造了候風地動儀。這個地動儀是用純銅鑄造的，直徑有八尺，上下兩部分相合蓋住，中央凸起，樣子像個大酒樽。外面用篆體文字和山、龜、鳥、獸的圖案裝飾。其中的「飾以篆文山龜鳥獸之形」為狀語後置，可譯為「用篆體文字和山、龜、鳥、獸的圖案裝飾」。值得注意的是，這段話中的「以精銅鑄成」也是一個用介賓短語「以精銅」與中補短語「鑄成」構成的狀中結構，其狀語「以精銅」卻沒有後置。

⑤ 寺僧使小童持斧，於亂石間擇其一二扣之，硿硿焉。（蘇軾《石鐘山記》）

這段話的意思是：廟裏的和尚叫小童拿著斧頭，在亂石中間選一兩處敲打它，發出的聲響硿硿的。其中的「於亂石間擇其一二扣之」整體可以看作是一個用介賓短語「於亂石間」與連動短語「擇其一二扣之」構成的狀中結構，其狀語「於亂石間」沒有後置。

59. 文言習慣句式之六：句法成分的省略（上）

此前第54節至第58節連續用了五節的篇幅論析了漢語文言中被稱為「倒裝句」的變式句的幾種典型句式，以下再用兩節來關注文言習慣句式的省略句。

句子中省略某一詞語或某種成分的現象，是古今共有的。不過，文言裏這種現象更為突出，而且有些在現代漢語中一般不能省略的句子成分，古文中也經常被省略。因為文言是最精練的語言，最講究省略，省略句非常多，這主要有主語的省略、謂語中心動詞的省略、賓語的省略、介詞的省略等。本節先來討論省略句的含義及其省略條件，然後例證主語的省略和謂語中心動詞的省略這兩種情形。

一、省略句的含義及其省略條件

省略句是相對於完全句而言的，大凡句子省略了必要的語法結構成分，則可稱之為省略句。鑒別一個文言句的成分是否有所省略，應該根據古人的正常表達習慣，以語法結構為主結合表達的語義來分析，而不是單純從邏輯的角度去主觀判斷，因為所謂省略句是語言學概念，而不是邏輯學概念。例如：

① 騏驥一躍，不能十步；駑馬十駕，功在不捨。（《荀子・勸學》）

如果將這個句子直譯的話，那就是：駿馬跳躍一次，不能超過十步遠；劣馬拉車走十天，它的成功在於不停止。顯然，「劣馬拉車走十天，它的成功在於不停止」在邏輯上是不通的。因此，必須補充說明劣馬拉車走十天成功的原因是因為能走很遠。因此這個句子應該翻譯成「駿馬跳躍一次，不能超過十步遠；劣馬拉車走十天，也能走很遠，它的成功就在於不停止」。這類補足省略內容的翻譯並不是由於句子本身省略了什麼成分造成的，故這個句子不必視為省略句。

由此可知，所謂省略句至少應該包含如下兩層含義：

其一，省略句應當可以還原為完全句，即根據上下文的文意可以明確地補出被省略了的詞語，而且在補充被省略了的詞語之後，句子應該通順自然。例如：

② 郤子至，請伐齊，晉侯弗許。請以其私屬，又弗許。（《左傳・宣公十七年》）

這句話是個省略句，它的意思是：郤克到達晉國，請求進攻齊國，晉景公不答應，請求帶領家族去進攻齊國，晉景公也不答應。顯然，這個句子有兩處省略，一處是「請以其私屬」省略了主語「郤子」，另一處是「又弗許」省略了主語「晉侯」，這是可以根據上下文的文意明確地補出的，而且這兩個分句在補出被省略了的主語之後，語意通順自然。但不可以無限制地擴大省略的內容，比如，如果認為在「晉侯弗許」和「又弗許」之後都省略了賓語「郤子」，那就沒有必要了，因為這種強加於人的「省略」如果補出來，句子顯得囉嗦，客觀上沒有必要這樣說話。

其二，某些習慣性說法本來就是以非主謂句的形式出現的，例如「六月，雨。」（《左傳・僖公三年》）這句話本來就不需要說出下雨的主體，也沒必要為「六月」加個介詞，說成「於六月，天雨。」這樣不倫不類的話來，因此一些習慣性的非主謂句並不缺少某種語法成分，也就不能算作省略句。又如：

③ 困獸猶鬥，況人乎？（《左傳・定公四年》）

這句話的後一個分句「況人乎」屬於文言當中的「況……乎」的固定格式，該分句的主幹是單個的名詞「人」，並沒有省略什麼成分。

④ 故不登高山，不知天之高也；不臨深溪，不知地之厚也；不聞先王之遺言，不知學問之大也。（《荀子・勸學》）

這個句子的表層結構由三個並列的假設句構成，從第二個層面來看，每個假設句又都是由兩個非主謂句充當的分句構成。整個句意是在理性地闡述客觀真理，它並不需要特定的主語，因此不必將其視爲省略句。有的語法論著認爲在一開始的「故」字之後省略了「汝」、「爾」等一類虛指的主語，這是大可不必的，此句渾然天成，無需爲其嫁接任何成分。

弄清了省略句的含義，還要瞭解省略的條件。語言的省略表達必須要有一定的語言環境作爲條件，這種能夠滋生省略的語境條件主要有三個要素：

其一，前後詞語的要素，即所謂上下文的條件。爲了表達簡練，可以根據上下文前後出現的詞語來省略：上文已經出現過的詞語，除非特殊強調之外，就不必要重複了，這就是承接前面詞語來省略，簡稱爲「承前省」；下文將要出現的詞語，上文也可以不先說出來，這就是蒙受後面詞語來省略，簡稱爲「蒙後省」。

其二，對話交際的要素，即某些語言成分的省略是因爲處在雙方對話交流的語境當中。爲了表達簡練，在對話的時候沒有必要把該有的句法成分都說出來，只要雙方不會發生誤解，就可以盡量簡省一些詞語，這就是所謂的「對話省」。

其三，不言而喻的要素，即某些語意是表達者與接受者雙方都心知肚明的、不言而喻的，那麼就可以心照不宣地予以省略，這就是所謂的「知喻省」。

下面來看幾個相關的例子：

⑤ 子路從而後，遇丈人，以杖荷蓧。……子曰：「隱者也。」使子路反見之。至，則行矣。（《論語·微子》）

如果不省略，則應爲（括號內的詞語爲擬補的省略詞語，以下各例同此）：子路從而後，遇丈人，（丈人）以杖荷蓧。……子曰：「隱者也。」使子路反見之。（子路）至，則（丈人）行矣。

句中被省略的主語「丈人」和「子路」都是在上文出現過的，因此這種省略符合「承前省」的條件。

⑥ 張良曰：「秦時與臣遊，項伯殺人，臣活之；今事有急，故幸來告良。」（《史記·項羽本紀》）

如果不省略，則應爲：張良曰：「秦時（項伯）與臣遊，項伯殺人，臣活之；今事有急，故幸來告良。」

句中被省略的主語「項伯」是在下文將要出現的，因此這種省略符合「蒙後省」的條件。

⑦ 楊子之鄰人亡羊，既率其黨，又請楊子之豎追之。(《列子・說符》)

如果不省略，則應為：楊子之鄰人亡羊，(鄰人)既率其黨(追之)，又請楊子之豎追之。

句中被省略的主語「鄰人」是在上文出現過的，因此這種省略符合「承前省」的條件；句中被省略的謂語「追之」是在下文將要出現的，因此這種省略符合「蒙後省」的條件。

⑧ 藺相如固止之，曰：「公之視廉將軍孰與秦王？」曰：「不若也。」(《史記・廉頗藺相如列傳》)

這段話的意思是：藺相如堅決挽留幾個要告辭回家的門客，說：「你們看廉將軍和秦王哪個厲害？」門客回答說：「廉將軍自然不如秦王。」

如果不省略，則應為：藺相如固止之，(藺相如)曰：「公之視廉將軍孰與秦王？」(門客)曰：「(廉將軍)不若(秦王)也。」

在這段簡短的對話的語言情境中，既省略了兩處「曰」的主語「藺相如」和「門客」，又在「不若也」這簡單的三個字答話的內容中省略了主語「廉將軍」和賓語「秦王」。這種省略符合「對話省」的條件。

⑨ 故國猶兵馬，他鄉亦鼓鼙。(杜甫《出郭》)

這兩句詩的意思是：故國(東都洛陽)還在遭受兵災戰亂既未可歸，他鄉(成都)也聽到戰鼓之聲又未可去。如果把這兩句詩中所省略的詞語補充出來，則應為：故國猶(遭)兵馬，他鄉亦(聞)鼓鼙。

可見，這兩句詩中省略了謂語中心動詞「遭」和「聞」，而這兩個字在上下文中並沒有出現過，故不屬於承前省或者蒙後省，這兩句詩又不是處在對話的語境中，故也不是對話省，但是省略了兩句話的謂語中心動詞，卻不影響讀者對句意的理解，像這種不言而喻的省略就符合「知喻省」的條件。

綜上例析可以看出，文言省略句的省略條件主要有「承前省」、「蒙後省」、「對話省」與「知喻省」等四個省略條件，下面我們就根據這些條件先來論及主語的省略和謂語中心動詞的省略這兩種情形。

二、主語的省略

主語的省略，在古漢語中極爲常見。其原因是文言的第三人稱代詞一般不獨立作句子的主語，下一句若是重複上一句的主語又顯得囉嗦，這樣省略主語的後續句就相當多。句子中是否省略了主語，這要根據上下文的意思或整個語言環境去推斷，常見的有承前省略、蒙後省略、對話省略等幾種情形。

1、主語的承前省略

主語的承前省略是指下文的主語承接上文出現過的詞語而省略，下文主語可以承上文出現過的主語省略，也可以承上文出現過的賓語省略。這類省略主語的情形在文言中大量存在，不勝枚舉。例如：

① 趙惠文王十六年，廉頗爲趙將，伐齊，大破之，取陽晉，拜爲上卿，以勇氣聞於諸侯。（《史記・廉頗藺相如列傳》）

這段話的意思是：趙惠文王十六年，廉頗做趙國的大將去攻打齊國，把齊國打得大敗，奪取了陽晉，被任命做上卿，憑他的勇猛善戰在諸侯各國之間出了名。

下文主語「廉頗」全都是承上文主語省略。如果不省略，則應爲：趙惠文王十六年，廉頗爲趙將，（廉頗）伐齊，（廉頗）大破之，（廉頗）取陽晉，（廉頗）拜爲上卿，（廉頗）以勇氣聞於諸侯。

② 永州之野產異蛇：黑質而白章，觸草木盡死。（柳宗元《捕蛇者說》）

這段話的意思是：永州的野外出產一種奇特的蛇，它有著黑色的底子白色的花紋；如果這種蛇碰到草木，草木全都乾枯而死。

下文主語「異蛇」、「草木」全都是承上文賓語省略。如果不省略，則應爲：永州之野產異蛇，（異蛇）黑質而白章，（異蛇）觸草木，（草木）盡死。

③ 疾在腠理，湯熨之所及也；在肌膚，針石之所及也；在腸胃，火齊之所及也；在骨髓，司命之所屬，無奈何也。今在骨髓，臣是以無請也。（《韓非子・喻老》）

這段話的意思是：疾患在皮膚，是燙熨的力量所能達到的；疾患到了肌肉，是針灸的力量所能達到的；疾患到了腸胃裏，是火劑湯的力量所能達到的；疾患到了骨髓裏，那是司命所管的事了，醫藥已經沒有辦法了。現在他的疾患已經到了骨髓，所以我沒有辦法了。

後面三個分句和末尾一個獨立句子的主語「疾」全都是承上文頭一個分句的主語省略。如果不省略，則應爲：疾在腠理，湯熨之所及也；（疾）在肌膚，針石之所及也；（疾）在腸胃，火齊之所及也；（疾）在骨髓，司命之所屬，無奈何也。今（疾）在骨髓，臣是以無請也。

④ 居五日，桓侯體痛，使人索扁鵲，已逃秦矣。（《韓非子・喻老》）

這段話的意思是：過了五天，桓侯渾身疼痛，桓侯派人尋找扁鵲，扁鵲已經逃到秦國去了。

下文主語「桓侯」是承上文主語省略，「扁鵲」是承上文賓語省略。如果不省略，則應爲：居五日，桓侯體痛，（桓侯）使人索扁鵲，（扁鵲）已逃秦矣。

⑤ 見漁人，乃大驚，問所從來。具答之。便要還家，設酒殺雞作食。（陶淵明《桃花源記》）

這段話的意思是：村人一見漁人，竟然大爲驚奇，村人問漁人是從哪裏來的。漁人細緻詳盡地回答了他們，村人就把他請到自己家裏，擺酒殺雞做飯款待他。

頭一個分句的主語「村人」是讀者從上一段的記載中體會出來的，即「桃花林」中人應爲「村人」；下文某些分句的主語「村人」是承上文主語省略；而下文某些分句的主語「漁人」是承上文賓語省略。如果不省略，則應爲：（村人）見漁人，（村人）乃大驚，（村人）問（漁人）所從來。（漁人）具答之。（村人）便要還家，（村人）設酒殺雞作食。

⑥ 楚人爲食，吳人及之，奔。食而從之，敗諸雍澨。（《左傳・定公四年》）

這段話的意思是：楚人剛做好飯，吳人就趕到了，楚人奔逃。吳人吃完楚軍做的飯又尾隨追趕楚軍，把楚軍打敗在雍澨。

下文主語「楚人」是承上文第一個分句的主語省略，「吳人」是承上文第二個分句的主語省略。如果不省略，則應爲：楚人爲食，吳人及之，（楚人）奔。（吳人）食而從之，敗諸雍澨。

2、主語的蒙後省略

主語的蒙後省略是指上文的主語預知下文的主語或賓語將會出現某個詞語而省略，上文主語可以蒙下文將會出現的主語省略，也可以蒙下文將會在賓語中出現的詞語而省略。這類省略主語的情形在文言中相對少些。例如：

① 沛公謂張良曰：「從此道至吾軍，不過二十里耳。度我至軍中，公乃入。」（《史記‧項羽本紀》）

這段話的意思是：劉邦對張良說：「從這條路到我們軍營，不過二十里罷了，估計我回到軍營裏，你再進去。」

「度我至軍中」一個分句的主語蒙後省，因為表達者預知下文的主語將會出現「公」這個詞語而省略。如果不省略，則應為：沛公謂張良曰：「從此道至吾軍，不過二十里耳。（公）度我至軍中，公乃入。」

② 晉人御師必於崤。崤有二陵焉。其南陵，夏后皋之墓也；其北陵，文王之所辟風雨也。必死是間，余收爾骨焉。」（《左傳‧僖公三十二年》）

這段話的意思是：晉國人必然在崤山設伏兵截擊我們的軍隊。崤有南北兩座山：南面一座是夏朝國君皋的墓地；北面一座山是周文王避過風雨的地方。你一定會死在這兩座山之間的峽谷中，我準備到那裏去收你的屍骨！

「必死是間」一個分句的主語蒙後省，因為表達者預知下文的賓語中將會出現「爾」這個詞語而省略。如果不省略，則應為：晉人御師必於崤。崤有二陵焉。其南陵，夏后皋之墓也；其北陵，文王之所辟風雨也。（爾）必死是間，余收爾骨焉。」

③ 問：「何以戰？」公曰：「衣食所安，弗敢專也，必以分人。」（《左傳‧莊公十年》）

這段話的意思是：曹劌問魯莊公：「您憑什麼條件同齊國打仗？」莊公說：「衣食這類用來養生的東西，我不敢獨自享用，一定把它分給別人。」

「何以戰」的主語蒙後省，因為表達者預知下文的主語中將會出現「公」這個詞語而省略。如果不省略，則應為：問：「（公）何以戰？」公曰：「衣食所安，弗敢專也，必以分人。」

④ 五月斯螽動股，六月莎雞振羽，七月在野，八月在宇，九月在戶，十月蟋蟀入我床下。（《詩經‧豳風‧七月》）

這段話的意思是：五月蚱蜢彈腿叫，六月紡織娘振翅。七月蟋蟀在田野，八月來到屋簷下。九月蟋蟀進門口，十月鑽進我床下。

「七月在野」、「八月在宇」、「九月在戶」的主語均蒙後省略了，因為表達者預知在後面「十月蟋蟀入我床下」一句中將會出現「蟋蟀」這個主語。如果

不省略，則應爲：五月斯螽動股，六月莎雞振羽，七月（蟋蟀）在野，八月（蟋蟀）在宇，九月（蟋蟀）在戶，十月蟋蟀入我床下。

3、主語的對話省略

主語的對話省略是指在對話的語言情境中，爲了使對話簡潔的目的而在不會發生誤解的前提下對某些主語的省略，這類省略主語的情形在文言中也是大量存在。例如：

① 十年春，齊師伐我。公將戰。曹劌請見。其鄉人曰：「肉食者謀之，又何間焉？」劌曰：「肉食者鄙，未能遠謀。」乃入見。問：「何以戰？」公曰：「衣食所安，弗敢專也，必以分人。」對曰：「小惠未徧，民弗從也。」公曰：「犧牲玉帛，弗敢加也，必以信。」對曰：「小信未孚，神弗福也。」公曰：「小大之獄，雖不能察，必以情。」對曰：「忠之屬也，可以一戰。戰則請從。」（《左傳・莊公十年》）

這段話的意思是：魯莊公十年的春天，齊國的軍隊攻打魯國，魯莊公準備迎戰。曹劌請求進見，他的同鄉對他說：「大官們自會謀劃這件事的，你又何必參與其間呢？」曹劌說：「大官們目光短淺，不能深謀遠慮。」於是入宮進見魯莊公。曹劌問魯莊公：「您憑什麼條件同齊國打仗？」莊公說：「衣食這類用來養生的東西，我不敢獨自享用，一定把它分給別人。」曹劌回答說：「這是小恩小惠，不能遍及百姓，百姓是不會跟從您的。」莊公說：「祭祀用的牛羊、玉帛之類，我不敢虛報，一定對神誠實。」曹劌回答說：「這是小信用，還不能使神信任您，神是不會保祐您的。」莊公說：「對於大大小小的訴訟案件，我雖不能一一明察，一定誠心誠意來處理。」曹劌回答說：「這是忠於職守的一種表現，可以憑這個條件打一仗。作戰時請讓我跟從您去。」

在這段對話的語言情境中，爲了使對話簡潔而省略了「劌」、「公」、「吾」這幾個主語。如果不省略，則應爲：

十年春，齊師伐我。公將戰。曹劌請見。其鄉人曰：「肉食者謀之，又何間焉？」劌曰：「肉食者鄙，未能遠謀。」（劌）乃入見。（劌）問：「（公）何以戰？」公曰：「衣食所安，（吾）弗敢專也，必以分人。」（劌）對曰：「小惠未遍，民弗從也。」公曰：「犧牲玉帛，弗敢加也，必以信。」（劌）對曰：「小信未孚，神弗福也。」公曰：「小大之獄，（吾）雖不能察，必以情。」（劌）對曰：「忠

之屬也。可以一戰。戰則請從。

　　② 左師公曰：「今三世以前，至於趙之爲趙，趙王之子孫侯者，其繼有在者乎？」曰：「無有。」曰：「微獨趙，諸侯有在者乎？」曰：「老婦不聞也。」（《戰國策・趙策》）

這段話的意思是：左師公說：「從這一輩往上推到三代以前，甚至到趙國建立的時候，趙國君主的子孫被封侯的，他們的子孫還有能繼承爵位的嗎？」趙太后說：「沒有。」觸龍說：「不光是趙國，其他諸侯國君的被封侯的子孫的後繼人有還在的嗎？」趙太后說：「我沒聽說過。」

在這段對話的語言情境中，爲了使對話簡潔在後三句對話中省略了「太后」、「公」、「太后」這三個主語。如果不省略，則應爲：

左師公曰：「今三世以前，至於趙之爲趙，趙王之子孫侯者，其繼有在者乎？」（太后）曰：「無有。」（公）曰：「微獨趙，諸侯有在者乎？」（太后）曰：「老婦不聞也。」

　　③ 於是張良至軍門見樊噲。樊噲曰：「今日之事何如？」良曰：「甚急！今者項莊拔劍舞，其意常在沛公也。」（《史記・項羽本紀》）

這段話的意思是：於是張良到軍營門口找樊噲。樊噲問：「今天的事情怎麼樣？」張良說：「今天的事情很危急！現在項莊拔劍起舞，他的意圖常在沛公身上啊。」

在這段對話的語言情境中，爲了使對話簡潔在張良的答話中省略了「今日之事」這個主語。如果不省略，則應爲：

於是張良至軍門見樊噲。樊噲曰：「今日之事何如？」良曰：「（今日之事）甚急！今者項莊拔劍舞，其意常在沛公也。」

　　④ 作亭者誰？山之僧智仙也。名之者誰？太守自謂也。（歐陽修《醉翁亭記》）

這段話的意思是：建亭子的人是誰？建亭子的人是山裏的老僧智仙。給它起名字的人是誰？起名字的人是太守，太守用自己的別號醉翁來命名的。

在這段虛擬對話的語言情境中，爲了使對話簡潔在兩句答話中承前省略了「作亭者」和「名之者」這兩個主語。如果不省略，則應爲：

作亭者誰？（作亭者）山之僧智仙也。名之者誰？（名之者）太守自謂也。

⑤ 陽貨欲見孔子，孔子不見，歸孔子豚。孔子時其亡也，而往拜之，遇諸塗。謂孔子曰：「來！予與爾言。」曰：「懷其寶而迷其邦，可謂仁乎？」曰：「不可。好從事而亟失時，可謂知乎？」曰：「不可。日月逝矣，歲不我與。」孔子曰：「諾，吾將仕矣。」（《論語·陽貨》）

這段話的意思是：陽貨想見孔子，孔子不見，他便贈送給孔子一隻熟小豬，想要孔子去拜見他。孔子打聽到陽貨不在家時，往陽貨家拜謝，卻在半路上遇見了。陽貨對孔子說：「來，我有話要跟你說。」陽貨說：「把自己的本領藏起來而聽任國家迷亂，這可以叫做仁嗎？」我可以告訴你說：「不可以。喜歡參與政事而又屢次錯過機會，這可以說是智嗎？」我可以告訴你說：「不可以。時間一天天過去了，年歲是不等人的呀。」孔子說：「好吧，我將要去做官了。」

這段對話共有五處「曰」，很像是兩個人的交替對話，然而仔細領會文意，除了第一個「謂孔子曰」的主語是陽貨和最後一個「孔子曰」的主語是孔子之外，中間的三個「曰」其實都是陽貨一個人對孔子講的話，都是承前省略了主語「陽貨」，這是特別需要留意的。如果不省略，則應為：

陽貨欲見孔子，孔子不見，歸孔子豚。孔子時其亡也，而往拜之，遇諸塗。（陽貨）謂孔子曰：「來！予與爾言。」（陽貨）曰：「懷其寶而迷其邦，可謂仁乎？」（陽貨）曰：「不可。好從事而亟失時，可謂知乎？」（陽貨）曰：「不可。日月逝矣，歲不我與。」孔子曰：「諾，吾將仕矣。」

⑥ 齊大饑。黔敖為食於路，以待餓者而食之。有餓者蒙袂輯屨，貿貿然來。黔敖左奉食，右執飲，曰：「嗟！來食！」揚其目而視之，曰：「予唯不食嗟來之食，以至於斯也。」從而謝焉。終不食而死。（《禮記·檀弓》）

這段話的意思是：齊國遭遇了嚴重饑荒，黔敖做了一些食物放在路邊，用來施捨經過的飢餓的人吃。有個飢餓的人用袖子蒙著臉，拖著鞋子，昏昏沉沉地走過來。黔敖左手拿著食物，右手端著湯，傲慢地說道：「喂！來吃吧！」饑民擡起頭瞪大眼睛盯著他，說：「我就是因為不願意吃帶有侮辱性施捨的食物，才餓成這個樣子的！」黔敖趕上去向他道歉，但餓者最終還是不肯吃而餓死了。

這段話在「揚其目而視之」這個分句省略的主語，由於前面「奉食」與「執飲」的主語以及說「嗟！來食！」這話的主體都是黔敖，很容易順著理解為此

處省略了主語「黔敖」。其實從後面的文意來看，此處省略的主語顯然應該是「餓者」。其後「從而謝焉」所省略的主語又變成了「黔敖」，而「終不食而死」所省略的主語又轉換為「餓者」。如果不能正確理解這一連串的變換主語的省略，就無法弄清文意。如果不省略，則應為：

齊大饑。黔敖為食於路，以待餓者而食之。有餓者蒙袂輯屨，貿貿然來。黔敖左奉食，右執飲，曰：「嗟！來食！」（餓者）揚其目而視之，曰：「予唯不食嗟來之食，以至於斯也。」（黔敖）從而謝焉。（餓者）終不食而死。

三、謂語中心動詞的省略

謂語是句子最重要的部分，因此，無論是古代還是現代，省略謂語的情況不應該太多。不過在文言中，省略謂語中心動詞也不是個別的現象，這主要是古人表達求簡的習慣造成的。句子中是否省略了謂語中心動詞，這要根據上下文的意思或整個語言環境去推斷，常見的有承前省略、蒙後省略、知喻省略等幾種情形。

1、謂語中心動詞的承前省略

謂語中心動詞的承前省略是指下文的謂語中心動詞承接上文出現過的詞語而省略。例如：

① 夫戰，勇氣也，一鼓作氣，再而衰，三而竭，彼竭我盈，故克之。（《左傳·莊公十年》）

這段話的意思是：打仗是靠勇氣的，第一次擊鼓，能夠振作士兵的勇氣，第二次擊鼓，士兵的勇氣就減弱了，第三次擊鼓後士兵的勇氣就消耗完了。他們的勇氣已經竭盡，我們的勇氣正旺盛，所以戰勝了他們。

下文的謂語中心動詞「鼓」承上文「一鼓作氣」的「鼓」省略。如果不省略，則應為：夫戰，勇氣也，一鼓作氣，再（鼓）而衰，三（鼓）而竭，彼竭我盈，故克之。

② 三人行，必有我師焉。擇其善者而從之，其不善者而改之。（《論語·述而》）

這段話的意思是：三個人一起走路，其中必定有人可以作我的老師。應當選擇他們的優點去學習，對他們的缺點，如果自己有的話，要注意改正；如果沒有，就要加以防備。

下文的謂語中心動詞「擇」承上文「擇其善者」的「擇」省略。如果不省略，則應爲：三人行，必有我師焉。擇其善者而從之，（擇）其不善者而改之。

③ 吾年既少，未有恒常，出則禽荒，入則酒荒。吾百姓之不圖，唯舟與車。上天降禍於越，委制於吳。（《國語・越語》）

這段話的意思是：我年紀輕，沒有定性，出外就迷戀於打獵，在家就迷戀於飲酒，我不考慮百姓的事，只是考慮坐著車和船遊逛。因此上天給越國降下災禍，使越國被迫接受吳國的管制。

下文的謂語中心動詞「圖」承上文「吾百姓之不圖」的「圖」省略。如果不省略，則應爲：吾年既少，未有恒常，出則禽荒，入則酒荒。吾百姓之不圖，唯舟與車（之圖）。上天降禍於越，委制於吳。

④ 齊威王欲將孫臏，臏辭謝曰：「刑餘之人不可。」（《史記・孫子吳起列傳》）

這段話的意思是：齊威王打算任用孫臏爲主將，孫臏辭謝說：「受過酷刑的人，不能任主將。」

下文的謂語中心動詞「將」承上文「齊威王欲將孫臏」的「將」省略。如果不省略，則應爲：齊威王欲將孫臏，臏辭謝曰：「刑餘之人不可（將）。」

⑤ 君王與沛公飲，軍中無以爲樂，請以劍舞。（《史記・項羽本紀》）

這段話的意思是：君王和沛公飲酒，軍營裏沒有什麼可以用來作爲娛樂的，請讓我舞劍作爲娛樂。

下文的謂語中心動詞「爲樂」承上文「軍中無以爲樂」的「爲樂」省略。如果不省略，則應爲：君王與沛公飲，軍中無以爲樂，請以劍舞（爲樂）。

⑥ 輕攏慢撚抹復挑，初爲霓裳後六么。（白居易《琵琶行》）

這句詩的意思是：輕輕撫攏慢慢撚滑抹了又加挑；初彈《霓裳羽衣曲》接著再彈《六么》。

下文的謂語中心動詞「爲」因詩歌的節律而承上文「爲霓裳」的「爲」省略。如果不省略，則應爲：輕攏慢撚抹復挑，初爲霓裳後（爲）六么。

2、謂語中心動詞的蒙後省略

謂語中心動詞的蒙後省略是指上文的謂語中心動詞預知下文將會出現該詞語而省略。例如：

① 子曰：「躬自厚而薄責於人，則遠怨矣。」（《論語・衛靈公》）

這段話的意思是：孔子說：「多責備自己而少責備別人，那就可以避免別人的怨恨了。」

上文的謂語中心動詞「責」因預知下文會出現「薄責於人」的「責」而省略。如果不省略，則應為：子曰：「躬自厚（責）而薄責於人，則遠怨矣。」

② 楊子之鄰人亡羊，既率其黨，又請楊子之豎追之。（《列子・說符》）

這段話的意思是：楊子的鄰居跑掉了一隻羊。那位鄰居率領家人去追趕，又來請楊子的童僕去幫著追尋。

上文的謂語中心動詞「追」因預知下文會出現「又請楊子之豎追之」的「追」而省略。如果不省略，則應為：楊子之鄰人亡羊，既率其黨（追之），又請楊子之豎追之。

③ 於是相如前進缻，因跪請秦王，秦王不肯擊缻。（《史記・廉頗藺相如列傳》）

這段話的意思是：於是相如捧著盆缻上前，趁勢跪下要求秦王敲打。秦王不肯敲缻。

上文的謂語中心動詞「擊缻」因預知下文會出現「秦王不肯擊缻」的「擊缻」而省略。如果不省略，則應為：於是相如前進缻，因跪請秦王（擊缻），秦王不肯擊缻。

④ 夫秦王有虎狼之心，殺人如不能舉，刑人如恐不勝，天下皆叛之。（《史記・項羽本紀》）

這段話的意思是：秦王有虎狼一樣的心腸，殺人惟恐不能殺盡，懲罰人惟恐不能用盡酷刑，所以天下人都背叛他。

上文的謂語中心動詞「恐」因預知下文會出現「刑人如恐不勝」的「恐」而省略。如果不省略，則應為：夫秦王有虎狼之心，殺人如（恐）不能舉，刑人如恐不勝，天下皆叛之。

⑤ 一屠晚歸，擔中肉盡，止有剩骨。途中兩狼，綴行甚遠。(《聊齋誌異·狼三則》)

這段話的意思是：一個屠戶在晚上回家，擔子裏的肉賣完了，只有剩下的骨頭。途中有兩隻狼跟隨著他，緊隨著走了很遠。

上文的謂語中心動詞「綴行」因預知下文會出現「綴行甚遠」的「綴行」而省略。如果不省略，則應為：一屠晚歸，擔中肉盡，止有剩骨。途中兩狼（綴行），綴行甚遠。

3、謂語中心動詞的知喻省略

謂語中心動詞的知喻省略是指根據上下文一看便會可想而知、不言而喻地明白省略的是什麼。例如：

① 小大之獄，雖不能察，必以情。(《左傳·莊公十年》)

這段話的意思是：對於大大小小的訴訟案件，我雖不能每一個都明察，但一定誠心誠意地處理。

「必以情」中省略了謂語中心動詞「理」，而這個字在上下文中並沒有出現過，但卻可想而知。如果不省略，則應為：小大之獄，雖不能察，必以情（理）。

② 老臣今者殊不欲食，乃自強步，日三四里，少益耆食，和於身。(《戰國策·趙策》)

這段話的意思是：我現在特別不想吃東西，自己卻勉強走走，每天走上三四里，就慢慢地稍微增加點食欲，身上也比較舒適了。

「日三四里」中省略了謂語中心動詞「行」，而「行」字在上下文中並沒有出現過，但卻不言而喻。如果不省略，則應為：老臣今者殊不欲食，乃自強步，日（行）三四里，少益耆食，和於身。

③ 藺相如固止之，曰：「公之視廉將軍孰與秦王？」曰：「不若也。」(《史記·廉頗藺相如列傳》)

這段話的意思是：藺相如堅決挽留幾個要告辭回家的門客，說：「你們看廉將軍和秦王哪個厲害？」門客回答說：「廉將軍自然不如秦王厲害。」

這個例子在前面談主語的對話省的時候舉過，在這段簡短的對話的語言情境中，既省略了兩處「曰」的主語「藺相如」和「門客」，又在「不若也」這極

簡單的三個字答話的內容中省略了主語「廉將軍」和賓語「秦王」。此外，我們還應看到，「公之視廉將軍孰與秦王」一句省略了謂語中心動詞「威」，這個字在上下文中並沒有出現過，但卻可想而知。如果不省略，則應為：藺相如固止之，曰：「公之視廉將軍孰與秦王（威）？」曰：「不若也。」

④ 山河破碎風飄絮，身世浮沉雨打萍。（文天祥《過零丁洋》）

這兩句詩的意思是：祖國的大好河山在敵人的侵略下支離破碎，就像狂風吹卷著柳絮零落飄散；自己的身世遭遇也動盪不安，就像暴雨打擊下的浮萍顛簸浮沉。

這兩句詩中省略了表比喻的謂語中心動詞「如」或「似」，而這兩個字在上下文中並沒有出現過，但因詩歌的節律而省略，讀者卻可想而知。如果不省略，則應為：山河破碎（如）風飄絮，身世浮沉（似）雨打萍。

⑤ 婉貞於是率諸少年結束而出，皆玄衣白刃，剽疾如猿猴。（徐珂《清稗類鈔》）

這段話的意思是：馮婉貞於是率領少年們整好裝束出發了，他們都穿著黑色的衣服，拿著雪亮的鋼刀，輕捷得象猿猴似的。

「皆玄衣白刃」中省略了謂語中心動詞「衣」和「執」，而這兩個字在上下文中並沒有出現過，但卻不言而喻。如果不省略，則應為：婉貞於是率諸少年結束而出，皆（衣）玄衣（執）白刃，剽疾如猿猴。

60. 文言習慣句式之七：句法成分的省略（下）

句子中省略某一詞語或某種成分的現象，是古今共有的。不過，文言裏這種現象更突出，主要有主語的省略、謂語中心動詞的省略、賓語的省略、介詞的省略等。上一節論及省略句的含義及其省略條件，並例證了主語的省略和謂語中心動詞的省略這兩種情形；這一節來討論賓語的省略和介詞的省略這兩種情形。

一、賓語的省略

文言中省略動詞後面的賓語是比較普遍的，主要包括動賓結構的賓語省略和兼語結構的賓語（兼語）省略，另外介賓結構的賓語有時也可以省略。省略

的賓語往往是前面出現過的，所省的詞語多爲代詞「之」。下面就分這三種情況來談談賓語的省略。

1、動賓結構的賓語省略

文言中動賓結構的賓語省略，可以承前省略或者蒙後省略用名詞表示的賓語，也可以省略代指上下文中某個人或事物的由代詞「之」充當的賓語。例如：

① 欲與大叔，臣請事之；若弗與，則請除之。無生民心。（《左傳·隱公元年》）

這段話的意思是：您如果打算把鄭國交給太叔，那麼我請求去侍奉他；如果不給太叔，那麼就請除掉他，不要使百姓們產生疑慮。

「若弗與」承前省略了動詞「與」的賓語「大叔」。如果不省略，則應爲：欲與大叔，臣請事之；若弗與（大叔），則請除之。無生民心。

② 人皆有兄弟，我獨亡。（《論語·顏淵》）

這句話的意思是：別人都有兄弟，唯獨我沒有兄弟。

「我獨亡」承前省略了動詞「亡」的賓語「兄弟」。如果不省略，則應爲：人皆有兄弟，我獨亡（兄弟）。

③ 左右以君賤之也，食以草具。（《戰國策·齊策》）

這句話的意思是：手下的人以爲孟嘗君看不起他，讓他用粗劣的食具進食。

「食以草具」承前省略了動詞「食」的賓語「之」，「之」代指的是馮諼。如果不省略，則應爲：左右以君賤之也，食（之）以草具。

④ 項伯乃夜馳之沛公軍，私見張良，具告以事。（《史記·項羽本紀》）

這句話的意思是：項伯就連夜騎馬跑到劉邦的軍營，私下會見張良，把事情全告訴了張良。

「具告以事」省略了動詞「告」的賓語「之」，「之」代指的是張良。如果不省略，則應爲：項伯乃夜馳之沛公軍，私見張良，具告（之）以事。

⑤ 尉劍挺，廣起，奪而殺尉。陳勝佐之，並殺兩尉。（《史記·陳涉世家》）

這段話的意思是：將尉拔劍出鞘想殺吳廣，吳廣跳起來，奪過利劍殺了將尉。陳勝幫助他，一起殺了兩個將尉。

「奪而殺尉」省略了動詞「奪」的賓語「之」，「之」代指的是劍。如果不省略，則應爲：尉劍挺，廣起，奪（之）而殺尉。陳勝佐之，並殺兩尉。

⑥ 於是王召見，問藺相如曰：「秦王以十五城請易寡人之璧，可予不？」（《史記·廉頗藺相如列傳》）

這段話的意思是：於是趙王召見藺相如，問藺相如說：「秦王要用十五座城池換我的和氏璧，可以給他嗎？」

「於是王召見」蒙後省略了動詞「召見」的賓語「藺相如」。如果不省略，則應為：於是王召見（藺相如），問藺相如曰：「秦王以十五城請易寡人之璧，可予不？」

⑦ 權起更衣，肅追於宇下。（《資治通鑒·赤壁之戰》）

這句話的意思是：孫權起身去廁所，魯肅追他到屋檐下。

「肅追於宇下」省略了動詞「追」的賓語「之」，「之」代指的是孫權。如果不省略，則應為：權起更衣，肅追（之）於宇下。

⑧ 今寇眾我寡，難與持久。操軍方連船艦，首尾相接，可燒而走也。（《資治通鑒·赤壁之戰》）

這段話的意思是：現在敵多我少，很難同他們持久對峙。曹操的軍隊正好把船艦連接起來，首尾相接，可用火燒來使它逃跑。」

「可燒而走也」省略了動詞「燒」的賓語「之」和「走」的賓語「之」，「之」代指的均為操軍的船艦。如果不省略，則應為：今寇眾我寡，難與持久。操軍方連船艦，首尾相接，可燒（之）而走（之）也。

⑨ 屠懼，投以骨。一狼得骨止，一狼仍從。（《聊齋誌異·狼三則》）

這段話的意思是：屠戶害怕了，就把骨頭扔給它們。一隻狼得到骨頭停了下來，另一隻狼仍然跟著。

「投以骨」省略了動詞「投」的賓語「之」，「之」代指的是狼；「一狼仍從」省略了動詞「從」的賓語「之」，「之」代指的是屠戶。如果不省略，則應為：屠懼，投（之）以骨。一狼得骨止，一狼仍從（之）。

2、兼語結構的賓語省略

由於某些含有使令意義的動詞的賓語常兼作後邊一個主謂短語的主語，於是便構成了兼語結構，因此，從某種意義上說，兼語結構的兼語也是前面動詞的賓語。現代漢語的兼語一般不能省略，文言裏的兼語卻往往被省略，所省略的多是代指上下文中某個人或事物的由代詞充當的賓語（兼語）。這又可以分為

「使令式」、「稱謂式」、「以爲式」等幾種形態，其中以「使令式」居多。下面分別例證：

其一，「使令式」兼語結構的賓語省略

① 不如早爲之所，無使滋蔓，蔓難圖也。(《左傳・隱公元年》)

這段話的意思是：不如及早處置，別讓禍根滋長蔓延，一滋長蔓延就難辦了。

「無使滋蔓」本應爲「無使之滋蔓」，省略了動詞「使」的賓語「之」，「之」代指的是欲望難以滿足的禍患。如果不省略，則應爲：不如早爲之所，無使（之）滋蔓，蔓難圖也。

② 鄭穆公使視客館，則束載，厲兵，秣馬矣。(《左傳・僖公三十三年》)

這段話的意思是：鄭穆公派人到賓館察看，原來杞子及其部下已經捆好了行裝，磨快了兵器，喂飽了馬匹，準備好做秦軍的內應。

「鄭穆公使視客館」本應爲「鄭穆公使之視客館」，省略了動詞「使」的賓語「之」，「之」代指的是鄭穆公派的人。如果不省略，則應爲：鄭穆公使（之）視客館，則束載，厲兵，秣馬矣。

③ 扶蘇以數諫故，上使外將兵。今或聞無罪，二世殺之。(《史記・陳涉世家》)

這段話的意思是：扶蘇因爲屢次勸諫的緣故，皇上派他在外面帶兵。現在有人聽說他沒有罪過，秦二世卻殺了他。

「上使外將兵」本應爲「上使之外將兵」，省略了動詞「使」的賓語「之」，「之」代指的是扶蘇。如果不省略，則應爲：扶蘇以數諫故，上使（之）外將兵。今或聞無罪，二世殺之。

④ 將尉醉，廣故數言欲亡，忿恚尉，令辱之，以激怒其眾。(《史記・陳涉世家》)

這段話的意思是：押送戍卒的將尉喝醉了，吳廣故意多次說想要逃跑，使將尉惱怒，讓他侮辱自己，以便激怒那些士兵們。

「令辱之」本應爲「令其辱之」，省略了動詞「令」的賓語「其」，「其」代指的是將尉。如果不省略，則應爲：將尉醉，廣故數言欲亡，忿恚尉，令（其）辱之，以激怒其眾。

⑤ 相如視秦王無意償趙城，乃前曰：「璧有瑕，請指示王。」（《史記‧廉頗藺相如列傳》）

這段話的意思是：藺相如看出秦王沒有把城池抵償給趙國的意思，就走上前去說：「這寶玉有點毛病，讓我指給大王看。」

「請指示王」本應為「請我指示王」，省略了動詞「請」的賓語「我」，「我」代指的是藺相如。如果不省略，則應為：相如視秦王無意償趙城，乃前曰：「璧有瑕，請（我）指示王。」

⑥ 今殺相如，終不能得璧也，而絕秦趙之歡。不如因而厚遇之，使歸趙。趙王豈以一璧之故欺秦邪？（《史記‧廉頗藺相如列傳》）

這段話的意思是：現在殺死相如，還是得不到璧玉，反而斷絕了秦趙兩國的交情。不如就此好好地招待他，讓他回趙國去。趙王難道會因一塊璧玉的緣故欺騙秦國嗎？

「使歸趙」本應為「使之歸趙」，省略了動詞「使」的賓語「之」，「之」代指的是藺相如。如果不省略，則應為：今殺相如，終不能得璧也，而絕秦趙之歡。不如因而厚遇之，使（之）歸趙。趙王豈以一璧之故欺秦邪？

其二，「稱謂式」兼語結構的賓語省略

⑦ 南方有鳥焉，名曰蒙鳩。（《荀子‧勸學》）

這句話的意思是：南方有一種鳥，稱它叫「蒙鳩」。

「名曰蒙鳩」本應為「名之曰蒙鳩」，省略了動詞「名」的賓語「之」，「之」代指的是南方的鳥。如果不省略，則應為：南方有鳥焉，名（之）曰蒙鳩。

⑧ 陳涉乃立為王，號為張楚。（《史記‧陳涉世家》）

這句話的意思是：陳涉就自立為王，定國號叫張楚。

「號為張楚」本應為「號之為張楚」，省略了動詞「號」的賓語的「之」，「之」代指的是新立的王朝。如果不省略，則應為：陳涉乃立為王，號（之）為張楚。

⑨ 以相如功大，拜為上卿。（《史記‧廉頗藺相如列傳》）

這句話的意思是：因為藺相如的功勞大，就拜他為上卿。

「拜為上卿」本應為「拜之為上卿」，省略了動詞「拜」的賓語的「之」，「之」代指的是藺相如。如果不省略，則應為：以相如功大，拜（之）為上卿。

⑩ 治威嚴，整法度，陰知奸黨名姓，一時收禽，上下肅然，稱爲政理。（《後漢書·張衡傳》）

這段話的意思是：張衡上任之後治理嚴厲，整飭法令制度，暗中探得奸黨的姓名，一下子同時逮捕，拘押起來，於是上下敬畏恭順，稱讚這些政務處理得好。

「稱爲政理」本應爲「稱之爲政理」，省略了動詞「稱」的賓語的「之」，「之」代指的是這些政務。如果不省略，則應爲：治威嚴，整法度，陰知奸黨名姓，一時收禽，上下肅然，稱（之）爲政理。

其三，「以爲式」兼語結構的賓語省略

⑪ 景公召穰苴，與語兵事，大說之，以爲將軍，將兵扞燕晉之師。（《史記·司馬穰苴列傳》）

這段話的意思是：齊景公召見了穰苴，跟他共同議論軍國大事，齊景公非常高興，任命他做了將軍，率兵去抵抗燕、晉兩國的軍隊。

「以爲將軍」本應爲「以之爲將軍」，省略了動詞「以」的賓語的「之」，「之」代指的是穰苴。如果不省略，則應爲：景公召穰苴，與語兵事，大說之，以（之）爲將軍，將兵扞燕晉之師。

⑫ 得漢黃白金，輒以爲器，不用爲幣。（《史記·大宛列傳》）

這段話的意思是：他們得到漢朝的黃金和白銀，就用來鑄造器皿，不用來做錢幣。

「輒以爲器，不用爲幣」本應爲「輒以之爲器，不用之爲幣」，省略了動詞「以」和「用」的賓語的「之」，「之」代指的是黃金和白銀。如果不省略，則應爲：得漢黃白金，輒以（之）爲器，不用（之）爲幣。

⑬ 已矣，勿言之矣！散木也。以爲舟則沉，以爲棺槨則速腐，以爲器則速毀，以爲門戶則液橫，以爲柱則蠹，是不材之木也。無所可用，故能若是之壽。（《莊子·人間世》）

這段話的意思是：算了，不要再說它了！這是一棵什麼用處也沒有的樹。用它做成船定會沉沒，用它做成棺槨定會很快朽爛，用它做成器皿定會很快毀壞，用它做成屋門定會流脂而不合縫，用它做成屋柱定會被蟲蛀蝕。這是不能取材的樹。沒有什麼用處，所以它才能有如此壽延。」

這段話中的一連五個「以爲……」都本應爲「以之爲……」，省略了動詞「以」的賓語的「之」，「之」代指的是散木。如果不省略，則應爲：已矣，勿言之矣！散木也。以（之）爲舟則沉，以（之）爲棺槨則速腐，以（之）爲器則速毀，以（之）爲門戶則液橢，以（之）爲柱則蠹，是不材之木也。無所可用，故能若是之壽。

3、介賓結構的賓語省略

文言中，介賓結構也可以省略用名詞表示的賓語或者代指上下文中某個人或事物的由代詞充當的賓語。例如：

① 衣食所安，弗敢專也，必以分人。（《左傳・莊公十年》）

這段話的意思是：衣食這類用來養生的東西，我不敢獨自享用，一定把它分給別人。

「必以分人」本應爲「必以之分人」，省略了介詞「以」的賓語「之」，「之」代指的是衣食。如果不省略，則應爲：衣食所安，弗敢專也，必以（之）分人。

② 忠之屬也，可以一戰，戰則請從。（《左傳・莊公十年》）

這段話的意思是：這是忠於職守的一種表現，可以憑這個條件打一仗，作戰時請讓我跟從您去。

「可以一戰」本應爲「可以之一戰」，省略了介詞「以」的賓語「之」，「之」代指的是忠於職守這個條件。如果不省略，則應爲：忠之屬也，可以（之）一戰，戰則請從。

③ 小人有母，皆嘗小人之食矣，未嘗君之羹，請以遺之。（《左傳・隱公元年》）

這段話的意思是：小人有個母親，我吃的東西她都吃過，只是從未吃過君王的肉羹，希望能把這個送給她吃。

「請以遺之」本應爲「請以之遺之」，省略了介詞「以」的賓語「之」，「之」代指的是君之羹。如果不省略，則應爲：小人有母，皆嘗小人之食矣，未嘗君之羹，請以（之）遺之。

④ 若捨鄭以爲東道主，行李之往來，共其乏困，君亦無所害。（《左傳・僖公三十年》）

這段話的意思是：如果放棄滅鄭，而把鄭國作為您秦國東方道路上的主人，秦國使節來來往往，鄭國可以隨時供給他們所缺乏的東西，對您秦國來說，也沒有什麼害處。

「以為東道主」本應為「以之為東道主」，省略了介詞「以」的賓語「之」，「之」代指的是鄭國。如果不省略，則應為：若捨鄭以（之）為東道主，行李之往來，共其乏困，君亦無所害。

⑤ 拘禮之人，不足與言事；制法之人，不足與論變。（《商君書‧更法》）

這段話的意思是：受舊的禮制制約的人，不能夠同他商討國家大事。被舊法限制的人，不能同他討論變法。

「不足與言事」本應為「不足與之言事」，「不足與論變」本應為「不足與之論變」，兩處均省略了介詞「與」的賓語「之」，「之」分別代指的是拘禮之人與製法之人。如果不省略，則應為：拘禮之人，不足與（之）言事；制法之人，不足與（之）論變。

⑥ 項羽大怒曰：「旦日饗士卒，為擊破沛公軍！」（《史記‧項羽本紀》）

這段話的意思是：項羽大怒，說：「明天早晨犒勞士兵，給我打敗劉邦的軍隊！」

「為擊破沛公軍」本應為「為我擊破沛公軍」，省略了介詞「為」的賓語「我」。如果不省略，則應為：項羽大怒曰：「旦日饗士卒，為（我）擊破沛公軍！」

⑦ 此人一一為具言所聞，皆歎惋。（陶淵明《桃花源記》）

這句話的意思是：漁人對他們詳細地講了自己所知道的事。他們聽完都感歎惋惜。

「為具言所聞」本應為「為之具言所聞」，省略了介詞「為」的賓語「之」，「之」代指的是桃花源的村民。如果不省略，則應為：此人一一為（之）具言所聞，皆歎惋。

⑧ 公閱畢，即解貂覆生，為掩戶。（方苞《左忠毅公逸事》）

這句話的意思是：左公看完了，就脫下貂皮裘衣蓋在書生身上，並為他關上門。

「為掩戶」本應為「為之掩戶」，省略了介詞「為」的賓語「之」，「之」代指的是書生。如果不省略，則應為：公閱畢，即解貂覆生，為（之）掩戶。

⑨ 成視之，龐然修偉，自增慚怍，不敢與較。（《聊齋誌異・促織》）

這段話的意思是：成名一看對方那只蟋蟀又長又大，自己越發羞愧，不敢拿自己的小蟋蟀跟少年的「蟹殼青」較量。

「不敢與較」本應爲「不敢與之較」，省略了介詞「與」的賓語「之」，「之」代指的是對方的「蟹殼青」。如果不省略，則應爲：成視之，龐然修偉，自增慚怍，不敢與（之）較。

⑩ 乃悟前狼假寐，蓋以誘敵。（《聊齋誌異・狼三則》）

這句話的意思是：屠戶才明白之前的狼假裝睡覺，原來是用這個手段來誘惑敵人。

「蓋以誘敵」本應爲「蓋以之誘敵」，省略了介詞「以」的賓語「之」，「之」代指的是假寐這個手段。如果不省略，則應爲：乃悟前狼假寐，蓋以（之）誘敵。

二、介詞的省略

在古漢語中，介賓短語跟動賓短語的語法功用並無本質的區別，既然動賓短語的賓語可以省略，當然介賓短語的賓語也可以省略（已見上文例釋）；既然動賓短語中支配賓語的的中心動詞可以省略，那麼介賓短語中支配賓語的介詞也是可以省略的，下面我們就來討論分析「介詞的省略」這一語法現象。

也就是說，介賓短語的省略包括兩個方面：一個方面是可能省略介詞的賓語（如上文所述），另一個方面是可能省略介詞。在文言表達當中，如果是以介詞「於」、「以」、「自」等構成的介賓關係，就可能只出現該介詞的賓語，而把「於」、「以」、「自」這一類介詞省略不說。遇見這種情況，就需要根據體詞或體詞性短語同前面介詞的關係，來斷定是省略了什麼樣的介詞，下面分別加以例證。

1、介詞「於」的省略

文言中介詞「於」被省略的情形最爲常見，例如：

① 晉軍函陵，秦軍氾南。（《左傳・僖公三十年》）

這句話的意思是：晉軍駐紮在函陵，秦軍駐紮在氾南。其中的「晉軍函陵，秦軍氾南」本應爲「晉軍於函陵，秦軍於氾南」。

② 孟嘗君就國於薛,未至百里,民扶老攜幼,迎君道中。(《戰國策·趙策》)

這段話的意思是:孟嘗君只好到他的領地薛去。還差百里未到,薛地的人民扶老攜幼,都在路旁迎接孟嘗君到來。其中的「迎君道中」本應為「迎君於道中」。

③ 屈原至於江濱,被髮行吟澤畔,顏色憔悴,形容枯槁。(《史記·屈原賈生列傳》)

這段話的意思是:屈原到了江畔,披散著頭髮,在水邊一邊走一邊吟哦,臉色憔悴,身形容貌也枯黃瘦削。其中的「被髮行吟澤畔」本應為「被髮行吟於澤畔」。

④ 夫趙強而燕弱,而君幸於趙王,故燕王欲結於君。今君乃亡趙走燕,燕畏趙,其勢必不敢留君,而束君歸趙矣。(《史記·廉頗藺相如列傳》)

這段話的意思是:如今趙國強,燕國弱,您又受趙王寵幸,所以燕王想跟您結交。現在您竟從趙國逃奔到燕國,燕王害怕趙國,這種形勢下燕王一定不敢收留您,反而會把您捆綁起來送回趙國的。其中的「今君乃亡趙走燕」本應為「今君乃亡於趙走於燕」。

⑤ 臣與將軍戮力而攻秦,將軍戰河北,臣戰河南,然不自意能先入關破秦,得復見將軍於此。(《史記·項羽本紀》)

這段話的意思是:我和將軍合力攻打秦國,將軍在黃河以北作戰,我在黃河以南作戰,但是我自己沒有料到能先進入關中,滅掉秦朝,能夠在這裏又見到將軍。其中的「將軍戰河北,臣戰河南」本應為「將軍戰於河北,臣戰於河南」。

⑥ 陳勝曰:「天下苦秦久矣。」(《史記·陳涉世家》)

這句話的意思是:陳勝說:「天下百姓苦於秦朝的暴政統治已經很久了。」其中的「天下苦秦」本應為「天下苦於秦」。

⑦ 後數日驛至,果地震隴西。(《後漢書·張衡傳》)

這句話的意思是:幾天後,驛站上傳送文書的人來了,得知果然在隴西地區發生了地震。其中的「地震隴西」本應為「地震於隴西」。

⑧ 林盡水源,便得一山,山有小口,彷彿若有光。(陶淵明《桃花源記》)

這段話的意思是:桃花林在溪水發源的地方沒有了,在那裏便看到一座山,山邊有個小洞,隱隱約約好像有光亮。其中的「林盡水源」本應為「林盡於水源」。

⑨ 荊州之民附操者，逼兵勢耳，非心服也。（《資治通鑑・赤壁之戰》）

這段話的意思是：荊州的民眾所以歸附曹操，是被他武力的威勢所逼，不是發自內心的順服。其中的「逼兵勢」本應爲「逼於兵勢」。

⑩ 成妻納錢案上，焚拜如前人。食頃，簾動，片紙抛落。（《聊齋誌異・促織》）

這段話的意思是：成名的妻子把錢放在案上，像前邊的人一樣燒香跪拜。約一頓飯的工夫，簾子動了，一片紙抛落下來了。其中的「成妻納錢案上」本應爲「成妻納錢於案上」。

2、介詞「以」的省略

文言中介詞「以」被省略的情形也爲數不少，例如：

① 楚之南有冥靈者，以五百歲爲春，五百歲爲秋；上古有大椿者，以八千歲爲春，八千歲爲秋。（《莊子・逍遙遊》）

這段話的意思是：楚國南邊有叫冥靈的大龜，它把五百年當作春，把五百年當作秋；上古有叫大椿的古樹，它把八千年當作春，把八千年當作秋。其中的「五百歲爲秋」本應爲「以五百歲爲秋」，「八千歲爲秋」本應爲「以八千歲爲秋」。

② 死馬且買之五百金，況生馬乎？（《戰國策・燕策》）

這句話的意思是：您連死馬都要用五百金買下來，何況活馬呢？其中的「買之五百金」本應爲「買之以五百金」。

③ 勝相士多者千人，寡者百數，自以爲不失天下之士，今乃於毛先生而失之也。（《史記・平原君虞卿列傳》）

這段話的意思是：趙勝（我）鑒選人才，多的上千人，少的也以百計數，自以爲沒有失去天下的人才；今天卻在毛先生這裏失去了。其中的「寡者百數」本應爲「寡者以百數」。

④ 晉太元中，武陵人捕魚爲業。（陶淵明《桃花源記》）

這句話的意思是：東晉太元年間，武陵有個人以打漁爲職業。其中的「捕魚爲業」本應爲「以捕魚爲業」。

⑤ 不用，則以紙帖之，每韻爲一帖，木格貯之。（沈括《夢溪筆談》）

這段話的意思是：不用的時候，就拿紙條做標記貼上，每一個韻部的字作為一帖，分別用木格貯存。其中的「木格貯之」本應為「以木格貯之」。

⑥ 試與他蟲鬥，蟲盡靡。又試之雞，果如成言。（《聊齋誌異‧促織》）

這段話的意思是：試著和別的蟋蟀搏鬥，所有的都被鬥敗了。又試著和雞鬥，果然如成名所說的一樣。其中的「又試之雞」本應為「又試之以雞」。

3、介詞「自」的省略

文言中介詞「自」偶而也會被省略，但出現頻率不大，例如：

① 衛鞅亡魏入秦，孝公以為相，封之於商，號曰商君。（《戰國策‧秦策》）

這段話的意思是：公孫鞅出逃，從魏國進入秦國，秦孝公讓他當丞相，並把商地分封給他，號稱商君。其中的「亡魏入秦」本應為「亡自魏入秦」。

② 兩岸青山相對出，孤帆一片日邊來。（李白《望天門山》）

這兩句詩的意思是：兩岸的青山相對聳立巍峨險峻出現，一葉孤舟從天地之間慢慢飄來。其中的「孤帆一片日邊來」本應為「孤帆一片自日邊來」，因詩歌的節律省略介詞「自」。

③ 或王命急宣，有時朝發白帝，暮到江陵。（酈道元《水經注‧三峽》）

這段話的意思是：一旦有皇帝命令須急速傳達，有時候早晨從白帝城出發，傍晚就到了江陵。

其中的「朝發白帝」本應為「朝發自白帝」。

本書的本論部分共有六章，至此告一段落，前四章從語法結構和語法功能兩個側面分別論及現代漢語的單詞、短語和句子的語法結構輪廓與語法體系框架，論析的是漢語語法的一般規律；後兩章從詞法和句法兩個角度論及漢語文言的特殊語法現象，也可以稱之為文言語法的特殊規律。這些特殊語法現象包括：文言的動詞、名詞、形容詞這三類核心成分詞的詞類活用與特殊動賓關係，「之」、「者」、「所」這三個文言結構助詞的歷史語法沿革以及各自語法功能的本質屬性，漢語判斷句和被動句句型句式的歷史演變，各類變式句和省略句等文言習慣句式的語法解讀。所有這些漢語文言中常見的語法現象，在現代漢語中既有繼承又有演變，掌握了文言語法的這些特殊規律，也就掃清了閱讀文言

的絕大障礙。其實古今漢語的共同語是一脈相承的，現代漢語語法和文言語法之間並沒有不可逾越的鴻溝，瞭解了所謂的「特殊規律」，其餘的就大都是「一般規律」了。本書認為，人為地將漢語割斷為現代漢語和古代漢語兩個時代界面是不可取的，因為在漢語書面語交際中，作為古代漢語書面共同語的文言，並不是被封存的死語言，它始終活在漢語言文化交流的許多場合，特別是對於中華文化的歷史傳承是不可忽視的溝通橋樑，沒有它，後人就無法解讀浩如煙海的漢語歷史文獻，這也正是本書所謂的「漢語共同語語法」不分古今的客觀原因。

餘論：漢語共同語的字符文法

〔**本章導語**〕

　　本章爲全書的附論，由兩節內容構成，統稱之爲「字符文法」：其中一節綜述漢語的書面載體漢字與標點，因爲漢字是漢語書面語的重要載體，又是最適合記錄漢語的文字，因此先對漢字的諸多歷史文化因素加以論析，揭示漢字中蘊藏著的中華文明的豐富基因；然後重點闡述漢字有自身的構造理據與書寫規則，這應該歸屬於書面語的語法範疇，於是順便概略地介紹了漢字的筆畫組合規則與偏旁組合規則，並介紹了漢字的主要書寫規則以及中文標點符號的用法。本章的另一節則闡釋了漢語共同語的音節結構和義節結構：論及漢語的音節構成概貌和音節構成規律，並對漢語客觀存在的義節現象有所發現，提出了研究漢字的造字法就是研究漢語的義節構造理據的新認識，因此漢語的音節結構原理和義節結構原理也應該屬於廣義的漢語語法的一部分，可以統稱之爲「字符文法」。

61. 漢語的書面載體：漢字與標點

　　漢語的書面載體是漢字以及相關的標點符號。漢字是歷經三千餘年歷史傳承的既古老而又鮮活的文字，它是華夏族祖先在長期社會實踐中陸續創造的，這種文字之所以被稱爲「漢字」要歸功於漢代對華夏文字的傑出貢獻，漢字在

漢代自身發生的「隸變」與「楷化」以及許慎對漢代通行文字的科學整理得到後人的極大認可，因此後人便稱其爲「漢字」。漢字是最適合於記錄漢語的文字，如果從廣義的語法視野來觀察漢字，你會發現漢字中蘊含著創造理據與書寫規則這樣一些語法因子；如果從華夏文明與文化傳承的角度來觀察漢字，你會發現漢字中蘊藏著中華文明的豐富基因。漢字服務於漢語但並不從屬於漢語，它是跟訴諸口和耳用於說和聽的漢語並行的訴諸手和眼用於寫和讀的另一套符號交際系統。標點符號是與漢字搭配使用的便於閱讀者識別語句的語氣、語言停頓以及某些特別含義的書面符號系統，從某種意義上看，標點符號的用法也應該屬於語法範疇。既然漢字與標點都內含有漢語語法的成分，本書就不能不用餘論的形式對其加以關注，因爲漢語書面共同語的語法離不開漢字與標點。

一、漢字是歷經三千餘年歷史傳承的古老的活文字

文字是人類歷史文化活動的足迹，它一邊記錄人類歷史的進步，一邊推動人類歷史的發展，它一邊存儲人類文化的成果，一邊傳播人類文化的精神。

根據中國上古神話裏的記載，據說在距今大約 5000 年的黃帝時代，是黃帝的史官倉頡創造了華夏族群的文字。古書《淮南子》記述了那頗爲驚天動地的時刻：「倉頡作書，而天雨粟，鬼夜哭。」在漢代的古墓中，人們發現了倉頡最早的畫像。他端坐於地，面部端莊，而且赫然是四隻眼睛。據說，倉頡，原姓侯岡，名頡，號史皇氏。陝西省白水縣陽武村人，享年 110 歲，爲軒轅黃帝的左史官。倉頡既是我國原始象形文字的創造者，又是我國官吏制度及姓氏的草創人之一。傳說他仰觀天象，俯察萬物，首創了「鳥迹書」震驚塵寰，堪稱人文始祖。黃帝感他功績過人，乃賜以「倉」姓，意爲君上一人，人下一君。

也就在傳說「倉頡造字」的 5000 年前，兩河流域的蘇美爾人將楔形符號壓寫在一塊塊泥板之上，這就是後人所稱的兩河流域的楔形文字，幾乎與此同時，古埃及人在巨大的石碑和神廟中鑿刻下神文，這就是古希臘人所稱古埃及的聖書字。楔形文字、聖書字和古老的漢字是分別在各自的環境中獨立誕生的，但前兩種文字的生命力已經喪失，唯有古老的漢字傳承至今而且還生機勃勃地成爲華人電腦的國標字庫用字。

說漢字的歷史有 5000 年那只是傳說，有史料可查的證據應該從殷墟甲骨文字算起。大約距今 100 多年前，數萬件甲骨殘片陸續從殷墟出土，特別

是 1928 年，考古界對河南安陽小屯村甲骨文出土地的甄別確認，使得消失了 3000 多年的商朝殷都被發現，再加上學者對一個個契文單字字義的解讀，打破了國際上關於中國夏商王朝只是一個傳說的推測，使中國歷史有了從傳說時代進入信史時代的可靠的斷代證據。於是，世界上不能不承認，人類的文字傳承 3000 年以上的唯有漢字，漢字是歷經三千餘年歷史傳承的古老的活文字。用漢字傳承的歷史文獻是中華民族厚重歷史的明證，我們不能不對漢字心懷敬畏。

固然，漢字與世界上另外兩種大約產生於 5000 年前的「蘇美爾的楔形字」和「古埃及的聖書字」相比較，還算不上十分古老，但是那兩種古老文字皆於 1500 多年前就都退出了實用領域。漢字是世界上唯一傳承至今的為世界四分之一人口所使用的生機勃勃的古文字，它既是當代華人便利的書面交際工具，又是世界人類歷史文化的活化石。作為世界人類歷史文化的活化石還能成為當代華人便利的書面交際工具，這一點似乎令人不可思議，但這卻又是活生生的現實，可見，漢字既古老又年輕，其青春永駐，活力永存。

二、漢字是華夏族祖先在長期社會實踐中陸續創造的

儘管史傳「倉頡造字」，但是漢字的創制，不大可能由一個人全部完成，也不大可能由一代人全部完成。戰國時期著名的思想家荀子在書中有這樣一句話：「好書者眾矣，而倉頡獨傳者，一也。」（《荀子‧解蔽》）這似乎能給人們一些啟發：漢字的產生，從孕育到萌芽，再到體系完善，需要相當長的歷史過程和數十代人的集體智慧。「好書者眾矣」，就是說，喜好造字的人多呀，在倉頡時代民間所創造的文字就有可能已經具備了一定規模；「而倉頡獨傳者，一也」，就是說，黃帝的史官倉頡是一位為大家稱讚的有功勞的文字整理者。

漢字產生的過程很可能是起源於原始社會後期的記事圖畫和助憶記號，可能是在最初的標記性圖畫和假定性記號的基礎上，逐漸由量的積累到質的轉變而形成的。漢字產生的大致過程可作如下推測：

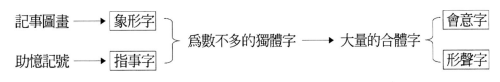

圖 61-1

作爲世界三大古文字之一，漢字是在沒有任何其他民族文字啓示借鑒的條件下，在我國原始社會晚期出現的象形符號和刻畫記號的基礎上形成的獨特的東方文字，它基本上形成完整的文字體系的時代，可能是在夏商之際，殷商甲骨文就是目前所能見到的最早的成體系的漢字。

三、漢字的得名歸功於漢代對華夏文字的傑出貢獻

一般人都認爲，漢字之所以叫「漢字」，是因爲它是漢族人使用的文字。其實這個說法並沒有眞正揭示「漢字」得名的內在原因。

本書在「引論」部分所談到的：「漢人」的稱呼起源於秦統一後一個大而強盛的朝代「漢朝」，而「漢朝」又得名於漢王劉邦，劉邦之所以稱爲漢王，又源自他的興起之地「漢水流域」。而漢朝之前是沒有「漢人」的稱呼的，倒是有「秦人」、「楚人」、「齊人」一類的稱呼。再往上溯到夏、商、周三代，上古時代的先民都被稱之爲「華人」，由於有史記載的最早的一個朝代稱作「夏」，因此又常把「華」與「夏」合稱，所以絕大多數中國人都應屬於「華族」、「夏族」，或「華夏族」。以此看來，漢字應該稱作「華文」或者「華夏字」，然而爲什麼偏偏又要叫做「漢字」呢？

這其中的一個重要原因就在於漢代對華夏文字的重要貢獻。在秦朝以「書同文」的方式統一了華夏文字的基礎上，漢代對文字的整理與規範至爲重要。

首先是「隸變」，漢字形體由小篆演變爲隸書的過程稱爲「隸變」。隸變使甲骨文、金文、大篆、小篆等古文字徹底改變了字形的原始狀貌，現代人使用得心應手的漢字由此應運而生。隸變後的漢字把小篆曲折婉轉的線條變成了規則的筆畫，隸書又分化或合併了小篆的某些構件，部分地改變了古文字的造字理據。一方面，隸變使漢字的形體發生了本質的變化，漢字從此有了最小的構字單位「筆畫」，基本筆畫的確立是現代漢字形成的標誌；另一方面，隸變使漢字由象形的文字階段過渡到符號的文字階段，它結束了漢字的古文字時代，開創了今文字的新時期。

其次是「楷化」，漢字形體由隸書演變爲楷書的過程稱爲「楷化」。楷化後的漢字，筆畫平穩而不飛揚，形體長方而不扁平。一方面，楷化使漢字擺脫了隸書的拘謹，吸收了草書的流暢，便於書寫和辨認；另一方面，楷化使漢字的形體更加規範，楷書眞正成爲漢字的楷模，故又稱爲「眞書」。這樣一來，產生

於西漢、成熟於東漢的楷書，一直應用至今，成了漢字的規範字體。漢字經過「隸變」和「楷化」之後，圖畫特徵逐漸減弱，由形象變為抽象；筆畫特徵逐漸增強，由宛轉變為方正；形體結構逐漸簡化，由繁複變為簡潔；一字多體逐漸規範，由分歧變為統一。

特別是在漢代，有一位學者對於漢字的興盛做出了不可磨滅的貢獻，他就是東漢時代著名的學者許慎。許慎編寫了中國歷史上第一部字典《說文解字》，他把當時出現過的 9353 個方塊漢字，進行了形、音、義的整理和修訂，按 540 個部首歸類，又據形系聯，將 540 個部首統攝於 14 個大類，建立了科學的漢字檢索系統。《說文》收字全面、系統，不僅包括難懂的字詞，而且包括常見的字詞，《說文》收正字及重文共 10516 個，可謂集漢代文字之大成，而且把一地散沙般的文字建成了一個如金字塔般穩定而規範的文字系統，這是中國歷史上第一次對華夏語言文字所進行的學科文化建設。

一方面是華夏文字形體演變所體現的客觀規律「隸變」與「楷化」，另一方面是研究華夏文字的奇人對通行文字的科學整理，兩相結合使漢代獲得了天下認同的民心基礎和文化基礎，故此華夏文字被稱為「漢字」。

四、漢字是最適合於記錄漢語的文字

漢字是世界上唯一的歷史最悠久而且一直應用至今的文字，它既古老而又具有旺盛的生命力。漢字是中國歷朝歷代使用的全國性通用文字，對我國社會發展和國家統一起到了重要的作用。即便是在蒙古族入主中原的元代和滿族入主中原的清代也不例外。正是由於漢字的原因，才使中原周邊的民族不斷漢化，最終形成強大的中華民族。從某種意義上說，漢字在維護我國社會發展和國家統一方面起到的作用遠遠勝過萬里長城，長城並不能擋住異民族的入侵，而漢字卻可以使入侵之後居於統治地位的異民族逐漸漢化。

漢字對漢語言和漢文化的發展起到了重要作用，中華文明的成果借助漢字傳承至今，傳播四方。浩如煙海的中華文明文獻典籍，都是用漢字記載下來的，後人只有學習掌握漢字，才能代代承傳，這些文獻典籍就是漢字具有旺盛生命力的護身符。誰想毀壞漢字，誰就是在毀壞燦爛的華夏文明。

漢字是與漢語中語素義直接聯繫的語素文字，絕大多數漢字都有意義。拼音文字只有形與音，沒有義，而漢字是形音義的統一體。語素是最小的語音語

義結合體，而語音語義結合體就可以稱之為語言單位，因此，漢字紀錄的是語言單位，而不僅僅是語音單位；拼音文字不能單獨記錄語言單位，它只能記錄語音單位。漢字是與漢語音節相對應的聲韻調齊全的音節文字，絕大多數漢字都由一個音節構成。它反過來約束了漢語語素的單音節化形式，有利於漢語構詞的簡短性與精鍊性。

漢字是具有一定程度的超時空性的超方言文字。正是由於漢字具有超時空性，絕大多數漢字在不同方言中讀音不同，但並不影響它們的表意功能。數千年前的華夏文明歷史文獻才能得到正確解讀與完整傳承，漢字在古代的讀音，今天早就變得面目全非了，但漢字的字義卻將古代文獻的內容完美保存下來。

漢字既能表意，又能表音，這種「意音文字」遠遠勝過只能表音的「拼音文字」。打個比方來說，拼音文字只相當於過去電腦所採用的 DOS 操作系統，而作為意音文字的漢字卻相當於現在電腦所採用的 Windows 桌面操作系統。漢字不僅具有可讀性，還具有可視性，可以說漢字是最適合於網絡傳播的「多媒體文字」。

總之，漢字是最適合於記錄漢語的文字，是承傳華夏歷史文明的文字，是中華列祖列宗的智慧遺存，它是我們地球村全人類最珍貴的軟性文化遺產，可是國內總有那麼一些人，有眼不識金鑲玉，身懷寶物不識寶，一味地貶低漢字，正好暴露了他們的淺薄與無知，真可謂愚昧之至。當年草率簡化，已經鑄成大錯，甚至有人還想徹底拋棄，則更是罪上加罪。誰想毀壞漢字，誰就是在毀壞這種世界上僅存的超時空的傳播工具，注定將為全人類所不齒。

五、漢字中蘊藏著中華文明的豐富基因

如果從華夏文明與文化傳承的角度來觀察漢字，你會發現漢字中蘊藏著中華文明的豐富基因。這些豐富的中華文明基因，可以用「真」、「優」、「美」三個字來加以概括，也可以說，漢字是真優美的文字，「真」、「優」、「美」就是漢字能夠永遠立於世界語言文字之林的三大優勢。

漢字之「真」，「真」在它擁有二維信息。世界上的文字大多只有兩個要素，一是字形，二是字音，這正是絕大多數拼音文字的主要特徵，它們用數目不多的字母符號表示一種語言裏有限的音位或音節，我們不妨將它們比作一維的「條碼」；而漢字不是這樣，漢字是二維的文字，它除了具有以「形」記「音」的要

素之外，還擁有以「形」表「義」的要素，它用成千上萬個不同發音的符號形體來表示或區別不同的語素或詞的意義，這樣的文字，我們不妨將其比作先進的「二維碼」。

二維碼爲什麼比條碼先進？因爲條碼需要由首至尾按順序識別，包含的信息不夠豐富，而二維碼是整體識別，包含的信息豐富。二維碼是一種比一維的條碼更高級的密碼格式。一維碼只能在一個水平的表示先後順序的方向上表達信息，而二維碼則能在水平和垂直兩個方向都可以存儲信息。一維碼只能由數字和字母組成，而二維碼能存儲漢字、數字和圖片等信息，因此二維碼的應用領域要廣得多。二維碼是用特定的幾何圖形按一定規律在二維方向的平面上分佈的黑白相間的圖形，是所有信息數據的一把鑰匙。在現代商業活動中，可實現的應用十分廣泛，如：產品防僞、廣告推送、網站鏈接、數據下載、商品交易、定位與導航、電子憑證、車輛管理、信息傳遞、名片交流、wi-fi 共享等。如今智慧手機「掃一掃」功能的應用使得二維碼更加普遍。

其實，咱們中國人認識漢字也不過就是「掃一掃」而已，無論一個字多麼複雜，無論它有多少畫，只要咱們的眼睛「一掃」，其豐富的字義便映入眼簾，進入腦海。而且，這「義」正是漢字的靈魂：它一頭牽著「形」，每個漢字有「形」必有「義」，而且見「形」能知「義」，中國人每見到一個方塊形體的漢字，必要弄清它是什麼意思；它一頭又牽著「音」，每個漢字有「音」必有「義」，而且聽「音」能知「義」，幾乎每個漢字都要讀一個音節的聲音，中國人每聽到一個獨立的音節，也必定要弄清它是什麼意思。

看看咱們的兒童是怎麼識字的吧：中國小學低年級學生的識字教學就是讓學生手上寫著「形」，嘴裏讀著「音」，心裏想著「義」，這種以形知音、以形知義的二維識字教學活動是華人提高智商的最佳途徑。華人爲什麼聰明？並非華人的大腦構造優異，而是由於從小的語言訓練，只有漢語漢字完美結合的二維語言訓練才能迅速提升華人的智商。

先進的文字，應該是人類文字的精華，可是國內竟有一些人誣衊其落後，未來的世界，「條碼」固然還要在某些領域使用下去，然而「二維碼」必然風行天下。誰說漢字落後？漢字是地球人類的智慧瑰寶，它比那些只有「軀殼」沒有「靈魂」的拼音文字更有豐富內涵與文化基因，漢語的眞正衛士就是漢字！漢字魅力無限，則漢語生機無限。

如果說漢字之「眞」，「眞」在它擁有二維信息的話，那麼漢字之「優」，則「優」在它是超時空的文字。

漢字為什麼而造？如果是為記錄漢語而造，漢語方言極其複雜，華夏各地自古以來語言異聲，為什麼不同地域說著不同發音的方言的人卻可以使用相同的文字？在華夏歷史上漢語語音又隨著時代的變遷和民族的交融而不斷改變，致使漢語音系不斷出現重大的歷史變化，為什麼不同時代說著不同發音的漢語的人卻也可以使用相同的文字？漢字是不受時代局限與不受方言地域局限的文字，不受時代局限就是能超越時間跨度，不受方言地域局限就是能超越空間跨度，可見漢字是世界上絕無僅有的超時空的文字。一部古代文獻，歷朝歷代的人、天南海北的人都可以讀懂，儘管他們各自讀的語音並不相同。

所有這些事實說明了什麼？說明漢字能很好地為各個時代和各個地域的人們服務，它不但不是為了如實地記錄漢語的語音而造的，反而是為了彌補異代不同音和漢語方言複雜的交際障礙而造的，它是與口語形態的漢語並行的漢語書面語的載體。所以說，漢字是世界上僅有的超時空的文字，而拼音文字則不能夠做到這一點，現當代英國人只能閱讀翻譯成現代英文的莎士比亞著作，卻無法閱讀400多年前莎士比亞著作的原文，因為它記錄的是中古時代的古英語的語音，足見拼音文字不能夠超越時空。而我們的中學生卻可以直接閱讀一兩千年前的文言文，足見漢語的超時空屬性優越無比。

漢字之優還優在它具有嚴密的構形理據，這些構形理據都蘊含在甲骨文和金文等早期古文字的形體之中，特別是甲骨文，堪稱為解讀漢字文化密碼的第一把鑰匙。迄今為止，甲骨文仍然是所能見到的漢字形體中最古老而又有科學體系的漢字，其形體結構和字體變化，對於考察漢字的本源及其發展變化的規律，都具有十分重要的意義。金文是最接近甲骨文的漢字形體，與甲骨文之間有明顯承襲關係，在構字理據方面可與甲骨文互相佐證。

由於殷墟甲骨卜辭的過早埋沒，東漢的《說文解字》的作者許愼錯失了直接接觸甲骨文的機會，導致小篆字形在構形理據方面與甲骨文發生了某些斷裂，致使漢字形體在傳承的過程中發生了不少訛變，我們可以根據甲骨文或金文字形來糾正《說文解字》中小篆字形發生的訛變和許愼據以解讀字義的違失。

　　漢字經過隸變之後，儘管構形的理據性受到一定遮蔽，但基本還可以解釋它與古文字的承傳關係，於是，在隸書形體的基礎上經過「楷化」以後的楷書字形便一直沿用了兩千餘年。大陸所謂的「繁體字」其實是楷書正體字，它在兩千多年的歷史進程中一直被公認為漢字的楷模，從漢字形體演變的長河來看，它仍跟甲金篆隸等形體有著血脈相承的關係，漢字的風骨與神韻盡在其中。

　　然而，近幾十年來大陸推行的簡化漢字卻使漢字的構形理據遭到致命的重創，很多字用草書體代替正體，用風馬牛不相及的符號代替原有的構件，使漢字形體失去了昔日的構形理據，它損毀了漢字的神韻，銷熔了漢字的丰姿，一方面簡化了古人的智慧，另一方面也簡化了今人的頭腦，至今看來，若想梳理漢字的構形理據，非祖宗留下來的正體字莫屬。

　　一些熱衷於漢字簡化的「鬥士」向全國人民灌輸：漢字從甲骨文、金文到小篆，再到隸書、楷書，一直是在沿著簡化的方向發展。這種宣傳並不符合歷史事實，應該說，漢字演變的整個過程只是自身形體的風格變化，個別字有所簡化，個別字也有所繁化，這都不能代表大的趨勢，從來沒有在大的趨勢上有什麼「簡化」。打個比方來說，漢字形體發展演變的過程只是在不同時代「著裝」不同而已，漢字的五臟六腑並未發生過本質的變化。唯有邪惡的「簡化字」傷害了漢字的五臟六腑，但它仍然無法銷毀漢字的「靈魂」，漢字總有一天會認祖歸宗，拋棄魂不附體的簡化字，重振正體漢字之風采。

　　我們中國自古就有既研究漢字的「軀殼」又研究漢字的「靈魂」的一門學問，就叫做「文字學」。而傳統「文字學」其實就是「漢字學」，它的汗牛充棟的研究成果告訴我們：漢字之「優」，就「優」在漢字是以令人震撼的構形理據來超越時空的文字。當今的日本人和韓國人之所以留戀漢字的秘密就在於此，當今臺灣、香港、澳門堅決不承認簡化漢字的理據也在於此。

　　如果說漢字之「真」，「真」在它擁有二維信息，漢字之「優」，「優」在它擁有超時空的構形理據的話，那麼漢字之「美」，則「美」在它擁有中華文化的寶貴基因。

　　漢字是傳承歷史與文化的載體，作為擁有四五千年歷史的古老的表意漢字，至今仍然保持著旺盛的生命力。漢字本身已形成了一種文化系統：書法、篆刻、詩詞、對聯、字謎等等，無不包孕著濃鬱的中華傳統文化氣息。漢字

中蘊藏著中華民族的價值觀念、思維方式、審美情趣、風俗習慣等諸多文化因子。從這個意義上說，漢字是華夏文明的文化基因，是地球人類文明的獨特載體。

數千年歷史的鑄煉和積澱，使漢字蓄涵著豐厚的傳統文化底蘊，這是拼音文字所無法想像和比擬的。然而，二十世紀初，清廷腐敗，國力衰微，國內一些精英人物救國心切，誤以爲漢字是中國落後之因。錢玄同、傅斯年、瞿秋白、魯迅等皆主張廢棄漢字，主張拼音化。著名文字學家于省吾先生在《甲骨文字釋林》中說：「中國古文字中的某些象形字和會意字，往往形象地反映了古代社會活動的實際情況，文字本身也是很珍貴的史料。」我們不能妄自菲薄，應該重新審視漢字和認識漢字，應該逐漸消融百年來對漢字和傳統文化的偏見，從而增強國人的文化自豪感和民族凝聚力。

漢字是世界上內涵最豐富的文字，中國的傳統典籍都是以漢字爲唯一載體的，中華民族五千年光輝燦爛的文明史，漢字是其承載者、傳播者、見證者、昭示者，從這個意義上講，漢字是中華文化的根！漢字對於中華民族和人類世界的意義不言而喻，漢字理所當然的應該成爲「世界非物質文化遺產」，以便使它更好地弘揚光大。然而令人不解的是：多年以來，韓國開展了一連串爭奪中華文化的舉措：向聯合國申報「活字印刷術」是韓國發明的，搶注江陵端午祭爲韓國文化遺產，向聯合國提交漢服申遺書，近年來又指稱漢字是由韓國人發明的……漢字是中國文化的活化石，世界上非常看重，我們中國人卻不夠重視，我們應把刺激化爲力量，透徹地研究漢字，英勇地保衛漢字。只有這樣，才不愧對我們的祖先。漢字是民族的，越是民族的就越是世界的，它是全人類的獨特的文化遺產。

2009 年，大陸中央電視臺（CCTV-1）曾經播放了名爲《漢字五千年》的多集專題片，從中可知，我們華人擁有世界上既古老又優秀的文字符號系統，在漫長的歷史進程中，華夏子孫一代接一代地傳承至今，甚至可以自豪地說，今天世界上所有的文字系統與活生生的漢字相比，都只能望其項背。然而頗爲具有諷刺意味的是，作爲國家電視臺「中央電視臺」的有損國格的臺標「CCTV」爲什麼卻不用漢字呢？我們博大精深、燦爛無比的文化是建立在漢字基礎上的，如果離開了漢字，我們華夏民族就成了無源之水和無本之木。

　　大陸當前對學童的識字教學，往往割裂漢字與文化的聯繫，孤立地在當代語境下識字，忽視漢字中的歷史文化積澱，漠視漢字中凝聚的民族智慧。這種純工具性的識字教學，使學生只知有其字，不知其字形與字義之間的聯繫，導致識字困難，識而又忘。漢字識字教學的正確途徑是不能脫離漢字的歷史文化語境的，要植根於漢字文化這一肥沃的土壤才行。漢字不僅是一個一個的書寫符號，它更是華夏文化的優秀載體，認識漢字字形，就是認識民族文化，理解漢字字義，就是理解華夏文明。

　　漢字之美，美在文化。在世界文字之林中，正是強有力的自成系統的中國漢字，它用一個個方塊形體培育了五千年古老的文化，維繫了一個統一大國的存在。它負載的文化信息，顯示出中國人與世不同的文明傳統和感知世界的方式，漢字的文化魅力實在是妙不可言。

　　漢字之美，美在寫實。漢字不是玄虛的抽象符號，它是中華民族繁衍歷程的文化符號，它既是哲理的符號，又是藝術的符號，它是蘊藏著中華傳統文化全部信息的符號，多少世、多少代，多少專家學者、多少有識之士，都不足以解讀它的全部密碼。它是華夏文明和社會進步的如實記錄，其中有速寫，有素描，也有工筆畫。漢字具有天生的麗質和超凡的智慧，它的構字原理可以以虛寫實，也可以以靜寫動，甚至能體現「無聲勝有聲」的藝術境界。

　　在人類歷史的長河中，漢字歷經滄桑，卻容顏不老，青春永駐。這種文字將越來越被世人所珍惜和鍾情。漢字之「眞」，「眞」在它擁有二維的信息編碼，漢字之「優」，「優」在它具有超時空的構形理據，漢字之「美」，「美」在它擁有中華文化的寶貴基因。漢字是眞、優、美的人類文字，如果眞有外星人造訪地球的話，如果我們要向外星人獻上地球人文明的證物的話，我想其中必不可少的證物之一就應該是漢字。

六、漢字服務於漢語但不從屬於漢語

　　著名的瑞士語言學家費爾迪南・德・索緒爾（Ferdinand de Saussure）（1857～1913），是現代語言學的重要奠基者，也是結構主義的開創者之一，被後人稱為現代語言學之父，結構主義的鼻祖。他在《普通語言學教程》中認為：「文字是記錄語言的書寫符號」，這一論斷至今仍是世界上無可置疑的眞理。根據這一論斷，語言學界普遍認為，語言是第一性的，文字是第二性的，語言是一個符

號系統，文字只是記錄語言的符號；作為語言的「語」是主要的，作為文字的「文」是輔助的。

在今天一般的語言學教科書中，盡皆認為「文字是記錄語言的符號體系」，「文字是記錄語言的書寫符號的系統」，「文字是在語言的基礎上產生的。語言是第一性的，文字是第二性的。」（參見胡裕樹主編《現代漢語》，上海教育出版社 1987 年版，第 168 頁；高名凱、石安石主編《語言學概論》，中華書局 1963 年版，第 186～187 頁）這個結論對於漢字與漢語的關係而言很不全面，它只說了較後階段的事，而說的並不是漢字與漢語的全部關係。

應該說，索緒爾的論斷對於使用拼音文字的語言來說，確實是一語抓住了問題的關鍵，而對於使用表意漢字的漢語來說，確又值得實事求是地深思：文字都是為了記錄語言而創造的嗎？文字真的一定是從屬於語言的嗎？具體來說：漢字是為了記錄漢語而創造的嗎？漢字是從屬於漢語的嗎？要回答這些問題，就必須從漢字形體的構形理據入手。

文字與語言的本質區別是可視性，文字是訴諸人的視覺的，語言則是訴諸人的聽覺的。我們華人使用的漢字，最基本的漢字幾乎都源於象形，由各種獨體的象形符號構成的象形字和指事字，它們又去充當構成新字的構字部件，再以會意、形聲的合體造字手段，去組成成千上萬的表意漢字和兼表音義的漢字。漢字為什麼而造？如果是為記錄漢語而造，漢語方言極其複雜，華夏各地自古以來語言異聲，該如何記錄？為什麼不同地域卻使用相同的文字？在華夏歷史上漢語語音隨著時代的變遷和民族的交融而不斷改變，致使漢語的語音體系都不斷出現重大的歷史變化，為什麼不同時代卻使用相同的文字？可見漢字是超時空的超時代超方言的文字，一部古代文獻，歷朝歷代的人、天南海北的人都可以讀懂，儘管他們各自讀的語音不同。所有這些事實說明了什麼？說明漢字能很好地為各個時代和各個地域的人們服務，它不但不是為了如實地記錄漢語的語音而造的，反而是為了彌補異代不同音和漢語方言複雜的交際障礙而造的，它是與口語形態的漢語並行的漢語書面語的載體。

漢字既然是從原始刻畫與原始繪畫直接發展而來，那麼就可以說，作為漢字前身的寫畫符號和作為口語符號的漢語在時間上就是同時起源的。它們具有同等悠遠的歷史，它們是「同齡符號」，其區別只在於根源於人的兩類不同的感

覺器官，聽覺和視覺器官是輸入器官，口腔和手是輸出器官。漢語口語是根源於人的大腦所指揮的聽覺器官和口腔發音器官的交流，而漢字的前身寫畫符號則根源於人的大腦所指揮的視覺器官和手的交流。

　　一些人類學家多談到現代還沒有融入文明社會的「原始」民族存在著手勢語，在初民那裏，手與口同時與腦密切聯繫著，都可以用來傳遞大腦的思維信息，二者無需相互依傍，皆可以獨立表達概念。因此，在大多數「原始」民族中都並存著兩種語言：一種是口頭語言，另一種是手勢語言。這兩種語言並存，同一種思維可以由這兩種語言來表現。初民可以用這一種表達方式，也可以用另一種表達方式，就看彼時彼地哪一種表達方式比較方便罷了。在最初階段，這兩個系統還是並列的、獨立的，沒有依附性。世界上古老的文字在其開始階段，均走過了一段象形的道路，說明文字的開始階段，是根源於人類的讀寫器官的。

　　「聽說器官」和「讀寫器官」都是人類進行交際的最重要的器官，根源於這兩者的符號也都是人類最重要的符號系統。人類在從動物進化到人的過程中，身體各個部位是同時協調向前發展的。當猿人進行直立行走時，手就被最早地分化出來，然後口腔和喉嚨方能形成一個直角（其他動物的口腔和喉嚨是直通的，無法發出複雜的語音）進而為語言的產生提供物質條件。手的靈活性既然足以使人類能夠模仿自然界存在的實體事物製造出各種各樣的工具，那麼當他們需要向同伴們表達一些簡單的概念時，同樣也可以用這一雙偉大的手，描摹出物體的形狀，藉以交流信息。而這種在空中比劃的手勢，只要把它刻畫或寫畫在地上或者其他什麼器物上，就成為原始刻畫符號和原始繪畫。如果說聽說器官所傳遞的符號叫做口語語言符號，那麼讀寫器官所傳遞的符號就是書面語語言符號，這兩種符號系統都是初民用來表達概念和情感的工具，手勢、原始刻畫和原始圖畫同樣是一種「能指」，這個「能指」所達到的對於事物概念的把握是通過「形」來實現的。

　　有人會說，口語有數萬年到數十萬年的歷史，而書面語只有數千年的歷史，實際上，即便是漢字產生在漢語之後，那麼語言和文字誰是第一性的，誰是第二性的，也不能依據誰產生在前而定。這就如同在兩地之間先修了一條鐵路，漢語的聽覺符號系統「聲韻調系統」就像這樣一條鐵路；後來又修了一條高速

公路，漢語的視覺符號系統「漢字系統」就像這樣一條高速公路，這兩條路是並行的，你可以走鐵路，用漢語拼音的音節來表達並傳遞漢語，你也可以走高速公路，用漢字來記錄並傳遞漢語，不存在誰從屬於誰的問題。漢字與漢語的關係就是這樣的。

世界上的拼音文字都不能夠超越時空的限制，其原因就在於拼音文字僅僅是「記錄語言的書寫符號」。而漢字則不同，漢字的個性在於，它服務於漢語但不從屬於漢語，因為如果它從屬於漢語，就必定會隨著漢語語音的時代變遷和地域異化而發生不斷的變化，但是它不那樣，任你漢語語音風雲變幻，同一個漢字在不同的時代和不同的地域可以扮演不同的讀音角色，而它的字形與字義的聯繫卻歸然不動，這就是神奇漢字的神奇魅力，這就是漢字的「靈魂」所在。

有鑒於此，我們對一般教科書上為漢字所下的通常定義難免要發生質疑，通常認為：「漢字是記錄漢語的書寫符號系統。」（見黃伯榮、廖旭東主編《現代漢語》2007 年增訂四版上冊 134 頁）這個定義是仿照世界各國文字的通用定義「文字是記錄語言的書寫符號系統」而下的，這裏「記錄漢語」的含義是指記錄漢語的口語。而事實上，對漢字的定義似乎應該這樣下：漢字是漢語書面語的載體，它是漢語的視覺交際符號系統，它能適應漢語口語的各種形態而在不同的時代和地域承擔視覺交際功能。而與之相對應的是：聲母、韻母和聲調是漢語口語的載體，它是漢語的聽覺交際符號系統，不同時代和地域的華人有各自不同的聲韻調系統。由此可見，漢字的個性決定了漢字是與漢語聽覺符號系統「聲韻調系統」並行的一套作為漢語書面語載體的視覺符號系統，而這套符號系統的特點就在於它具有構形的理據性。

七、漢字自身的構造理據與書寫規則也是廣義的語法

漢字的構形理據可以從兩個方面來認識：一方面是它的構造理據，也就是它的創造原理，它是怎樣被創造出來的，這種理據性隱藏著漢語「義節構造」的奧妙，屬於語義的語法，本書將在下一節中概要論及；另一方面是它的構形理據與書寫規則，這種理據與規則屬於書面語載體的深層規則，也應該屬於廣義的語法範疇，下面就來談談漢字的構形理據與書寫規則。

漢字的構形理據體現在筆畫和偏旁兩級結構單位的結構關係中。漢字的形體結構單位有兩級：筆畫是構成漢字的最小結構單位，它可以單獨構成獨體字，

也可以充當合體字的構字部件；偏旁是構成漢字的基本結構單位，它是合體字構字部件的傳統稱謂，偏旁由筆畫構成。

筆畫是構成漢字字形的各種點和線，從落筆到起筆所寫的點和線叫一筆或一畫。筆畫可分爲單一筆畫和複合筆畫：單一筆畫是指書寫時未明顯改變方向的筆畫，漢字共有「橫（含提）、豎、撇、點（含捺）」四種單一筆畫；複合筆畫是指書寫時明顯改變了方向的筆畫，傳統習慣將複合筆畫統稱爲「折」；通常所說的「橫、豎、撇、點、折」這五種基本筆畫正是漢字單一筆畫與複合筆畫的合稱。

依照起筆的不同，漢字的複合筆畫又可分爲四種情形：

其一是以「橫」爲起筆而改變方向構成的複合筆畫，可稱之爲「橫起折」，它包括橫鉤（例如「疋」字的第1畫）、橫撇（例如「水」字的第2畫）、橫折（例如「口」字的第2畫）、橫折鉤（例如「月」字的第2畫）、橫折彎鉤（例如「九」字的第2畫）、橫折斜鉤（例如「風」字的第2畫）、橫折折（例如「凹」字的第2畫）、橫折折折（例如「凸」字的第4畫）、橫折折折鉤（例如「乃」字的第1畫）、橫撇彎鉤（例如「陪」字的第1畫）等。

其二是以「豎」爲起筆而改變方向構成的複合筆畫，可稱之爲「豎起折」，它包括豎鉤（例如「刊」字的第5畫）、豎折（例如「山」字的第2畫）、豎提（例如「民」字的第3畫）、豎彎（例如「四」字的第4畫）、豎彎鉤（例如「元」字的第4畫）、豎折折（例如「鼎」字的第6畫）、豎折折鉤（例如「弓」字的第3畫）等。

其三是以「撇」爲起筆而改變方向構成的複合筆畫，可稱之爲「撇起折」，它包括撇折（例如「去」字的第4畫）、撇點（例如「女」字的第1畫）等。

其四是以「點」爲起筆而改變方向構成的複合筆畫，可稱之爲「點起折」（通常情況下稱之爲「鉤」），它包括彎鉤（例如「豕」字的第3畫）、斜鉤（例如「戈」字的第2畫）等。

偏旁是由筆畫組成的具有組配漢字功能的構字單位，偏旁是構成合體字的基本單位，一個合體字至少能拆分出兩個偏旁。

偏旁可以分爲成字偏旁和非成字偏旁：可以作爲漢字獨立使用的偏旁叫成字偏旁，例如「土」、「石」、「木」等；不能作爲漢字獨立使用的偏旁叫非成字偏旁，例如「亻」、「辶」、「宀」等。

偏旁也可分爲單一偏旁和複合偏旁：不能再切分出偏旁的偏旁叫單一偏旁，例如「役」字中的「彳」；可以再切分出偏旁的偏旁叫複合偏旁，例如「役」字中的「殳」，它可以再切分出「几」和「又」。

偏旁還可分爲直接偏旁和間接偏旁：直接構成合體字的一級偏旁叫直接偏旁，例如「礴」字中的「石」和「薄」；構成偏旁的二級及其以下各級偏旁叫間接偏旁，例如「礴」字中的「艹」、「溥」、「氵」、「尃」、「甫」、「寸」等，它們針對「礴」字而言就都屬於間接偏旁。

偏旁還可分爲顯義偏旁和非顯義偏旁：顯義偏旁是指構成會意字的偏旁和構成形聲字的形旁；非顯義偏旁又含有顯音偏旁和不顯義音的偏旁兩種情形，構成形聲字的聲旁屬於顯音偏旁，大陸推行的簡化漢字中憑空杜撰的某些純符號偏旁屬於不顯義音的偏旁。

以上爲漢字構形的基本理據，即漢字的構形法；下面來談談漢字的書寫規則，即漢字的書寫法。

首先來看漢字兩級結構單位的組合方式：

漢字筆畫與筆畫的組合方式有三種：一是相間組合，即筆畫與筆畫之間在書寫時相間隔，例如「三、八、川」等字的筆畫均不相連；二是相接組合，即筆畫與筆畫之間在書寫時相連接，例如「人、工、口」等字的筆畫均是相連接的；三是相交組合，即筆畫與筆畫之間在書寫時相交叉，例如「十、又、井」等字的筆畫均是相交叉的。

漢字偏旁與偏旁的組合方式也有三種：一是左右結構，內含二分結構（例如「相」、「到」）、三分結構（例如「撤」、「謝」）、嵌入結構（例如「街」、「瓣」）三種形態；二是上下結構，內含二分結構（例如「思」、「忠」）、三分結構（例如「意」、「冀」）、嵌入結構（例如「衷」、「褒」）三種形態；三是內外結構，內含四方包圍結構（例如「固」、「困」）、 三方包圍結構（例如「闖」、「匠」、「凶」）、兩方包圍結構（例如「廈」、「逃」、「旬」）三種形態。

然後再來看書寫漢字時筆畫的先後順序──筆順：

漢字的基本筆順規則有：先橫後豎（例如「十」）、先撇後捺（例如「人」）、從上到下（例如「工」）、從左到右（例如「州」）、先外後內（例如「同」）、先外後內再封口（例如「回」）、先中間後兩邊（例如「承」）。

漢字的輔助筆順規則有：點在上邊先寫點（例如「主」）、點在右上或裏邊後寫點（例如「我」、「叉」）、上左半包圍和上右半包圍的字先外後內（例如「尾」、「旬」）、左下半包圍的字有些先內後外（例如「近」、「建」）有些先外後內（例如「題」、「越」）、上左下半包圍的字先上再內再左下（例如「匡」、「區」）。

最後談談筆順的規範性與靈活性問題。上述基本筆順規則與輔助筆順規則都力求體現筆順的規範性，以便於學習與掌握，可以說絕大多數字都是按照上述筆順原則進行書寫的。但是筆順的本質就是追求寫字時用筆要順手，有時候為了「用筆要順」，個別字在書寫時也可能違背上述原則，這就是筆順的靈活性。例如：

寫「忄」就不一定嚴格遵循從左到右的規則，可以先寫左點和右點，最後再寫豎；

寫「七」字也不必從左到右、從上到下，可以先寫右邊的撇，後寫左下的豎彎鈎；

寫「母」字也不是先外後內再封口，而是最後三筆寫中間的點、橫、點；

寫「火」字也不是先中間後兩邊，而是先寫上面的左點和右撇，再寫中間的人字；

寫「爽」字同樣也不是先中間後兩邊，而是先寫橫，再從左到右寫四個「×」，最後寫類似「人」字的一撇一捺，如果你不這樣寫，那麼寫出的「爽」字就不會很爽。

規範性是社會公眾達成的共識性書寫協議，靈活性則應該是可以不受規範原則約束的特例。任何事物都可能有例外，不必要放之四海而皆準；不允許有例外，搞絕對的一刀切，不是實事求是的科學態度。

八、中文標點符號歷史概述

漢語的標點符號簡稱為「標點」，中文標點和漢字符號都是漢語書面語的載體，二者的不同在於，漢字是承載漢語語義的主要視覺符號，而中文標點則是協助漢字更為準確地傳達漢語語義的輔助性視覺符號。中文標點更側重於承載語法功能，從這個意義上講，不妨把標點符號看作是漢語書面語的語法符號。

中文標點符號並非自古就有，它的誕生至今也不過才一個世紀的時光。標點符號並非高深莫測的書面符號，它的形狀遠比文字簡單，而且常用標點的數

量也就只有那麼二三十個，爲什麼不能跟文字一同誕生卻要姍姍來遲呢？追求各種原因，主要有兩種說法：

其一，中文文字作品有很多傳統的表達手段，諸如對偶、排比、互文、平仄、諧韻等等，都會暗示讀者文意的停頓節點，無須加點自可領會無誤。古人認爲不是十分必要的事當然就不必刻意爲之，而且久而久之，文人會認爲連文意都讀不通，是語文功夫薄弱的表現，特別是在書函往來的時候，如果加以點斷，那是對對方的不尊重，我認爲你讀不通，才會爲你加點的，此事如何做得？

其二，古人讀書講究研讀，書要慢慢讀、一個字一個字讀，讀完再讀，一遍遍體會字裏行間的意思。讀書人先要學會句讀，在閱讀的時候自己去給文章加標點符號以及讀書筆記式的批語，所謂「離經辨志」是也，這樣讀書才有收穫，也才有韻味。因此，加標點的任務是讀者的，而不是作者的。

總之，中國文人自古以來書不加點，既是爲了給閱讀留有想像的餘地，也是爲了表示對讀者的尊重。當然，書不加點有時也難免會給閱讀帶來些障礙，例如對於《論語‧泰伯》中的「民可使由之，不可使知之」這句話，有主張斷爲「民可，使由之；不可，使知之」的，這樣點斷才能體現孔子作爲教育家的思想。又如對《道德經》的開篇「道可道，非常道；名可名，非常名」這句話，有主張斷爲「道可，道非，常道；名可，名非，常名」的（見董子竹著《老子我說》一書），其理由是上古時代的「道」沒有用作動詞意思的，如果受「可」修飾就活用爲動詞了，而且《老子》不是三字經體例，如何能將開篇斷爲三字句？可見，因斷句不同就會有不同的理解，甚至會有很大的分歧。

到了兩漢時代，已經有了「句讀」符號作爲斷句的停頓標誌。許慎的《說文解字》中就收有鉤號「乚」和逗號「、」兩種斷句符號，並將「乚」解釋爲「鉤識也」，將「、」解釋爲「有所絕止，而識之也」。也就是說，凡是文末可以停止的地方，就用「乚」來標記，文中有可以點斷的地方，就用「、」來標示，這也就是今天的句號和逗號的雛形。

到了宋代，鉤號變成了圓圈，標形如「○」，有大中小之分。朱熹在著《四書章句集注》時就是每章之前用大的「○」，每句之後用小的「。」但是絕大多數書籍都還是不加點斷的，這兩種符號並未在出版物中被採用，只是作爲讀書人在閱讀時斷句的符號來使用，這種局面一直延續到清末民初。

現代意義的中文標點還不足百年的歷史，上述百年前的兩千餘年都可視爲中文標點的孕育時期。

直到五四前後，1919 年 4 月，胡適、錢玄同、劉復、朱希祖、周作人、馬裕藻六位學人，對書面出版物沒有適當的標點符號提出了異議：「現在的報紙、書籍、無論什麼樣的文章都是密圈圈到底，不但不講文法的區別，連賞鑒的意思都沒有了」。於是在國語統一籌備會第一次大會上，他們提出了《方案》，要求政府頒佈通行「，。；：？！——（）《》」等標點。在 11 月底，胡適又對上述方案作了修改，把原方案所列符號總名爲「新式標點符號」，此年被批准。1920 年 2 月 2 日，北洋政府教育部發佈第 53 號訓令《通令採用新式標點符號文》，批准了由北大六教授聯名提出的《請頒行新式標點符號方案》。我國第一套法定的新式標點符號由此誕生，徹底改變了漢語字詞句連寫或用極簡單方式斷詞斷句的舊制。

漢語的標點是在 20 世紀才有完備的體系，既同國際接軌，又有自己的特色，而且分工細膩，後來居上。一百餘年前問世的第一部漢語語法著作馬建忠的《馬氏文通》就專門設有《論句讀》一章，後來的許多漢語語法著作直至當代的現代漢語教材大多含有標點符號的論述，此外數十年來專門論述標點符號的著作也有數十種。這些著作的出版，對於標點符號知識的普及傳播功不可沒。

九、中文標點符號用法概述

1、標點符號及其功用

中文標點符號是書面語中用來表示停頓、語氣，以及詞語的性質作用的符號，包括標號和點號兩類，合稱爲標點符號，其中的「點號」又有句末點號與句中點號之別。

標點符號在書面表達中可以起到四個方面的作用：其一是可以表示停頓，有提示作用，所有的點號和部分標號有此功用；其二是可以表示語氣，有提醒作用，句末點號有此功用；其三是可以表示結構，有語法作用，所有點號和部分標號有此功用；其四是可以表示特殊詞語，有標示作用，部分標號有此功用。

2、常用的七種點號的用法

常用的點號有七種，內含三種句末點號與四種句中點號。

句末點號是用於句子末尾，表停頓兼表語氣的點號，句號、歎號、問號這三種點號屬於句末點號。它們的用法可以用下圖來表示：

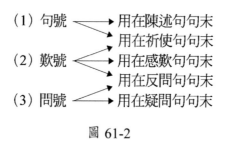

圖 61-2

句中點號是用於句中停頓處，表停頓兼表語法結構的點號，頓號、逗號、分號、冒號這四種點號屬於句中點號。它們的用法可以用下圖來表示：

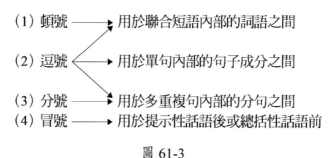

圖 61-3

3、常用的八種標號的用法

標號約有二三十種，其中最為常用的有如下八種：

（1）引號——標明行文中引用的話以及強調的話，具體可有如下幾種情形：

1）表引用：表示所引的詞語有所來源。例如：「滿遭損，謙受益」這句格言流傳到今天至少有兩千年了。

2）表強調：表示所引的詞語有所側重。例如：大興安嶺這個「嶺」，跟秦嶺的「嶺」可大不一樣。

3）表特殊含義：表示所引的詞語有所暗示。例如：在這樣的山水間行走，我們也漸漸變得「野」了起來。

4）表特定稱謂：表示所引的詞語有所指代。例如：什麼「一線天」，什麼「百丈峽」，聽著名字就讓人膽顫。

5）表否定或諷刺：表示所引的詞語有所貶抑。例如：像你這樣的「乾

淨人」可眞少見。

6）單引號（內引號）與雙引號（外引號）：雙引號（外引號）和單引號（內引號）可以反復使用。一般先用雙引號（外引號），引文內還有引文，就用單引號（內引號），單引號（內引號）內的引文內如果還有引文，就再用雙引號（外引號）……

7）多段引用時引號的用法：連續引用幾個文段時，每段開頭都要用前引號，非結束段的結尾可不用後引號，只在最後一段用後引號。

（2）括號——標明行文中注釋性的話，在使用功能上又有句內括號與句外括號之別：

1）句內括號用於對句內詞語進行注釋，前括號緊挨著被注釋的詞語。例如：唐朝懿宗的時候，有一個「優人」（相當於外國的 fool），名字叫李可及，最會說笑話。

2）句外括號用於對全句進行注釋，前括號位於句末標點之後。例如：文字流傳到各地，在長遠的期間發生了區域性的差別。（例如在今天廣東還有「冇」字之類）

（3）破折號——暫時打斷行文，使意思有所轉向，具體可有如下幾種情形：

1）表解釋說明：表插釋。如：亞洲大陸有世界上最高的山系——喜瑪拉雅山，有目前地球上最高的山峰——珠穆朗瑪峰。

2）表語意轉換：表轉折。如：我在珠海的公司幹得挺順心。老闆對我不錯，工資也提高了，每月三千多呢！——我能抽支煙嗎？

3）表語意遞進：表躍進。如：「團結——批評——團結」，是解決人民內部矛盾的正確方針。

4）表語音中斷：表間斷。如：「班長他犧——」小馬話沒說完就大哭起來。

5）表語音延長：表延續。如：「嘟——」火車進站了。

6）表分項列舉：表分列。每一項單獨提行，前邊用破折號表示分項。

7）表文章副標題、引文出處等：表補釋。在文章正標題的下一行用破折號引出副標題，或者在引文的下一行用破折號標示引文的作者及出處。

（4）省略號——標明行文中被省略的話，也可表示沉思、斷續、猶豫等語流不暢的意思，應注意如下幾點：

1）省略號前如果是句號、歎號、問號等句末點號或者冒號，說明前面是較爲完整的意思，那麼句號、歎號、問號、冒號應保留。如：不受制約的權力將產生腐敗現象。但是，誰來制約？誰來監督？誰能制約？誰能監督？……尚有一系列問題需要深入探討。

2）省略號前如果是頓號、逗號、分號等句中點號，則要將其省掉。如：一群馬，在公孫龍子眼裏是「非白馬」，是黑馬、青馬、黃馬、棕馬……的綜合。

3）省略號後的點號一般應去掉。因爲連文字都省了，點號自然也不必保留。

（5）著重號——標明值得特別注意的字、詞、句。現在的電腦文檔也可不用著重號，而用加粗、加下劃線、改變字體等辦法表示著重。

（6）連接號——連接意義密切相關的時間、地點、數目等，有「 — 」或「 ～ 」兩種形態。例如：魯迅（1881—1936）　北京~廣州　800—1000 字

（7）間隔號——表示外族人名及作品篇章名內部的分界。例如：安東・巴甫洛維奇・契訶夫　《史記・項羽本紀》

（8）書名號——表明文字作品、藝術作品、公文證件等名稱。

4、中文標點概覽

現將常用的點號和標號以及一些不常用的標號羅列如下：

中文標點概覽

一級分類	二、三級分類	名　稱	符　號
點號	句末點號	句號	。
		問號	？
		歎號	！
	句中點號	頓號	、
		逗號	，
		分號	；
		冒號	：
標號	常用標號	雙引號（外引號）	“ ”（雙引號） 「 」（外引號）
		單引號（內引號）	‘ ’（單引號） 『 』（內引號）

		圓括號	（　）
		方括號	〔　〕
		尖括號	〈　〉
		空括號	〖　〗
		黑括號	【　】
		豎排括號	⏜ ⏝ ︵ ︶
		破折號	——
		省略號	……
		著重號	．
		連接號	～ －
		間隔號	·
		雙書名號(外書名號)	《　》
		單書名號(內書名號)	〈　〉
	民族的	專名號	＿＿＿＿
		虛缺號	□
		隱諱號	×
		疊字號	々
		曳引號	～～～
		連珠號	·　·　·　·　·　·　·
		花號	※
其他標號	外來的	星號	＊
		井號	＃
		斜槓號	／ ＼
		三角號	▲
		提綱號	§
		頁碼號	No.
		並列號	＆
		百分號	％
		千分號	‰
		溫度號	℃
		貨幣號	＄　￥
		前置號	＠
		方向號	→ ← ↑ ↓

圖 61-4

62. 漢語的音義結構：音節與義節

漢語的音義結構是指作為漢語共同語的基礎構成成分的音節與義節以及它們的內部構成。既然音節與義節都有其內部獨特的構成結構，那麼從廣義上看，凡屬語言的結構法就是語法，因此它們也應該納入語法範疇來加以思考。本書特在篇末僅以「餘論」的形式對漢語共同語的音節結構與義節結構略作勾勒，以期引起學人的進一步關注，同時也算是投石問路，看看下文所言的音節與義節是否可以歸入語法一門。

一、漢語共同語音節結構概要

我們在本書引論部分的第 2 節中曾經提到：語音在口語交際中表現為語流的形式，而漢語共同語的語流是由一個一個複合形態的音節鏈式組合而成的。音節是漢語語音的基本單位，是語流的直接成分，它是由不同的聲母、韻母、聲調等成分複合而成的。一段語流的語音結構是可以切分的，切分出來的基本結構單位叫做音節，就漢語來說，大體上一個漢字也就相當於一個音節，所以無論是今人還是古人都很重視漢字的讀音，無論是現代漢語的語音研究還是古代漢語的音韻研究都是從音節入手的。而研究音節的結構就是研究語音的內部構造機制，也就是研究不同的語音要素之間的組合關係與組合規則，從廣義的語法學的角度來看，語音的構造法也應當屬於語法，這就是本書所認為的語音的語法。

1、古今語音理論對漢語音節的認識

古人研究語音的學問稱為音韻學，音韻學研究漢語語音的構造法則就正是從音節入手的。傳統音韻學為了研究的方便，往往把漢語的音節「字音」從兩個角度進行分類：

其一是按音節中的介音和主要元音的屬性來分，將漢語的音節分為開口呼、齊齒呼、合口呼、撮口呼四類。其實，真正嚴格地將字音分為「開、齊、合、撮」四呼，那已經是明代以後的事了，而在宋元以前，則通常只有「開口」與「合口」兩種分法，簡稱為「開」、「合」。因為那時的音韻學者把介音或主要元音為[u]的音節叫「合口」，其他音節都叫「開口」。明清年間，對於「四呼」中的齊齒、撮口兩呼，因為有前高元音[i]、[y]，聽起來尖細，所以又將其合稱

爲「細音」，與之相對的開口、合口兩呼聽來洪亮，故又將其合稱爲「洪音」。
這就是古人從構成音節的韻腹的角度對漢語音節的理性認識。

其二是按音節中的收尾音的屬性來分，將漢語的音節分爲陰聲韻、陽聲韻、
入聲韻三類。凡是沒有收尾音的音節和用高元音[i]、[u]、[y]收尾的音節則稱之
爲「陰聲韻」，凡是用鼻輔音[n]、[ŋ]、[m]收尾的音節則稱之爲「陽聲韻」，凡
是用塞音[p]、[t]、[k]、[ʔ]收尾的音節則稱之爲「入聲韻」。這裏的「陰、陽」
與現代聲調中的「陰平」、「陽平」無關，這裏的「入」也與古代聲調中的「入
聲」不是同一個概念。「陰、陽、入」都是就音節的韻尾而言的，而不是就聲調
而言的。這就是古人從構成音節的韻尾的角度對漢語音節的理性認識。

今人研究語音的學問稱爲語音學，語音學研究漢語語音的構造法則同樣是
從音節入手的。現代漢語語音學爲了研究的便利，通常把漢語的音節從三個角
度進行分類：

其一是按音節中有無輔音聲母來分，將漢語的音節分爲零聲母音節、輔音
聲母音節兩類。

其二是按音節中的韻頭和韻腹的屬性來分，將漢語的音節分爲開口呼音
節、齊齒呼音節、合口呼音節、撮口呼音節四類，這是對傳統分類的直接繼承。

其三是按音節中的韻尾的屬性來分，將漢語的音節分爲開尾音節、元音尾
音節、輔音尾音節三類。凡是韻母爲單韻母或者後響複韻母的音節稱之爲「開
尾音節」，開尾音節沒有韻尾；凡是韻母爲前響複韻母或者中響複韻母的音節稱
之爲「元音尾音節」，元音尾音節以高元音[i]或[u]收尾；凡是韻母爲前鼻韻母
或者後鼻韻母的音節稱之爲「輔音尾音節」，輔音尾音節以鼻輔音[n]或[ŋ]收尾。
這樣的分類也是對傳統的「陰、陽、入」理論的繼承與發展，因爲漢語共同語
的音節中已經消失了入聲韻，故上述分類中的開尾音節和元音尾音節大致相當
於古代的陰聲韻，而輔音尾音節大致相當於古代的陽聲韻的一部分。

2、古漢語文獻中對漢語字音的標注

就漢語來說，大體上一個漢字也就相當於一個音節，所以無論是古人還是
今人都很重視漢字的讀音，其具體體現就是想方設法來標注每一個漢字的字
音。現在中國大陸使用的是 1958 年推行的《漢語拼音方案》中的漢語拼音符號
來給漢字注音，1958 年以前使用的是 1918 年推行的注音符號來給漢字注音，

現在臺灣一直還在使用這套注音符號給漢字注音。在民國初年使用注音符號之前一直上溯到東漢末年，中國文人還沒有找到一套可供注音用的符號或字母，而是利用兩個漢字相切合的原理來爲一個漢字注音，使用的是「反切」注音法，在東漢以前「反切」注音法還沒有面世的時候，則是利用漢字的一個同音字或者近音字來給漢字注音，這主要有「直音法」和「讀若法」。如果再進一步追溯到更加古遠的時代，那麼可以說漢字在造字之初就已經在給漢字注音了，那就是形聲字聲旁的功用，我們不妨將其稱之爲「聲符注音」。下面分別評述一下這些注音方法的利弊。

「聲符注音」是漢字自身的標音基因。漢字的形聲字爲數眾多，借助聲旁可以爲占漢字總數將近 80%的形聲字標注字音，這是古人造字理念的聰明之處，也可以說，漢字形聲字中的聲旁就是融入漢字形體之內的注音符號。在造字之初，大凡同聲旁的字都應該是同聲同韻的，形聲字在大量繁衍的過程中，也使人們確立了「聲符注音」的共識，這是毫無疑義的。但是隨著漢語漢字在歷史演進中的讀音變化，特別是各地方言語音對同音字的分化，形聲字的聲旁逐漸地變得不能準確地標音了，因此人們便開始另外尋找能夠準確標音的方法，而從古至今，形聲字的聲旁還是可以作爲識字正音的一種參考，儘管認字認半邊可能有一半的時候會認錯，但畢竟還有一半的時候會是正確的。

「聲符注音」屬於字內注音，語音是不斷地演變著的，可是聲符被固定在形聲字中作爲聲旁構件之後則不會隨著語音的變化而變化，因爲文字的形體是長期約定俗成的，若想在字音改變以後就改寫形聲字的聲旁幾乎是不可能的，如果持各地方音的人都按照本地的讀音來改寫字形，那麼漢字就會喪失它的書面交際功能。於是後人便放棄了對字內原有聲符注音的要求，而另外找來一個同音字來給漢字注音，這種注音方法被後人稱之爲「讀若法」。讀若法是最早使用的一種字外注音的方法，由使用「聲符注音」的字內注音演變爲使用「讀若法」的字外注音，這是漢字注音方法的一大改進。

「讀若法」注音的表達格式爲「甲讀若乙」或者「甲讀如乙」或者「甲讀爲乙」，有時也會用一些輔助性的話語以求把字音解說得更明確。例如：

「芨，讀若急。」（《說文》）

「信，讀如屈伸之伸，假借字也。」（《禮記・儒行》鄭玄注）

「居，讀爲姬姓之姬。」（《禮記・檀弓》「何居」鄭注）

「𩁳，讀綢繆之繆，急氣言乃得之。」（《淮南子》高誘注）

「讀若」就是含有打比方的意思，也就是讀得像那個字的讀音，有的還能把字音注得明確，有的就只能標注差不多的近似音，再加上語音還在不斷演變，後人來看前人的「讀若」就又增加了一種隔閡。

爲了迴避「讀若法」表音的朦朧性，人們就不再打比方，而是盡量找到一個完全同音的字來直接給另一個漢字注音，這種注音方法被稱爲「直音法」。所謂直音法就是用另外一個同音的漢字直接來給陌生的漢字注音，其注音格式例如：「鬲，音歷。」／「枏，音男。」

直音法的優點就是注音簡潔明瞭，便於使用，因此在「反切法」盛行之後乃至於今天都還有人使用此法。但是直音法的最大缺憾就是不是所有的字都會有同音字，或者有些字的同音字是更加生僻的字，這些情形就不便於使用直音法了。爲了補救這一缺憾，於是就有了「紐四聲法」，它實際上是直音法的一種變化形式，它將同音字的範圍予以擴大，只要是聲母韻母相同的字，儘管聲調不同，也可以用來注音。例如：「債，齋去。」（意思是把「齋」字讀成去聲就是「債」字的讀音）／「鰥，貫平。」（意思是把「貫」字讀成平聲就是「鰥」字的讀音）／「鬱，薀入。」（意思是把「薀」字讀成入聲就是「鬱」字的讀音）

上述一些注音方法，無論是字內注音還是字外注音，都有它們的局限，其共性在於，它們都是以類比或等同的方式來給漢字注音，是直呼音節的讀音，而不是拼合音節的讀音。當用一個漢字來注音顯得不夠科學的時候，人們開始嘗試用兩個漢字來注音，這種方法就是「反切」。

反切是用兩個漢字給另一個漢字注音的方法，它其實是一種較爲科學的拼音方法，只不過它不是用代表音素的表音符號，而是用兩個方塊漢字而已。我們在檢讀古代字書或者閱讀古籍文獻的時候，總是迴避不了「反切」的，例如：

「辵，醜略切。」（《說文解字》辵部）

「穀，古豆切。」（《爾雅注疏》卷一）

「娑，桑多切。」（《玉篇》女部）

「惑，《廣韻》《正韻》戶國切。」（《康熙字典》心部）

「好惡，上呼報反，下烏路反。」（《禮記注疏》卷三十七）

「緊，烏兮反，又烏帝反。」（《春秋左傳正義》卷二）

「糗，去九切。」（《本草綱目》卷二十五）

兩個漢字代表了兩個音節，怎麼能夠標示另一個漢字的一個音節的讀音呢？這就涉及到如何將兩個音節讀成一個音節的原則了，這個原則既是反切注音的原則，也是解讀反切的原則。用作反切的兩個字，前一個字叫「反切上字」，簡稱「切上字」或「上字」，後一個字叫「反切下字」，簡稱「切下字」或「下字」。

被注音字叫「被反切字」，簡稱「被切字」。如果暫不涉及古音聲母的清濁以及韻母發音的洪細等關聯因素的話，那麼反切的基本原則就是上字與被切字的聲母相同，下字與被切字的韻母和聲調相同，上下拼合就是被切字的讀音。例如「同，徒紅切」，就是用「徒」字的聲母、「紅」字的韻母和聲調爲「同」字注音。也就是說，上字代表被切字的聲母，在與下字拼合的時候要把它的韻母和聲調去掉；下字代表被切字的韻母和聲調，在與上字拼合的時候要把它的聲母去掉。有留有去，這是反切拼音比今天漢語拼音麻煩的地方，也是反切比漢語拼音字母落後的地方。

但是在這一點上我們不能苛求於古人，因爲反切產生於漢末，遠在 1800 年前是不可能制定出音素化的注音字母的。不僅如此，其實古人並沒有音素的概念，所謂「有留有去」也是咱們後人的解讀，古人並非有意地留什麼去什麼，只不過是將上字與下字往一起快讀，在瞬間的翻轉（「反」就是翻轉的意思）切合（「切」就是切合的意思）的過程中融合出新的聲韻結合體，便是被切字的讀音了，只不過在這個翻轉切合的過程中有意識地注意到「上字取聲定清濁，下字取韻定平仄」的基本原則而已。

反切的基本原則還是比較容易掌握的，古代的讀書人，只要將上下字相切合，就可得到被切字的讀音，它一方面避免了「讀若法」的音同音近或音義混雜的麻煩，另一方面又解決了「直音法」的無同音字或同音字難認的困惑。反切的產生補救了讀若、直音注音方法的不足，是漢字注音方法的一個巨大的進步，標誌著接近科學的漢語語音學的開始。所以在近兩千年的時間裏，它廣泛地被應用，一直是人們讀書識字的得力助手，也是語言學者研究漢語音韻學的重要依據。

反切注音法的最大缺憾是以漢字的音節形式代替要拼合的音素，而且隨著語音的不斷演變，前人的反切注音後人又不容易解讀了，於是，後人一方面致力於反切的改良，一方面就不可避免的走向探索用音素拼合來注音的新方法，這種新方法就是現行通用的注音符號與拼音符號。

3、現代漢語共同語的音節構成概貌

反切的出現，說明古人能夠對漢字音節進行兩分的分析，把音節離析爲「聲」和「韻」，爲歸納漢字的聲母韻母奠定了基礎。類聚反切上字，就可以歸納出漢語的聲母，古人稱之爲「字母」；類聚反切下字，則可以得出漢語的韻母和聲調系統，古人稱同韻母、同聲調的字爲一個「韻類」。在五四新文化浪潮中，國人吸收了西洋語言學的精華，開始從元音音素與輔音音素的角度來分析漢語的音節結構，於是形成了聲母、韻母、聲調三位一體的漢語獨特的「聲韻調體系」的音節結構理論。先是用類似於漢字構件的注音符號來標示漢語音節的聲韻調結構體系，後來又換用了以拉丁字母爲拼音符號來標示漢語音節的聲韻調結構體系，直至形成現今的較爲科學嚴密的漢語音節的構成理論。

根據漢語音節的構成理論，音節是語音的基本結構單位，它是由音位構成的，音位是語音最小的結構單位，它是音節的構成要素，又稱爲音素。漢語的每一個音節都是由音質音位與非音質音位構成的。

漢語音節的音質音位呈四位結構的框架，換句話說就是一個音節最多可以有四個音質音位的位子，每個位子可以各由一個音質音位來佔據。其中表示聲母的輔音音位佔據第一個位子。而韻母這個重要的音節構件要占三個位子：第二個位子是屬於介音的，介音是介於輔音聲母和韻母的主要元音「韻腹」之間的中介，故名之爲「介音」，由於它是中響複韻母或後響複韻母發音的起點，又叫做「韻頭」，既然是「頭」那就意味著它是韻母發音的初起音，故理應由開口度小的高元音音位充任；第三個位子是屬於韻腹的，這是漢語音節不可或缺的位子，它由發音響亮的元音音位充任；最後第四個位子是屬於韻尾的，它是韻母的收尾音，可能由開口度小的高元音音位充任，也可能由鼻輔音充任。韻腹和韻尾又可以合稱爲「韻」，漢語所謂押韻的「韻」就是針對韻腹與韻尾而言的，互相押韻的音節，韻尾必須相同，韻腹要相同或相近，韻頭可以不論。

　　當音位構成音節的時候，並不是每一個音節都具備四個音質音位來占滿這四個位子，其中，聲母、介音、韻尾這三個位子，可以缺一，缺二，甚至於都缺，唯有第三個位子的韻腹不能缺。以上四個位子，凡「缺」者，可稱之為「零」，也就是說，一個漢語音節的音質音位，可以是「零聲母」、「零介音」、「零韻尾」，但不應該是「零韻腹」。

　　漢語音節的非音質音位又叫聲調音位，簡稱為「調位」。聲調的區別特徵主要是音高的變化，而不是音質的變化，故為「非音質音位」。現代漢語共同語音節的調位可有四種區別特徵，分別稱為「陰平」、「陽平」、「上聲」和「去聲」。聲調音位是漢語音節不可或缺的非音質音位，普通話陰平的調值為「55」（從 5 度音高起音，保持 5 度音高發音，以 5 度音高收音），陽平的調值為「35」（從 3 度音高起音，逐漸揚昇發音，以 5 度音高收音），上聲的調值為「214」（從 2 度音高起音，先降至 1 度音高，再昇至 4 度音高收音），去聲的調值為「51」（從 5 度音高起音，逐漸降低發音，以 1 度音高收音）。現將現代漢語共同語的音節構成情況簡示如下：

圖 62-1　現代漢語共同語音節結構構成

聲調（陰平、陽平、上聲、去聲）				非音質音位
聲母	韻母			音質音位
輔音音質音位	介音	韻		
	韻頭	韻腹	韻尾	
	高元音音質音位	元音音質音位	高元音或鼻輔音	
（位置 1）	（位置 2）	（位置 3）	（位置 4）	（音位性質）

圖 62-2　現代漢語共同語音節結構例示

結構　音節	聲母	韻母				聲調		音節類型
		韻頭	韻腹	韻尾		調類	調值	
				元音	輔音			
jiāo 交	j	i	ɑ	u（o）		陰平	55	輔音聲母音節
yuàn 怨		ü	ɑ		n	去聲	51	零聲母音節
téng 騰	t		e		ng	陽平	35	輔音聲母音節
ōu 歐			o	u		陰平	55	零聲母音節
yún 雲			ü		n	陽平	35	零聲母音節

wǒ 我		u	o			上聲	214	零聲母音節
yuè 月		ü	ê			去聲	51	零聲母音節
shī 師	sh		-i			陰平	55	輔音聲母音節
yǔ 雨			ü			上聲	214	零聲母音節
yè 夜		i	ê			去聲	51	零聲母音節
wén 文		u	e		n	陽平	35	零聲母音節
liù 六	l	i	o	u		去聲	51	輔音聲母音節
zì 字	z		-i			去聲	51	輔音聲母音節

4、現代漢語共同語的音節構成規律

通過上面兩個圖表可以看出，現代漢語共同語的音節結構有如下幾點規律：

（1）韻腹和聲調是音節的必備要素，不可或缺，也就是說，一個音節必須至少有一個音質音位和一個非音質音位。

（2）音節的構成最多只能有4個音質音位（聲母、韻頭、韻腹、韻尾四要素齊全），最少可以只有一個音質音位（零聲母，零韻頭，零韻尾，只有韻腹）。

（3）在元音音位和輔音音位的比例上，元音可以多至三個（韻頭、韻腹、韻尾都可能由元音音位充當），輔音最多只能有兩個（聲母為輔音音位，韻尾也可能是輔音音位）。

（4）在音位的組合上，元音可以連續出現組合成複元音，輔音不能連續出現，現代漢語共同語沒有複輔音。

（5）從音位出現的位置來看，輔音音位是定位的，只能出現在音節的開頭或末尾；元音音位是不定位的，可以出現在音節的任何位置。

此外，現代漢語共同語的音節構成，在聲母與韻母的配合關係方面也是有規律的。所謂聲母與韻母的配合關係，是指哪一類聲母能否與哪一類韻母相拼合，簡稱「聲韻拼合關係」。通常是依聲母的「發音部位」和韻母的「四呼」類別來考察聲韻拼合關係。看某一「發音部位」的聲母是否能和某一「呼」的韻母相拼合。其內在規律如下圖所示（「＋」表示可以拼合，「無」表示不可以拼合）：

圖 62-3　現代漢語共同語音節聲韻拼合關係簡表

拼合關係　韻　母 聲　母		四　呼			
		開口呼	齊齒呼	合口呼	撮口呼
雙唇音	b　p　m	＋	＋	只限於 u	無
唇齒音	f	＋	無	只限於 u	無
舌尖中音	d　t	＋	＋	＋	無
	n　l	＋	＋	＋	＋
舌面音	j　q　x	無	＋	無	＋
舌根音	g　k　h	＋	無	＋	無
舌尖後音	zh　ch　sh　r	＋	無	＋	無
舌尖前音	z　c　s	＋	無	＋	無
零聲母		＋	＋	＋	＋

通過上面圖表可以看出，現代漢語共同語音節的聲韻拼合有如下幾點規律：

（1）零聲母和舌尖中音聲母 n　l 與四呼的韻母都有拼合關係。

（2）雙唇音聲母 b　p　m、舌尖中音聲母 d　t 不能拼撮口呼韻母。

（3）唇齒音聲母 f、舌根音聲母 g　k　h、舌尖後音聲母 zh　ch　sh　r、舌尖前音聲母 z　c　s 不能與齊齒呼韻母、撮口呼韻母相拼合。

（4）舌面音聲母 j　q　x 不能拼開口呼韻母、合口呼韻母。

（5）雙唇音聲母 b　p　m 和唇齒音聲母 f 拼合口呼韻母時僅僅限於「u」這個單韻母，其餘的合口呼韻母都不能跟 b　p　m　f 這四個聲母相拼合。

綜上所述，本書認為，所有這些關於音節的構成理論和構成規律都應該屬於漢語語法的範疇，它們都是語音的語法。

二、漢語共同語義節結構概要

本書在引論部分的第 2 節中曾經提到：漢語的語義基因鏈條通常凝固在語詞之中，之所以這樣說，而沒有說語義在語言交際時顯現在語句之中，那是因為語句是動態的，是表達時臨時組合起來的，而語詞是靜態的，是表達之前就存在於詞典當中或者人們的意念當中的。這裏所說的語詞主要是指漢語的單詞以及一些專名，而語詞又是由語素構成，語素是語言中最小的音義結合體。由於漢語的孤立語屬性，決定了漢語的絕大多數語詞是音節與義節的完美結合。

1、對漢語客觀存在的義節現象的發現

本節前面已經談到，漢語的語音是以音節爲基本結構單位的，音節是由音位（音素）構成的，音位構成音節是有規律可循的，這種規律或規則就是本書所稱的語音的語法。受此影響並借助類比聯想，我們就會推測，漢語的語義也應該是以義節爲基本結構單位的，義節也應該是由義素構成的，義素構成義節也應該是有規律可循的，這種規律或規則也就是本書所稱的語義的語法。

那麼，所謂的「義節」與「義素」到哪裏找尋？這不禁令我們發現，漢語的音節在哪裏，漢語的義節就在哪裏。因爲漢語的「音義結合」和大多數外語的「音義結合」有著本質的不同，使用拼音文字的語言的「音」結合的是詞音，它的作爲文字的字母音並沒有結合意義，所以拼音文字無需「字典」，只有「詞典」。而漢語的「音」結合的卻是字音，而這「字音」又恰好逐一對應著一個個的「字形」，於是，奧妙就出來了，從文字學角度來看，「義」所依附的是「形」，由於拼音文字的少得可憐的幾十個字母的形體上沒有「義」的依附，因此它只是一個「軀殼」，沒有「靈魂」。漢字是有靈魂的文字，「義」是漢字的靈魂。但靈魂必須有所依附：若從普通語言學的角度來看，「義」所依附的是「音」，作爲口語的語言，從本質上認識就是一個音義結合的符號體系，因爲口語是拿來說和聽的；而若從漢語文字學的角度來看，「義」所依附的是「形」，作爲書面語的語言從本質上認識就是一個形義結合的符號體系，因爲書面語是拿來寫和讀的。

在漢語中，音節和義節都作用於一個一個的漢字字形，這就是我們中國人常說的漢字有形、音、義三個要素的道理所在。如果把一個漢字比作一枚硬幣的話，那麼，字形就是這枚硬幣的造型，以音節形式存在的字音就是這枚硬幣的正面，以義節形式存在的字義就是這枚硬幣的反面。硬幣的正面圖案是可以解析的，音節是可以分析的；硬幣的反面圖案也應該是可以解析的，義節也應該是可以分析的。關於「義節」與「義素」這兩個概念都是本書自擬的概念。義節是漢語語義的基本結構單位，它與音節互爲表裏；義素就是對義節加以分析而得出來的最小語義單位，它是義節的構成成分。義素是義節的直接成分，是語詞的間接成分。

　　值得注意的是，這裏所說的「義素」不同於目前大陸諸多現代漢語教科書上所說的「義素」，那個「義素」是義項的語義構成成分；「義項」是什麼？是對詞義的分項詮釋，而分項詮釋的載體不是跟音節相對應的「義節」，而是一段相對完整的語言表述。可見，此「義素」非彼「義素」，此義素不是義項的構成成分，而是義節的構成成分。漢語的一個義節通常就是一個漢字，一個漢字就是一個字形與字義完美結合的書寫符號，所以無論是今人還是古人都很重視漢字的字義，本書所說的義節與義素也就存在於漢字當中。

2、研究漢字的造字法就是研究漢語的義節

　　如何捕捉與識別義節？最爲奇妙的是，漢字也是孤立的音節文字，每一個漢字幾乎都含有一個或多個或實或虛的意思，也就都可以對應一個或幾個義節。而且，漢語的字典既是對漢語語素的解析，也是對漢語義節的釋義，這就爲研究漢語的語義成分備足了豐富的礦藏和提供了極大的便利。眾所周知，漢字是屬於表意體系的文字，也就是說，每一個漢字不僅表意，而且漢字的全部構字理據還成爲一個嚴密的表意體系，甚至從某種意義上可以說，研究漢字的造字法就是研究漢語的義節是如何由義素構成的法則。

　　那麼，怎樣來分析漢語的義節與義素呢？答曰：分析漢字的構形理據就是在分析漢語的義節與義素。漢語的每個音節幾乎都有意義，使用漢語的人每發一個音節幾乎都含有或實或虛的語義聯想，我們把這些與漢語音節相對應的能夠引起表達者語義聯想的語義單位稱之爲義節。漢語是孤立語，特別是在古漢語中，漢語的義節與音節對應，古漢語以單音節詞爲主，因此大多數的單詞是由一個義節構成的，有些聯綿詞、疊音詞、外來詞是多音節共同承載一個語義的，但這種多音節的義節比例並不大，現代漢語雙音節詞和多音節詞的數量猛增，但它們大多數仍然是由單音節的義節複合而成的，眞正的多音節義節的比例仍然不大。

　　義節是漢語靜態語義的基本單位，相當於語義的基因鏈條，它又是由不同的義素成分構成的，這些義素成分才是漢語語義的遺傳基因。就漢語來說，大體上一個漢字也就相當於一個義節，一個義節的語義結構是可以再切分的，切分出來的最小語義結構單位叫做義素。漢語自東漢許慎編著的《說文解字》以來，歷朝歷代累積了眾多的字書，這些字書對字義的解析，既是對漢語義節的

詮釋，也含有對義節中義素的剖析，甚至可以說，漢語的字典既是漢語的「義節典」，又是漢語的「義素典」，這也正是漢語既要有詞典又要有字典的奧妙所在。世界上的絕大多數語言都只有詞典而沒有字典，足見它們貯藏語義的功能沒有漢語那麼細微，目前市面上的漢語語義學論著都不是著眼於「義節」分析的，多爲在表達層面囫圇吞棗般的語義研究，那是無法深入漢語語義的內核的。而研究義節的結構就是研究語義的內部構造機制，也就是研究不同的語義要素之間的組合關係與組合規則，從廣義的語法學的角度來看，語義的構造法則也應該是語法，這就是本書所認爲的語義的語法。

研究漢語的義節就是研究漢字的造字法。象形是漢字最早的一種造字方法，用這種造字法造的字數量雖然不多，但大多是構成漢字的基本構件，成爲其他造字法的基礎。指事也是漢字最早的一種造字方法，指事字和象形字都是最初的漢字，都可以充當合體字的基本構件。會意造字法用兩個或多個構件會合成意，它代表的字義或語素義由幾個構件共同承擔，造字方法比較靈活，它比象形和指事有更大的優越性，會意字的數量也相對較多。形聲造字法突破了象形、指事、會意等純表意造字法的局限，它可以大量造字，能產性很高，漢字中的形聲字占絕對優勢，它使漢字既與字音相聯繫，又與字義相聯繫，成爲一種獨特的兼表意兼表音的漢字。

迄今爲止，甲骨文仍然是所能見到的漢字形體中最古老而又有科學體系的漢字，其形體結構和字體變化，對於考察漢字的本源及其發展變化的規律，都具有十分重要的意義。金文是最接近甲骨文的漢字形體，與甲骨文之間有明顯承襲關係，在構字理據方面可與甲骨文互相佐證。由於殷墟甲骨卜辭的過早埋沒，小篆字形在構形理據方面則與甲骨文發生了某些斷裂，致使漢字形體在傳承的過程中發生了不少訛變，我們可以根據甲骨文或金文字形來糾正《說文解字》中小篆字形發生的訛變和許慎據以解讀字義的違失。

漢字經過隸變之後，儘管構形的理據性受到一定破壞，但基本還可以解釋它與古文字的承傳關係，於是，在隸書形體的基礎上經過「楷化」以後的楷書字形便一直沿用了兩千餘年。楷書成爲漢字的楷模，從漢字形體演變的長河來看，它仍與甲金篆隸等形體有著血脈相承的關係，漢字的風骨與神韻盡在其中。

然而，近幾十年推行的簡化漢字卻使漢字的構形理據遭到致命的重創，很多字用草書體代替正體，用風馬牛不相及的符號代替原有的構件，使漢字形體失去了昔日的構形理據，它損毀了漢字的神韻，銷熔了漢字的丰姿，一方面簡化了古人的智慧，另一方面也簡化了今人的頭腦。問題還不僅如此，如果從我們這裏所談的漢字是「義節」與「義素」的載體的角度來看，那麼簡化漢字則毀壞了漢語義節與義素的載體，「義」是漢字的靈魂，簡化漢字使之魂不附體，罪莫大焉。

研究漢語的義節就是研究漢字構形的理據性。所謂「構形的理據性」也就是漢字形體的構形原理與構形根據，指的是漢字字形與字義之間在初始構造階段的物象聯繫或意象聯繫，其中「物象聯繫」是指象形字和指事字的獨體物象特徵，其中「意象聯繫」是指會意字和形聲字的合體意象特徵。這些構形理據都蘊含在所謂「繁體」的正體字中，至今看來，若想梳理漢字的構形理據，非祖宗留下來的正體字莫屬，只有如此，方能使後人對漢字的構形理據渙然冰釋。

3、漢字作為義節的構造理據概觀

漢語的義節按語義特點來劃分，可以分為獨意義節、合意義節和音意義節三種類型：「獨意義節」是指含有單獨表意義素的義節，例如「人、行、大、我」等獨體象形字或「本、刃、寸、甘」等指事字所承載的義節；「合意義節」是指含有複合表意義素的義節，例如「家、休、好、此」等合體會意字所承載的義節；「音意義節」是指含有表音成分和表意義素的義節，例如「河、笑、漫、彼」等合體形聲字所承載的義節。

獨意義節、合意義節、音意義節都是由或多或少的義素構成的，因此對「義節」進行分析，實質上就是瞭解義素是怎樣構成義節的。那麼，義素是怎樣構成義節的呢？這只需要看看漢字的表意構件是如何構成漢字的就可以了，我們不妨認為，研究漢字的造字法就是研究漢語的義節是如何由義素構成的。眾所周知，漢字是屬於表意體系的文字，也就是說，每一個漢字不僅表意，而且漢字的全部構字理據還成為一個嚴密的表意體系，象形字、指事字、會意字這些用純表意方法構成的漢字自不待言，為數眾多的形聲字的形旁的表示字義類屬的功能也是一個嚴密的體系，就連形聲字的聲旁也並不跟意義絕緣，它在顯示

漢字的義素的環節上也有著微妙的輔助功能，自古以來的「右文說」並非空穴來風，這都需要深入地研究。

我們可以暫時把構成獨體字的義素（也就是構成「獨意義節」的義素）稱爲「獨意義素」，把構成會意字的義素（也就是構成「合意義節」的義素）稱爲「會意義素」，把構成形聲字的義素（也就是構成「音意義節」的義素）稱爲「導意義素」。於是我們不妨說，用象形字和指事字所表示的「獨意義節」是由一個「獨意義素」單獨構成的，用會意字所表示的「合意義節」是由幾個「會意義素」複合構成的，用形聲字所表示的「音意義節」是由幾個「導意義素」複合構成的。

那麼，這些獨意義素、會意義素、導意義素是如何分佈與工作的呢？事實上，三類義素並沒有截然的界限和明確的分工，並不是說某些義素專門屬於獨意義素，某些義素專門屬於合意義素，某些義素專門屬於導意義素。也就是說漢語的義素是全能的，是可以身兼數職的，當它們用在獨體字中的時候就屬於獨意義素，當它們用在合體會意字的時候就屬於會意義素，當它們用在合體形聲字中的時候就屬於導義義素。由此使我們很自然地聯想到傳統字書中漢字的分部及其「部首」，以往我們將其僅僅看作是字書中漢字的編目與索引，而忽略了它的義素類聚的性質。可以這麼說，傳統字書中的部首都是可以單獨表意的義素，當它們單獨表意的時候，就是獨意義素；當它們在會意字中相互會合成意的時候，就是會意義素；當它們在形聲字中用作形旁表意的時候，就是導意義素。獨意義素獨立承擔獨體字的「獨意義節」，會意義素聯合承擔會意字的「合意義節」，導意義素引導形聲字「音意義節」的表意方向，所有這些功能都融合在漢字的部首當中，它們就是漢字的最常用的義素。

4、漢字部首的義素取向

下面我們對一些常用的漢字部首所代表的義素的表意功能略加解釋，藉以窺見漢字部首的義素取向及漢語的義素構成之大概情形：

001、一：在上方可以表示天空，在下方可以表示大地，在某些部位可以表示特定的示意，也可以表示和數目有關的意思。

002、｜（讀豎）：可以表示上下貫通的意思。

003、厂（讀安）：本義爲懸崖，可表示和山崖、山、石或房屋、岩洞等有關的意思。

004、匚（讀方）：本義爲木匠的工具箱，可以表示跟方形容器或各種其他容器有關的意思。

005、卜（讀補）：本義爲用龜殼占卜時燒灼後皸裂的紋路，可以表示跟占卜問卦有關的意思。

006、冂（讀同）：本義爲在邊遠地區圈定的某個範圍，可以表示跟區域有關的意思。

007、八（丷、八）：本義爲背離，可以表示跟分解、分散、相反、相背等有關的意思。

008、人（亻、入）：本義爲側立之人，可以表示人以及跟人有關的動作、行爲、稱呼、性格、事物等。

009、勹（讀包）：本義爲俯身之人，可以表示跟人有關的意思。

010、兒（儿）：本義爲嬰兒，可以表示跟人有關的意思。

011、匕（讀比）：本義爲古代的一種取食器具，長柄淺斗，形狀像湯勺。可以表示類似形狀的意義。

012、几：本義爲几案，可以表示矮小木製器具。

013、冫（讀冰）：本義爲冰淩，可以表示跟溫度低或水有關的意思。

014、宀（讀密）：本義爲屋頂，可以表示跟遮蓋、覆蓋有關的意思。

015、凵（讀坎或淺）：本義爲低窪之處，可以表示跟凹陷有關的意思。

016、卩（㔾）：本義爲跪坐之人，可以表示跟曲膝跪坐有關的意思。

017、刀（刂、ク）：本義爲刀，可以表示跟刀有關的動作或意思。

018、力：本義爲耕作用的農具「耒」，可以表示跟力氣、用力或武力有關的意思。

019、又（ヌ）：本義爲側面的右手，可以表示跟手有關的動作或意思。

020、厶（讀私）：本義爲男人的陰莖疲軟，引申爲人的私處，可以表示跟「私」有關的意思。

021、彳（讀引）：本義爲在街道上行走，可以表示跟走路有關的意思。

022、工：本義爲工匠的曲尺，可以表示跟工匠、工具有關的意思。

023、土：本義爲地面上的土塊，可以表示跟泥土、土地有關的意思。

024、士：本義爲雄性生殖器，可以表示跟雄性有關的意思。

025、艸（讀草）：本義爲地上生長的小草，通常表示跟植物，特別是草本植物有關的意思。

026、寸：本義爲距手掌大約一寸之處，可以表示跟長度、法度有關的意思。

027、廾（在下，讀拱）：本義爲雙手持奉，可以表示跟雙手拿東西有關的意思。

028、大：本義爲正面之人，可以表示跟人或大有關的意思。

029、尢（讀尤）：本義爲曲脛之人，可以表示跟殘缺有關的意思。

030、弋（讀義）：本義爲折木，可以表示跟殘缺有關的意思。

031、小（⺌）：本義爲細小的沙粒，可以表示跟微、小有關的意思。

032、口：本義爲人的口，可以表示跟嘴巴、語言或嘴巴的動作有關的意思。

033、囗（讀圍）：本義爲環圍，可以表示跟包圍、環繞、圓圈等有關的意思。

034、山：本義爲山峰，可以表示跟山、石、高大等有關的意思。

035、巾：本義爲飾巾，可以表示跟紡織品有關的意思。

036、彳（讀赤）：本義爲街道，可以表示跟走路、道路、距離、腳的動作或人的行爲有關的意思。

037、彡（讀三）：本義爲側面鬍鬚，可以表示跟鬍鬚、裝飾有關的意思。

038、夕：本義爲半邊月形，可以表示跟時間、夜晚或夜晚的活動有關的意思。

039、夊（讀歲）：本義爲腳掌，可以表示跟腳的動作有關的意思。

040、爿（讀床）：本義爲床，古代的「床」不是今天的臥具，而是一種坐具，可以表示跟坐姿有關的意思。

041、广：本義爲房屋，可以表示和房屋等建築物有關的意思。

042、宀（讀棉）：本義爲房屋，可以表示跟房屋或在屋裏做事有關的意思。跟「广」、「厂」部相通。

043、辶（辵，讀綽）：本義爲在街道上行走，可以表示跟行走、路程或腳的動作有關的意思。

044、尸：本義爲仰臥之人，可以表示跟人體或人的行爲動作有關的意思。

045、己：本義爲彎曲的繩索，可以表示牽連、連續的意思。

046、巳：本義爲在胎胞中生長的胎兒，可以表示跟嬰兒有關的意思。

047、弓：本義爲弓，可以表示跟弓有關的意思。

048、子（孑）：本義爲嬰兒，可以表示跟孩子有關的意思。

049、屮（讀徹）：本義爲草芽萌生，可以表示跟草有關的意思。

050、女：本義爲女人，可以表示跟婦女有關的意思。

051、幺（讀妖）：本義為初生兒，可以表示跟微小有關的意思。

052、巛（讀川）：本義為水流，可以表示跟河流有關的意思。

053、王（玉）：本義為串玉，可以表示跟玉石、玉器或加工玉器有關的意思。

054、木：本義為樹木，可以表示跟植物特別是木本植物或木製品有關的意思。

055、犬（犭）：本義為狗，可以表示跟狗或其他動物有關的意思。

056、歹：本義為死人之骨，可以表示跟死亡、喪事、損害等有關的意思。

057、牙：本義為人的兩側牙齒，可以表示跟牙齒有關的意思。

058、戈：本義為長柄兵器，可以表示跟兵器、戰爭、殺戮有關的意思。

059：比：本義為二人並立，可以表示跟並列挨著有關的意思。

060、瓦：本義為土陶製品，可以表示跟陶器等土製品有關的意思。

061、止：本義為人的腳掌，可以表示跟腳或腳的動作有關的意思。

062、攴（攵，讀撲）：本義為手持棍棒擊打，可以表示跟敲打等手的動作有關的意思。

063、日：本義為太陽，可以表示跟太陽、光、時間、乾燥等有關的意思。

064、曰：本義為人有所發聲，可以表示跟說話、言辭有關的意思。

065、水（氵、氺）：本義為河流之水，可以表示跟河流、水、液體等有關的意思。

066、牛（牜、⺧）：本義為牛，可以表示跟牛、類似牛的動物有關的意思。

067、手（扌）：本義為正面手形，可以表示跟手或手的各種動作有關的意思。

068、毛：本義為動物的毛，可以表示跟鳥獸的毛、鬚髮或毛皮製品有關的意思。

069、片：本義為離析之後的木片，可以表示跟薄片有關的意思。

070、斤：本義為斧子，可以表示跟斧子一類工具或使用這類工具時的動作有關的意思。

071、爪（爫）：本義為覆手，可以表示跟手的動作有關的意思。

072、父：本義為手持斧頭的人，可以表示跟成年男性有關的意思。

073、月（肉）：本義為月亮，可以表示跟月亮、光、時間等有關的意思。由於「肉」字旁也被寫成了「月」字旁，故也可以表示跟肉體有關的意思。

074、欠：本義為用口來打哈欠，可以表示跟張大嘴巴的各種動作有關的意思。

075、殳（讀書）：本義為手持棍棒或工具來擊打，可以表示跟敲打、打擊有關的意思。

076、文：本義爲花紋，可以表示跟花紋、彩飾有關的意思。

077、方：本義爲雙頭的耒，後可用作旗杆，可以表示跟旗幟、軍隊有關的意思。

078、火（灬）：本義爲火焰，可以表示跟火、光或使用火、光有關的意思。

079、斗：本義爲舀酒漿的容具，可以表示跟斗一類容具有關的意思。

080、戶：本義爲單扇的房門，可以表示跟門、房子等有關的意思。

081、心（忄、⺗）：本義爲心，可以表示感情、氣質、思想、表情，以及跟心理活動有關的意思。

082、示（礻）：本義爲祭祀神靈或祖先用的貢桌及貢品，可以表示跟神靈、祭祀、宗廟等活動有關的意思。

083、石：本義爲山崖下的石塊，可以表示跟石頭、石製器具有關的意思。

084、目：本義爲眼睛，可以表示跟眼睛或眼睛的動作有關的意思。

085、田：本義爲農田，可以表示跟田地、農活有關的意思。

086、罒（讀網）：本義爲捕獲動物的網，可以表示跟網或網的功能有關的意思。

087、皿：本義爲容器，可以表示跟器皿有關的意思。

088、生：本義爲草木從土地中生長出來，可以表示跟生長有關的意思。

089、矢：本義爲箭簇，可以表示跟箭、長度或直有關的意思。

090、禾：本義爲禾苗，可以表示跟穀類植物或農事有關的意思。

091、白：本義爲燭光，可以表示跟白色、光亮有關的意思。

092、瓜：本義爲瓜，可以表示跟瓜或藤生植物有關的意思。

093、用：本義爲木桶，可以表示跟容納或有用有關的意思。

094、疒（讀病）：本義爲人臥在床上，可以表示跟疾病有關的意思。

095、立：本義爲正面站在地面之人，可以表示跟站立有關的意思。

096、穴：本義爲洞穴，可以表示跟洞穴、空或房屋有關的意思。

097、疋（正，讀書）：本義爲小腿與腳掌的整體部位，可以表示跟腳或腳的動作有關的意思。

098、皮：本義爲手持工具製皮，可以表示跟皮膚、皮革有關的意思。

099、癶（讀波）：本義爲兩腳前行，可以表示跟向前向上有關的意思。

100、矛：本義爲長柄尖頭的兵器，可以表示跟矛一類兵器有關的意思。

101、母：本義爲母親，可以表示跟母親有關的意思。

102、耒：本義為農具，可以表示跟農具或農活有關的意思。

103、老：本義為老人，可以表示跟年紀有關的意思。

104、耳：本義為耳朵，可以表示跟耳朵、聽覺或聲音有關的意思。

105、臣：本義為低頭縱目之人，可以表示跟奴隸或低頭、屈身等人體動作有關的意思。

106、西（襾）：此為網字的變形，可以表示跟遮蓋或反覆有關的意思。

107、至：本義為箭由上至下落到地面，可以表示來到、到終點一類意思。

108、虍（虎）：此為虎字的省寫，可以表示跟虎有關的意思。

109、虫：本義為蟲蛇一類爬行動物，可以表示跟昆蟲、動物有關的意思。

110、肉：本義為肉，可以表示跟肉體有關的意思。

111、缶：本義為土陶製作的容器，可以表示跟陶器、容器有關的意思。

112、舌：本義為舌頭，可以表示跟舌頭、嘴巴或味道有關的意思。

113、竹（⺮）：本義為竹，可以表示跟竹子或竹製品有關的意思。

114、臼：本義為舂臼，可以表示跟石臼有關的意思。

115、自：本義為鼻子，可以表示跟鼻子有關的意思。

116、血：本義為血滴在器皿中，可以表示跟血有關的意思。

117、舟：本義為小船，可以表示跟船有關的意思。

118、衣（衤）：本義為衣，可以表示跟衣物有關的意思。

119、羊（䒑、⺶）：本義為羊，可以表示跟羊有關的意思。

120、米：本義為穀米，可以表示跟穀米、糧食或糧食做的食品有關的意思。

121、聿（⺻，讀玉）：本義為筆，可以表示跟筆或書寫有關的意思。

122、艮（讀亘）：本義為裝有食物的食具，可以表示跟飲食有關的意思。

123、羽：本義為羽毛，可以表示跟鳥、羽毛或鳥飛的姿勢有關的意思。

124、系（糸、糹）：本義為絲束，可以表示跟絲、繩、絲棉麻等紡織品及顏色有關的意思。

125、走：本義為快行或者跑，可以表示跟行走、行路、奔跑的動作姿態或腳的動作有關的意思。

126、車：本義為車，可以表示跟車子或車上的零件有關的意思。

127、赤：本義為人面對火光呈紅色，可以表示跟紅色有關的意思。

128、豆：本義爲一種圓形高腳的飲食容器，可以表示跟圓形有關的意思。

129、酉：本義爲釀酒用的陶製容器，可以表示跟酒或由發酵製成的食品、佐料有關的意思。

130、辰：本義爲耕種的農具，可以表示跟農活有關的意思。

131、豕：本義爲豬，可以表示跟豬有關的意思。

132、鹵：本義爲熬製盛裝鹵水的器具，可以表示跟鹽有關的意思。

133、貝：本義爲貝殼，表示跟錢財、貨幣、貿易或裝飾品有關的意思。

134、見：本義爲看清楚，可以表示跟看、目光或眼睛的動作有關的意思。

135、里：本義爲居所，可以表示跟地方有關的意思。

136、足（𤴓）：本義爲小腿與腳掌的整體部位，可以表示跟腳或腳的動作有關的意思。

137、邑（阝在右）：本義爲城市，可以表示跟城市、邦國、地方、居住、姓氏有關的意思。

138、身：本義爲人的身軀，可以表示跟身體有關的意思。

139、釆（讀變）：本義爲對足印的分辨，可以表示跟分辨、辨別有關的意思。

140、谷：本義爲山谷，可以表示跟山谷有關的意思。

141、豸（讀至）：本義爲無足之蟲，可以表示跟野獸有關的意思。

142、角：本義爲動物犄角，可以表示跟角有關的意思或者與角質酒杯有關的意思。

143、言：本義爲說話，可以表示跟說話等語言行爲有關的意思。

144、辛：本義爲斧斤類的兵器，可以表示跟犯罪、治罪、刑法、辣味有關的意思。

145、青：本義爲深藍色的丹砂礦石，可以表示跟青色有關的意思。

146、其：本義爲撮箕，可以表示跟箕形有關的事物，通常用作指代意思。

147、雨：本義爲下雨，可以表示跟下雨有關的氣候、天象等的意思。

148、非：本義爲雙翅相背，可以表示跟背離、違背、否定有關的意思。

149、門：本義爲雙扇門，可以表示跟門、建築或關閉有關的意思。

150、黽（黾，讀閔）：本義爲蛙類動物，可以表示跟蛙、龜等兩棲動物有關的意思。

151、隹（讀追）：本義爲小鳥，可以表示跟飛禽有關的意思。

152、阜（阝在左）：本義爲山地，可以表示跟山或地名有關的意思。

153、金：本義爲金屬，可以表示跟金屬、金屬製品有關的意思。

154、風：本義爲風，可以表示跟風有關的意思。

155、頁：本義爲人的頭部，可以表示跟頭、頸、面部等有關的意思。

156、革：本義爲加工過的獸皮，可以表示跟皮革或皮革製品有關的意思。

157、骨：本義爲骨頭，可以表示跟骨頭、人體有關的意思。

158、鬼：本義爲鬼怪，可以表示跟鬼怪有關的意思。

159、食：本義爲吃，可以表示跟吃或食物有關的意思。

160、音：本義爲口中發出的聲音，可以表示跟聲音有關的意思。

161、韋：本義爲圍繞或背離，可以表示跟圍繞以及違背有關的意思。

162、髟（讀飄或標）：本義爲人的毛髮，可以表示毛髮或與毛髮有關的意思。

163、馬：本義爲馬，可以表示跟馬有關的意思。

164、氣：本義爲飯食冒的蒸汽，可以表示跟氣體或以氣體作爲存在元素的相關意思。

165、鬲：本義爲烹煮食物的炊具，足內中空相互隔斷，可以表示跟烹煮或者隔離有關的意思。

166、鬥：本義爲相互對打，可以表示跟爭鬥、熱鬧有關的意思。

167、麥：本義爲麥，可以表示跟麥子、糧食有關的意思。

168、鳥：本義爲鳥，可以表示跟飛禽有關的意思。

169、魚：本義爲魚，可以表示跟魚類、兩栖類動物或食物有關的意思。

170、鹿：本義爲鹿。可以表示跟鹿類、像鹿的動物或與鹿有關的意思。

171、鼎：本義爲烹煮食物的炊具，三足鼎立，可以表示跟炊具或者權力有關的意思。

172、黑：本義爲煙窗冒的黑煙，可以表示跟黑色或污濁有關的意思。

173、鼠：本義爲老鼠，可以表示跟老鼠、鼠科動物或像老鼠的動物有關的意思。

174、鼻：本義爲鼻子，可以表示跟鼻子有關的意思。

175、熊：本義爲熊，可以表示跟熊有關的意思。

176、齒：本義爲人的正面牙齒，可以表示跟牙齒有關的意思。

177、燕：本義爲燕子，可以表示跟燕子有關的意思。

178、龍：本義爲龍，可以表示跟龍或神靈有關的意思。

179、龠（讀月）：本義爲古代樂器，形狀像笛。可以表示跟音樂、和諧有關的意思。

180、龜：本義爲烏龜，可以表示跟龜有關的意思。

　　從以上所解說的 180 個常用部首可以大體窺見漢語義素的隱約狀貌，漢字的最常用義素表現爲漢字的部首，這是前人對漢字義節構成原理的智慧總結，當然，漢字的義素還不止這些，還有一些沒能被用作部首的表意構件，其實也都是漢字的義素，這需要我們在學習一個一個的漢字是如何構成的時候格外加以注意的，本書就不再逐一贅述了。明於此，則既認知了漢語的義素載體，使得領會漢語的語義不再是一種虛無縹緲的事情，又瞭解了漢語的義素構成義節的基本原理，那就是我們常說的象形、指事、會意、形聲這四種造字方法，所謂「造字方法」其實就是漢語的義素構成義節的「成義方法」，這是本書作者的頓悟：漢字造字法就是漢語義節的構成法，也就是漢語的語義語法。

　　綜上所述，漢語的音義結構體現在音節與義節上，音節與義節都存在著自身的內部結構規律，具體表現爲音節由音位構成，義節由義素構成，各自的構成方法以及內部的結構關係就是本書所謂的「語音的語法」和「語義的語法」。在此特提出這一語法現象，並試著加以討論，以期引起更多學人的關注。

參考文獻

01、馬建忠《馬氏文通》商務印書館 1983 年 9 月新一版。

02、呂叔湘《中國文法要略》商務印書館 1982 年 8 月新一版。

03、楊樹達《高等國文法》商務印書館 1984 年 3 月新一版。

04、王力《中國現代語法》商務印書館 1985 年 8 月新一版。

05、高名凱《漢語語法論》商務印書館 1986 年 10 月新一版。

06、王了一《漢語語法綱要》上海教育出版社 1982 年 2 月新一版。

07、劉叔新主編《現代漢語理論教程》高等教育出版社 2002 年 7 月第一版。

08、伯榮廖序東主編《現代漢語》高等教育出版社 2007 年 6 月第四版。

09、洪篤仁《詞是什麼》上海教育出版社 1984 年 3 月第一版。

10、王力《詞類》上海教育出版社 1984 年 3 月第一版。

11、俞敏《名詞 動詞 形容詞》上海教育出版社 1984 年 3 月第一版。

12、文煉《處所 時間和方位》上海教育出版社 1984 年 9 月第一版。

13、洪心衡《能願動詞 趨向動詞 判斷詞》上海教育出版社 1985 年 6 月第一版。

14、胡附《數詞和量詞》上海教育出版社 1984 年 3 月第一版。

15、林祥楣《代詞》上海教育出版社 1984 年 8 月第一版。

16、郭翼舟《副詞 介詞 連詞》上海教育出版社 1984 年 10 月第一版。

17、孫德宣《助詞和歎詞》上海教育出版社 1985 年 5 月第一版。

18、張搗之《句子和句子分析》上海教育出版社 1985 年 8 月第一版

19、徐仲華《主語和謂語》上海教育出版社 1985 年 3 月第一版。

20、孫玄常《賓語和補語》上海教育出版社 1984 年 3 月第一版。

21、朱德熙《定語和狀語》上海教育出版社 1984 年 3 月第一版。

22、呂冀平《複雜謂語》上海教育出版社 1985 年 5 月第一版。

23、葉南薰原著 張中行修訂《復指和插說》上海教育出版社 1985 年 3 月第一版。

24、張中行《非主謂句》上海教育出版社 1984 年 9 月第一版。

25、黎錦熙 劉世儒《聯合詞組和聯合複句》上海教育出版社 1985 年 1 月第一版。

26、林裕文《偏正複句》上海教育出版社 1984 年 3 月第一版。

27、向若《緊縮句》上海教育出版社 1984 年 3 月第一版。

28、黃伯榮《陳述句 疑問句 祈使句 感歎句》上海教育出版社 1984 年 3 月第一版。

29、王還《「把」字句和「被」字句》上海教育出版社 1984 年 3 月第一版。

30、張志公《漢語語法的特點和學習》上海教育出版社 1985 年 7 月第一版。

本書各章節重要內容索引

引論　漢語共同語及其構成要素

1. 漢語共同語的語言狀貌綜述

001、語言是人類特有的社會活動工具

002、漢語是人類的傑出語言之一

003、漢語共同語的地域範疇

004、漢語共同語的時間範疇

005、漢語共同語的口語與文言

006、漢語共同語的語法視野

2. 漢語共同語的語言成分構成

007、漢語共同語的語言構造

008、漢語共同語的語言成分

009、漢語共同語的語音成分

010、語流的構成成分音節

011、音節的構成成分音位

012、漢語共同語的語義成分

013、語詞的構成成分義節

本論一　漢語單詞的語法結構

3. 漢語單詞與漢語語素

4. 漢字與漢語語素的關係

5. 漢語的構詞法與詞的構成方式

6. 用獨立完形法構成的單純詞

036、純音譯的外來詞屬於單純詞

037、擬聲詞屬於單純詞

7. 用語序組合法構成的合成詞

038、聯合式的合成詞

039、偏正式的合成詞

040、補充式的合成詞

041、動賓式的合成詞

042、主謂式的合成詞

043、重疊式的合成詞

044、附加式的合成詞

045、幾種特殊關係合成詞

046、由多個語素構成的合成詞

8. 用簡稱縮略法構成的簡縮詞

047、簡稱是將短語壓縮後的簡化稱謂

048、「按詞取素」的兩字簡稱

049、「按詞取素」的三字簡稱

050、「按詞取素」的四字簡稱

051、「按詞取素」的五字簡稱

052、非「按詞取素」的簡稱

053、縮語是詞或短語的音節壓縮形式

054、漢語中的一般縮語

055、漢語中的數字縮語

本論二　漢語單詞的語法功能

9. 漢語單詞的語法功能分類綜述

056、單詞的語法功能分類

057、詞類劃分的不同標準

058、不同著述的詞類劃分概覽

10. 對漢語詞類劃分的進一步探討

059、漢語單詞按語法功能分類的基本思路

060、漢語中的成分詞和關係詞

061、核心成分詞、外圍成分詞、輔助成分詞

062、依附關係詞、聯結關係詞、情態關係詞

11. 漢語各類單詞的語法功能概觀

063、將漢語單詞二分為成分詞、關係詞的依據

064、對成分詞和關係詞作內部劃分的依據

065、有關「成分詞」細目的理論解釋

066、有關「關係詞」細目的理論解釋

12. 核心成分詞之一：名詞、形容詞

067、名詞的內部分類

068、名詞內部分類的理論解釋

069、名詞的共性語法特徵

070、名詞的個性語法特徵

071、形容詞的內部分類

072、形容詞內部分類的理論解釋

073、形容詞的語法特徵

13. 核心成分詞之二：動詞

074、動詞內部的範疇分類

075、動詞內部的功能分類

076、動詞內部分類的理論解釋

077、行為動詞的語法特徵

078、心理動詞的語法特徵

079、使令動詞的語法特徵

080、存現動詞的語法特徵

081、判斷動詞的語法特徵

082、確認動詞的語法特徵

本論四　漢語句子的結構與功能

28. 句子成分構成之一：句子成分概觀

29. 句子成分構成之二：主語和謂語

30. 句子成分構成之三：動語和賓語

本論五　漢語文言特殊語法(上)：詞法

41. 文言中動詞的活用

42. 文言中名詞用作一般動詞

43. 文言中名詞的使動、意動與為動

後　記

　　我在十幾年前就想寫一本關於漢語語法的書，但由於繁忙的教學工作，始終沒能得到靜下心來的條件，今天終於如願以償了！當這本書已經脫稿即將付梓之際，有必要交代一下自己的寫作動因，藉以表達一下自己的內心感觸，是爲「後記」。

　　我是文革前 68 屆的高中生，高中課程只讀了一年，準確地說還不到一年，1965 年秋季入學讀至 1966 年 5 月，爆發文化大革命，從此便停課、串聯、動亂、下鄉、回城……史稱之爲「老三屆」；1968 年夏本應高中畢業報考大學，卻因大學停辦和「上山下鄉」的大潮而下放農村勞動，史稱之爲「知青」。在那個動盪的毛時代，我在上山下鄉五年之後的 1973 年，在全國大學停辦只招少許「工農兵學員」的社會大背景下，獲得了就讀中等師範的機遇。本來那一年被推薦考大學，由於遼寧的張鐵生交了反潮流的「白卷」影響全國，考試成績即告作廢。還好，天無絕人之路，我被收編到一所倉促恢復的中等師範學校就讀。兩年的中師學習算是補上了我沒有讀完的兩年高中，1975 年畢業後又出乎意料地被留在學校任教，教的是當時號稱爲「社來社去試點班」的鄉村學員，其實也都是從鄉下推薦來的「下鄉知青」或者「回鄉知青」。也許是與漢語有緣，我一開始就在文革前大學畢業的教學經驗豐富的袁世平老師指導下試教《現代漢語》這門課程，時年 26 歲，所用的課本是當時四川師範學院中文系爲工農兵學員編的教材。邊學邊教，居然對漢語產生了濃厚的興趣，一晃三年下來竟然還獲得了學生的好評。

到了全國恢復高考後的 1978 年秋季，我考上了位於重慶的西南師範大學中文系。有了此前三年漢語教學實踐的薰陶，進入大學就讀漢語言文學專業之後，在絕大多數同學都喜歡文學的氛圍中，我竟然我行我素的將大部分精力投入到跟語言學相關的課程當中。我特別對語法發生了濃厚的興趣，在正常的聽課學習之餘，圖書館成了我的重要學習場所，每日跟同樣對漢語有極高興趣的我的同班室友唐建新同學一道，幾乎閱盡了當時所能借得出來的文革前出版的漢語文獻以及每日新到的大學學報和漢語刊物上的相關論文，整整四年時間手抄筆記竟達數十萬字。正所謂「昨夜西風凋碧樹，獨上高樓，望盡天涯路。」宋代詞人晏殊《蝶戀花》詞中的閨思意境固然有憑高望遠的蒼茫之感，也有不見所思的空虛悵惘，但這所向空闊、達遠不拘的境界卻又能給人以精神上的滿足。王國維在《人間詞話》中將其喻作求學問的第一層境界真的是很貼切：要執著地追求，我深深感到，在那個知識荒蕪的年代，哪怕是「昨夜西風凋碧樹」，也要登高望遠，鳥瞰路徑；特別是在那而立之年才擺脫困境重拾學業之際，只有明確方向，盡力瀏覽所關注的知識興奮點的概貌，方可滋生「望盡天涯路」之感。

1982 年大學畢業後，先是在四川省都江教育學院任教，後來該校併入成都大學，直至現今。在這期間，於 1985 年秋季開學至 1986 年年底寒假，又通過考試重回西南師大就讀「助教進修班」，用整整一年半的時間脫產進修。在恩師劉又辛先生與林序達先生等諸位教授的指導下，系統地進修了漢語史專業的碩士研究生課程，這對我日後進一步思考漢語語言學的各種問題奠定了良好的基礎。然後就是繼續在大學任教，在二十餘年的大學教學生涯中，我先後擔任過現代漢語、古代漢語、語言學概論等漢語語言學基礎課程的教學工作，同時還在成都大學開設了漢字文化、口才藝術、對聯藝術等與漢語相關的選修課程。

在多年的教學實踐中，又逐漸積累了一些對漢語學科體系的本質認識，但限於大陸高等學校的辦學體制，教學要統一大綱、統一教材、統一教時等等，受此多重限制，很難將自己的學科見解付諸教學實踐。數十年來中國大陸的教育真的竟如此不可思議，從事教育工作卻無法實現自己的理想：基礎教育是應試教育，高等教育是就業教育，唯獨沒有人才教育；全國一盤棋，大綱統死，教材統死，連考試都統死；課堂缺少生機，教師磨滅靈感，學生自殘靈氣。連大學文科教育也把「做學問」叫做「搞科研」，科研套路太多，學問已經沒有自己活動的空間。然而我還是不肯放棄，總是變換著方式將自己對漢語語法體系

的新認識融入課堂教學當中，一邊直面學生的問難，一邊贏得學生的好評，這有我所教過的歷屆學生的聽課筆記爲證。可以說，是在教學相長的過程中歷練了我對漢語語法的新認識，學生的課堂筆記中早就有了本書的框架與雛形。與此同時，我將其中的一些重要的學問見解不斷地寫成論文發表，並且在 2002年春季將其中的主要論文結集成一本論文集《漢語語法散論》，由香港新天出版社出版。正所謂「衣帶漸寬終不悔，爲伊消得人憔悴。」宋代詞人柳永的《鳳棲梧》中結尾這兩句表達「春愁」與「相思」的詩句，透露了作者心甘情願爲「春愁」所折磨，即使漸漸形容憔悴、瘦骨伶仃，也決不爲「相思」而後悔的堅毅性格、執著態度與心理狀貌。我想，王國維在《人間詞話》中將其喻作求學問的第二層境界想必是有切身體驗的：對於自己所關注的知識興奮點，怎能不「衣帶漸寬終不悔，爲伊消得人憔悴。」

漢語語法始終是我關注的知識興奮點，然而多頭緒的教學工作佔據了大量時間，加上 2008 年 5 月 12 日四川大地震之後，妻子又腦梗塞中風歷經數年始得恢復，其間我又忙於我的另一本書《漢字形義與器物文化》的撰寫，這讓我始終沒有靜下心來將有關漢語語法的心得訴諸文字。2010 年暑假退休之後，開始籌劃本書的撰寫與相關資料的搜集。誰知天有不測風雲，人有旦夕禍福，就在本書的撰寫準備已經就緒並且寫出了部分初稿之際，2011 年年底因查出結腸癌我不得不入住四川大學華西醫院，經過一系列的複雜體檢後進行了切除手術。華西醫院舒曄教授的醫術相當了得，我在術後經過一年多的化療和鞏固治療，體力與精力都得到較好的恢復，又可以做我想做的一些事情了。於是我便在病情尚未痊癒的情況下重操舊業，每天寫一點，日積月累，又經過一年多的時間，終於完成了全部書稿。我夢寐以求的這些文字終於成文在電腦屏幕上並且即將躍然紙上了。正所謂「驀然回首，那人卻在燈火闌珊處。」這是宋代詞人辛棄疾的詞《青玉案‧元夕》中的結尾兩句，辛棄疾的這首詞上闋渲染元宵節燈火輝煌，車水馬龍，一片繁華熱鬧景象；下闋開頭，又接著描繪觀燈女子的盛裝豔服與笑語歡態。然而這一切都只是爲了陪襯最後點出的「燈火闌珊處」的「那人」，都是爲了襯托燈火闌珊處的冷落與「那人」的孤獨寂寞。

我對本書敝帚自珍，情有獨鍾，不僅僅是因爲這是我多年來事業理想的彙聚，而在某種意義上是因爲我感到了這本書的孤獨與寂寞。在當今商品經濟大潮的衝擊下與爭先恐後求取功名的社會氛圍下，沒有功利的出版物何處立身？

我想，還是要我行我素，不必在意這些吧，幸有臺灣花木蘭文化出版社爲本書的出版提供便利，此書方能處在「燈火闌珊處」。此時想來，如果這本《漢語共同語語法概論》就是辛詞中的「那人」的話，「驀然回首」，我看到的卻不是孤獨與寂寞，而是在一片「繁華熱鬧」景象之外的另一種追求清靜與自我慰藉，「那人」正向我走來，我要將她引薦給世人，任其品評。

一篇文學佳作的藝術魅力，常常不止於它所塑造的藝術形象本身所具有的感染力，還體現在它能於自身情景之外給不同的人以各不相同的豐富聯想和深遠啓迪。王國維先生能從《蝶戀花》、《鳳棲梧》、《青玉案》這三首宋詞的隻言片語中聯想到做學問的境界，這固然不是晏殊、柳永、辛棄疾三位大詞人所能料到的，也不是每一位後學者都會聯想到的。而我今日在寫這篇「後記」之時忽然有悟，便拿來感慨一番並略加解讀，心中所感是否跟當年王國維的心境相切合，這並不重要，要緊的是我的感覺是眞實的，並且我將這種感覺表達出來了。當然需要申明的是，王國維在《人間詞話》中，是把這幾句宋詞中的文學描寫列爲「古今成大事業、大學問者」所必須經歷的三種境界來喻證的，可是拙作跟大事業、大學問卻沒有一絲一毫的關係，那麼如何也能引起心靈的共振呢？我似乎感到了個中原因：大凡執著於某一件事或某一行爲者，無論其事情行爲的意義大小，都可能被相關情境的文學描寫所感染並引起共振，這正是文學佳作的魅力所在。

拉拉雜雜地說多啦，扯遠啦，就此打住吧。其實，我的這本書無非就是自己多年教學實踐的一份工作總結而已。值此人之將暮又略有閒暇之時，來整理自己的教學心得，就總是覺得有一些東西也許還有一定價值，或可對後學者會有一定的幫助和啓發，這就是所謂「敝帚自珍」吧。書稿既成，總要面對世人的品評，在此說一些爲自己壯膽的話，無非是希望能盡一點薪火相傳之力，如果自己的教學心得能夠在認識漢語語法規律方面成爲點燃他人靈感的一點點火花，我心足矣。

作者：朱英貴
2014 年 10 月 10 日
於四川成都